ACTION

BAND 125

ANDREWS & WILSON

FINSTERER ENGEL

Aus dem Amerikanischen von Michael Krug

FESTA

Die amerikanische Originalausgabe *Dark Angel*
erschien 2022 im Verlag Tyndale House Publishers.

1. Auflage September 2024

Diese Ausgabe wurde ermöglicht durch Vereinbarung
mit Tyndale House Publishers.
Titelbild: LaeTwina / 99design

ISBN 978-3-98676-158-5
eBook 978-3-98676-159-2

Für Emma und Larkin

HINWEIS FÜR DIE LESER

Am Ende des Buchs haben wir ein Glossar mit in dieser Reihe verwendeten militärischen Begriffen und Abkürzungen angefügt.

TEIL I

Denn wir haben nicht mit Fleisch und Blut zu kämpfen, sondern mit Mächtigen und Gewaltigen, mit den Herren der Welt, die über diese Finsternis herrschen, mit den bösen Geistern unter dem Himmel.

Epheser, Kapitel 6, Vers 12

1

GEFÄNGNIS LA SANTÉ

RUE DE LA SANTÉ 42

MONTPARNASSE, 14. ARRONDISSEMENT

PARIS, FRANKREICH

11:58 UHR ORTSZEIT

Nicholas Woland, den sowohl die Häftlinge als auch das Wachpersonal einfach als »l'américain« kannten, saß auf der Kante seiner harten, schmalen Pritsche. Seine Hände ruhten auf den Knien. Mit geschlossenen Augen begann er eine Viertaktatmung, um sich zu wappnen – eine Technik, die er sich in seiner zehnjährigen Dienstzeit als Green Beret bei der Army angeeignet hatte. Den Großteil der in seinem früheren Leben gelernten Dinge hatte er ähnlich abgeworfen wie eine Raumkapsel ihre Antriebsrakete nach Erreichen der Umlaufbahn. *Manches* jedoch hatte er beibehalten.

Die taktisch nützlichen Teile …

Nach zwei Runden verlangsamte sich sein Puls, und die Verspannungen im Nacken und in den muskulösen Schultern lockerten sich allmählich. Der große Tag war angebrochen. Er musste sich sowohl körperlich als auch geistig darauf vorbereiten, seinen Teil zum Erfolg des Plans beizutragen. Eine zweite Chance würde es nicht geben, so viel stand für ihn fest.

Seine Zelle im zweiten Stock von Block D war im Vergleich zu den meisten anderen geräumig – den Luxus hatte er sich *verdient*, nachdem man beim Morgenappell seinen bereits dritten Zellengenossen tot auf dem Boden vorgefunden hatte. Gefängnisdirektor August Chauvin hatte Woland zur Strafe in Einzelhaft verlegen lassen. Nach 45 Tagen hatte man ihn in Block D gebracht. Den Status als Einzelhäftling hatte er dort beibehalten. Ein schlichtes weißes Schild mit der Aufschrift *Puni* wies vor seiner Zellentür auf seine Dauerbestrafung hin. Eine administrative Formalität, mit der sich Direktor Chauvin die Anwälte und die Heerschar französischer Menschenrechtsaktivisten vom Leib hielt, vor denen er zu einem Kniefall verpflichtet war. Chauvin war Politiker, kein echter Gefängnismensch, und kahl wie ein Ei. Dass sein berüchtigter amerikanischer Häftling unter seiner Obhut drei Mitgefangene ermordet hatte, gefährdete die Laufbahn des Mannes. Woland wusste, dass der untaugliche Gefängnisleiter alles tun würde, um seine Karriere zu retten, auch wenn dafür eine Pritsche in Wolands Zwei-Mann-Zelle dauerhaft unbesetzt bliebe.

Vor den Renovierungsarbeiten waren die Lebensumstände in Frankreichs verrufenster Haftanstalt erheblich barbarischer gewesen. Aber der Ruf nach Reformen hatte den unmenschlichen Bedingungen und der brutalen Behandlung der Häftlinge in La Santé ein Ende gesetzt. Anscheinend waren die Pariser Befindlichkeiten genauso hartnäckig wie naiv. Den Beweis dafür hatte geliefert, dass man bei HGTV sogar einen Bericht über die »Verschönerung« der Haftanstalt gebracht hatte, die Frankreichs gefährlichste Schwerverbrecher beherbergte. Allerdings hatte er trotz der Reformen genug von dem Ort.

Nicholas Woland wollte niemandes eingesperrtes Tier sein.

Und er würde sich im übertragenen Sinn die eigene Pfote abnagen, wenn er nur so freikommen könnte.

Schritte hallten durch den Korridor und wurden lauter, bis sie unmittelbar vor seiner Tür verstummten. Eine laute, plärrende Sirene kündigte an, dass sich Wolands Zellentür jeden Moment öffnen würde. Während er seine Viertaktatmung fortsetzte, stellte er sich darauf ein, was als Nächstes passieren würde.

Andrés Auftritt.

André war ein Relikt aus der Zeit vor 2015, ein Veteran unter den Aufsehern, der es irgendwie geschafft hatte, die Bereinigung und die Umgestaltung von La Santé in eine freundlichere, zahmere Strafvollzugsanstalt zu überstehen. Woland vermutete, dass André unter dem neuen System seltener seine Dämonen ausleben konnte. Deshalb vergeudete er nie eine Gelegenheit, *l'américain* zu bestrafen. Woland träumte regelmäßig davon, den Mann umzubringen, und hätte es schon mehr als einmal beinahe getan. Aber jedes Mal hatte er sich durch Selbstdisziplin zurückgehalten und verhindert, dass er eine Grenze – die Ermordung eines Strafvollzugsbeamten – überschritt und sein Schicksal damit dauerhaft besiegelte. Er würde sich wie immer verhalten, schweigend und passiv alles über sich ergehen lassen, bis André seinen Spaß gehabt hätte und ihn blutig geprügelt auf dem Boden seiner Zelle zurückließe. Ganz gleich was André an diesem Tag mit ihm tun würde, Woland würde es stoisch hinnehmen, denn es würde das letzte Mal sein, dass der Sadist ihn anrührte.

Die Sirene ertönte ein zweites Mal, gefolgt von einem magnetischen Schnappen, als das Schloss seiner Zelle entriegelt wurde. Erst da öffnete Woland die Augen, drehte den Kopf und erblickte André, der ihm von der offenen Tür entgegenlächelte.

»Aufstehen, Amerikaner«, blaffte der Wärter auf Französisch und klatschte den Schlagstock in seine linke Handfläche. Woland erhob sich. André schaute zurück zum Eingang am Ende des Flurs und brüllte erneut: »Auf die Beine, hab ich gesagt!«

Dann ging es los.

André holte mit dem Schlagstock aus und schwang ihn. Er zischte durch die Luft auf Woland zu. Er hätte den Schlag mühelos blockieren, dem Mann den Knüppel abnehmen und ihn innerhalb von Sekunden damit totprügeln können, lange bevor andere Wärter eintreffen würden. Stattdessen spannte er die Rumpfmuskulatur an. Der Gummiknüppel traf ihn an der linken Pobacke. Schmerzen explodierten darin und strahlten ins Kreuz und das Bein hinunter. Er widerstand dem Drang, sich umzudrehen und den Wärter vernichtend anzustarren – damit würde er sich nur einen zweiten Schlag einhandeln. Stattdessen senkte er nur unterwürfig den Kopf.

»Schon besser«, lobte André für etwaige Zuhörer Wolands Gefügigkeit.

Der Mann war unberechenbar. Woland hätte eine Münze werfen können, um abzuschätzen, ob der Wärter ihn zu Boden prügeln würde oder nicht. Als kein zweiter Schlag kam, drehte er sich langsam um und streckte André die Arme entgegen, um sich Handschellen anlegen zu lassen. Gefesselt schlurfte er aus seiner Zelle. André stieß ihm dabei wiederholt den Schlagstock ins Kreuz. Sie gingen den Flur entlang zu einem großen Tor, dessen Schloss sich mit einem Klicken öffnete, bevor es in die Wand glitt. Ein zweiter Wärter erwartete sie. Dem

Protokoll entsprechend hatte er den Schlagstock zwar gezogen, hielt ihn aber nicht bedrohlich am Bein.

»Dein Tag für ein bisschen Sonne, was?«, sagte der Mann, lächelte Woland an und schien erfreut darüber zu sein, Englisch üben zu können.

Woland rang sich ebenfalls ein Lächeln ab. »Das Einzige, worauf ich mich freuen kann.«

Da man Woland als Terrorist verurteilt hatte, nahm er Mahlzeiten in der Zelle ein und duschte allein. Beim Hofgang beschränkte sich seine Gesellschaft auf nur fünf andere Gefangene. Er sah selten dieselben mehr als einmal. In der Regel handelte es sich um Einzelhäftlinge, die ihre Zeit fast abgesessen hatten. Wenn man wegen eines Terroranschlags mit 37 Franzosen als Todesopfern verurteilt worden war und zudem drei Mithäftlinge umgebracht hatte, verlor man anscheinend mehr Privilegien als gewöhnliche Mörder.

C'est la guerre.

Der zweite Wärter, den alle Pet nannten – woher der Spitzname stammte, wusste Woland nicht –, reihte sich zu seiner Linken ein. Hinter ihm ging bedrohlich André, nur zu gern bereit, Woland bei der geringsten Provokation den Schlagstock in die Nieren zu rammen.

»Hoffentlich genießt du die Zeit im Freien, Nicholas Woland«, griff Pet ihre einzige Gesprächsmöglichkeit wieder auf.

»*C'est magnifique.* Wird wie 'ne Soiree«, erwiderte Woland mit einem schiefen Grinsen.

Pet lachte.

Armer Trottel ...

Sie passierten ein weiteres Tor mit magnetischer Verriegelung, stiegen zwei Treppenfluchten hinunter und betraten einen letzten, leicht abschüssigen Korridor. An dessen Ende strömte Sonnenlicht durch eine doppelt verglaste Tür herein – zweifellos kugelsicheres Glas, so dick, wie es war. Woland kniff die nicht mehr an grelles Licht gewöhnten Augen gegen die Helligkeit zusammen. Vor der Renovierung war es im Gefängnis wesentlich düsterer gewesen, aber in Block D stellten die Lichtverhältnisse immer noch ein Problem dar. Er blinzelte mehrmals, während das Tor aufschwang und Pet ihm die Handschellen abnahm.

»Du hast eine halbe Stunde«, sagte Pet, der nach wie vor über Wolands »Scherz« lächelte.

Der Mann schien gar nicht der Typ für einen Gefängniswärter zu sein, dachte Woland, als ein dritter Wärter Schusswaffen für die Hofpatrouille an Pet und André ausgab. Er fand, Pet wäre in einem Blumenladen oder einer Buchhandlung besser aufgehoben. André würde keine Sekunde zögern, einen Insassen niederzuschießen, den er als Bedrohung empfand. Bei Pet hingegen fiel es Woland schwer, sich vorzustellen, dass der Mann den Abzug drücken würde – selbst wenn sein Leben davon abhinge.

Tja, das werden wir gleich auf die Probe stellen, nicht wahr?

André setzte W. mit einem Stoß in Bewegung, und er trat durch die kugelsichere Glastür hinaus in den Hof. Die kühle Mittagsluft bildete einen Kontrast zur warmen Sonne in seinem Gesicht. Er legte den Kopf in den Nacken und lächelte dem Himmel entgegen wie ein Kind. Nachdem er den Moment kurz genossen und ein Quäntchen Menschlichkeit zurückerlangt hatte, schlenderte er an der Außenmauer von Block D entlang, einem von vier

Gebäuden, die sich wie die Speichen eines Rads vom Hof in der Mitte ausgehend erstreckten. Im Zuge der Renovierung hatte man mit der letzten Guillotine die berühmteste, kultigste Besonderheit des Hofs entfernt. Die letzte Hinrichtung damit in La Santé lag weniger lange zurück, als Woland vermutet hätte – November 1972. Damals hatte man Roger Bontems und Claude Buffet nach ihrem Ausbruchsversuch, bei dem mehrere Geiseln umgekommen waren, zum Tod verurteilt. Dass man ihnen als Letzten in diesem Gefängnis die Köpfe abgehackt hatte, war allerdings ihr einziger Anspruch auf Ruhm. Wie so viele andere Inhaftierte waren auch sie bloß banale Verbrecher gewesen. Das galt auch für den berüchtigten Terroristen Ilich Ramírez Sánchez – Carlos, der Schakal –, der bis 2006 in La Santé untergebracht gewesen war.

Vor meiner Zeit …

Woland blieb stehen, streckte den Rücken durch und achtete darauf, wo sich der dritte Wärter aufhielt, der die Gewehre an Pet und André ausgeteilt hatte. Statt an der Tür auszuharren, ging er zum Berührungspunkt zweier Gebäude. André stand an der südlichen Mauer, die entlang der Rue Jean-Dolent verlief und das Gefängnis von der Reihe der auf der anderen Straßenseite aufragenden Wohnhäuser trennte. Woland mochte kein Experte sein, aber er kannte kein anderes Hochsicherheitsgefängnis mitten in einer Stadt wie Paris. Die Beeinträchtigungen der Sicherheit durch die urbane Lage von La Santé – wie die freie Sicht auf den Innenhof von erhöhten Positionen in der Nähe – würden gleich ausgenutzt werden.

Woland schlenderte zurück in Richtung der Doppeltür und nickte lächelnd Pet zu, während der dritte Wärter den Hof zu einer Gruppe von drei miteinander redenden

Gefangenen überquerte. Laut den Regeln hatten die Häftlinge für sich zu bleiben, und der dritte Wärter wollte sie auseinanderscheuchen.

Was er nicht mehr schaffte.

Die erste Explosion schlug heftig ein. Die Schockwelle fegte durch den Innenhof und ließ Fenster bersten. Scherben regneten wie ein Wasserfall herab. Woland fuhren so intensive Schmerzen in die Ohren, dass er glaubte, die Trommelfelle könnten geplatzt sein. Aber damit würde er sich später auseinandersetzen können. Er schaute nach links zu einer klaffenden Öffnung in der Steinmauer auf der Straßenseite des Hofs. Außerdem hatte die Explosion den robusten Stahlzaun, der eine innere Barriere bildete, auf einer Breite von drei Metern zum Einsturz gebracht und verbogen.

Der Elitesoldat in Woland übernahm das Kommando, und er suchte den Hof methodisch nach Bedrohungen ab. Statt in die Freiheit zu flüchten und zu riskieren, von den Schützen in den beiden Ecktürmen erschossen zu werden, rannte er zu Pet, der von Kopf bis Fuß blutüberströmt regungslos auf dem Boden lag. Woland vermutete, dass der Großteil des Bluts nicht von Pet, sondern von den drei Gefangenen und dem dritten Wärter stammte. Sie hatten mitten im Einschlagsbereich gestanden. Ihre Körperteile lagen über den Hof verstreut.

»*Qui est là?*«, fragte Pet und schaute mit trübem Blick auf.

»Ich bin's, Nicholas«, sagte Woland und sank neben dem Mann auf ein Knie.

Einen Herzschlag später explodierten beide Wachtürme durch wunderschöne, synchrone Präzisionstreffer mit Panzerfäusten, abgefeuert aus den Wohngebäuden auf der anderen Straßenseite.

»Werden wir angegriffen, Nicholas Woland? Ich kann nichts sehen«, sagte Pet. Eine Träne kullerte über seine Wange.

Schüsse krachten auf dem Hof, als zwei andere, zum Loch im Zaun sprintende Häftlinge von hinten niedergemäht wurden. Woland spähte über die linke Schulter und erblickte den Schützen. André stand zehn Meter entfernt, das Gewehr im Anschlag. Mit einem freudlosen Grinsen warf er das Magazin aus.

Woland hob Pets Waffe auf, zielte mit einer fließenden Bewegung und versenkte mit geübter Präzision drei Projektile in Andrés Rumpf. Dann stand er auf und blickte auf Pet hinab.

»Keine Sorge, mein Freund.« Woland lächelte mitleidig. »Hilfe ist unterwegs.«

»Dieu te bénisse«, sagte Pet und presste die Augen zu. »Gott segne dich, Nicholas.«

Woland setzte die Mündung an Pets Stirn, drückte zweimal den Abzug und beobachtete, wie der Schädel des Wärters auf dem Boden zerplatzte wie ein zu stark aufgepumpter Basketball.

»Das bezweifle ich«, sagte er schmunzelnd, wandte sich um und rannte in Richtung Freiheit los.

Mühelos durchquerte er die inneren und äußeren Barrieren und warf das Gewehr auf den Bürgersteig, nachdem er sich vergewissert hatte, dass sich keine Polizisten in der Nähe aufhielten. Wie man ihm mitgeteilt hatte, parkte einen halben Block entfernt ein Kleintransporter mit auf der Beifahrerseite weit geöffneter Schiebetür. Er rannte hin, sprang hinein und zog die Tür schwungvoll zu. Im Frachtraum wechselte er die Sträflingsuniform aus La Santé gegen bereitgelegte Kleidung – Jeans, Hemd,

Lederjacke. Die Uniform stopfte er in eine große Werkzeugkiste, bevor er durch die Lücke zwischen den Sitzen nach vorn kletterte. Er schaltete die Warnblinkanlage des Vans aus, öffnete die Fahrertür und stieg auf die Rue Jean-Dolent aus.

Auf der anderen Straßenseite stand wie versprochen ein Krankenwagen mit laufendem Motor. Woland ging zum Heck, stieg ein und schloss die Tür hinter sich. Ein Mann mittleren Alters in Sanitäterkluft saß neben der Behandlungspritsche und wartete auf ihn.

Woland begrüßte ihn auf Französisch.

»Jacke ausziehen und hinlegen«, befahl der Mann auf Englisch mit deutschem Akzent, als der Krankenwagen mit heulenden Sirenen losfuhr. »Ich bin kein Franzose, falls Sie das gedacht haben. Sie bevorzugen Englisch?«

»Ja«, antwortete Woland, streifte die Jacke ab und streckte sich auf der Pritsche aus. »Aber ich beherrsche auch Französisch, Paschtu, Arabisch – und Ihre Muttersprache Deutsch.«

Unbeeindruckt brummte der Mann und klebte eine Infusionsnadel an Wolands Arm, führte sie jedoch nicht durch die Haut in eine Vene ein. Als Nächstes riss er Wolands Hemd auf – die Knöpfe sprangen davon und landeten klappernd auf dem Boden. Er pappte ihm einen dicken, blutgetränkten Verband auf die Brust. Zuletzt besprühte er Wolands Gesicht mit Wasser, zerzauste ihm das Haar und ließ ihn eine Sauerstoffmaske aufsetzen.

»Ich möchte, dass Sie bei der Ankunft im Krankenhaus wach sind, aber nicht sprechen. Sie müssen den Eindruck erwecken, verwirrt zu sein und unter Schmerzen zu leiden. Das Pulsoximeter wird einen sehr niedrigen Sauerstoffgehalt anzeigen. Man wird Sie direkt zur

Traumaambulanz bringen. Aber keine Sorge, jemand von uns erwartet Sie dort und bringt Sie, wohin Sie müssen.«

Der Deutsche legte Woland eine große Pistole mit angeschraubtem Schalldämpfer in die Hand, bevor er eine dicke grüne Decke über ihn ausbreitete. »Nur für den Fall, dass etwas nicht nach Plan verläuft.«

»Und wie sieht der Plan aus?«, fragte Woland.

»Der Mitarbeiter schiebt Sie am Umkleideraum der Ärzte vorbei. Sie rollen sich von der Transportliege und gehen rein. In Schließfach vier ist alles, was Sie brauchen. Klamotten, Autoschlüssel in der Hosentasche, eine Brieftasche mit neuem Ausweis. Fahren Sie zum Hotel Henri IV, Rive Gauche. Um es Ihnen zu erleichtern, habe ich es ins Navi des Autos einprogrammiert, aber es liegt in der Rue Saint-Jacques nördlich des Boulevard Saint-Germain gegenüber der Kathedrale Église Saint-Séverin. Parken Sie das Auto auf der Straße. In der Brieftasche ist eine Schlüsselkarte für Zimmer 415.«

»Verstanden«, bestätigte Woland über das Geheul der Sirene hinweg. »Was dann? Wo treffe ich Victor?«

Der Deutsche lachte, und zum ersten Mal wurde seine Miene etwas milder.

»Was ist so komisch?«, fragte Woland irritiert.

»Sie müssen wichtig sein, oder? Das ist über meiner Stufe. Checken Sie in Ihr Zimmer ein, bestellen Sie was beim Zimmerservice, trinken Sie was. Es kommt jemand vorbei, der Ihnen sagt, wie es danach weitergeht.«

Als der Krankenwagen schwankend durch eine Rechtskurve fuhr, schaute der Deutsche durch die kleinen quadratischen Fenster in den Hecktüren hinaus.

»Wir sind gleich da«, kündigte er an, bevor er mit einem bösartigen, hässlichen Lächeln ein zusätzliches Magazin unter die Decke und in Wolands rechte Hosentasche schob. »Falls Sie entdeckt werden, beseitigen Sie alle, die Sie im Krankenhaus sehen.«

»Mit Vergnügen«, erwiderte Woland, bevor er theatralisch stöhnte und in die Rolle eines verwirrten, schmerzleidenden Patienten schlüpfte.

Als der Krankenwagen zum Stehen kam, umfasste er den Griff der Waffe unter der Decke fester. Zum ersten Mal im Leben hoffte er, dass er diesmal niemanden würde erschießen müssen.

2

AUSBILDUNGSANLAGE TRINITY LOOP
24 KILOMETER WESTLICH VON NASHVILLE
SÜDLICH VON ASHLAND CITY, TENNESSEE
7:14 UHR ORTSZEIT

Neue Hoffnung keimte in Jedidiah Johnson, als er nach Süden auf die Cross Hill Road abbog. Zuletzt hatte er sich so aufgeregt und nervös gefühlt, als … Tja, eigentlich *noch nie*. Okay, vielleicht am ersten Tag bei BUD/S, der Ausbildung zum Navy SEAL. Natürlich würde das Schulungsprogramm, an dem er teilnehmen würde, nicht annähernd wie der Fleischwolf sein, durch den ihn die SEAL-Ausbilder in Coronado gejagt hatten. Vermutlich würde am ersten Tag hauptsächlich Papierkram erledigt werden, vielleicht mit ein paar Einführungsvideos und Zeit auf dem Schießstand, um seine Fähigkeiten im Umgang mit Schusswaffen zu ermitteln. Die Tage mit anstrengendem körperlichem Training, Schlafentzug, Psychospielchen, emotionaler Misshandlung und Schwimmen bis zur Unterkühlung oder Sauerstoffunterversorgung lagen längst hinter ihm.

Hoffe ich jedenfalls, dachte er schmunzelnd, während er seinen brandneuen Pick-up durch die Kehre steuerte, die zum Kontrollpunkt am Haupttor führte. Ein schneller Blick über das Wachhaus und die Umgebung bestätigte, dass die Organisation der Shepherds das Thema Sicherheit überaus ernst nahm. Für ein ungeschultes Auge waren die versteckten Maßnahmen nicht offensichtlich, doch dank seiner Eliteausbildung wusste Jed, worauf er achten musste. Ein umständlicher Weg zwischen Betonleitwänden hindurch verhinderte, dass ein sich näherndes Fahrzeug wie eine Rakete in die Anlage rasen könnte. Mit hydraulisch betätigten, versenkbaren Stahlplatten konnte im Handumdrehen die Zufahrt blockiert werden. Beim Büroraum im ersten Stock über der Wachhütte handelte es sich um ein getarntes Schützennest. Und so weiter. Uneingeladen würde niemand nach Trinity Loop gelangen, so viel stand fest.

Als ein uniformierter Wachmann aus dem Gebäude kam, um ihn zu begrüßen, hielt er den reinschwarzen Silverado High Country an und schaltete in den Leerlauf. Der Wachmann nickte, als Jed das Fenster auf seiner Seite runterließ. Im Verlauf der Jahre hatte Jed die Erfahrung gemacht, dass man Kontrollpunkte oft mit körperlich nicht allzu einschüchternden Männern besetzte. Dieser Kerl jedoch besaß einen schlanken v-förmigen Rumpf, muskulöse Unterarme und trat auf wie ein Elitesoldat.

»Hi«, grüßte Jed ungezwungen und betrachtete sein Spiegelbild in der roten Hochglanzoptik der Wiley-X-Sonnenbrille des Wächters. Als er dem Mann seinen Ausweis reichte, warf er einen Blick auf den rechts an der Brust eingestickten Namen. *Sanderson*.

Statt Jeds Führerschein entgegenzunehmen, hob Sanderson mit der linken Hand einen Tabletcomputer an und richtete die Kamera auf Jeds Gesicht. Nach einem Herzschlag sagte er: »Willkommen in Trinity Loop, Senior Chief. Sie werden erwartet.«

»Das heißt dann wohl, dass Sie meinen Ausweis nicht brauchen.«

»Ab sofort ist Ihr Gesicht Ihr Ausweis«, erwiderte Sanderson. »Wissen Sie, wohin Sie müssen?«

Jed schüttelte den Kopf. »Nein, bin zum ersten Mal hier.«

Sanderson tippte mehrmals auf das Tablet, bevor er das Display zu Jed drehte. »Sie sind hier am Haupttor an der Cross Hill Road. Fahren Sie geradeaus weiter. Beim ersten Stoppschild stoßen Sie auf die Trinity Loop Road. Da fahren Sie nach rechts. Die Trinity Loop Road führt als Schleife durch die gesamte Anlage. Falls Sie sich irgendwo verfahren, müssen Sie nur zurück zur Trinity Loop finden, dann kommen Sie am Ende mit Sicherheit dort an, wo Sie hinwollen.«

Jed nickte und prägte sich die angezeigte Karte der Anlage ein. »Verstanden.«

»Sie müssen zu den Ausbildungskasernen. Die sind hier«, sagte Sanderson und zeigte auf eine Ansammlung von auf der Karte grün schattierten Gebäuden im südwestlichen Quadranten. Jed stellte fest, dass es sich um eine weitläufige Anlage handelte. Sie schien dem knapp 15 Quadratkilometer großen Ausbildungs- und Testgelände der Constellis Group in Moyock, North Carolina, um nichts nachzustehen. »Antritt zur Grundausbildung ist um 7:30 Uhr, ich schlage also vor, Sie beeilen sich. Sie treffen als letzter neuer Rekrut ein.«

»Grundausbildung? Neuer Rekrut?«, hakte Jed schmunzelnd nach. »Ich glaube, Sie verwechseln mich mit jemandem.«

»Sie sind doch Jedidiah Johnson, oder?«

»Ja.«

»Dann hat das System Sie korrekt identifiziert.« Sanderson warf einen Blick auf die Armbanduhr. »Sie sollten wirklich einen Zahn zulegen. Bevor es losgeht, werden Sie sich auf jeden Fall in Sportausrüstung umziehen wollen.«

»Moment. Ich arbeite für Ben Morvant. Ich bin heute Morgen nur hier, um den Aufnahmepapierkram zu erledigen.«

Sandersons Lippen verzogen sich zu einem schiefen Grinsen, als hätte jemand mit einem unsichtbaren Faden einen Mundwinkel hochgezogen. »Aha. Hat man Ihnen das gesagt?«

»Na ja, nicht wörtlich. Aber so hat es sich angehört«, erwiderte Jed, in dessen Magengrube sich ein ungutes Gefühl einnistete.

»Sie haben acht Minuten, Senior Chief. Ich an Ihrer Stelle würde keine davon mehr damit vergeuden, mit mir zu labern.« Damit trat Sanderson einen Schritt zurück und zeigte mit dem Arm auf Gebäude in der Nähe. »An der ersten Kreuzung nach rechts auf die Trinity Loop Road. Dann fahren Sie weiter, bis Sie das Hinweisschild für die Jericho-Trainingseinrichtung sehen. Dort müssen Sie hin.«

»Danke«, sagte Jed, dessen Stimmung sich schlagartig verdüsterte. Er legte den Gang ein und lenkte den Wagen auf das Gelände. Jed ließ das Fenster unten und stützte den linken Ellbogen darauf, während er sich fragte, was für eine blödsinnige Amateurausbildung man offenbar für ihn geplant hatte.

Wenn Ben denkt, ich lasse mich von einem ausgemusterten Ausbilder anbrüllen, damit der seine ruhmreiche Vergangenheit wieder aufleben lassen kann, hat er sich geschnitten, dachte er und stieß irritiert den Atem aus. *Ich bin schon Elitesoldat. Ich muss hier niemandem irgendwas beweisen.*

Wenige Augenblicke später erreichte er die Kreuzung mit der Trinity Loop Road und bog nach rechts ab, wie Sanderson es ihm beschrieben hatte. Während der Fahrt ließ Jed den Blick über die Gebäude wandern und gelangte zu dem Schluss, dass ihn die Anlage an eine Mischung aus Camp Peary in Virginia und dem Hauptcampus der Vanderbilt University erinnerte. Ein gemauerter Uhrturm mit einer weißen Kuppel, der an jenen der Independence Hall in Philadelphia erinnerte, beherrschte den zentralen Platz. Jeds Sitz vibrierte, als der Spurhalteassistent des Silverado ihn warnte und automatisch korrigierend eingriff, damit er nicht von der Straße abkam.

Das hätte gerade noch gefehlt. Meinen Wagen schrotten und zu spät kommen. Eindeutig nicht der erste Eindruck, den ich hinterlassen will, dachte er und war dankbar, dass er sich vom Verkäufer hatte überreden lassen, sich das Sicherheits- und Technikpaket zu leisten.

Nach einer Viertelrunde durch das Gelände geriet die Trainingseinrichtung in Sicht, die Sanderson ihm auf der Karte gezeigt hatte. Ein langes, niedriges, flaches Gebäude tauchte hinter einer leichten Anhöhe auf, etwa 20 Meter von der Straße zurückversetzt. Links und rechts daneben standen drei kleinere Häuser, die vermutlich eine Kantine, eine Sporthalle und Unterrichtsräumlichkeiten beherbergten. Dahinter erspähte er einen heftig aussehenden Hindernisparcours, eine Querfeldeinstrecke um einen künstlich angelegten See herum, eine Schießanlage mit Innen- und Außeneinrichtung und schließlich ein großes, einer Lagerhalle ähnelndes Gebäude. Bei Letzterem handelte es sich mit Sicherheit um eine Anlage zur Simulation von Einsätzen mit scharfer Munition, darauf hätte Jed gutes Geld gewettet. Die Bestätigung, dass er sein

Ziel gefunden hatte, tauchte gleich darauf in Form eines grünen Schilds mit der Aufschrift *Jericho-Trainingseinrichtung* auf.

Jed bremste und bog in den Komplex ab. Dabei hielt er zugleich Ausschau nach Anzeichen von Leben und einem Platz zum Parken. Unverhofft vibrierte sein Handy im Becherhalter der Armlehne. Er warf einen Blick auf das Display. Die Anruferkennung wurde als unbekannt angezeigt.

»Hier Jed«, meldete er sich, als er den Anruf entgegennahm.

»Parken Sie hinter den Kasernen, dann kommen Sie im Laufschritt zur Anmeldung auf die Westseite«, sagte eine raue männliche Stimme. »Sie sind spät dran, Johnson.«

Bevor er etwas erwidern konnte, legte der Anrufer auf.

Jed verdrängte seine Verärgerung darüber, dass er herumkommandiert wurde, und tat, wie ihm geheißen. Nachdem er eingeparkt hatte, steckte er das Handy in die Tasche, hievte sich den Rucksack auf die rechte Schulter und lief um die Nordseite des Kasernengebäudes herum zur Mitte der hufeisenförmig angelegten Ausbildungsanlage.

Diese Leute machen keine halben Sachen, dachte er, während er die zig Millionen teure Umgebung betrachtete.

»Johnson«, blaffte dieselbe raue Männerstimme, die ihn angerufen hatte. »Hören Sie auf zu glotzen und kommen Sie hier rüber.«

Zähneknirschend wendete Jed und steuerte auf den Mann zu – fit, silbriges Haar mit militärischem Schnitt und ein Gesicht wie Stephen Langs Schurkenfigur aus dem Film *Avatar – Aufbruch nach Pandora*. Jed war zehn Zentimeter größer und besaß geschätzt 15 Kilo mehr

Muskelmasse. Dennoch sagte ihm ein Bauchgefühl, dass der ältere Bursche sowohl im Ring als auch auf dem beeindruckenden Hindernisparcours in der Nähe auf Augenhöhe mit ihm wäre.

»Ich suche Ben Morvant«, erklärte Jed und rang sich ein Lächeln ab. »Ich soll mich heute Morgen hier mit ihm treffen, um Papierkram zu erledigen.«

Der Mann trug ein marineblaues T-Shirt mit der Aufschrift *Ausbilder* in knallgelben Buchstaben auf der Brust, kakifarbene Shorts und Sportschuhe von Nike. Er heftete einen harten Blick auf Jed und sagte: »Ich arbeite für Ben. Und keine Sorge, der Papierkram kommt auch noch an die Reihe. Aber jetzt haben Sie noch drei Minuten, um Ihre Koje zu finden, sich in Sportklamotten zu werfen und draußen beim Rest Ihres Teams anzutraben. Sehen Sie die sieben Gestalten da drüben? Die warten auf Sie.«

Jeds Blick folgte dem ausgestreckten Finger des Ausbilders zu einer Gruppe von fünf Männern und zwei Frauen, die sich in Sportausrüstung aufwärmten. »Ist das Ihr Ernst?«, fragte er und wandte sich wieder dem Ausbilder zu. »Wir ziehen das wirklich durch?«

Ein selbstgefälliges Grinsen, wie Jed es seit seiner Ausbildung zum SEAL nicht mehr gesehen hatte, breitete sich über die Züge des Mannes aus.

»Das Böse ruht nie, junger Mann, und wir auch nicht. Halleluja und huu-ja, Froschmann. Willkommen bei der Jericho-Grundausbildung.«

3

Jed widerstand dem Drang, sich mit seinem neuen Ausbilder anzulegen, und beschloss mitzuspielen …

Vorerst.

Rasch suchte er in der Kaserne den ihm zugeteilten Schlafplatz, zog sich um und lief zurück hinaus, um sich der Gruppe anzuschließen, die auf dem Rasen auf ihn wartete. Als er sich den Leuten näherte, entdeckte er überrascht einige bekannte Gesichter unter ihnen. Er erkannte vier Shepherd-Soldaten, wusste aber nur von zwei den Namen. Seltsam, dass mehr als die Hälfte der angeblich »neuen Rekruten« dieser Klasse die Männer waren, mit denen er erst vor wenigen Wochen Schulter an Schulter gekämpft hatte. Damals hatten sie erst einen Terroranschlag in der Cathedral of the Incarnation vereitelt, danach einen zweiten in der Cross Landing Church in den Randbezirken von Nashville.

»Eli … Grayson … Was macht ihr denn hier?«, fragte er grinsend, als er sich der Gruppe anschloss.

»Hi, Jed«, grüßte der entspannte Agent namens Eli und streckte die Hand aus. »Lange nicht gesehen.«

Jed schlug erst mit Eli ein, dann mit Grayson.

»Alter, bist du wirklich schon bereit? Wenn ich mich recht erinnere, hast du in der Nacht im Haus der Yarnells ziemlich viel eingesteckt«, sagte Grayson und wirkte aufrichtig besorgt.

»Ja, Mann, alles gut«, antwortete Jed, während er die anderen Gesichter um ihn herum musterte. »Ich erhole mich schnell – muss man als SEAL.«

Grayson und Eli, beide früher bei den Special Forces der Army, wie Jed wusste, sahen einander an und schüttelten die Köpfe.

Zwei weitere Agenten traten zur Begrüßung an ihn heran. Er kannte ihre Gesichter, nicht aber ihre Namen. »Ich bin Carl«, stellte sich ein kräftig gebauter Schwarzer vor. Auf den linken Unterarm hatte er ein großes, verziertes Kreuz tätowiert, auf den rechten den Adler, die Weltkugel und den Anker des Marine Corps. »Ich war in Smoky Mountain im Rettungsteam, aber wir hatten keine Gelegenheit, uns zu unterhalten.«

»Ich erinnere mich«, erwiderte Jed und schüttelte ihm die Hand. »Freut mich, dich offiziell kennenzulernen.«

»Und ich bin Johnny«, sagte der mit dem anderen bekannten Gesicht. »Ich war dabei, als wir den Anschlag auf die Kirche verhindert haben.«

»Schön, dich wiederzusehen«, erwiderte Jed und schüttelte auch Johnny die Hand.

»Komm, ich stelle dir unsere anderen Goldstücke vor.« Johnny drehte sich den drei Jed unbekannten Teammitgliedern zu. »Der Bursche da ist Hyeon«, sagte er und sprach den Namen eigenartig aus. »Er ist Koreaner.«

»Tatsächlich sind meine Eltern aus Korea. Ich bin aus Montana«, erklärte der Mann in akzentfreiem Englisch und wandte sich Jed zu. »Hi, Jed. Schön, 'nen Froschmannkameraden kennenzulernen.«

»Gleichfalls.« Jed nickte ihm zu. Ihm fiel an Hyeons linkem Deltamuskel die untere Hälfte einer Froschskelett-Tätowierung auf, die unter dem Ärmel seines T-Shirts hervorlugte.

»Ich bin Bex«, stellte sich eine sehr blonde und sehr durchtrainierte Frau vor, drängte sich vor Johnny und schüttelte Jed die Hand. »Hab gehört, du warst bei SEAL-Team 10.«

»Ja, stimmt«, bestätigte Jed.

»Ich war IDC bei einem FRSS-Team im Irak und danach ein paar Jahre bei Team 4, bevor man mich für JSOC rekrutiert hat«, sagte sie. Damit verpackte sie ihre Laufbahn als Kampfsanitäterin mit taktischem Einschlag, die schon mit SEALs oberster Stufe zusammengearbeitet hatte, in einen einzigen, eleganten Satz. »Zuletzt war ich bei SA-2 mit Gruppe 20. Dort hab ich den Dienst dann quittiert. Die wollten mich dem Navy-Krankenhaus in Portsmouth zuteilen, was ich dankend abgelehnt habe.«

»Kann ich verstehen.«

»Wahrscheinlich haben wir ein paar gemeinsame Bekannte«, meinte sie lächelnd.

»Gut möglich«, erwiderte Jed und grinste.

»Und ich bin Nisha«, meldete sich das letzte Mitglied der Gruppe zu Wort, eine umwerfend attraktive Frau mit karamellfarbener Haut und nachtschwarzem Haar. Statt sich ihm zum Händeschütteln zu nähern, winkte sie ihm nur zu. Sie hatte den schlanksten Körperbau der Truppe, stand aber wie alle anderen mit gestrafften Schultern da und strahlte die Aura einer Veteranin aus. Doch im Gegensatz zu den anderen gab sie nichts von ihrem Hintergrund preis und hatte auch keine sichtbaren Tätowierungen, die irgendwelche Hinweise darauf geliefert hätten.

»Hi, Nisha«, sagte Jed und überlegte, ob er ihr Gesicht schon mal irgendwo gesehen hatte.

»Das reicht, wir sind hier nicht beim ersten Tag im Ferienlager«, blaffte ihr Ausbilder mit einstudierter Verärgerung. »Genug gelabert. Zeit, sich an die Arbeit zu machen. Johnson!«

»Sir?«, erwiderte Jed und drehte sich dem schroffen Ausbilder zu. »Oder soll ich Sie irgendwie anders anreden?«

Der silberhaarige Mann grinste. »Ach ja, richtig. Sie sind zu spät gekommen, deshalb haben Sie meine Vorstellung verpasst.«

»Alle nennen ihn einfach den Colonel«, flüsterte Carl. »Ich bin seit sechs Jahren hier, und er hat noch nie seinen Vornamen verraten.«

»Das hab ich gehört, Carl«, sagte der Colonel, bevor er einen Blick wie einen Laserstrahl über die Gruppe wandern ließ. »Das ist der Unterschied zwischen euch und mir. Ich bin nicht hier, um Freundschaften zu schließen. Mir ist egal, ob ihr mich leiden könnt oder nicht. Ich bin hier, um euch an die Belastungsgrenzen zu treiben, bis ihr einknickt, und um zu sehen, ob ihr euch danach wieder aufrappeln könnt.«

Jed unterdrückte ein Grinsen. *Mann, der geht echt voll in seiner Rolle auf. Bin gespannt, wie lange die diese Ausbildungslagerscharade durchziehen.*

»Johnson, führen Sie uns zum Aufwärmen zu einem Acht-Kilometer-Lauf an, bevor wir mit dem heutigen Sportprogramm anfangen«, befahl der Colonel und zeigte zackig mit der Hand in Richtung der Trinity Loop Road.

»Verstanden, Colonel«, gab Jed zurück. »Hat diese Einheit einen Namen?«

»Jericho Basic, Zug Alpha.«

»Also gut, Alpha. Mir nach. Lasst uns schwitzen«, sagte Jed, setzte sich im Laufschritt in Bewegung und überquerte die Zufahrt zum Parkplatz in Richtung Trinity Loop.

Grayson gesellte sich an der Spitze der Kolonne neben ihn, der Rest des Zugs bildete hinter ihnen Zweierreihen.

»Der Trinity Loop ist vier Kilometer lang«, sagte Grayson. »Ich weiß ja, wie schwer ihr SEALs euch mit Mathe tut, also helf ich dir. Ein Acht-Kilometer-Lauf sind zwei Runden.«

Jed lachte leise. Ihn freute, dass es die Rivalität und Sticheleien zwischen den Teilstreitkräften auch hier bei den Shepherds gab. »Danke für den Profi-Tipp.«

»Gern. Die Army steht hinter dir, Froschmann«, sagte Grayson grinsend.

Jed warf einen Blick über die Schulter. Er konnte der Versuchung nicht widerstehen, nachzusehen, ob alle im Zug mit von der Partie waren und das Tempo mitgingen. Natürlich liefen alle in perfektem Abstand, und ihn überraschte nicht, dass der Colonel als Schlusslicht ebenfalls mithielt.

»Kann ich dich was fragen?«, wandte er sich an Grayson, als er wieder nach vorn schaute.

»Schieß los.«

»Was soll das hier? Ich bin heute in der Erwartung hergekommen, eine Schulung zu kriegen. Mit einem Ausbildungslager hab ich nicht gerechnet. Ich bin kampferprobter Veteran mit 15 Jahren Erfahrung in Spezialoperationen. Ihr habt mich im Einsatz gesehen. Ben weiß, was ich draufhabe. Ehrlich, Alter, was soll das alles?«

Grayson warf ihm einen ironischen Seitenblick zu. »Ich bin jetzt mal echt ungut und beantworte die Frage mit einer Gegenfrage: Was war das Beste dran, ein SEAL zu sein?«

Die Antwort schoss reflexartig aus Jed heraus. »Die brüderliche Kameradschaft.«

»Warum?«

»Komm schon, Mann, du warst Green Beret. Du weißt, warum.«

»M-m, kein Ausweichen. Sprich es aus. Sag mir, warum«, beharrte Grayson.

»Weil wir zusammen gekämpft, geblutet, gelacht und geweint haben. Egal vor welche Herausforderung uns das Oberkommando, die Bösen oder das Leben gestellt haben, wir haben sie *gemeinsam* überwunden.«

»Genau. Und deshalb durchlaufen alle Neuen die Grundausbildung. Logistisch ist es eine Menge Aufwand und frisst viel Zeit, aber es ist notwendig. Nur durch gemeinsames Überwinden der Widrigkeiten bei der Ausbildung schmieden wir die nötigen Bande für die Widrigkeiten, die uns draußen erwarten.«

»Soll das heißen, du, Eli und die anderen Veteranen durchlaufen das Programm zusammen mit mir und den anderen Neulingen noch mal?«, hakte Jed völlig überrascht nach.

»Genau. Unsere Rekrutierungsklassen sind klein. Wie sollen wir sonst ein richtiges Team werden? Den Grundgedanken dahinter solltest du besser als die meisten zu schätzen wissen. Es gibt keine Abkürzungen, Jed.«

Er warf einen Blick auf Grayson und stellte fest, dass der Agent lächelte – aufrichtig und herzlich.

Er betrachtet das als Ehre – wie eine Erneuerung seines Eids.

»Wie oft hast du das schon gemacht?«, fragte er.

»Jericho Basic?«

»Ja.«

»Das wird jetzt mein sechstes Mal.«

»Wow. Und immer unter unserem Colonel Avatar?«, fragte Jed grinsend.

Grayson lachte und schaute über die Schulter zu Eli, der in der Reihe hinter ihnen neben Hyeon lief. »Bro, Jed hat gerade gemeint, der Colonel sieht aus wie der Typ aus *Avatar*.«

»Siehst du? Ich bin doch nicht der Einzige«, erwiderte Eli.

»Ein Insiderwitz zwischen uns«, erklärte Grayson, als er sich wieder Jed zuwandte. »Aber um die Frage zu beantworten: Ja. Der Colonel ist von Anfang an dabei gewesen. Also, jetzt nicht beim ursprünglichen Anfang im Mittelalter – der Typ ist alt, aber *so* alt auch wieder nicht. Jedenfalls war er schon mit an Bord, bevor's Trinity Loop gegeben hat.«

»Interessant.«

»Ja. Tatsächlich war der Bau der Anlage seine Idee. Er hat Land aus Familienbesitz dafür gespendet.«

»Ah, also ist er Jericho«, folgerte Jed. »Das Ausbildungszentrum und das Programm sind nach ihm benannt?«

»Volltreffer«, bestätigte Grayson. »Du wärst überrascht, wie lange die meisten brauchen, um es zu raffen. Scheiße, Johnny hat's immer noch nicht geschnallt. Aber gut, er war ja auch bei der Navy, ist also kein Wunder …«

In Jed breitete sich neuer Respekt für den Mann aus, den er vorschnell als abgetakelten Ausbilder abgeschrieben hatte, der noch einmal seine besten Tage erleben wollte.

»Ich wusste gar nicht, dass Navy SEALs so langsam rennen«, brüllte eine raue Stimme vom hinteren Ende der Kolonne. »Meine Mutter ist 82 Jahre alt und läuft schneller, Johnson.«

»Huu-ja, Colonel«, rief Jed zurück, verlängerte die Schritte und zog das Tempo an. Alle in der Gruppe waren eindeutig hervorragend in Form. Allerdings hatte keiner der anderen eine Ahnung, wozu Jed körperlich in der Lage war.

Ich werd Colonel Jericho dazu bringen, sich gut zu überlegen, ob er so 'nen Lauf noch mal verlangt, dachte er. Ein verschlagenes Grinsen breitete sich über seine Züge aus. *Vielleicht wird die Sache ja sogar lustig.*

4

HOTEL HENRI IV, RIVE GAUCHE

RUE SAINT-JACQUES 9

PARIS, FRANKREICH

13:35 UHR ORTSZEIT

Maria Perez widerstand dem Drang, mit den Fingern über die Einschnittstellen an ihrem Bauch zu fahren, und konzentrierte sich darauf, in der kleinen, aber feinen Lobby des Pariser Boutiquehotels natürlich zu wirken. Das Jucken der Nähte in ihrem Bauchnabel trieb sie in den Wahnsinn. Bei einem Einsatz im Haus der Yarnells in Nashville war sie angeschossen worden – nicht in ihrer offiziellen Eigenschaft als Ermittlerin der Stadtpolizei, sondern bei ihrem *anderen* Job. Heikel daran war, aller Welt das Gegenteil vorzugaukeln. Ja, sie hat in der Nacht Dienst gehabt. Natürlich war sie gerade noch rechtzeitig eingetroffen, um das Mädchen zu retten. Im Verlauf der Jahre war sie eine recht überzeugende Schauspielerin geworden. Anscheinend war es ihr gelungen, alle zu täuschen, sogar die Yarnells.

Auch die Reise nach Paris, die sie bei der Polizei mit psychologischen Gründen gerechtfertigt hatte, unternahm sie für jenen *anderen* Job. Sie hatte den Befehl dazu erhalten und konnte ihn nicht verweigern. Sobald man dabei war, kam das nicht mehr infrage. *Kein Grund, paranoid zu sein,* sagte sie sich. *Man ist mir nicht auf der*

Spur ... zumindest noch nicht. Wenn Interpol und die französische Polizei Nicholas Woland in diesem Hotel vermuteten, wäre es inzwischen offensichtlich. Wenn sie etwas wusste, dann, wie man eine laufende verdeckte Operation erkannte.

Sie durchquerte mit über die Bodenfliesen klickenden Absätzen die Lobby und lächelte die ernst wirkende Rezeptionistin an. Die Frau trug das Haar zu einem unglaublich engen Dutt geknotet. Sie rang sich ein halbherziges Lächeln ab und hob einen Finger, während sie ein Telefonat beendete. Danach stützte sie die Hände auf den lächerlich mit Goldimitat verzierten Empfangsschalter, der sich vor einer mit dazu passender Goldfolie überzogener Wand befand.

»*Oui, Madame. Comment puis-je vous aider aujourd'hui?*«, erkundigte sich die Frau und legte den Kopf so schief, dass sie Maria an einen Labrador Retriever erinnerte.

»Englisch?«, fragte Maria hoffnungsfroh. Sie beherrschte zwar sowohl Englisch als auch Spanisch fließend, ihr Französisch jedoch ließ schwer zu wünschen übrig. Aber in Paris galt es auch als Parisern vorbehaltenes Privileg, Französisch zu sprechen.

»Natürlich, Madam«, antwortete die Frau lächelnd. Ihre Augen vermittelten allerdings eher, dass man ihr an diesem Tag noch keine dümmere Frage gestellt hatte. »Was kann ich für Sie tun?«

»Ich bin Anna Mayberry aus Zimmer 413. Sind für mich irgendwelche Nachrichten eingetroffen, während ich weg war?«

Das Gesicht der Frau zeigte echte Überraschung. Vielleicht hinterließ im Zeitalter von Handys und Tablets niemand mehr Nachrichten an Hotelrezeptionen. Dennoch sah die Frau pflichtbewusst eine Kiste voller mit Zimmernummern beschrifteter Unterteilungen durch, bevor sie aufschaute und wieder ihr gekünsteltes Lächeln aufsetzte.

»Nein, Madam. Keine Nachrichten.«

»Danke«, sagte Maria. »Schönen Tag noch.«

Die Rezeptionistin nickte knapp, erwiderte jedoch nichts, und Maria ging zum Aufzug, wo sie weiteres kitschiges Blattgold erwartete. In der Kabine drückte sie die Vier, und die Türen schlossen sich. Hätte das Überwachungsteam etwas Beunruhigendes bemerkt, wäre ihr Einsatz mit einer Nachricht am Empfang abgebrochen worden. Wenige Augenblicke später ertönte ein Bimmeln, und die Türen glitten im vierten Stock auf. Sie würde froh sein, wenn sie wieder in Nashville wäre, um dort Shepherds zu jagen und insbesondere die neueste Bedrohung – den Navy SEAL, der allem Anschein nach nicht wie versprochen nach Virginia Beach zurückgekehrt war, nachdem er geholfen hatte, das Yarnell-Mädchen zu retten. Mehrere Versuche, ihn auf die sonst so nützliche, übernatürliche Weise aufzuspüren, waren gescheitert. Sogar Victor selbst hatte Schwierigkeiten, den Weg in den Kopf des Mannes zu finden.

Bis ihr die Stadtpolizei von Nashville grünes Licht für die Rückkehr zum Dienst erteilte – was wohl noch mindestens einige Wochen dauern würde –, konnte sie flexibel so ihrem Herrn dienen, wie er es für richtig hielt. Sie fand es schmeichelhaft, mit einer so hochkarätigen Operation wie dieser betraut worden zu sein. Victor war ein gewaltiges Risiko eingegangen, indem er diesen Mann aus La Santé herausgeholt hatte. Was auch immer er mit Nicholas Woland vorhatte, musste etwas Großes sein. Sie fragte sich, welche Fähigkeiten der Mann besitzen konnte, die anderen Finsteren fehlten.

Vielleicht würden irgendwann die Antworten auf solche Fragen nicht mehr über ihrer Stufe liegen.

Sie zog ihre Schlüsselkarte über das Schloss, hörte ein Klicken und betrat Zimmer 413.

Der Raum war klein, gemütlich und ärgerlich typisch für Paris, indem er denselben protzigen Stil wie die Lobby aufwies. Auf dem Weg zum Aufziehen der Vorhänge hielt sie an der Verbindungstür zum angrenzenden Zimmer 415. In der Brust spürte sie ein Flattern, das sie angesichts ihrer jahrelangen Diensterfahrung völlig fehl am Platz fand. Sie hatte schon wesentlich gefährlichere Situationen als diese gemeistert. Ihre Aufgabe war einfach – Woland als seine vermeintliche Ehefrau über die Grenze in die Schweiz begleiten. Falls man sie aufhielte, würde ihre Gegenwart die Glaubwürdigkeit von Wolands neuer Identität stärken. Das klang grundsätzlich einleuchtend, allerdings vermutete Maria, dass Victor einen Nebengedanken dabei hatte. Er wollte, dass eine Person seines Vertrauens den frisch befreiten Finsteren im Auge behielt. Niemand hatte damit gerechnet, dass Victor den Agenten so viele Jahre im Gefängnis schmoren lassen würde, wahrscheinlich nicht einmal Woland selbst.

Während sie versuchte, sich einzureden, dass sie nichts zu befürchten hatte, nagte Beklommenheit an ihr. Der Auftrag fühlte sich größer an, als er sollte. Düsterer, riskanter …

Während Maria auf die Verbindungstür starrte, verspürte sie ein tief sitzendes Unbehagen – als sickerte Bösartigkeit aus dem Zimmer nebenan herein und verpestete die Luft, die sie atmete. Rasch ging sie weiter zum Fenster und riss die Vorhänge auf, um Licht hereinzulassen. Die Schatten wurden vertrieben, und das Zimmer fühlte sich schlagartig sauberer an.

Wie desinfiziert.

Es liegt nicht an der Mission ... sondern an dem Mann, schien eine andere Stimme als ihre in ihrem Geist zu sagen. Maria schauderte.

Dann gab sie einen tadelnden Laut von sich und schüttelte den Kopf. Sie führte sich auf wie ein Schulmädchen. Immerhin war sie mit *Victor* zusammen gewesen, dem bösartigsten und mächtigsten Mann – oder was immer er in Wirklichkeit sein mochte –, von dem sie je gehört hatte. Nicholas Woland war bloß ein Mensch. Sie atmete tief ein und stieß die Luft durch geschürzte Lippen aus. Aber auch nachdem sie sich geerdet hatte, blieb der Zwang überwältigend, die Pistole aus ihrem Gepäck zu holen.

Alles gut, sagte sie sich. *Wir sind auf derselben Seite.*

Mit einem resignierten Seufzen ging sie zur Verbindungstür und entriegelte sie. Nachdem sie ihre geöffnet hatte, klopfte sie zweimal mit den Knöcheln an seine.

»Es ist offen«, ertönte eine entspannte und erfrischend amerikanische Stimme von der anderen Seite.

Maria drückte gegen die Tür, und tatsächlich schwang sie mühelos in das angrenzende Zimmer auf, ein Spiegelbild ihres eigenen.

Woland saß an dem kleinen Tisch, die Beine an den Knöcheln überkreuzt. Zwischen Zeige- und Mittelfinger der rechten Hand klemmte eine Zigarette. Eine dünne Ranke aus bläulichem Rauch stieg neben seiner scharf geschnittenen Kieferpartie auf. Tätowierungen umhüllten die beiden muskulösen, geäderten Unterarme. Links handelte es sich um eine Darstellung von Luzifer. Ein atemberaubendes Bild – graue Haut, leuchtende Augen über einem strahlenden Lächeln im schmalen Gesicht, goldene Narben am schlanken, drahtigen Körper, Hörner an den Schultern und Armen.

»Wie ich sehe, gefällt Ihnen das Kunstwerk«, dröhnte Wolands tiefe Stimme, in der ein leichter Akzent aus dem östlichen Texas mitschwang.

»Es ist prachtvoll«, erwiderte sie, bevor sie den Blick abrupt von der faszinierenden Tätowierung losriss. Sofort bereute sie, dass sie wie ein Fangirl bei einer Begegnung mit einem vergötterten Superstar klang.

»Hat ein Vermögen gekostet«, sagte Woland, löste die Beine voneinander und drückte die Überreste der Zigarette aus. »Überdeckt 'ne ältere Tätowierung, die nicht mehr zu meinen Lebensentscheidungen gepasst hat. Für meinen Werdegang habe ich es als die perfekte Umgestaltung empfunden.«

»Tut mir leid, ich weiß nicht, was Sie meinen.« Ihre Stimme hörte sich wieder normal an.

Als er ein Lächeln aufsetzte, bemerkte sie, wie sehr es dem der Tätowierung auf seinem Arm ähnelte, ein Bild Luzifers, wie sie ihn sich beim Lesen von Dantes *Inferno* vorgestellt hatte.

»Luzifer war der ultimative gefallene Engel, finden Sie nicht auch? Gottes rechte Hand. Es gibt da dieses Sprichwort – je höher man aufsteigt, desto tiefer fällt man. Tja, bei ihm hat der verdammt tiefe Fall zu seiner unglaublichen Macht geführt. Ähnlich wie bei mir, nicht wahr?«

Als er sich erhob, fiel Maria auf, wie seine breite Brust und die Schultern die Nähte seines Hemds spannten, das er über schwarzen Jeans hängend trug. Tatsächlich zeichneten sich auch durch den dickeren Jeansstoff die Muskeln darunter ab.

Sie zwang sich, seinem durchdringenden Blick standzuhalten.

»Ich fürchte, ich bin nicht vollständig informiert«, sagte sie und versuchte, die Kontrolle über das Gespräch zu erlangen. Immerhin war *sie* seine Betreuerin, nicht umgekehrt. »Ich kenne Ihren Werdegang nicht, und er ist mir egal. Meine Aufgabe besteht darin, Sie wohlbehalten nach Bern zu bringen. Wir sollen uns für die halbtägige Fahrt über die A6 als verheiratetes Paar ausgeben. Ich bin lediglich ein Rückhalt für Ihre Tarnung. Sechs Stunden – mehr sind wir nicht füreinander.«

»Mhm«, brummte er und trat auf sie zu. Maria spürte, wie sich ihr Herzschlag zugleich vor Angst und Verlangen beschleunigte. »Das ist nicht mein erstes Rodeo. Ich weiß, dass Sie mit Victor zusammenarbeiten. Wenn er Sie geschickt hat, müssen Sie gut sein.«

Mit einem weiteren Schritt drang er in ihren persönlichen Freiraum ein, und sein Geruch stieg ihr in die Nase. Beunruhigende, kaum zu bändigende Lust flutete ihr Innerstes, während sie sich nicht von der Stelle rührte.

»Als man Sie nach den Pariser Anschlägen verhaftet hat, waren wir alle schockiert«, sagte Marie und zwang sich, durch den Mund zu atmen. »Davor hatte ich Victor noch nie so wütend erlebt. Ich muss zugeben, ich war überrascht, dass er Ihre Flucht eingefädelt hat. Vom Erfolg Ihrer nächsten Mission hängt so viel ab.«

Sie hoffte, Woland mit der Äußerung ein wenig zurechtzustutzen. Gleichzeitig wollte sie anklingen lassen, sie wüsste etwas über die bevorstehende Operation, für die dieser Mann aus La Santé geholt worden war. In Wirklichkeit jedoch hatte sie keinen Schimmer, was Victor plante.

Der imposante Agent kam noch einen Schritt näher.

Diesmal blieb Maria keine andere Wahl, als zurückzuweichen, allerdings stieß sie mit der Ferse gegen die Wand und konnte nicht weiter.

»Ich habe nie daran gezweifelt, dass Victor mich rausholen würde«, sagte Woland, stützte eine Hand an die Wand und beugte sich dabei vor. Maria ballte die Linke zur Faust, um ihr Zittern zu unterdrücken. »Wissen Sie, wie Luzifer bin ich ein gefallener Engel, Süße.« Mit der freien rechten Hand strich er ihr eine Strähne aus dem Gesicht hinters Ohr. »Deshalb braucht mich Victor.«

Sie legte beide Hände auf seine Brust und versetzte ihm einen Stoß, der ihn ins Stolpern brachte. Als er das Gleichgewicht zurückerlangte, musterte er sie von oben bis unten, als wäre sie ein neues Auto und als überlegte er, ob er eine Probefahrt damit unternehmen sollte.

Sie verschränkte die Arme vor der Brust. »Wir sind alle gefallene Engel der einen oder anderen Art. Welchen Wert Sie für Victor auch zu haben glauben, ich kann Ihnen versichern, dass Sie sich verschätzen. Falls Sie hier draufgehen, hat er reichlich andere gefallene Engel, die bereit sind, der Sache zu dienen. Und ich versichere Ihnen außerdem …« Sie beugte sich zu ihm. »Wenn Sie mich noch mal anfassen, bringe ich Sie um.«

Er überraschte sie, indem er ein tiefes, herzliches Lachen anstimmte, bevor er zum Tisch zurückkehrte und an dem Cocktail dort nippte.

»Ich bitte um Entschuldigung«, sagte er, obwohl seine Augen keinerlei Reue erkennen ließen. »Die Haft fordert einem Mann einen gewissen Tribut ab.«

Maria nickte knapp. »Wir brechen in zwei Stunden auf. Genehmigen Sie sich ruhig noch einen Drink, wenn Sie wollen. Fahren werde ich, es spielt also keine Rolle.«

»Zwei Stunden.« Er erhob das Glas, prostete ihr damit zu und leerte den Rest des Cocktails in einem Zug.

Maria wandte sich ab, um in ihr Zimmer zurückzukehren. Die Verbindungstür würde sie verriegeln, obwohl sie bezweifelte, dass sie diesen Mann damit aufhalten könnte. Unterwegs rief er ihr nach.

»Junge Dame«, sagte er, was sie zugleich als herablassend und unerklärlich empfand, weil er nicht älter aussah als sie.

»Ja?« Als sie sich umdrehte, sah sie, wie er den linken Ärmel über einen prallen Bizeps hochzog und eine weitere Tätowierung freilegte.

»Victor hat keinen anderen gefallenen Engel wie mich.«

Ihr Mund klappte auf und ihre Augen weiteten sich, als sie das unverwechselbare Symbol erblickte – ein christliches Kreuz, mit einem Schwert und einem Hirtenstab dahinter, umgeben von Lorbeeren. Sprachlos zwang sie sich, den Mund zu schließen und seinem anzüglichen Blick zu begegnen.

»Ganz recht, Süße.« Seine Augen leuchteten bei den Worten wie diejenigen der Darstellung von Luzifer an seinem Unterarm. »Ich war ein Shepherd.«

5

AUSBILDUNGSANLAGE TRINITY LOOP

21:51 UHR ORTSZEIT

Wie üblich hatte sich Jed geirrt.

Jericho Basic bereitete kein Vergnügen. Nicht das geringste. Der Colonel zog das Programm mit der unmenschlichen Kadenz eines Metronoms durch und erwies sich als härter und fitter, als es ihm Jed in seiner großzügigsten Prognose zugetraut hatte. Sechs Tage nach Beginn des Programms spürte Jed jeden einzelnen Muskel. So fertig hatte er sich seit der Ausbildung zum SEAL nicht mehr gefühlt. Der Colonel war derart unermüdlich, dass sich Jed insgeheim fragte, ob der Mann ein Cyborg sein könnte.

Mit der Einschätzung stand er nicht allein da.

»Ich sag's euch, der Colonel ist kein Mensch«, meinte Hyeon, als er mit der Zahnbürste im Mund von den Duschen kam und auf sein Bett zusteuerte. »Ich wette 50 Mäuse, dass unter seiner ledrigen Haut ein Terminator-Endoskelett steckt.«

»Total«, warf Bex ein. »Erinnert ihr euch an die Szene in *T2,* in der sich Arnold mit einem Taschenmesser den Unterarm aufschlitzt und sich die Haut davon abzieht, um allen seine Roboterhand zu zeigen? Mein Albtraum ist, dass uns der Colonel am Ende des Programms alle zusammenruft und genau das macht.«

»Die Szene ist so was von fies«, kam es von Carl, der bereits auf seiner Pritsche in der Horizontalen lag, die Bibel aufgeschlagen auf der breiten Brust. »Das ist so was, das man nie wieder aus dem Kopf kriegt.«

»Ich bin seit vier Jahren hier«, sagte Johnny, während er seine Sportschuhe am Fußende unter sein Bett schob. »Und ich hab den Kerl noch nie dösen gesehen oder auch nur müde erlebt. Ich bin mir ziemlich sicher, dass er sich an 'ne Ladestation anschließt, während wir schlafen.«

Jed schmunzelte über den Kommentar, als er das obere Laken und die Decke von seinem Bett zog, um sich auf die dringend nötige Augenpflege vorzubereiten. Als er aufschaute, sah er, wie sich Nisha auf der Matratze des Betts zu seiner Rechten das T-Shirt über den Kopf zog. Darunter trug sie einen schwarzen Sport-BH, in dem sie zusammen mit eng anliegenden Trainingsshorts schlief. Unwillkürlich ließ er den Blick langsam über sie wandern, bis er die großen, espressofarbenen Augen erreichte. Ihre Mundwinkel krümmten sich leicht. Gleichzeitig verengte sie ein wenig die Augen, um ihm eine unmissverständliche Botschaft zu übermitteln – teils Schelte, teils Befriedigung.

Erwischt.

Die Schlafräume der Kaserne waren gemischt, Toiletten und Duschen hingegen lagen für Männer und Frauen getrennt an gegenüberliegenden Enden der rechteckigen Halle. Bei den Teams hatte er mit reichlich Frauen zusammen gedient, aber es hatte keine weiblichen SEALs gegeben. Seine Ausbildungsklasse war ebenso rein männlich besetzt gewesen wie jede Unterkunft, in der er während seiner Zeit bei der Navy geschlafen hatte. Er wusste nicht genau, wie die Army und die Marines die heiklen Aspekte der Geschlechterintegration handhabten. Jedenfalls erlebte er persönlich zum ersten Mal einen gemischten Schlafsaal. Offensichtlich hatte man in Trinity Loop die Entscheidung getroffen, die Klassen geschlechtsunabhängig bestmöglich zusammenzuschweißen. In den letzten Tagen hatte er oft über sein Gespräch mit Grayson bei jenem ersten Lauf über gemeinsam bewältigte Widrigkeiten, Bindung und brüderliche Kameradschaft nachgedacht. Ein eigenes Programm für Frauen mit einer Ausbilderin und getrennter Kaserne würde unweigerlich zu einer Kluft führen, mochte es auch aus den besten Absichten erfolgen.

So war es besser.

Und es funktionierte. Zwischen ihnen entstand nach und nach eine Verbindung. Der scherzhafte zwischenmenschliche Umgang hatte in der vergangenen Woche deutlich zugenommen.

Der Colonel hatte Jed noch am ersten Tag zum Zugführer ernannt. Und Jed hatte beschlossen, bei den verspielten Sticheleien nicht einzugreifen„ solange sich niemand davon angegriffen fühlte und nicht die Grenze zu sexueller Belästigung überschritten wurde. Immerhin waren sie alle erwachsen. Solange sich alle professionell und manierlich verhielten, funktionierte das System. Sie mussten sich im Umgang miteinander wohlfühlen und einander vertrauen können. Dazu kam es nur, wenn man die Persönlichkeit, die Gewohnheiten und vor allem die physischen, emotionalen und spirituellen Stärken und Schwächen jedes Teammitglieds kannte.

Wer zusammen spielt, der hält auch zusammen.

Außerdem hatte er ja nicht die Aufgabe, einen Haufen heißblütiger, übermütiger, unerfahrener Jungspunde zu beaufsichtigen. Die Hälfte der Klasse bestand aus altgedienten

Shepherds, die andere Hälfte aus einsatzerprobten, hochdekorierten Frontkämpfern.

Alles gut, dachte er und warf einen Blick auf die Armbanduhr.

»Licht aus in drei Minuten«, verkündete er, doch ein kurzer Rundumblick durch den Schlafsaal ergab, dass er als Letzter stand. Die anderen lagen bereits in den Betten oder knieten zum Gebet davor. Jed schien als Einziger nicht jeden Abend vor dem Schlafen zu beten. Was nicht daran lag, dass er nicht beten *wollte* – bei der Suche nach Sarah Beth Yarnell hatte er die Macht des Gebets deutlich gespürt. Er konnte den vertrauten, aber noch fernen Glauben in sich wachsen fühlen. Vermutlich war er vor allem nicht sicher, was genau er zu dem Gott sagen sollte, dem er vor so langer Zeit in Tennessee den Rücken gekehrt hatte.

Seufzend hielt sich Jed vor Augen, dass Schuldgefühle ein Instrument waren, das nicht von Gott benutzt wurde, sondern von … *anderen.*

Er schloss die Augen, stieß einen langen Atemzug aus und überlegte, was er sagen sollte. Als ihm nach einer Weile nichts Tiefgründiges einfiel, dachte er einfach: *Danke, Gott.*

Unwillkürlich schaute er zurück zu Nisha und bekam mit, wie sie die Beine auf die Matratze schwang und sie unter dem Laken verschwanden.

»Gute Nacht«, sagte Nisha, was allmählich zum Ritual zwischen ihnen wurde.

»Dir auch«, erwiderte er. »Wird viel zu schnell 0600 sein.«

»Ist es immer«, meinte sie. Jed bemerkte ihren schwachen Akzent am Ende eines anstrengenden Tags deutlicher als am Morgen.

Ihrem Akzent und Erscheinungsbild nach schätzte er Nisha als Pandschabi ein, aber von welcher Seite der indisch-pakistanischen Grenze sie stammte, vermochte er nicht zu sagen. Sie hatte ihm nach wie vor nichts über sich mitgeteilt, weder etwas Berufliches noch etwas Persönliches. Allerdings verriet auch das etwas über sie und untermauerte seine wachsende Überzeugung, dass sie von der verdeckt ermittelnden Seite der Terrorbekämpfung ins Programm gekommen war. Sie besaß das charakteristische Verhalten von Spionen, sammelte und analysierte ständig Informationen, ohne irgendetwas über die eigene Geschichte oder Absichten preiszugeben. Sie rannte wie eine Triathletin, beherrschte den Umgang mit Schusswaffen professionell und lenkte nie Aufmerksamkeit auf sich. Nur beim Hindernisparcours strauchelte sie regelmäßig, weil sie beim Verhältnis von Kraft im Oberkörper zum Gewicht nicht mit den anderen mithalten konnte, auch nicht mit Bex. Das war nicht ungewöhnlich und leider häufig ein Ausschlusskriterium für Frauen, die zur Elite der Spezialisten für Sondereinsätze wollten. Körperliche Unterschiede zwischen den Geschlechtern waren nun mal menschliche Realität und der Hauptgrund, warum es keine weiblichen SEALs gab – jedenfalls noch nicht.

Im Kampf, vor allem bei Spezialeinsätzen, zählte rohe physische Stärke.

Die Lichter im Schlafsaal gingen um 2200 automatisch aus und tauchten den Raum kurz in Finsternis, bis einzelne Leselampen aufleuchteten, zuerst in Carls Bett, dann in dem von Bex. Beide lasen vor dem Einschlafen gern in der Bibel. Ein weiteres Beispiel für einen kleinen Regelverstoß, den Jed tolerierte und nur eindämmen würde, wenn es zu einem Problem ausartete. Mit offenen Augen starrte Jed an die Decke. Er lauschte erst den draußen musizierenden Grillen und Laubfröschen, dann den Atemgeräuschen seiner Jericho-Basic-Familie. Daran merkte er, dass Nisha und Eli, seine Bettnachbarn links und rechts, bereits schliefen. Beide waren in der Regel innerhalb von 60 Sekunden nach dem Erlöschen der Lichter weggetreten. Jed brauchte länger, um abzuschalten und seinen inneren Monolog zum Schweigen zu bringen, bevor er einschlafen konnte.

Wahrscheinlich weil sich der Schlaf in den meisten Nächten nicht als sein Freund entpuppte …

Carls Licht ging zuerst aus.

Fünf Minuten später folgte das von Bex.

Jed rollte sich herum und betrachtete Nisha, obwohl er ihre Züge in der tiefen Düsternis des Schlafsaals kaum erkennen konnte. Trotzdem bot sie einen umwerfenden Anblick, und ihn beunruhigte, wie sehr er ihn genießen wollte.

Schließlich holte ihn der Schlaf ein … und damit auch die Heerschar seiner Dämonen.

Er erwachte in einem Albtraum durch die gellenden Schreie seiner ersten Liebe und festen Freundin an der High School.

»Rachel!«

Ihr Gebrüll stammte aus dem Keller. Er wandte sich David zu, seinem besten Freund, der an seiner Seite stand. Anstatt bei ihm Mut zu finden, sah er in seinen Augen nur Angst … weil aus dem Keller noch andere Geräusche kamen.

Unmenschliche Geräusche – animalisch und gottlos.

Jed stürmte die Holztreppe hinunter. Er fand Rachel auf dem Rücken vor. Eine breitschultrige Gestalt in einer Jacke mit Universitätslogo spreizte gewaltsam ihre Beine, fixierte sie und wollte sie vergewaltigen.

»Runter von ihr!«, brüllte Jed, packte Rachels Angreifer an den Haaren und zerrte daran.

Kenny Bailey drehte sich zu ihm um und sah ihn an, aber sein Gesicht wurde von einem anderen überlagert, einer grotesken, bösartigen Fratze. Die dämonische Visage knurrte Jed an. Die Augen leuchteten mit der Farbe von Flammen.

Dann ergriff die Erscheinung das Wort.

»Du kannst dich nicht vor mir verstecken. Ich hole dich mir, Jedidiah … Dich und alle, die du liebst.«

Abrupt setzte sich Jed im Bett auf. Seine Brust hob und senkte sich heftig, eine Gänsehaut bedeckte seinen gesamten Körper.

»Jed, alles in Ordnung?«, fragte eine nahe Frauenstimme, die ihm fremd vorkam.

»Wo bin ich?«, fragte er und sah sich verwirrt um.

»Im Schlafsaal«, antwortete die Frau und bewegte sich wie ein nächtlicher Schatten auf ihn zu.

Als er mit der Faust zum Zuschlagen ausholte, schaltete sich endlich sein Verstand ein. »Nisha?«, flüsterte er und versuchte, in der Dunkelheit ihre Gesichtszüge zu erkennen.

»Ja, ich bin's«, bestätigte sie und setzte sich auf den Rand seiner Matratze. »Du hattest einen Albtraum. Hat nach einem ziemlich schlimmen geklungen.«

In Carls Bett ging mit einem Klicken eine Leselampe an. »Alles in Ordnung?«, fragte der Marine und setzte sich auf.

»Ja, tut mir leid, Leute«, sagte Jed und wandte sich an alle mittlerweile Aufgewachten, also so ziemlich den gesamten Zug. »Ich wollte euch nicht wecken. Schlaft ruhig weiter.«

Carl schaltete die Leselampe aus. Jed hörte das Rascheln von Laken und das Ächzen von Bettfedern, als sich seine schläfrigen Teamkameraden herumrollten, um wieder einzuschlafen.

Nisha blieb. »Willst du darüber reden?«, flüsterte sie.

Er schüttelte den Kopf. »Nicht wirklich.«

»Kann ich nachvollziehen. Bei mir dringen die Finsteren auch in meine Träume ein.«

»Ach ja?«, hakte er nach und drehte sich ihr zu.

»Oh, und wie!«, bestätigte sie mit einem verhaltenen, mitfühlenden Lachen. »Vielleicht bist du morgen damit dran, mich zu trösten.«

Jed lächelte sie an.

Sie lächelte zurück, bevor sie wortlos zu ihrem Bett zurückkehrte und sich mit dem Rücken zu ihm auf die Seite rollte. Jed atmete durch geschürzte Lippen aus, lehnte sich zurück und verschränkte die Finger hinter dem Kopf unter dem Kissen. Zuletzt hatte er den Traum gehabt, als er beim Einsatz zur Rettung von Davids und Rachels entführter Tochter Sarah Beth in einer Mulde im Wald geschlafen hatte. Ein Schauder lief ihm über den Rücken.

Warum jetzt wieder?, fragte er sich.

In letzter Zeit war es ihm so gut gegangen und gelungen, die Gedanken von Rachel fernzuhalten. Seit Beginn des Programms hatte er noch kein einziges Mal an die Yarnells gedacht. Aber ihn beunruhigte nicht nur, dass er den Vorfall im Keller plötzlich nacherlebte. In dem Traum hatte sich auch etwas verändert. Diesmal hatte sich der Dämon direkt an ihn gewandt. *Du kannst dich nicht vor mir verstecken. Ich hole dich mir, Jedidiah … Dich und alle, die du liebst.*

Das war neu.

Neu und verstörend … Weil er die Stimme kannte. Es war dieselbe, die bei Sarah Beths Rettung auf dem Grundstück im Wald in seinen Geist eingedrungen war. Dieselbe, die ihn dazu überredet hatte, die Mündung seiner Pistole unter dem Kinn anzusetzen. Und die ihn um ein Haar dazu gebracht hätte, den Abzug zu drücken.

Anscheinend hat Victor mich gefunden.

6

HOTEL DEI MELLINI

VIA MUZIO CLEMENTI 81

ROM, ITALIEN

14:15 UHR ORTSZEIT

Woland genoss das tröstliche, vertraute Brennen im Rücken, in den Schultern und in den Unterarmen, als er abwechselnd Curls, aufrechtes Rudern, Arnold Press und Ausfallschritte mit den schweren Hanteln absolvierte. Aufgewärmt hatte er sich mit 100 Liegestützen und 100 Sit-ups, was seine Muskeln kaum noch beanspruchte. Ohne Zugang zu einem Fitnessraum hatte in La Santé sein tägliches Training aus Dutzenden Supersätzen mit Liegestützen, Handstanddrücken, Bauchpressen und isometrischen Übungen bestanden. Sein Körpergewicht beherrschte er mit der Leichtigkeit eines Akrobaten. Aber das reichte nicht.

Es gab schlichtweg keinen Ersatz für Krafttraining.

Mit einem befriedigenden Klirren legte er die Kurzhanteln wieder im Gestell ab, dann rollte er den Kopf, um den verspannten Hals zu dehnen, bevor er einen Blick auf die Uhr an der Wand warf. Er musste zurück ins Hotelzimmer, um den Anruf nicht zu verpassen. Als er einen Blick auf sich spürte, drehte er sich um. Die junge Frau auf dem Laufband errötete, als er sie beim Linsen ertappte. Rasch schaute sie weg. Dann spähte sie wieder herüber und lächelte.

Wenn ich nur mehr Zeit hätte ...

Vielleicht würden sie sich später am Abend in der Hotelbar noch mal über den Weg laufen. Falls nicht, gab es reichlich andere Frauen, die er ins Visier nehmen konnte. Immerhin befand er sich in Rom.

Woland wischte sich den Schweiß aus dem Gesicht, stürzte zwei Becher kaltes Wasser aus dem Spender an der Handtuchausgabe hinunter, schmiss den Becher weg und verließ mit einem Abschiedslächeln für die Frau am Laufband den Fitnessraum des Hotels.

In seinem Zimmer warf er das Handtuch und den Schlüssel auf das schwarze Sofa mit der protzigen lachsfarbenen Biese und sah auf die Armbanduhr. Er hatte noch fünf Minuten bis zu dem geplanten Anruf, aber sicherheitshalber holte er das Satellitentelefon sofort aus dem Safe im Zimmer. Nachdem er sich vergewissert hatte, dass es keine verpassten Anrufe aufwies, ging er zum Balkon und öffnete die Schiebetür aus Glas. Luft wehte durch die Öffnung herein – echte Luft von draußen. Woland atmete tief ein. Obwohl darin die widerlichen Gerüche einer Großstadt lagen, fühlte es sich geradezu dekadent an, nachdem er sich so lange mit der abgestandenen Anstaltsluft von La Santé hatte begnügen müssen. Noch besser fand er den Balkon mit seinem Blick auf den kleinen Innenhof darunter. Beim Einchecken hätte er beinahe ein Zimmer mit Aussicht auf den Tiber über die Lungotevere dei Mellini verlangt, doch eines mit Hofblick war sicherer und taktisch klüger.

Woland lachte. Nicht mal La Santé war es gelungen, ihm seinen Hang zu Luxus und Dekadenz auszutreiben. Welchen Sinn hatte das Leben, wenn man auf fleischliche Freude verzichtete? *Ironisch,* dachte er. *Früher war ich rundum zufrieden damit, in den Bergen des Hindukusch mit einem Stein als Kissen zu schlafen.* Allerdings nur, wenn er sich dabei auf der Jagd befunden hatte. Vielleicht hatte darin die Lust am Töten ihre Wurzeln. Er hatte lange und verbissen gegen dieses Verlangen angekämpft, anderen das Leben zu nehmen. Dann hatte er sich eingeredet, das Töten wäre nur ein Mittel zum Zweck und seine wahre Liebe gälte Pflicht, Ehre und Vaterland. Am Ende hatte er sich eingestehen müssen, dass ihm all das zu Beginn seiner militärischen Laufbahn schon wichtig gewesen war, ihn aber in Wirklichkeit der Kick des Tötens angetrieben hatte.

Er war in der methodistischen Kirche aufgewachsen und hatte gehofft, manchmal sogar gebetet, die Zusammenarbeit mit Ben Morvant und den Shepherds würde irgendetwas Spirituelles in ihm erwecken und ihm helfen, gegen seine Mordfantasien anzukämpfen. Aber das war nie passiert. Es war nicht einfach gewesen, sich von den Fesseln zu befreien, die ihm die christliche Erziehung angelegt hatte. Tatsächlich glaubte er immer noch genauso sehr an Gott wie als junger Green Beret oder als Shepherd. Er hatte sich bloß für die andere Seite entschieden – die der Sieger. Denn wenn Gott seine Kinder so sehr liebte, wie es die Bibel behauptete, warum rettete er sie dann nicht vor den Schrecken, die Woland im Krieg erlebt hatte? Warum gab es jemanden wie Victor? Erst unter Victors Anleitung hatte Woland seine Weiterentwicklung abgeschlossen.

Nur Victor akzeptierte ihn so, wie er war.

Ein Grinsen breitete sich in seinem Gesicht aus, und er nahm einen weiteren tiefen Atemzug der Luft Roms. Er hatte gelernt, seine Identität als Killer zu akzeptieren.

Etwaige Zweifel daran durch seine Zeit im Pariser Gefängnis hatten sich verflüchtigt, als er die fünf Menschen – drei Männer und zwei Frauen – in der Traumaambulanz im Hôpital Cochin in Paris getötet hatte. Eigentlich hatte er an dem Tag auf weiteres Blutvergießen verzichten wollen, aber er konnte nicht aus seiner Haut. Als das Blut seines sechsten Opfers an die Wand gespritzt war – einer Putzfrau, die sich den falschen Zeitpunkt ausgesucht hatte, um den Behälter mit verschmutzten Kitteln zu leeren –, war ihm nur durch den Kopf gegangen: *Sie hätte mich nicht so ansehen sollen.*

Das war er – ein Mann, der mit Freuden wegen eines falschen Blicks mordete.

Das Klingeln des Satellitentelefons riss ihn aus seinen Gedanken. Er ergriff es, gab seinen Verschlüsselungscode ein und drückte auf die grüne Verbindungstaste.

»Ja«, meldete er sich.

Eine Pause entstand, bevor eine vertraute, ölige Stimme ertönte. »Nicholas … Wie schön, dich zu hören.«

»Gleichfalls«, antwortete er und versuchte, seine Überraschung zu verbergen.

Als könnte man vor Victor etwas verbergen.

Als Victor nicht fortfuhr, tat er es. »Obwohl mich gewundert hat, dass ich nicht früher von dir gehört habe. Zwei Jahre sind 'ne lange Zeit.«

Sofort bedauerte er den Fehltritt. Als sich Stille ausbreitete, fürchtete er, den Mann beleidigt zu haben. Allein bei der Vorstellung lief ihm ein Schauder über den Rücken.

»Gewundert? Dazu hat es keinen Grund gegeben. Ich habe dich einfach bis jetzt nicht gebraucht«, erklärte Victor schließlich. »Du existierst, um mir zu dienen, nicht umgekehrt.«

Unverhofft kam Woland der Gedanke, dass sich so eine Schlange anhören würde, wenn sie sprechen könnte.

»Natürlich«, erwiderte er und zwang sich, Demut in die Stimme zu legen. Mühsam unterdrückte er dafür die in ihm aufflammende Wut. »Ich habe damit nur gemeint, dass ich dachte, du würdest meine einzigartigen Fähigkeiten schon früher brauchen. Ich existiere, um zu dienen.«

»Ja.« Victor seufzte. »Das stimmt zwar nicht ganz, wie wir beide wissen, aber jetzt brauche ich dich. Hast du das Ziel schon erraten?«

»Ja«, antwortete Woland mit Überzeugung. »Der Vatikan. Deshalb hast du mich nach Rom geschickt.«

»Richtig«, bestätigte Victor. »Für die Mission bist du einzigartig qualifiziert. Für den Einsatz wirst du dein Wissen über Verbindungen innerhalb der Söldnernetzwerke im Nahen Osten und in Afrika nutzen müssen. Ähnlich wichtig für die erfolgreiche Umsetzung des Plans sind deine Kenntnisse der Taktik der Shepherds, ihrer Kommunikationsprotokolle, ihrer Hierarchie und ihres Personals. Bist du bereit, deinen Wert unter Beweis zu stellen?«

»Ja«, antwortete Woland, obwohl er wusste, dass Victors Einschätzung seines Wissens und seiner Kontakte überzogen war. Die Sicherheitsprotokolle der Shepherds würde man sofort nach seiner Abtrünnigkeit von dort geändert haben. Trotzdem wusste er, wie Ben Morvant dachte, nicht wahr? Er könnte mühelos erahnen, welche Maßnahmen und Veränderungen der Mann vorgenommen haben würde. Morvant war berechenbar. Einfühlungsvermögen und Mitgefühl waren seine größten Schwächen – die Woland zu nutzen gedachte. So würde er den Mann hoffentlich am Ende vernichten können.

»Ausgezeichnet«, sagte Victor mit zischender Stimme. »Für die Operation muss nämlich jede Schicht der Sicherheitsvorkehrungen im Vatikan durchdrungen werden – sowohl taktische als auch spirituelle. Heiliges Blut muss vergossen werden.«

Woland atmete tief ein, während Victor ihm seine bösartige Vision für den Einsatz erklärte. Was der dunkle Engel beschrieb, klang nach einer Selbstmordmission. Dennoch begeisterte sie Woland. Mit dem richtigen Team und ausreichender Planung würde er *sein* Leben dabei nicht opfern müssen. Die Beteiligung an einem derart kühnen Vorhaben, das weltweit für Aufsehen sorgen würde, wäre unheimlich … befriedigend.

Und er kannte Victor gut genug, um zu wissen, dass eine Vorhutoperation jener im Vatikan vorausgehen würde.

»Aber es ist noch etwas nötig«, fuhr Victor fort. »Bevor heiliges Blut vergossen wird, müssen wir die Bühne bereiten. Zwei kombinierte Operationen, die Hass schüren, zu Spaltung führen und weltweit Bruder gegen Bruder aufhetzen werden. Das ist das ultimative Ziel. Hast du verstanden?«

»Ja«, bestätigte Woland, dessen Verstand bereits an den taktischen Aspekten der Mission arbeitete.

»Beweis es mir, indem du mir erklärst, wie.«

Woland lachte. »Indem wir die Operation im Vatikan wie einen Vergeltungsschlag aussehen lassen – einen Dschihad durch radikale Islamisten«, erwiderte er leise. Seine Lippen verzogen sich zu einem Lächeln. »Wir brauchen zuerst einen Anschlag auf ein muslimisches Ziel. Eine Moschee im Nahen Osten – vielleicht in Syrien oder im Irak. Jedoch mit westlichen Kämpfern, idealerweise

Amerikanern oder Briten. Und es muss eine Menge ziviler Opfer geben. Vor allem Frauen und Kinder. Schuldzuweisungen und Empörung müssen das Ziel sein.«

»Richtig. Der Grundstein wird bereits gelegt.« Victor klang zugleich zufrieden und irritiert darüber, dass Woland seinen Test bestanden hatte.

»Natürlich.« Woland gestattete sich ein knappes Lachen.

»Es wird schon bald im Irak passieren. Deine Operation findet kurz danach statt. Aber du hast eine Menge Arbeit vor dir. Deine Aufgabe besteht darin, eine nutzbare Schwachstelle innerhalb des Heiligen Stuhls zu finden. Du musst dich konzentrieren.«

Der Seitenhieb irritierte Woland. Er *war* konzentriert.

»Ich brauche Informationen über die Vatikanstadt«, sagte er. Sein Verstand überschlug sich, sein Herz klopfte schneller. »Und Einzelheiten über die andere Operation. Wir müssen unbedingt den Anschein erwecken, dass die beiden Anschläge in direkter Verbindung miteinander stehen. Der im Vatikan muss als Vergeltung für den anderen wahrgenommen werden.«

»Sehr gut, Nicholas. Du hast es weit gebracht, mein Sohn. Ein Kurier liefert dir in den nächsten 24 Stunden einen Speicherstick mit umfassenden Informationen über den Anschlag auf die Moschee und unserem gesamten Dossier über die Sicherheitsvorkehrungen im Vatikan.«

»Danke«, sagte Woland. »Das wird sehr hilfreich sein.«

»Ja«, antwortete Victor. »Die Shepherds sind nicht die Einzigen mit Agenten im Vatikan.«

Damit war die Leitung tot. Mit einem breiten Lächeln legte Woland das Telefon zurück in den Safe. Dann zog er sich mit neuer Zielstrebigkeit für einen Lauf um.

7

KANTINE

AUSBILDUNGSANLAGE TRINITY LOOP

12:38 UHR ORTSZEIT

»Wenigstens ist das Futter hier gut«, meinte Hyeon, der neben Jed saß, während der Alpha-Zug zusammen zu Mittag aß. »Sonst wäre ich genauso mürrisch wie der Colonel.«

Jed kaute gerade einen Bissen seines Sandwichs und nickte zustimmend. Bisher waren alle Mahlzeiten in der zentralen Cafeteria des Campus zubereitet und in die Kantine der Trainingsanlage geliefert worden und immer fantastisch gewesen.

Das Sandwich in seiner Hand enthielt dreimal so viel Aufschnitt und Gemüse, wie man es von einem Cateringdienst erwarten würde. Für massige Kerle wie Jed spielten Qualität *und* Quantität eine Rolle. Normalerweise brauchte er zu Mittag zwei ganze Sandwiches von Subway, aber dieses Ungetüm aus der Trinity-Cafeteria würde ihm reichen.

»Will irgendjemand 'nen Apfel gegen meine Kartoffelchips tauschen?«, bot Nisha an und sah sich am Tisch nach Interessierten um.

»Sind es Ruffles mit Cheddar und Sauerrahm?«, fragte Eli und warf mit zusammengekniffenen Augen einen Blick auf die Tüte.

»Ganz genau«, bestätigte sie und hielt die Tüte wie eine Moderatorin hoch, die auf einem Shoppingsender das Neueste und Beste überhaupt präsentierte.

»Dann bin ich dabei«, sagte Eli und warf ihr seinen Apfel zu.

Nisha fing den Granny Smith mit der linken Hand auf und schob ihm die Tüte mit Kartoffelchips über den Tisch zu.

Obwohl Jed den Mund voll hatte, konnte er sich über den Tauschhandel ein leises Lachen nicht verkneifen. Das erinnerte ihn an die guten alten Zeiten in der Middle School. Damals hatten David, Rachel und er – in jenen unbeschwerten Tagen die drei Musketiere – oft die Snacks aus ihren Lunchboxen untereinander getauscht. Mal vier Oreos für einen Milka-Kuchensnack, mal ein halbes Erdnussbuttersandwich für eine ganze Banane. Dahinter hatte ein bedeutendes kulinarisches Währungssystem gesteckt. Ganz zu schweigen davon, dass man ein geübtes Pokerface gebraucht hatte, um einen guten Deal herauszuschlagen. Ein warmes, nostalgisches Gefühl hob kurzzeitig seine Laune, bis sich die Erinnerung gegen ihn wandte und seine Stimmung wieder trübte. Das taten Gedanken an Rachel und David immer. Aber Jed hatte mehr als nur Rachel verloren, nicht wahr? Das gesamte Leben, das er geplant hatte – eine Ehe und den Dienst als Priester. Beides hatte sich stattdessen David geschnappt. Mittlerweile verstand und akzeptierte er, dass die Finsteren ihn von seinen Freunden und seinem Gott vertrieben hatten. Dennoch löste es nach wie vor Verbitterung und Neid in ihm aus, wenn er daran dachte, dass David das für ihn bestimmte Leben führte.

»Was hat die Miene zu bedeuten, Jed?«, fragte Bex, die ihm am Tisch direkt gegenübersaß. »Siehst aus, als hättest du gerade in 'ne Zitrone gebissen.«

»Gurke«, flunkerte er und zwang sich, wieder ein Lächeln aufzusetzen. »Zu viele für meinen Geschmack in dem Bissen.«

»Ich würde ja gern wissen«, warf Grayson ein, »warum man überhaupt damit angefangen hat, Gürkchen in Sandwiches zu packen. Echt jetzt, überlegt mal – da hat man herrliches, frisch gebackenes Brot mit salzigem Schinken, würziger Salami und cremigen Käsescheiben, einfach perfekt. Und dann sagt sich irgendein Clown: ›Mit 'nem schleimigen, hässlichen, nach Essig schmeckenden Stück Grün drin wär's bestimmt noch besser.‹«

Eli zuckte mit den Schultern. »Ich weiß nicht recht. Ich finde, sie schmecken ziemlich gut, vor allem in 'nem Burger.«

»Klar, dass du so denkst. Du frisst ja auch wirklich alles«, sagte Grayson und warf Eli die Tüte Kartoffelchips von seinem Tablett zu. »Alter, ohne tägliches Training hättest du locker 140 Kilo auf den Rippen.«

»Du bist doch bloß neidisch auf meinen sexy Body.« Eli stand auf und rieb sich den Bauch, den er theatralisch vorstreckte.

Jed und alle anderen am Tisch lachten ausgelassen über die Show. Der Kerl war stark wie ein Stier. Aber wie so viele altgediente Elitesoldaten würde auch Eli sein Sixpack gegen eine Fassstatur eintauschen, wenn er weiterhin so aß. Was Jed nachvollziehen konnte. Auch er kämpfte mit dem Teufelchen auf seiner Schulter, das meinte, das Leben sei zu kurz, um sich nichts zu gönnen. Wie auf ein Stichwort senkte er den Blick auf den Teller. Dort lag noch ein mit Schokolade glasierter Brownie, und Jed hatte die volle Absicht, ihn zu genießen.

Irgendwann wird mein Stoffwechsel an die Wand fahren. Wenn es so weit ist, werd ich selbst 'ne Fassstatur kriegen.

»Freidus, hinsetzen, bevor Sie allen den Appetit verderben«, blaffte der Colonel vom anderen Ende des Tischs, wo er etwas abseits saß. Meist zog er es vor, allein zu essen, und nahm die Mahlzeiten in sein Büro mit. Nicht so bei diesem Mittagessen.

»Menno, Colonel, dabei bin ich grad erst in Schwung gekommen«, erwiderte Eli mit seinem typischen trägen Grinsen, als er sich wieder setzte.

»Sie haben noch zehn Minuten. Dann will ich alle zur Einführung im Klassenzimmer sehen«, verkündete der silberhaarige Ausbilder, schob den Stuhl vom Tisch zurück und erhob sich mit seinem Tablett.

»Einführung?«, fragte Bex und legte verwirrt die Stirn in Falten. »Ich dachte, wir wären schon …«

»Sie haben falsch gedacht«, schnitt ihr der Colonel das Wort ab. »Wir haben ein Video, das sich alle ansehen müssen, und jemanden, der ein paar Sätze an Sie richten möchte.«

»Verstanden, Colonel«, sagte Jed. »In zehn Minuten im Klassenzimmer.«

Der Colonel sah auf die Armbanduhr. »Neun Minuten, Johnson. Übersehen Sie nicht die Zeit«, gab der Ausbilder zurück und verließ die Kantine.

Jed wandte sich an Hyeon. »Ich wusste doch, dass es ein Video gibt. Es gibt immer ein Video.«

»Hast du dir in Little Creek auch das mit dem Sprecher ansehen müssen, der wie James Earl Jones klingt?«, fragte der ehemalige SEAL von einem Ohr zum anderen grinsend.

»Ja. Ein Klassiker«, erwiderte Jed. Dann packte er seine eigene beste Imitation von James Earl Jones aus. »1962 wurden von der US Navy die ersten SEAL-Teams gebildet, um Präsident John F. Kennedys Auftrag zu erfüllen, unkonventionelle Fähigkeiten der Kriegsführung zu entwickeln. Die Mission: Durchführung von Geheimoperationen und Abwehr von Guerillakampfführung in maritimen Umgebungen und schwer zugänglichen Gebieten weltweit.«

»Alter, das war genial.« Hyeon lachte. »Wenn du hier irgendwann aussteigst, hast du definitiv 'ne Zukunft als Synchronsprecher.«

»Wenn ich hier irgendwann aussteige, schlürfe ich jeden Tag am Strand der Jungferninseln Bier und imitiere den guten alten James Earl höchstens, wenn ich mir das nächste Dos Equis bestelle.«

Der Kommentar brachte ihm die Gettofaust und ein *Amen* von Hyeon ein. Damit endeten die Scherze, denn Jed hatte noch einen Apfel und diesen Brownie zu verputzen.

Nachdem alle die Plätze geräumt und den Müll weggebracht hatten, marschierten sie als Gruppe zum Klassenraumgebäude der Trainingsanlage. Eli hielt für alle die Tür auf, als sie eintraten. An einem Ende des spartanischen Eingangsbereichs des Gebäudes unterhielt sich der Colonel mit einem Mann, der mit dem Rücken zur Tür stand. Obwohl Jed das Gesicht nicht sehen konnte, erkannte er den Besucher auf Anhieb. Lächelnd steuerte er auf die beiden zu, um Hallo zu sagen. Er hatte Ben Morvant seit dem Angriff auf die Yarnells vor einem Monat nicht mehr gesehen. Irgendwie fand er es seltsam, dass er seit seiner Ankunft null Kontakt mit dem Mann gehabt hatte, von dem er für die Shepherds rekrutiert worden war. Doch er schrieb es dieser Grundausbildung und deren Programm zu. Jedenfalls wollte er sich nun, da er Ben sah, nicht die Gelegenheit entgehen lassen, ihn zu begrüßen.

»... fahndet Interpol nach ihm, aber bisher ist es Woland gelungen, durch die Maschen zu schlüpfen«, sagte Ben gerade mit leiser Stimme, als sich Jed näherte. Dann verstummte der ehemalige SEAL und Anführer der Shepherds abrupt. Er drehte sich um und begrüßte Jed mit dem Lächeln eines Vaters, den eines seiner Kinder bei Erwachsenengesprächen unterbrochen hatte. »Hi, Jed.«

»Tolle Anlage, die ihr hier habt«, versuchte Jed, den peinlichen Moment zu überspielen. »Tatsächlich kann sie locker mit dem mithalten, was wir in Little Creek hatten. Den Hauptcampus hab ich mir noch gar nicht angesehen, aber das Areal ist viel größer, als ich erwartet hätte. Wie viele Leute arbeiten eigentlich in Trinity Loop?«

Ben lächelte geduldig, während Jed plapperte. Schließlich sagte er: »Bin froh zu hören, dass du dich gut eingelebt hast, Jed. Wir haben später noch Zeit, uns zu unterhalten. Wir sehen uns im Klassenzimmer.«

Der Colonel heftete nur seinen finstersten Ausbilderblick auf Jed, fügte jedoch nichts hinzu.

Jed stockte angesichts der nicht allzu subtilen Abfuhr einen Herzschlag lang, bevor er das Einzige erwiderte, was ihm einfiel. »Klar, wir sehen uns dann drinnen.«

Mit hochrotem Kopf wandte er sich ab und ging ins Klassenzimmer, wo sich der Rest des Teams gerade niederließ. Der fensterlose Raum enthielt vorn ein Rednerpult mit einem großen Whiteboard an der Wand dahinter und einen an der Decke montierten Projektor. Den restlichen Platz nahmen sechs Tische für je drei Personen ein. Jed fügte sich ins Muster seiner Teamkameraden, die sich paarweise hingesetzt hatten, und ließ sich rechts an einem Tisch mit Hyeon nieder. Der Platz in der Mitte blieb frei.

»Da ist eindeutig was im Busch, Alter. Ich spür's«, sagte Johnny hinter Jed zu Carl. »Hast du was gehört?«

»Ja, ein Gerücht«, flüsterte Carl zurück. »Aber das ist nicht der richtige Zeitpunkt und Ort, um darüber zu reden.«

Jed wollte sich gerade umdrehen, um die Veteranen über die Fahndung und den Namen auszufragen, den er gehört hatte, *Woland*. Doch in dem Moment betraten der Colonel und Morvant das Klassenzimmer.

»Ich weiß, dass alle gerade gegessen haben«, begann der Colonel. »Und das bedeutet, wenn ich das Licht ausschalte und das Pflichtvideo einschalte, werden einige von euch Faultieren in Versuchung sein einzuschlafen. Ja, Johnny Rawlings, ich sehe Sie an. Allerdings rate ich dringend, dagegen anzukämpfen, sonst bin ich nur gezwungen, das Video von vorn laufen zu lassen. Jeder und jede Einzelne von euch wird es sich von Anfang bis Ende ansehen, und wenn ich es hundertmal neu starten muss. Ist das klar?«

»Huu-ja, Colonel«, rief Johnny und kam Jed damit einen Herzschlag zuvor.

»Gut. Aber bevor's losgeht, möchte der gute Mann hier an meiner Seite ein paar Worte an euch richten. Meine Damen und Herren, begrüßen Sie Ben Morvant – Befehlshaber der Shepherds in Nordamerika.«

Die vier Veteranen im Raum klopften dreimal in schneller Folge synchron mit den Fäusten auf die Tischplatte, bevor sie aufsprangen. Die vier Neulinge, darunter Jed, verpassten das Tischklopfen, folgten aber dem Beispiel ihrer Kameraden und standen ebenfalls abrupt auf.

Ben schüttelte den Kopf und schwenkte abwiegelnd die Hand in ihre Richtung, als er hinter das Pult trat. »Setzen, ihr Scherzbolde.« Er sah nacheinander in sämtliche Gesichter, bevor er fortfuhr. »Die meisten von euch kennen mich, aber ich sehe auch ein paar neue Gesichter – Bex und Hyeon … Hab ich das richtig ausgesprochen, Junge?«

»Auf Anhieb ins Schwarze getroffen, Sir«, antwortete Hyeon.

»Nisha, Jed und meine Veteranenkollegen – schön, euch alle zu sehen. Der Colonel hat gesagt, die Klasse fängt bereits an, zusammenzuwachsen. Das ist gut. Aber ihr habt noch einen weiten Weg vor euch, mit jeder Menge Sport und Training, also bleibt am Ball.«

Die Veteranen klopften erneut dreimal mit den Fäusten auf den Tisch. Offensichtlich ein Insiderwitz oder eine Tradition mit ihrem Shepherd-Befehlshaber. Jedenfalls entlockten sie Ben damit ein weiteres Lächeln, wenn auch weniger strahlend als zuvor.

»Also, ich könnte mir denken, dass sich einige von euch Neuen fragen, worauf zum Teufel ihr euch eingelassen habt. Das ist in der Phase nur natürlich und vernünftig, weil wir bei Jericho Basic einen fliegenden Start hinlegen, und der Colonel nimmt nie lange genug den Fuß vom Gas, damit ihr Fragen stellen und euch orientieren könnt. Dafür haben wir diese Sitzung. Die nächste Stunde lang lasse ich den Colonel auf die Bremse treten. Das Video wird zwar die meisten Fragen beantworten, die ihr vielleicht habt. Trotzdem stehe auch ich euch ein paar Minuten zur Verfügung, damit ihr besonders dringende Fragen direkt an mich stellen könnt. Also schießt los.«

Einen Verlegenheitsmoment lang schwiegen alle. Niemand meldete sich.

»Das ist eure einzige Gelegenheit, Leute«, kam es gereizt vom Colonel. »Wenn ihr keine Fragen an den Mann habt, geht er, und ich schalte das Video ein.«

Bex hob die Hand.

»Ja.« Der Befehlshaber der Shepherds nickte ihr zu.

»Vor meiner Rekrutierung hab ich nicht mal von der Existenz der Shepherds gewusst, und ich halte mich eigentlich für jemanden, die ziemlich tiefen Einblick in die Welt der Geheimniskrämerei hat. Trinity war mir genauso bekannt, wie jeder in der Branche von Triple Canopy und Academi weiß. Aber von den Shepherds hatte ich noch nie gehört. Meine Frage hat also zwei Teile. Erstens ist das hier kein kleiner Betrieb – wie gelingt es euch, ihn geheim zu halten? Und zweitens hat mir noch niemand erklärt, wie es mit unserer Charta aussieht. Haben wir eine Leitlinie oder so was?«

Morvant lächelte. »Scharfsinnige Beobachtungen, großartige Fragen. Ich werde mich bemühen, bestmöglich darauf einzugehen. Trinity – oder Trinity Global aus Sicht der Anwälte – ist tatsächlich die offizielle Tarnung der Shepherds-Organisation. Regierungen und Unternehmen weltweit beauftragen uns mit der legitimen Bereitstellung von Ausbildungs-, Sicherheits- und Schutzleistungen. Dadurch können wir unsere Leute mit authentischem Papierkram problemlos rund um den Globus reisen lassen. Die Einrichtung hier, Trinity Loop, ist einerseits Trainingszentrale und Hauptquartier für den Betrieb, andererseits die Ausgangsbasis für die Organisation der Shepherds in Nordamerika.«

»Ist das nicht riskant? Ich meine, wie trennt ihr beides?«, hakte sie nach.

Ben schmunzelte. »Gar nicht. Jeder, der hier auf dem

Campus arbeitet, ist in unsere Mission eingeweiht. Wir spielen alle im selben Team.«

»Bei Trinity Global werden *echte* Shepherds wie wir raus auf die Weide geschickt«, warf Johnny ein.

Ben warf ihm einen Blick zu. »Ich tue jetzt mal so, als hätte ich das überhört.«

»Aber an der Geschichte muss mehr dran sein«, bohrte Bex nach. »Ich meine, wann hat das alles angefangen?«

»Unsere Organisation ist uralt und geschichtsträchtig. Die Wurzeln reichen bis ins Mittelalter zurück, wie ihr noch genauer im Video sehen werdet. Die ersten Shepherds waren deutsche Mönche. Sie haben junge Männer mit der Gabe des Zweiten Gesichts bei sich aufgenommen – insbesondere mit der Fähigkeit, in die Herzen und Köpfe bösartiger Menschen zu sehen. Dadurch konnten sie Gräueltaten vorhersagen, bevor sie eingetreten sind.«

»Interessant«, sagte Jed. »Also waren die ersten Shepherds eigentlich Wächter.«

Ben nickte. »Und sie sind ziemlich schnell auf ein Problem gestoßen, das ihr sicher alle erraten könnt.«

»Dass die Bösen sich nicht scheuen zurückzuschlagen«, tippte Hyeon.

»Genau. Sie waren Männer Gottes ohne das Rüstzeug und die Fertigkeiten, die Verbrecher, Vergewaltiger und Mörder aufzuhalten, denen sie präventiv das Handwerk legen wollten. Oder sich gegen sie zu wehren. Deshalb hat das Oberhaupt des Ordens eine schwierige Entscheidung getroffen, die das Schicksal der Organisation und der Menschheit für immer verändern sollte. Er hat Ritter engagiert, um seine Mönche von ihnen in Kampfkunst ausbilden zu lassen. Hat allerdings nicht lange gedauert, bis die Mönche und die Ritter erkannt haben, dass dieses

Arrangement für beide Seiten suboptimal war – weder die einen noch die anderen konnten ihr Potenzial voll ausschöpfen. Also haben die Krieger und die Männer Gottes eine Glaubenspartnerschaft gebildet und zusammengearbeitet, um das Böse aufzuspüren und aufzuhalten. Diese frühe Charta leitet uns noch heute unverändert.«

»Wow. Ziemlich cool«, meinte Hyeon.

»Ich weiß«, erwiderte Ben. »Jahrhundertelang ist es so geblieben, ein Bündnis zwischen Gottesmännern und Glaubenskriegern. Sie haben geheim zusammengearbeitet, ihre Partnerschaft ein Versprechen, ihre Mission das heilige Gelübde, die Bemühungen der Finsteren zu vereiteln, die versuchen, die Menschheit von Gott fernzuhalten. Mit den Zeiten haben sich auch die Shepherds geändert – sie haben sich verzweigt, außerhalb von Europa niedergelassen und ständig weiterentwickelt, um ihre Anonymität und Effektivität zu bewahren. Finanzierung, Rekrutierung und Geheimhaltung waren und sind immer noch die drei größten logistischen Herausforderungen dabei. Durch den Aufstieg der Informationstechnologie sind wir heute gefährdeter denn je zuvor, entdeckt zu werden. Das ist einer der Gründe, warum unser Prüfverfahren so lange dauert und warum wir so untergliedert sind. Bevor wir jemand Neuen in unsere Welt einladen, müssen wir uns völlig sicher sein, die richtige Entscheidung getroffen zu haben.«

»Ziemlicher Auftrag bei einem Betrieb dieser Größe. Wie viele Shepherds gibt es?«, fragte Hyeon.

»Weltweit haben wir 500. Unterstützt werden sie von Managern, Ergänzungspersonal, Wächtern, Hütern und Geistlichen, insgesamt weitere 5000.«

Hyeon stieß einen leisen Pfiff aus.

»5000. Wow«, sagte Jed. »Wie viele davon sind Wächter?«

»Die Wächter wechseln je nach Aufkommen und Verlust ihrer Fähigkeiten. Die meisten werden mit elf bis zwölf Jahren rekrutiert und scheiden spätestens mit 20 aus«, antwortete Ben, der Jed dabei mit einem merkwürdigen Lächeln ansah. »Die Zahl variiert also, je nachdem, wer gerade in der Ausbildung ist und bei wem die Fähigkeiten nachlassen. Aber im Schnitt sind fünf bis zehn Prozent des Unterstützungspersonals aktive Wächter, weitere fünf bis zehn Prozent übernehmen verschiedene Ergänzungsaufgaben.«

»Und die Leitung?«

Diesmal lächelte Ben geheimnisvoll. »Umfang und Aufgaben der weltweiten Führungsriege werden nur preisgegeben, wenn die Information unbedingt nötig ist. Sagen wir einfach, dass wir auf dem Campus einige Führungskräfte haben, die den Betrieb und das Training steuern, aber die Mehrzahl ist über Regierungen, Konzerne und Glaubenseinrichtungen weltweit verteilt. Unsere Finanzierung kommt von privaten Spenden, religiösen Organisationen, der Industrie und sogar aus staatlichen Quellen. Beschafft wird sie von Führungskräften, die über unseren Betrieb Bescheid wissen. Ich weiß, das ist vage, und im Video wird das Thema aus offensichtlichen Sicherheitsgründen auch nur gestreift, aber mehr kann ich heute dazu nicht sagen.«

»Wie lange gibt's die Einheit hier schon?«, fragte Nisha.

»In Nordamerika sind wir seit den Anfangstagen der Republik. Seit elf Jahren ist dieser Campus unsere Zentrale. Der weltweite Kampf gegen den Terror hat uns die Möglichkeit eröffnet, alle und alles unter einem Dach zu bündeln, weil heutzutage ein privater Anbieter von Sicherheitsleistungen kein großes Aufsehen mehr erregt. Das war auch nötig, sowohl für die Ausbildung als auch für die Ausweitung unserer Einsatzmöglichkeiten. Außerdem wurde es durch die zunehmenden Aktivitäten der Finsteren immer schwieriger, alle überall und ständig zu schützen. Die Tarnung für die Einrichtung hier kann man online auf der Website nachlesen. Nach außen hin ist Trinity Loop ein privates Sicherheitsunternehmen, spezialisiert auf die Aus- und Weiterbildung der Mitarbeiter von Strafverfolgungsbehörden und Söldnerunternehmen. Ob aus dem All oder vom Eingangstor betrachtet, wir sehen aus wie die Academi-Anlage in Moyock, North Carolina. Nur innen sind wir, wie ihr alle mittlerweile wisst, etwas völlig anderes.«

Morvant nahm noch einige weitere Fragen von der Gruppe entgegen. Dabei umschiffte er gekonnt heiklere Themen, auf die er nicht eingehen wollte. Und eine Frage von Carl über das Gerücht eines Gefängnisausbruchs in Frankreich wies er rundheraus zurück.

Strikte Geheimhaltung, Informationspreisgabe nur bei Bedarf, dachte Jed. *Kenne ich zur Genüge.*

»Tja, dann lasse ich euch jetzt mal in Ruhe das Einführungsvideo ansehen«, sagte der Befehlshaber der Shepherds schließlich, nickte Jed flüchtig zu und verließ den Raum.

Während alle auf den Stühlen herumrutschten – durch die überlasteten, verkaterten Muskeln fiel es schwer, still zu sitzen –, dimmte der Colonel das Licht und schaltete den Projektor ein. Das Einführungsvideo von Trinity Loop begann mit Musik und einem Überflug des Campus, bei dem auf einen Zug durchtrainierter Männer und Frauen gezoomt wurde, die als Team den Hindernisparcours der Jericho-Trainingseinrichtung bewältigten. Dann ertönte eine episch klingende Stimme aus dem Off.

»Trinity Loop, landesweit führender Ausbildungsanbieter für behördliches und privates Sicherheitspersonal, bietet neuen Rekruten modernste …«

Mit einem Grinsen im Gesicht beugte sich Hyeon zu Jed und flüsterte: »Morgan Freeman?«

Jed schmunzelte, war nicht überrascht. »O ja, die Stimme ist unverwechselbar. Du liegst völlig richtig.«

8

AUSBILDUNGSANLAGE TRINITY LOOP

1 UHR ORTSZEIT

Jed wurde auf seiner Pritsche abrupt von einem ohrenbetäubenden, wiederholten metallischen Scheppern geweckt.

»Raus aus den Federn, Jungs und Mädels«, brüllte der Colonel, marschierte durch den Mittelgang zwischen den parallelen Bettreihen und drosch mit einem Hammer auf einen Mülltonnendeckel aus Metall. »Ab in die Waffenkammer im Simulationshaus zu eurer Realeinsatzbeurteilung um 0030. Ihr habt fünf Minuten.«

Schlagartig vertrieb Adrenalin die Schlaftrunkenheit. Jed sprang auf und zählte durch, um sich zu vergewissern, dass niemand fehlte. Im Verlauf der Jahre hatte er an genug solcher Überraschungsübungen teilgenommen, dass es ihn nicht gewundert hätte, wenn der eine oder andere Teamkamerad beim Startschuss dazu »verschollen« wäre.

Eins, zwei, drei, vier, fünf, sechs, sieben … Alle da.

»Herhören, Alpha«, ergriff Jed das Wort, sobald der Colonel nicht mehr auf den Mülltonnendeckel schlug. »Ihr habt den Colonel gehört. Anziehen und mir nach ausrücken.«

»O Mann, euch Neulingen steht was bevor«, warnte Johnny, der neben seinem Bett im Stand mit hohen Knien joggte. »Wärmt lieber die Muskeln auf und bringt den Kreislauf in Gang. Das wird kein Spaziergang.«

Jed wandte sich an Eli. »Wovon redet er?«

Eli nahm sich Zeit beim Anziehen und ließ sein übliches unbekümmertes Lächeln aufblitzen. »Wirst du schon sehen.«

»Schönen Dank auch, Eli. Das war wie immer unheimlich hilfreich«, brummelte Jed, während er seine Ausrüstung anlegte.

Vier Minuten und 45 Sekunden später formierte sich der vor Adrenalin strotzende Alpha-Zug vor der verriegelten Tür zur Waffenkammer der Simulationsanlage. Die Energie lag fast greifbar in der Luft, als Jed den Blick über seine Teamkameraden wandern ließ. Die meisten lächelten und unterhielten sich aufgeregt untereinander. Diese bevorstehende Übung war der erste Ausflug von Zug Alpha zur Simulationsanlage, einer lagerhallengroßen Einrichtung, die den südwestlichen Quadranten des Trainingskomplexes beherrschte. Seit dem ersten Tag bei Jericho Basic hatte Jed mehrfach Fragen über das Gebäude gestellt. Erhalten hatte er allerdings nur die Bestätigung, dass es tatsächlich eine Anlage zur Einsatzsimulation mit scharfer Munition beherbergte. Die Verschwiegenheit über Einzelheiten sowie das kryptische Lächeln und die wissenden, zwischen den Veteranen gewechselten Blicke waren allerdings aufschlussreich. Jed vermutete, dass es sich bei der Einrichtung um etwas Besonderes handelte, vielleicht sogar um das Kronjuwel von Trinity Loop.

Ein Magnetschloss klickte, und die Tür zur Waffenkammer öffnete sich von innen.

»Stehen Sie nicht einfach so rum, Johnson – schaffen Sie Ihre Leute rein«, blaffte der Colonel neben dem Eingang. »Die Bösen knallen sich nicht selbst ab.«

Jeds Teamkameraden ergriffen die Initiative und eilten bereits hinein, während er noch dem Drang widerstand, die Augen über die unnötige Stichelei zu verdrehen. Aber es gehörte zum Spiel. Der Colonel versuchte bloß, ihm unter die Haut zu gehen und ihn vor einer Übung zu verunsichern, die zweifellos benotet werden würde. Jede Interaktion mit seinem Ausbilder – und mit den Veteranen – stellte seine Führungsqualitäten auf die Probe. Jericho Basic zielte darauf ab, seine mentale und emotionale Stärke nicht nur als Shepherd-Anwärter, sondern auch als Zugführer zu testen. Bei der SEAL-Ausbildung hatte er gelernt, damit umzugehen. Und meistens prallten Beleidigungen und Seitenhiebe von ihm ab wie Wasser vom Rücken einer Ente.

Meistens …

Er betrat als Letzter die Waffenkammer und achtete darauf, die Tür hinter sich zu schließen und zu verriegeln, bevor er zu seinen Kameraden aufschloss. Sie hatten einen Halbkreis um den Colonel gebildet, der vor einer Wand mit Ausrüstung und Waffen stand. Gewehre, Pistolen, Helme, Brustpanzer, Magazine und Nachtsichtbrillen befanden sich in geordneten Reihen in Halterungen.

»Das ist ein Sig Sauer MCX Virtus SBR«, sagte der Colonel und griff sich ein schnittig aussehendes Sturmgewehr aus dem Regal. »Allerdings kein gewöhnliches Virtus …« Er drehte die Waffe um und zeigte ihnen etwas, das nach einem ins Obergehäuse eingebauten Ergänzungsset aussah. »Die Waffe ist mit einem präzisen Zielschutzcomputer modifiziert. Mit einem integrierten Gyroskop, der Optik des Gewehrs und Näherungssensoren wird sichergestellt, dass bei Übungen mit scharfer Munition nicht der Abzug gedrückt werden kann, wenn die Mündung auf jemanden aus den eigenen Reihen weist oder sich auf einen Schusslinienkonflikt zubewegt.«

»Basiert das System auf Körpersensoren oder ausschließlich auf künstlicher Intelligenz?«, fragte Hyeon.

»Gute Frage«, lobte der Colonel. Der stellte das Sig zurück und ergriff stattdessen Nylongurtzeug mit flachen, sechseckigen Vorrichtungen der Größe von Untertassen vorn und hinten. »Die Antwort ist: beides. Jeder von euch wird eine solche Sensorweste tragen, wenn er die Simulationsanlage betritt. Die Weste überträgt euren Standort an den Computer im Kontrollraum, der die Simulation überwacht. Die sechseckigen Sensoren hier wiederum verständigen automatisch den Zielcomputer eines Kameraden, falls sie von dessen Laservisier erfasst werden.«

»Doppelte Absicherung«, sagte Grayson und nickte Hyeon zu.

»Sehr cool«, befand Hyeon.

»Also, mir ist klar, dass es für niemanden von euch das erste Rodeo ist. Ihr alle habt bereits Zeit in solchen Simulationsanlagen verbracht. Manche mehr als andere«, sagte der Colonel und heftete den Blick auf Jed. »Aber egal wie viele ihr schon kennengelernt habt, ich kann euch garantieren, dass ihr noch keine wie die hier erlebt habt.«

»Angeblich haben sie dafür 25 Millionen ausgegeben«, flüsterte Johnny der neben ihm stehenden Bex zu.

Der Colonel ergriff einen der Helme mit Kopfhörern, Mikrofon und einer eigenartigen Brille in einer kippbaren Halterung, an der man normalerweise ein Nachtsichtgerät anbrachte. »Dieser Helm ist mit allem ausgestattet, was ihr braucht. Funk ist eingebaut. Außen hinter dem rechten

Ohr ist ein Drehregler für Lautstärke, Kanal und Modusauswahl.«

»Ist das 'ne Nachtsichtbrille oder was anderes?«, fragte Bex.

»Etwas anderes«, erwiderte der Colonel grinsend und klappte die Brille runter. »Darf ich vorstellen – die weltweit erste Augmented-Reality-Brille für Gefechtszonen. Ein Teil der Bilder, die ihr sehen werdet, ist echt, ein Teil computergeneriert. Aber mit den Augen werdet ihr den Unterschied kaum feststellen können.«

»Wow«, sagte Bex und drehte sich Johnny zu.

»Hab's ja gesagt.« Johnny grinste. »Dadrin geht's zu wie in *Matrix*.«

»Die ganze Ausrüstung ist ziemlich narrensicher«, fügte der Colonel hinzu, wieder mit einem Blick zu Jed. »Aber die Veteranen können euch helfen, euch zurechtzufinden, bevor ihr reingeht. Irgendwelche Fragen?«

»Ja. Wie lautet der Einsatzbefehl für die Übung? Gehen wir nacheinander einzeln durch oder in Teams? Und gibt's ein zu erreichendes Missionsziel, oder ballern wir einfach auf Ziele?«, meldete sich Jed zu Wort.

»Wird auch Zeit, dass die Frage kommt«, ließ der Colonel keine Gelegenheit für einen Seitenhieb gegen ihn aus. »Bei diesem ersten Durchlauf gehen alle einzeln rein und schießen auf Ziele, damit sich jeder mit der Anlage und der Ausrüstung vertraut machen kann. Nächstes Mal gestalten wir es ein bisschen interessanter.«

»Verstanden, Colonel«, sagte Jed. »Alles klar, Leute, rüstet euch aus und macht euch bereit, es krachen zu lassen.«

Die Veteranen bildeten Paare mit den Anfängern und halfen ihnen mit der Ausrüstung, während der Colonel in den Kontrollraum verschwand, um den Kurs vorzubereiten. Als Zugführer meldete sich Jed freiwillig dafür, als Letzter reinzugehen. Die nächste Stunde lang beobachtete er und wartete mit wachsender Vorfreude, während seine Teamkameraden nacheinander die Anlage absolvierten. Einer nach dem anderen kehrten sie erschöpft in den Sammelraum zurück, aber alle breit grinsend.

»Jedidiah, Alter«, sagte der verschwitzte Hyeon nach seinem Durchgang und klopfte Jed auf die Schulter, »mach dich auf 'ne Offenbarung gefasst.«

»Er hat recht – es ist unglaublich«, betonte Bex. »Kann das nächste Mal kaum erwarten.«

»Sie sind dran, Johnson«, dröhnte die Reibeisenstimme des Colonels in Jeds Kopfhörern.

»Verstanden«, sagte Jed in sein Mikrofon. Er überprüfte ein letztes Mal die Ausrüstung und seine Waffe, dann betrat er den dunklen Tunnel vom Sammelraum in die Simulationsanlage.

Auf halbem Weg klappte er die AR-Brille vom Helm nach unten und vor die Augen. Er sah nicht nur schlagartig wie am helllichten Tag, sondern bemerkte zudem eine in seinem Sichtfeld eingeblendete Informationsanzeige, ähnlich wie bei Kampfpiloten. Oben darin befand sich ein Kompass, der sich geschmeidig anpasste, als er den Kopf nach rechts und links drehte. Rechts oben wurde sein aktuell eingestellter Funkkanal angezeigt, daneben sein Rufzeichen für den Durchgang, die Acht.

»Ich gebe Ihnen fünf Sekunden für einen Blick auf die Route, die Sie nehmen müssen«, sagte der Colonel in Jeds Ohr. Eine neue Anzeige oben links im Sichtfeld identifizierte den Sprecher als *Papa*. Die Benennung verschwand, als die Übertragung des Colonels endete. Stattdessen erschien ein dreidimensionales Overlay mitten in Jeds Sichtfeld. Der eingeblendete Übersichtsplan stellte einen relativ komplexen, verschlungenen Weg durch die Simulationsanlage dar und beinhaltete Treppen mit Auf- und Abwärtspfeilen. Rasch schluckte er seine Verblüffung runter und studierte die Route, die hin und her, auf und ab verlief. Neuralgischen Stellen wies er einfache Abläufe zu. *Rechts, geradeaus, rechts, links – rauf, links, geradeaus, links – runter, links, rechts, links.* Dann bildete er dazu eine grobe Gedächtnisstütze, wie er es sich bei den SEALs angeeignet und im Verlauf seiner Karriere verfeinert hatte. *ReGe, ReLi – RaLi, GeLi – RuLi, ReLi.*

Der Übersichtsplan verschwand, als er die improvisierte Eselsbrücke zum zweiten Mal wiederholte. Nicht perfekt, aber das war ihm spontan als Erstes in den Sinn gekommen und bot somit die beste Chance, sich den komplexen Verlauf zu merken.

Rechts oben in seinem Sichtfeld erschien eine digitale Stoppuhr. 00:00.

»Ihr Lauf beginnt auf mein Zeichen«, meldete sich der Colonel, und Jed trat vor die leuchtende horizontale Linie auf dem Boden am Ende des Tunnels.

Dabei tippte er auf die optische Zielerfassung. Prompt erschien an der Mündung seines Gewehrs eine grüne Laserlinie, die er durch die Brille real sehen konnte.

»In drei … zwei … eins … los!«

Jed brachte das Gewehr in Anschlag und rückte geübt in geduckter Kampfhaltung vor. Kaum hatte er die Startlinie überquert, verwandelte sich die Welt um ihn herum in eine urbane Umgebung, in der er sich in einer verwaisten Gasse befand. Er blickte nach links und rechts, hielt Ausschau nach Bedrohungen in der Simulation, die vermutlich eine beliebige Stadt in einem Dritte-Welt-Land darstellen sollte. Da die Gasse nur einen Ausweg bot, steuerte er rasch darauf zu. Dabei bewegte er sich nach rechts und dicht an der Seite einer Baracke entlang. Bevor er die Straße erreichte, stürmten zwei bewaffnete Aufständische um die Ecke unmittelbar vor ihm. Er griff sie an, fällte sie mit jeweils einem einzigen Kopfschuss. Die Bilder waren so fotorealistisch, dass er nach dem Abfeuern der Schüsse zögerte, weil er fürchtete, er könnte gerade zwei Schauspieler eines Red Teams umgebracht haben. Aber die Kämpfer lösten sich vor seinen Augen auf, zerfielen auf der staubigen Straße zu Aschehaufen.

Eine aus dem Augenwinkel wahrgenommene Bewegung auf zehn Uhr erregte seine Aufmerksamkeit. Er trat einen Schritt nach rechts, drehte sich gleichzeitig nach links und schwenkte die Zielerfassung auf einen Schützen auf dem Dach eines zweigeschossigen Gebäudes. Leuchtspurgeschosse zischten an Jeds linker Schläfe vorbei, als er den Abzug drückte und das Ziel eliminierte. Der Getroffene stolperte vom Dach und landete auf der Straße. Dort hob ein Mann in schwarzer Kleidung das AK-47 des Schützen auf und richtete es auf Jed.

Schuss. Schuss.

Jed fällte den opportunistischen Dschihadisten mit einem Doppeltreffer in die Brust.

Aus dem rechten Augenwinkel schnappte er ein Wechselspiel von Licht und Schatten auf. Jed wirbelte herum und sah, wie ein weißer Lieferwagen um die Ecke raste. Mit kreischenden Reifen kam er mitten auf der Straße zum Stehen und die seitliche Schiebetür glitt auf. Jed eliminierte den Fahrer mit einem Treffer knapp über dem linken Ohr durch das Fenster. Der Mann sackte nach vorn. Sein Schädel knallte aufs Lenkrad und löste einen plärrenden Dauerton der Hupe aus. Im Laderaum erschien ein schwarz gekleideter Aufständischer hinter einem festmontierten Maschinengewehr Kaliber 50. Mit einem Fluch ging Jed in Deckung, als der Schütze wilden Beschuss auf die Straße entfesselte. Leuchtspurgeschosse flogen über seinen Kopf hinweg. Jed hob die Mündung seiner Waffe an und feuerte aus der Bauchlage eine Dreiersalve in den Lieferwagen ab. Durch den Schützen ging ein Ruck, bevor er hinter dem 50er-Kaliber zusammenbrach. Jed zögerte einen Herzschlag lang und zielte weiter in den Laderaum, weil er damit rechnete, dass ein anderer Kämpfer den Platz des Gefallenen hinter dem schweren Geschütz einnehmen würde.

Er wurde nicht enttäuscht.

Prompt löste sich ein zweiter Kämpfer aus dem Schatten und wollte das 50er-Kaliber bemannen. Jed fällte ihn mit einem Kopfschuss, bevor er sich dahinter niederlassen konnte. Dann nahm er eine Bewegung zu seiner Rechten wahr und schwenkte die Zielerfassung in diese Richtung. Durch jahrelange Abzugsdisziplin hielt sich sein Zeigefinger zurück, als eine Frau und ein kleines Kind dicht beisammen im Laufschritt die Straße überquerten. Die Frau sah ihn an, als sie durch den Strahl seines Ziellasers hastete, und er erkannte Grauen in ihren Augen.

Echtes Grauen.

Wie ist das möglich?, dachte er, als er sich aufrichtete.

Er verdrängte den ablenkenden Gedanken und sah sich nach weiteren unmittelbaren Bedrohungen um. Eine Explosion 30 Meter vor ihm blendete ihn, donnerte durch sein Headset und ließ den Boden erzittern. Jed sank auf ein Knie, spähte durch die Zielvorrichtung des Gewehrs und wartete darauf, dass sich die Anzeige der Brille aktualisierte. Zwei Kämpfer in Tarnanzügen und mit Körperpanzerung tauchten aus dem verrauchten Dunst auf und steuerten mit langen Gewehren auf ihn zu.

Statt reflexartig zu feuern, wandte sich Jed an den Colonel. »Papa, zwei potenzielle Feinde sind in meine Richtung unterwegs. Könnten aber auch Kameraden sein, bitte um Aufklärung.«

»Die Schützen sind blau«, antwortete der Colonel und bestätigte Jeds Instinkte.

Jed schwenkte den Blick vorbei an den simulierten Soldaten, die ihn passierten und sich um Ziele hinter ihm kümmerten. Rechts oben in seinem Sichtfeld sah er die laufende Stoppuhr für die Übung. Er hatte noch kaum die erste Kurve hinter sich, bereits zehn Schüsse abgefeuert und die Zeit verflog nur so.

Mann, das ist verrückt, dachte er und rief sich seine Eselsbrücke ins Gedächtnis. *ReGe, ReLi – RaLi, GeLi – RuLi, ReLi.*

Er hatte die erste Rechtskurve absolviert und war geradeaus vorgerückt. Also musste er nach der nächsten Rechtskurve suchen. Er blickte nach vorn und entdeckte eine weitere Quergasse zur Hauptstraße, auf der er sich befand.

Das muss es sein. Er sprintete zu der Ecke, hielt an und drückte die Schulter gegen eine Stuckwand. Tief geduckt spähte er um die Ecke und zog den Kopf wieder zurück.

Keine sichtbaren Bedrohungen.

Er stieß den Atem aus, umrundete die Ecke mit dem Gewehr voraus und rechnete damit, dass jeden Moment die Bösen auftauchen würden. Wie üblich enttäuschten sie ihn nicht. Zu seiner Linken schwang eine Metalltür auf, hinter der ein Schütze zum Vorschein kam. Er erledigte den Kerl und schwenkte gerade noch rechtzeitig zurück zur Mitte, um einen Aufständischen auszuschalten, der mit einem Messer auf ihn zurannte.

Die Nächste links, erinnerte ihn sein innerer SEAL, als er die scheinbare Sackgasse entlang vorrückte. *Und vergiss nicht, auch auf Bedrohungen von hinten zu achten.*

Jed warf einen Blick über die linke Schulter. Prompt erblickte er einen Dschihadisten mit einem AK-47, der um die Ecke einer Gassenmündung angriff. Bevor Jed das Gewehr herumschwenken konnte, feuerte der feindliche Kämpfer eine Salve ab. Leuchtspurgeschosse zischten nur Zentimeter an Jeds Helm vorbei. Er schoss zwar als Zweiter, dafür trafen seine drei Projektile zuerst und ließen den Schützen zusammensacken.

Ein halbes Magazin verbraucht.

Als er keine anderen Drohungen entdeckte, drehte er sich wieder nach vorn und stürmte zum Ende der Gasse. Dabei betete er, dass er richtig damit entschieden hatte, überhaupt diese Richtung eingeschlagen zu haben. Als er das Ende der Sackgasse erreichte, erblickte er zu seiner Linken eine Holztür. Vermutlich handelte es sich um den Hintereingang des zweigeschossigen Stuckgebäudes, vor dem er stand. Jed stellte sich in sturmbereiter Haltung mit dem Rücken zur Wand neben die Tür. Mit laut pochendem Herzen und schwer atmend holte er eine Blendgranate hervor und zählte herunter. *Drei … zwei … eins …*

Er trat die Tür auf, warf die Granate hinein und zuckte von der Tür zurück. Eine automatische Waffe brüllte auf, und eine Sekunde lang rasten Leuchtspurgeschosse durch die offene Tür in die Gasse, bevor der detonierende Sprengkörper den Beschuss abrupt beendete. Jed huschte hinein und sah sich nach Zielen um.

Er fand drei.

Schuss. Schuss ... Schuss.

In der Nähe weinte ein Baby – das Geräusch klang so echt, dass sich eine Gänsehaut über Jeds Unterarme ausbreitete. Beklommenheit nistete sich in seiner Magengrube ein. Plötzlich empfand er die Simulation als etwas zu realistisch. In seinem Kopf flammte die Erinnerung an eine Mutter und ihr Kind auf, die im Hindukusch vom Vater, einem bewaffneten, wutentbrannten Taliban, als Geiseln genommen worden waren. Mit zusammengebissenen Zähnen vergrub er die grausige Erinnerung und leerte den Geist.

Konzentrier dich gefälligst, Jed ...

Er rückte in den nächsten Raum vor. Dort stieß er auf eine Treppe, die hinauf in den ersten Stock führte. Ihm wurde klar, dass er mit der Treppe zum zweiten Teil seiner Gedächtnisstütze überging, beginnend mit *Ra* für *rauf*. Sein Herzschlag beschleunigte sich, als er die Stufen schnell und so leise wie möglich erklomm. Als der Absatz in Sicht geriet, erblickte er eine Frau mit einem Baby in den Armen und dahinter einen bärtigen Mann. Er hatte einen Arm um ihren Hals geschlungen und hielt die Spitze einer glänzenden, 15 Zentimeter langen Klinge unter dem Kinn des Kinds.

»Lassen Sie nicht zu, dass er meinem Baby wehtut«, flehte die Frau, der Tränen in zwei Rinnsalen über die Wangen liefen.

Das kleine Kind stieß einen zweiten, herzzerreißenden Schrei aus, und Jed sah dem Geiselnehmer mit dem Messer in die Augen.

»Zurück, oder ich bringe beide um«, drohte der Mann knurrend in gebrochenem Englisch.

»Lass sie gehen, oder du stirbst«, warnte Jed seinerseits und platzierte den grünen Zielpunkt auf der Stirn des Mistkerls.

»Wenn ich sie gehen lasse, erschießt du mich«, erwiderte der Mann mit loderndem Hass im Blick. »Verschwinde. *Dann* lasse ich sie gehen.«

Jed übte Druck auf den Abzug aus. Beim letzten Mal, als er in einer solchen Situation gewesen war, hatte er versucht, den wutentbrannten Vater mit Worten zu beruhigen. Der Mann hatte der Mutter vorzeitig die Kehle durchgeschnitten, als er im Zurückweichen gestolpert war. Jed weigerte sich, den Fehler zu wiederholen.

Der Geiselnehmer bewegte sich einen Schritt zurück …

Und Jed drückte den Abzug.

Das Projektil schlug zwischen den Augen des verrückten Messerschwingers ein. Die Frau schrie gellend auf, als er sie losließ und hinter ihr zu einem schlaffen Haufen zusammenbrach. »Danke«, sagte sie, bevor sie sich mit dem Baby vor Jeds Augen auflöste.

»Acht, hier Papa. Exfiltration in fünf Minuten von der Landezone«, meldete sich der Colonel. »Schwingen Sie besser die Hufe.«

Aha. Anscheinend eine Übung mit Zeitlimit … Wäre nett gewesen, das im Voraus zu erfahren.

»Verstanden«, erwiderte Jed und bemühte sich um einen neutralen Ton. Er warf einen Blick auf die Stoppuhr rechts oben im Sichtfeld. 05:12. Er hatte mehr als die Hälfte der Zeit verbraucht, nur hatte er noch nicht mal den halben Kurs bewältigt. Wenn es so weiterginge, würde er es auf keinen Fall unter dem Limit von zehn Minuten schaffen. Er sah sich im Flur um und entdeckte zwei Türen, eine nach links, eine nach rechts.

RaLi, rief er sich ins Gedächtnis. *Rauf bin ich schon … Als Nächstes nach links, dann geradeaus, anschließend wieder links.*

Er spähte den Lauf des Gewehrs entlang und näherte sich der linken Tür, die natürlich geschlossen war und erneut zeitraubend gesichert werden musste. Jed verspürte den Drang, einfach eine üppige Salve durch die Tür zu jagen, doch er wusste, wie unklug das wäre. Zweifellos würde er dann einen Raum voller erschossener Kinder vorfinden.

Keine Abkürzungen, erinnerte er sich und zog eine Blendgranate aus der Ausrüstung hervor.

Jed wünschte, er hätte bei der Simulation einen Partner, als er das Standard-Zutrittsprotokoll allein wiederholte, indem er die Tür auftrat, die Blendgranate hineinwarf und in den Raum vorrückte. Zwei in Kittel gekleidete Männer standen vornübergebeugt da und umklammerten die Ohren, völlig desorientiert von der Granate. Bei beiden hing ein AK-47 an einem Tragegurt um den Hals. Jed knallte sie mit Kopfschüssen ab, bevor sie sich erholen und angreifen konnten.

Der rechteckige Raum, in dem er sich befand, wies keine anderen Türen auf, nur ein Fenster an der hinteren Wand. *Jetzt geradeaus*, erinnerte ihn sein innerer SEAL. Nur konnte er nicht geradeaus – jedenfalls nicht besonders weit. Jed stieß den Atem aus, drehte sich im Kreis und hielt Ausschau nach etwas, das er vielleicht übersehen hatte. Gleichzeitig ging er noch einmal die zurückgelegte Strecke durch.

Ich bin die Treppe rauf und an der ersten Möglichkeit nach links in diesen Raum … Als Nächstes sollte ich geradeaus. Anschließend nach links und runter, bevor der nächste Teil beginnt. Aber das passt nicht zusammen.

Er rannte durch den langen rechteckigen Raum und fragte sich, ob seine Gedächtnisstütze nicht stimmte. Dann erreichte er das Fenster an der gegenüberliegenden Wand. Als er durch die schmutzigen Scheiben nach draußen sah, entdeckte er zu seiner Überraschung links einen Metallbalkon mit einer Feuerleiter am anderen Ende.

Okay, dann war geradeaus vielleicht durch den Raum, der Balkon ist links, die Feuerleiter ist runter.

Damit hatte er seine Entscheidung getroffen und streckte die Hand aus, um das Fenster zu öffnen. Bevor er es konnte, zerbarst das Glas durch einschlagende Projektile. Jed ließ sich fallen, kroch aus der Schusslinie und lehnte sich neben dem Fenster mit dem Rücken an die Wand. Dort verharrte er und wog seine Möglichkeiten ab, während weitere Salven durch die Öffnung zischten.

Klingt nach zwei Schützen. Wahrscheinlich auf dem Dach gegenüber.

Er stieß die Luft zwischen geschürzten Lippen hindurch, während er krampfhaft überlegte. Bei zwei Schützen, die das Fenster im Visier hatten, kam der Weg über den Balkon praktisch Selbstmord gleich. Da er nicht genau wusste, wo sie sich platziert hatten, würde er nach ihnen Ausschau halten müssen, *während* sie auf ihn schossen. Und selbst wenn er das unverschämte Glück hätte, einen der beiden zu erwischen, könnte er unmöglich beide ausschalten, bevor er selbst ausgeknipst würde. Dann kam ihm eine faszinierende Idee. Die Simulation hatte ihn einmal auf die Probe gestellt und dazu verleitet, auf Leute aus den eigenen Reihen zu schießen. Vielleicht könnte er dieselben Leute zu Hilfe rufen.

»Papa, hier Acht«, sagte er ins Mikrofon. »Mich haben zwei feindliche Schützen festgenagelt. Ich kann nicht zur Exfiltration vorrücken. Sind noch blaue Streitkräfte vor Ort? Ich brauche Feuerschutz.«

»Verstanden, Acht. Lassen Sie mich einen Anruf machen«, erwiderte der Colonel, und Jed konnte das Lächeln in seiner Stimme praktisch hören. »Bereithalten, Acht. Blaue Schützen sind unterwegs zu Ihrer Position. Setzen Sie sich auf mein Zeichen in Bewegung.«

»Verstanden, halte mich bereit.«

Einige Sekunden später brach draußen ein hitziger, etwa 20 Sekunden lang andauernder Schusswechsel los.

»Acht, hier Papa«, meldete sich der Colonel. »Der Schnee ist gepflügt. Raus jetzt.«

Breit grinsend stand Jed auf und kletterte durch das Fenster auf den klapprigen Metallbalkon. Rasch suchte er erst die Dächer ab, dann die Straße unten, wo er einen Freundsoldaten hinter einem Müllcontainer knien und nach Zielen suchen sah. Da Jed ahnte, dass sein Glück nicht lange anhalten würde, rannte er über den Balkon, der sich bis zur hinteren Ecke des Gebäudes erstreckte. Kaum hatte er die Leiter erreicht, schlang er sich das Gewehr über die Schulter, sank auf ein Knie und versuchte, den massigen Körper durch das runde Loch im Metallgitter des Bodens zu zwängen. Als er die Schulter durchbekommen hatte, knallten überall um ihn herum Schüsse. Projektile prallten klirrend und Funken sprühend vom Balkon über ihm und von den Leitersprossen ab. Mit zusammengebissenen Zähnen verlagerte er die Füße von der Sprosse, auf der er stand, mit den Innenseiten der Stiefel zur Außenseite der Randschienen. So führte er einen schnellen Abstieg durch, indem er die Leiterschienen entlang nach unten rutschte und die Geschwindigkeit durch Reibung kontrollierte.

Er landete mit einem dumpfen Aufprall. Seine Beine fingen die Wucht wie Stoßdämpfer ab, und er ging tief in die Knie. Mit von der Rutschpartie brennenden Handflächen brachte er das Gewehr in Anschlag und hielt Ausschau nach Bedrohungen und der Quelle der Schüsse. Dabei stellte er fest, dass seine beiden blauen Teamkameraden erschossen worden waren und reglos in Blutlachen lagen. Was bedeutete, dass er für den Rest der Simulation auf sich allein gestellt war. Einen Herzschlag später entdeckte er den feindlichen Schützen, einen Teenager, der hinter einem verbeulten, 20 Meter entfernten Auto hervor auf ihn feuerte. Jed gab eine Dreiersalve auf das Fahrzeug ab und trieb den Schützen damit in Deckung. So verschaffte er sich Zeit, sich selbst Deckung zu suchen.

RuLi ReLi, rief er sich ins Gedächtnis. Noch sechs Schuss in dem Magazin.

Da er gerade heruntergekommen war, musste er als Nächstes nach links. Anschließend nach rechts und noch einmal links zur Exfiltration. Er warf einen Blick auf die Stoppuhr oben rechts im Sichtfeld. 08:23.

Die Zeit ist fast um.

In geduckter Haltung sprintete er in Richtung eines Müllcontainers aus Metall los. Er hechtete in dem Moment dahinter, als eine AK-47-Salve über den Boden wanderte und von der Wand des Containers abprallte. In der Ferne hörte er das Wummern von Hubschrauberrotoren und wusste, dass seine Abholung nahte. Er hatte keine Zeit, sich mit dem Teenager herumzuschlagen, der von hinten aufs Geratewohl auf ihn schoss. Jed suchte die Straße nach der nächsten Möglichkeit ab, rechts abzubiegen. Einen halben Block entfernt sichtete er eine Querstraße.

Um sie zu erreichen, müsste er allerdings auf die andere Seite, womit er förmlich zu einem Schuss in den Rücken einlüde. Ein Partner und er könnten sich abwechselnd Deckung geben und wechselweise vorrücken. Genau solche Situationen stellten den Grund dafür dar, warum SEALs nie allein operierten. Vielleicht hatte der Colonel auch deshalb die Mitglieder von Zug Alpha jeweils allein durch diesen höllischen Parcours geschickt – um die Neulinge an die Macht von Teamwork zu erinnern.

Wieder prallte eine Salve von der Seite des Müllcontainers ab.

Sein Blick heftete sich auf die Stoppuhr. 09:02.

Weniger als eine Minute übrig.

Pfeif drauf. Jetzt oder nie.

Jed sprang aus der Deckung, feuerte eine Dreiersalve auf das geparkte Auto ab und preschte in schrägem Winkel zur Ecke los. Er hatte es halb über die Straße geschafft, als der Junge hinter ihm das Feuer eröffnete. Leuchtspurgeschosse schnellten an ihm vorbei, als er nach hinten zielte und das Gewehr dabei mit einem Arm hielt. Mit einer weiteren Salve leerte er das Magazin. Ob es Gott, Glück oder fast zwei Jahrzehnten Training zu verdanken war, die Schüsse trafen den Heckenschützen in den Rumpf und ließen ihn zusammensacken. Vielleicht bildete Jed es sich ein, aber er hätte schwören können, den Colonel über die Funkverbindung eine Sekunde lang lachen zu hören.

Schwer atmend und mit brennenden Oberschenkeln warf Jed das verbrauchte Magazin aus und griff nach einem neuen, als er um die Ecke bog. Er rammte es hinein und sicherte es. Dabei sprintete er auf eine neue Straße, wo ihn vier weitere Aufständische erwarteten. Ohne Zeit für Finesse oder Vorsicht stellte Jed den Wahlschalter der Waffe auf Automatik und schwenkte die Salve von links nach rechts über die Gruppe, fällte sie alle, ohne die Schritte zu verlangsamen. Er preschte mitten durch das Gemetzel und schaltete mit dem Daumen zurück auf Einzelschussmodus.

Noch einmal nach links …

Er sah auf die Zeitanzeige. 09:35 – nur noch 25 Sekunden.

Auf zehn Uhr erblickte er einen hinter einer Reihe niedriger Gebäude zur Landung herabsinkenden Black Hawk. Jed mobilisierte tief verborgene Kraftreserven und sprintete in vollem Lauf zur letzten Biegung. Mit dem Gewehr im Anschlag umrundete er sie und erblickte vor sich einen gepflasterten Stadtplatz mit einem Springbrunnen in der Mitte, auf drei Seiten von Geschäften und Cafés gesäumt. Der Hubschrauber war auf dem Platz gelandet. Der Abwind der Rotoren wirbelte Staub auf und fegte über Bistrotische, Stühle und die in alle Richtungen davonlaufenden zivilen Passanten. Jed staunte über den Realismus der Simulation. Er spürte die Vibration der Rotoren in der Brust und den Wind im Gesicht.

Wie ist das überhaupt möglich?, dachte er, als er zur weit geöffneten Passagierraumtür des Helikopters rannte.

Im Black Hawk trieb ein Soldat in Tarnanzug Jed mit einer Geste zur Eile an. Der Pilot drehte den Kopf, sah Jed durch das seitliche Cockpitfenster an, und Jed stellte fest, dass ihm das Gesicht von Colonel Jericho entgegenlächelte.

»Rechts«, sagte der Colonel.

Jed wirbelte in die Richtung herum und erblickte einen schwarz gekleideten Dschihadisten, der mit einer Panzerbüchse über der Schulter aus dem dunklen Eingang eines

Gebäudes auf der anderen Seite des Platzes kam. Jed bremste ab, sank auf ein Knie und legte das Gewehr an. Der Terrorist zielte auf den Hubschrauber, Jed auf die Brust des Mannes.

Schuss.

Der feindliche Kämpfer fiel rückwärts durch die Tür und feuerte dabei die Waffe ab. Das Geschoss krachte in das angrenzende Gebäude und explodierte zu einem Feuerball, mit dem Trümmer und Staub durch die Gegend spritzten. Mit einem triumphierenden Grinsen im Gesicht richtete sich Jed auf und drehte sich wieder dem Helikopter und dem vertrauten Antlitz des lächelnden Piloten zu.

Der Zähler in der Anzeige seiner Brille erreichte 10Minuten, und die Welt um ihn herum löste sich auf – der Black Hawk, der Platz und die Menschen ringsum. Mit heftig pochendem Herzen ließ Jed das Gewehr auf den Trageriemen um seinen Hals fallen, stemmte die Hände in die Hüften und atmete durch. In der riesigen Simulationsanlage herrschte Düsternis, aber es war nicht zu dunkel, um die echten Strukturen zu erkennen, durch die er sich den Weg gebahnt hatte. Der Metallbalkon und die Leiter waren echt und gehörten zu einem realen, zweigeschossigen Gebäude. Es gab auch noch andere Häuser, wodurch der weitläufige höhlenartige Raum an ein Filmstudio mit aufgebauten Kulissen erinnerte.

»Die Simulation ist vorbei, Jed«, ertönte die Stimme des Colonels in seinem Ohr. »Gehen Sie geradeaus nach draußen.«

Da er keine Ahnung hatte, wo sich der Kontroll- und Beobachtungsraum befand, salutierte Jed einfach mit zwei Fingern und lief in den Tunnel mit einem rot beleuchteten

Schild darüber, auf dem »Exfil« statt Ausgang stand. Grinsend wie ein Kind am Weihnachtsmorgen schob er eine Tür auf und betrat den Sammelraum, wo ihn der Rest von Zug Alpha erwartete.

»Und? Was hältst du davon?«, fragte Grayson, der damit auch für die anderen sprach, die Jed alle erwartungsvoll ansahen.

»Verdammt, das war unglaublich«, entgegnete Jed kopfschüttelnd. »So was hab ich noch nie gesehen.«

»Irre cool, oder?«, fragte Eli und klopfte Jed auf den Rücken.

»So was von«, bestätigte Jed.

»Dabei war das noch gar nichts«, warf Johnny ein und stieß einen Pfiff aus. »Erst Stufe eins. Der Colonel hat 'ne ganze Wundertüte voll krasser Szenarien, die er in der nächsten Runde für euch Neulinge auspacken wird. Macht euch also auf was gefasst.«

Wie auf ein Stichwort tauchte der Colonel mit seiner üblichen erhabenen Miene auf. »Tja, Glückwunsch«, sagte er, ging zu einem Monitor an der Wand und schaltete ihn ein. »Ihr alle habt den Einführungsdurchlauf bestanden – manche besser als andere.«

Auf dem Monitor erschien eine Liste der Namen aller Mitglieder des Zugs. Allerdings nicht in alphabetischer Reihenfolge, sondern nach einer Wertung geordnet. Jeds Name stand mit 302 Punkten zuoberst. Eli folgte mit 289 Punkten als Zweiter, danach kamen Grayson mit 267, Carl mit 259, Johnny mit 241, Nisha mit 238, Hyeon mit 227 und Bex mit 212.

Während Johnny unzufrieden und ungläubig über das Ergebnis fluchte, starrten die anderen Jed mit großen Augen an.

»Glückwunsch, Jed«, sagte der Colonel. »Sie haben gerade einen neuen Gesamtpunkterekord für den Einführungsdurchgang aufgestellt.«

Jed wusste nicht, was er dazu sagen sollte, also nickte er nur und genoss bescheiden, wie ihm die anderen gratulierten, mit ihm abklatschten und ihm auf den Rücken klopften.

»Das war's für heute Nacht«, erklärte der Colonel. »Verstaut eure Ausrüstung und legt euch schlafen. Die Sonne geht früh auf.«

»Ihr habt den Colonel gehört«, ergriff Jed das Wort und sicherte seine Waffe für die Lagerung. »Licht aus in 15 Minuten.«

Alle machten sich daran, die Ausrüstung abzulegen und zu verstauen, außer den Veteranen, die sich zu einem Gespräch unter sich zum anderen Ende des Sammelraums zurückgezogen hatten. Jed spähte hinüber und fing sich einen finsteren Blick von Johnny ein, während sich die vier erfahrenen Shepherds in hitzigem Flüsterton unterhielten.

»Was glaubst du, worum's da geht?«, wandte sich Jed an Nisha, die gerade ihre Sensorweste auszog.

Sie sah ihn kurz an, dann zuckte sie mit den Schultern. »Vielleicht um angekratzte Egos. Aber keine Sorge. Ich bin sicher, wir finden's bald heraus.«

Jed nickte und sagte sich, dass sie recht haben würde. Er hatte sich gut geschlagen, sowohl sich selbst als auch alle anderen mit seiner Leistung überrascht. Das war gut und bewies dem Colonel, dass jemand richtig damit entschieden hatte, Jed als Zugführer auszuwählen. Offensichtlich war Johnny mit seinem eigenen Auftritt nicht zufrieden und projizierte seine Verärgerung darüber auf Jed. Die Truppe bestand aus ehrgeizigen ehemaligen Elitesoldaten, alle daran gewöhnt, die Besten der Besten zu sein und Leistungen auf höchstem Niveau zu bringen. Daraus als Einzelner hervorzustechen war nichts, wofür man sich schuldig fühlen oder schämen musste. Neid und Konkurrenzdenken waren normal.

Mit der Zeit würde sich das von selbst regeln.

Freu dich über den Sieg, Alter, sagte der SEAL in ihm. *Du hast ihn dir verdient.*

9

KLASSENRAUMBLOCK

AUSBILDUNGSANLAGE TRINITY LOOP

10:55 UHR ORTSZEIT

Vielleicht, dachte Jed, steckte im Colonel doch ein Funken Mitgefühl. Zwar hatte er das Team weder länger schlafen lassen, noch hatte er nach ihrem nächtlichen Training in der Hightech-Simulationsanlage auf ein hartes Sportprogramm verzichtet, aber zumindest hatte er Jed zuletzt angewiesen, seine Leute für eine Unterrichtseinheit im Klassenzimmer zusammenzutrommeln. Das Thema der Lektion blieb allerdings offen. Jed betrat hinter seinem Team Raum 101 in dem quadratischen Gebäude, über dessen Eingang die Aufschrift »Klassenzimmerblock« in schlichten, in ein Holzschild gebrannten Buchstaben hing. Das formellere Schild an der Ecke des Backsteingebäudes jedoch wies es als BLDG 1223 aus.

»Ich denke, das wird dir gefallen«, sagte Eli und klopfte ihm auf den Rücken.

Jed konnte den umgänglichen ehemaligen Green Beret gut leiden und ertappte sich dabei, dass er sich bei der Orientierung in diesem neuen Leben zunehmend auf ihre wachsende Freundschaft verließ. Er hatte den erfahrenen Shepherd-Agenten noch nicht gefragt, warum nicht er statt Jed das Team anführte. Jed fürchtete, es könnte dafür einen Grund geben, über den Eli nicht würde reden wollen – einen Misserfolg oder eine Schwäche in seiner Vergangenheit. Aber was auch immer ihn davon abhielt, andere anzuführen, es hielt ihn eindeutig nicht davon ab, sich als Kämpfer auszuzeichnen. Eli bewies bei jeder Übung, dass es sich an ihm zu orientieren galt – ob im Hinblick auf körperliche Fitness, taktisches Geschick oder die richtige Einstellung.

»Was genau wird mir gefallen?«, hakte Jed nach, als er sich neben dem Shepherd an einem der vier Sitze vorn in den sechs Reihen langer Tische niederließ. Vor ihm und auf jedem anderen Platz lagen ein Block Papier, ein Stift, ein Tablet und eine ledergebundene Bibel.

»Wie jetzt?« Eli zupfte mit einer Hand an seinem Bart und strich sich mit der anderen das lange Haar hinters Ohr. »Ich soll dir die Überraschung verderben?«

Hinter dem Podium vorn im Raum befand sich ein geteiltes Whiteboard zu beiden Seiten eines Monitors, auf dem wohl Bilder und Videos gezeigt wurden. Die Tür rechts vorn öffnete sich. Jed spürte, wie sich ein Lächeln in seinem Gesicht anbahnte, als Ben Morvant eintrat. Der Ausdruck schlug erst in Verwirrung, dann in Irritation um, als zwei andere Männer folgten und sich auf zwei der drei Klappstühle an der Wand hinter dem Podium niederließen. Jeds Puls beschleunigte sich, und seine Brust zog sich zusammen, während er David Yarnell anstarrte.

Mann, das brauche ich heute echt nicht.

»Willkommen, Jericho Basic 2201, Zug Alpha«, begann Ben. Sein Ton war förmlich und nüchtern. Die numerische Bezeichnung ihrer Ausbildungsklasse hatte Jed erst ein Mal zuvor gehört. »Ich war froh zu hören, dass bei der ersten Simulationsübung gestern Nacht alle gut abgeschnitten haben.« Er schaute auf und nickte Jed dezent zu. Jed reagierte darauf mit einem Lächeln. »Heute Vormittag schalten wir in einen anderen Gang. Bitte meldet euch an euren Tablets an, richtet euer biometrisches Log-in ein und legt ein Passwort fest.«

Jed beobachtete, wie Ben zu David und dem Mann neben ihm ging, der wie David in einem Raum voller kampferprobter Krieger vollkommen deplatziert wirkte. Er war klein und schlank, obwohl die zerklüfteten Züge erahnen ließen, dass er sich wohl oft im Freien aufhielt. Ben flüsterte den beiden etwas zu. Jeds Blick blieb auf David gerichtet, der ihn plötzlich bemerkte und die Hand zu einem verhaltenen Winken hob. Zähneknirschend nickte Jed knapp zurück, bevor er den Blick auf sein Tablet senkte und sich einen weiteren unproduktiven Ausflug in seine Erinnerungen verbot.

Als er auf den Bildschirm tippte, öffnete sich ein Dialogfeld. Er wurde aufgefordert, seinen vollständigen Namen und seine ID-Nummer einzugeben. Letztere musste er von der Ausweiskarte ablesen, die er an einem Umhängeband um den Hals trug. Als Nächstes folgte ein Fenster, in dem er seinen Zugriff mittels Fingerabdruck, ein Passwort als Alternative und Erinnerungen daran konfigurieren musste. Er drückte erst den linken Daumen, dann den rechten Zeigefinger auf den Sensor. Das Tablet teilte ihm mit, dass es beide Fingerabdrücke erfolgreich erfasst hatte, und forderte ihn auf, ein sicheres Kennwort einzugeben. Jed tippte mit zwei Fingern in das Dialogfeld.

8r0keFr0gR828

Broke Frog, Römer 8,28.

Er wusste nicht recht, welcher Teil seines Gehirns die Bibel vorgeschlagen hatte – einst sein Lieblingsbuch, das er mittlerweile, so viele Jahre später, aus irgendeinem Grund als unangenehm empfand. Und dennoch fühlte es sich richtig an.

Hatte er wirklich ein gutes Leben geführt und Gott alles auf seinem Weg für dessen Zwecke nutzen lassen? Falls ja, hatte Gott es in den letzten 17 Jahren gelenkt, nicht er.

»Sind alle fertig?«, fragte Ben.

Wieder wanderte Jeds Blick zu David. Plötzlich flammte Irritation in ihm auf.

Warum erfüllte es ihn mit solchen Zweifeln, dass David vorn im Raum saß? Verbitterung und Reue, diese Gefühle konnte er verstehen – aber warum Zweifel? Gott hatte überdeutlich gemacht, dass David eine Rolle in seinem Leben zu spielen hatte. Dennoch hatte Jed das Gefühl, die neue Reise als Shepherd sollte allein für ihn bestimmt sein.

»Bitte öffnet das Symbol mit der Bezeichnung STF und dann die Lektion des ersten Blocks. Für diejenigen unter euch, die den Begriff STF noch nicht kennen, das steht für spirituell-taktische Führer, die wir mit den Leitern unserer Kampfteams zusammenspannen – für diesen Zug sind das dementsprechend David beziehungsweise Jedidiah. Wir sind überzeugt davon, dass es zum Erfüllen unserer Mission ideal ist, spirituelles Geleit und Einsatzerfahrung zu koppeln.«

Jed konnte nicht widerstehen, sich zu Eli zu beugen und ihm zuzuflüstern: »Genau, eine Sondereinsatzmannschaft mit nur *einem* befehlshabenden Offizier geht ja gar nicht, oder?«

Eli schüttelte den Kopf, grinste dabei jedoch.

»Gutes Argument, Senior Chief Johnson«, sagte Ben, der Jeds beißenden Kommentar irgendwie gehört hatte. »Jed schneidet damit eine wichtige Führungsfrage an. Alle hier bringen beträchtliche Einsatzerfahrung und verschiedenste Fähigkeiten auf den Gebieten Kampf und Spionageabwehr mit. Bei konventionellen Konflikten ist eine klare, einheitliche Befehlskette unerlässlich, darin sind wir uns wohl alle einig. Warum also haben wir uns entschieden, das Konzept durch zwei Leiter zu verwässern?«

Niemand antwortete. Jed lehnte sich zurück und verschränkte die Arme vor der Brust.

Schließlich hob Eli die Hand. »Weil unser Feind oft zwei verschiedene Gesichter hat.«

»Richtig«, bestätigte Ben. »Als Veteran hat Eli das offensichtlich schon gehört, aber es stimmt. Jed, du hast unlängst ein Shepherd-Team bei zwei Realeinsätzen verstärkt. Du wirst zugeben müssen, dass im Kampf gegen die Finsteren sowohl physische als auch spirituelle Aspekte schnell und effektiv berücksichtigt werden mussten, um die richtigen taktischen Entscheidungen zu treffen.«

Jed spürte Blicke auf sich. Die anderen Neuen im Team hörten bestimmt zum ersten Mal davon, dass er bereits Kampferfahrung mit den Shepherds besaß. Er achtete nicht darauf und konzentrierte sich. Jed mochte noch Zweifel an seinem Glauben und seiner Beziehung zu Gott hegen. Trotzdem konnte er nicht leugnen, dass geistliche Kriegsführung bei jeder Auseinandersetzung mit ihrem Feind eine entscheidende Rolle spielte. Andererseits konnte er sich nicht erinnern, dass Ben bei den Einsätzen von jemandem beraten worden wäre – schon gar nicht von einem »spirituell-taktischen Führer«. Jedenfalls nicht in Echtzeit. Unverhofft dachte er an den Furcht einflößenden, überwältigenden Drang zurück, den die Finsteren in der Zielanlage in den Bergen gegen ihn eingesetzt hatten, als er Sarah Beth retten wollte. Er erinnerte sich lebhaft daran, wie er sich die Waffe unters Kinn geschoben hatte, während ihn die Stimme in seinem Kopf, zugleich seine eigene und auch nicht, gedrängt hatte, den Abzug zu drücken.

»Es sind dabei definitiv spirituelle Einflüsse im Spiel, für die ich nicht gut gewappnet bin. Ich sehe ein, dass diese Beeinflussung« – innerlich schüttelte er die Übelkeit erregende Erinnerung ab – »meine Fähigkeit beeinträchtigen könnte, eine taktische Entscheidung zu treffen.«

Das Eingeständnis fiel ihm schwer. Sein Blick fiel auf David, der sich zur Seite beugte. Der Mann neben ihm flüsterte ihm etwas ins Ohr, und sein ehemaliger Freund nickte.

»Auch ich brauche Beistand von meinem STF, Jed. Du magst Pastor Mike bei den von dir begleiteten Einsätzen nicht gesehen oder gehört haben, aber er war dabei und in Kontakt mit mir. Die Stärke der Beziehung zwischen dem Kampfteamleiter und seinem STF kann darüber entscheiden, ob ein Einsatz zu einem Sieg oder einem Massaker wird.«

»Genauso wie wir ohne die Augen unserer Wächter leicht bei einem Hinterhalt umkommen könnten«, ergänzte Jed.

»Damit hast du gerade das zweite Mal diese Wächter erwähnt«, wandte sich Nisha an Jed. »Du hast sie schon bei der Einführung angesprochen. Dabei ist erklärt worden, dass sie ausscheiden, wenn sie erwachsen werden. Mir ist nicht klar, welche Rolle oder Funktion sie haben. Könntest du mir das erklären?«

Jed schaute fragend zu Ben, der ihm mit einem Nicken grünes Licht gab, die Frage zu beantworten.

»Die Wächter sind unglaublich talentierte und unheimlich mutige junge Leute und unsere Augen und Ohren beim Feind«, sagte Jed. Dabei dachte er daran zurück, wie das Teenagermädchen Corbin nicht nur Sarah Beth bei der Jagd auf Victor auf einer anderen, spirituellen, für Jed unverständlichen Ebene angeleitet, sondern auch dem Shepherd-Team in Echtzeit wichtige Aufklärungsinformationen geliefert hatte. Er durchschaute zwar immer noch nicht, wie es im Detail funktionierte, doch er wusste mit Sicherheit, dass sie ohne sie blind gewesen wären.

»So ist es«, bestätigte Ben. »Aber genauer behandeln wir das bei einer späteren Unterrichtseinheit. Phase zwei eurer Ausbildung behandelt die Integration von Wächtern ...«

Plötzlich fragte sich Jed, wie viele Phasen Jericho Basic eigentlich umfasste und wie lange Phase eins dauern würde.

»In Phase zwei gehen wir auch genauer darauf ein, wie die Koppelung mit einem STF im Hinblick auf die Befehlskette funktioniert. Heute konzentrieren wir uns auf die Komponente der geistlichen Kriegsführung bei den Shepherds und darauf, warum sie so entscheidend ist. Dazu möchte ich euch jemanden vorstellen, der viel qualifizierter ist, darüber zu reden, Pastor Mike Moore.«

Der Mann neben David erhob sich, und Jed fielen auf Anhieb zwei Dinge auf: zum einen, dass sich der im Vergleich zu den hünenhaften Agenten eher schmächtige Mann mit der katzenartigen Anmut eines Spitzenathleten – oder vielleicht eines Kriegers – bewegte. Zum anderen eine Tätowierung am rechten Unterarm, die dem Logo entsprach, das er bei der Ankunft an der Wand des Verwaltungsgebäudes gesehen hatte. Ein Kreuz im Blockstil in der Mitte eines Lorbeerkranzes. Hinter dem Kreuz bildeten ein Schwert und ein Hirtenstab ein X. Aus irgendeinem Grund musste Jed dabei an seine eigene Tätowierung in Form des Dreizacks der Navy SEALs denken.

Der Mann nahm seine Brille ab, als er sich Ben am Podium näherte. Jed bemerkte, dass die Züge hart wie die eines Kriegers wirkten, die braunen Augen hingegen sanft und mitfühlend wie die eines Pastors. Die beiden Männer tauschten eine kurze Soldatenumarmung mit einem Klopfen auf den Rücken aus, bevor sich Ben setzte und Mike seinen Platz am Podium einnahm.

»Willkommen, alle miteinander. Ich bin Mike Moore, Leiter des Programms für spirituell-taktische Führer und Bens STF«, begann Pastor Mike. »Ihr alle habt beispielhaft Gott und Vaterland vor euch selbst gestellt, entweder bei den Streitkräften oder im Nachrichtendienst. Aber dass ihr hier seid, bedeutet, dass ihr zu einem höheren Zweck berufen seid. Bevor wir darauf eingehen, möchte ich euch etwas über mich erzählen. Bevor ich Pastor Mike wurde, war ich Major Moore, Army Ranger beim 75. Ranger-Regiment. Genau wie ihr habe ich in meinen zehn Jahren beim Regiment Dinge erlebt, die meinen Glauben manchmal erschüttert und andere Male gestärkt haben. Ich hatte Zweifel – nicht an der Existenz Gottes, sondern an seinem Wesen. Menschen wie wir – Menschen an der Speerspitze, die Satans Übel aus erster Hand begegnet sind – grübeln unweigerlich über das Warum. Nicht selten stürzen solche nicht beantwortbaren Fragen Leute wie uns in Glaubenskrisen. Lange bin ich davor weggerannt, bis ich irgendwann den Mut zusammengekratzt habe, sie laut zu stellen. Ich habe den Priester als Vermittler übersprungen und sie Gott direkt entgegengebrüllt …«

Pastor Mike sah zu Ben und lächelte.

»Aber das ist eine Geschichte für ein anderes Mal. Wenig später kam ein Mann zu mir und meinte, Gott hätte Antworten für mich, wenn ich bereit wäre, Ihm zu dienen, indem ich meine Fähigkeiten als Ranger für einen höheren Zweck einsetze«, sagte Mike, und Jed konnte ihm an den Augen ablesen, wie Erinnerungen in ihm aufstiegen. »Ich habe mich den Shepherds angeschlossen und bin Leiter eines Kampfteams wie Jed geworden. Nach einigen Jahren an der Speerspitze hat mich Gott dazu berufen, erneut die Rollen zu wechseln. Ich habe eine Pause eingelegt, das Priesterseminar absolviert und bin Pastor geworden. Dann bin ich zur Einheit zurückgekehrt, um in einer Führungsrolle eng mit Ben zusammenzuarbeiten. Man könnte wohl sagen, ich war der erste STF, aber den Begriff haben wir offiziell erst später geprägt – nachdem ein Ereignis in unseren Reihen die Notwendigkeit für ein Programm aufgezeigt hat, das unseren Einsatzmannschaften auch spirituelle Führung bietet.«

Jed zog bei der kryptischen Äußerung fragend die Augenbrauen hoch und schaute zu Eli, der nickte und mit den Lippen bildete: *Später.*

»Als Ranger und Offizier ist mir bewusst, wie fremdartig euch das Konzept eines Führungsteams vorkommen muss. Aber glaubt mir, wenn ich euch als jemand, der beide Führungsrollen lange Zeit erfüllt und ein Versagen der spirituellen Führung vor ein paar Jahren überlebt hat, sage, dass es absolut missionskritisch ist …«

Erneut fragte sich Jed, was passiert sein mochte. Er beobachtete, wie Ben auf seine Füße blickte und den Kopf schüttelte, während Pastor Mikes Finger unbewusst über sein Hemd strichen. Jed vermutete, dass er eine alte Verletzung im Bauchbereich nachfuhr. Neben ihm seufzte Eli.

»Wenn ihr hergekommen seid, um Söldner zu werden, Krieger wie zuvor, nur ohne die Bürde staatlicher Beaufsichtigung, dann seid ihr bei uns falsch. Wenn das zutrifft, sagt es jetzt, und wir entlassen euch mit guten Wünschen für eure Zukunft, nachdem ihr eine einfache Geheimhaltungsvereinbarung unterschrieben habt. Wenn ihr das Konzept spiritueller Führung nicht akzeptieren wollt oder könnt, wenn ihr euch nicht zu Herzen nehmt, was wir euch beibringen, werdet ihr im Einsatz versagen und höchstwahrscheinlich nicht überleben. Also – seid ihr alle weiterhin dabei, oder möchte jemand aussteigen?«

Herausfordernd verschränkte er die Arme vor der Brust. Jed für seinen Teil war trotz aller Zweifel und Unsicherheiten, die er noch hegte, zu weit gekommen, um die Notbremse zu ziehen. Pastor Mike wartete, bis das Gemurmel unter Jeds Teamkameraden verstummte, bevor er fortfuhr.

»Na schön, dann machen wir weiter.« Pastor Mike setzte die Brille wieder auf, senkte den Blick auf sein Tablet und las den Vers unter der Überschrift B1L1 vor. »›Denn obwohl wir im Fleisch wandeln, kämpfen wir doch nicht auf fleischliche Weise. Denn die Waffen unseres Kampfes sind nicht fleischlich, sondern mächtig im Dienste Gottes, Festungen zu zerstören.‹ Das ist aus dem zweiten Brief an die Korinther, Kapitel 10 – die göttliche Wahrheit dessen, was wir hier tun. Paulus erzählt uns darin etwas Entscheidendes über die Art unseres Kampfs und die Mächte, mit denen wir es in diesem Reich zu tun haben. Er warnt uns davor, dass wir versagen werden, wenn wir versuchen, den Krieg gegen den Feind nur mit den Waffen zu führen, die wir in unserem Ranger-Regiment, bei unserer Einheit der Marines oder in unserem SEAL-Team perfektioniert haben. Wenn ihr versucht, die Finsteren wie ein konventioneller Soldat zu bekämpfen, wird das Böse in neun von zehn Fällen siegen.«

Der Pastor entfernte sich vom Podium. Sein Blick wanderte durch den Raum, während er die gewichtigen Worte einwirken ließ.

»Glauben das alle Anwesenden?«, fragte er.

Tu ich das?, überlegte Jed. Er holte tief Luft, vollführte einen mächtigen Glaubenssprung und schloss die Augen. *Ich tue es, Gott. Zwar verstehe ich die Hälfte davon nicht, aber ich glaube daran.*

»Huu-ha«, rief jemand von der Army hinter ihm.

»Ja, Sir«, sagte Jed und spürte Elis Lächeln neben sich, ohne es zu sehen. Ein Gefühl von Frieden senkte sich auf ihn wie ein bequemes Sweatshirt. »Huu-ja.«

»Gut.« Pastor Mike kehrte zum Podium zurück, setzte die Brille wieder auf und las die nächste Zeile. Jed lauschte aufmerksam. »›Zieht an die Waffenrüstung Gottes, damit ihr bestehen könnt gegen die listigen Anschläge des Teufels. Denn wir haben nicht mit Fleisch und Blut zu kämpfen, sondern mit Mächtigen und Gewaltigen, mit den Herren der Welt, die über diese Finsternis herrschen, mit den bösen Geistern unter dem Himmel.‹ Das ist aus den Ephesern und ebenfalls wichtig. Für diejenigen unter euch, denen nie etwas über Satan beigebracht worden ist: Es … gibt … ihn … *wirklich.*« Pastor Mike tippte bei jedem Wort zur Betonung mit dem linken Zeigefinger auf das Podium. »Der Teufel ist real und hier auf der Erde. Er ist gerissen genug, um Menschen zu verführen, indem er als Lichtgestalt auftritt, wie es im zweiten Korintherbrief heißt. Und ebenso real sind die mit ihm verstoßenen dunklen Engel, die ihm immer noch dienen, wie in Matthäus 25 und Offenbarung 12 beschrieben … Euer Teamleiter, Senior Chief Johnson, kann es bestätigen. Er hatte selbst eine Nahbegegnung mit einem von Satans dunklen Engeln.«

Der ehemalige Ranger richtete den Blick über die Brille hinweg auf Jed.

Mit angespannter Kieferpartie nickte Jed knapp.

Pastor Mike fuhr fort. »Als Shepherds sind wir die Hüter der Pforten, die das Chaos bannen. Überall, wo ihr Korruption und Grausamkeit, Massaker und Chaos seht, ist Satan gegenwärtig. Mit seinen Instrumenten – den dunklen Engeln und ihren Anhängern – bringt er die Saat für Unsicherheit, Angst und Leid aus. Ich rede hier nicht von heißer Luft, sondern von Menschen, die ihren Willen und ihren Körper dem Satan und seiner Bösartigkeit verschrieben haben. Falls ihr noch keinem dieser finsteren Diener im Einsatz begegnet seid, dann wappnet euch dafür, denn ihr werdet es noch. Und dann müsst ihr bereit dafür sein.«

Ein Schauder lief Jed über den Rücken. Da er mittlerweile bereits mehrere Zusammenstöße mit den Finsteren hinter sich hatte, schlugen Pastor Mikes Worte etwas in ihm an. Die Finsteren waren einerseits menschlich, zugleich jedoch Gefäße für etwas Unmenschliches, eine in ihnen lodernde, unersättliche Kraft. Bei jeder Begegnung war Jed nur knapp mit dem Leben davongekommen. Unwillkürlich fragte er sich, wie viele seiner

Teamkameraden ähnliche Erfahrungen gemacht hatten und mit dem Geheimnis lebten.

»Jetzt möchte ich euch David Yarnell vorstellen«, sagte Pastor Mike und deutete auf David, der sich erhob und am Podium neben ihn stellte. »David absolviert derzeit seine Version von Jericho Basic und wird neben Jedidiah als STF des Teams dienen. Er wird eine Reihe von Bibelstellen mit euch durchgehen, die ihr auf euren Tablets habt. Danach teilt ihr euch in Zweiergruppen auf und arbeitet zusammen an einem Plan, wie ihr diese Stellen als Team im Kampfeinsatz und im Alltag anwenden wollt. Fragen?«

Hinter Jed flüsterte jemand: »Ja. Warum haben wir ein Kampfteam mit einem Neuling als Teamleiter *und* einem Neuling als STF?«

»Klappe, Johnny«, zischte jemand anders.

»Na schön. David, ab hier übernimmst du.«

Jed beobachtete, wie David ans Podium trat. Trotz sichtlicher Nervosität schien es ihm nicht an Selbstvertrauen zu mangeln.

»Also«, begann David mit einem Feuer in den Augen, das Jed seit ihrer Jugend nicht mehr gesehen hatte. »Ich bin David Yarnell, und Gott hat mich hierher berufen. Fangen wir an.«

Jed bemühte sich, keine Verbitterung zu empfinden. David arbeitete derzeit an seinem Abschluss in Theologie, war von Ben Morvant rekrutiert worden und wurde mittlerweile von Pastor Mike betreut. Als SEAL hatte Jed mit etlichen Männern gedient, die er in der »wahren Welt« nicht als Freunde betrachtete, auf dem Schlachtfeld jedoch als Brüder. So würde er es wohl auch mit David handhaben müssen. Denn Pastor Mike hatte Jed vor Augen geführt, warum er hergekommen war und auch bleiben würde.

Wenn man an höherer Stelle Vertrauen in David setzte, sollte Jed seinerseits darauf vertrauen, dass er nutzen musste, was David an Wissen beizusteuern hatte.

Ganz gleich, wie verkehrt es sich für ihn anfühlte.

10

TWENTY & GRAND APARTMENTS

2000 GRAND AVENUE, WEST END

NASHVILLE, TENNESSEE

20:35 UHR ORTSZEIT

Maria Perez streifte die bequemen flachen Schuhe ab, nachdem sie ihre Wohnung betreten hatte, und schnippte sie mit den Zehen gegen die Tür des Schranks im Flur. Sie ließ die Schlüssel auf die Durchreiche fallen und ihre Ledertasche auf den Barhocker in der Ecke, bevor sie die bewusste Entscheidung traf, ihren Rollkoffer an Ort und Stelle stehen zu lassen. Auspacken würde sie morgen. An diesem Abend würde sie sich nach 20 beschwerlichen Reisestunden eine feine Flasche Rotwein genehmigen, sich von seichter Unterhaltung im Fernsehen berieseln lassen und dabei versuchen, nicht an der Operationsnaht an ihrem Nabel zu zupfen. Mit einer Flasche Justin Isosceles aus dem Regal, einem Weinglas und einem Korkenzieher tapste sie über den Parkettboden zum Sofa. Nachdem sie das Shirt aus den Designerjeans gezogen hatte, ließ sie sich auf das Sofa plumpsen und gab dabei ein unwillkürliches Grunzen von sich. Sie hievte die Füße auf den Couchtisch, benutzte den elektrischen Korkenzieher, um die Flasche zu öffnen, und schenkte großzügig in das breitbauchige Kristallweinglas ein.

Mit der Fernbedienung auf dem Schoß trank sie einen ausgiebigen Schluck des trockenen Weins und starrte durch die schrägen, extragroßen Fenster nach Osten. Einen Moment lang spielte sie mit dem Gedanken an eine schnelle Dusche und einen anschließenden Spaziergang zum sogenannten »The Disctrict«, dem mehrere Blocks umspannenden Epizentrum des Nachtlebens von Nashville, wo immer Musik lief und Alkohol strömte. Hunger regte sich in ihr. Sie hatte seit dem Flug über den Atlantik nichts gegessen, aber ihr spartanischer Kühlschrank und ihre Vorratskammer hatten wenig zu bieten. Im *Ainsworth* um die Ecke gab es einen wunderbaren Salat, und sie könnte sich einen starken Cocktail bestellen, was sie trotz ihres Erschöpfungszustands seltsamerweise ansprechender fand als Rotwein. Männliche Gesellschaft würde von selbst auf sie zukommen, was sicher dabei helfen würde, ihre Gedanken davon abzulenken, wohin sie sich ständig schlichen.

Allerdings fühlte es sich so wohlig erschlafft auf dem Sofa nach einer Herkulesaufgabe an, sich in Bewegung zu setzen und auszugehen.

Seufzend trank sie einen weiteren Schluck Wein und lehnte den Kopf an die Polsterung zurück. Dabei spürte sie plötzlich die Blutergüsse an den Schultern und am Rücken – Souvenirs von der Nacht, die sie in Paris mit ihrem dunklen Begleiter im Bett verbracht hatte.

Und von dem Dämon oder den Dämonen in dem Mann.

Als sie mit der Hand die noch brennenden Bissspuren an der linken Schulter berührte, trat ein schiefes, lustvolles Lächeln in ihre Züge.

Nick Woland.

Plötzlich tauchte ungebeten das Gesicht ihrer Großmutter vor ihrem geistigen Auge auf.

No tiene por qué ser así, pequeña. Nunca es tarde para Dios …

Darüber lachte Maria laut, und das Bild des freundlichen Gesichts ihrer toten Großmutter verflüchtigte sich.

»Ich fürchte, es muss so sein, und für deinen Gott ist es viel zu spät, *abuela*«, brüllte sie der Erinnerung entgegen, bevor sie vergeblich versuchte, sich ein zynisches Lachen abzuringen.

Sie stellte sich ihr Leben gern als schwarze Komödie vor, allerdings gab es in ihrer Vergangenheit keine Satire.

Mit sinkender Stimmung stürzte sie den Wein hinunter und wünschte inständig, sie hätte etwas Härteres zu Hause.

Wäre es anders gekommen, wenn ihre *abuela* nicht gestorben wäre? Dann wäre Maria nicht bei zwei verschiedenen Pflegefamilien misshandelt worden. Sie wäre vielleicht nicht vergewaltigt worden, als sie angefangen hatte, mit anderen Teenagern abzuhängen, genauso tragisch verkommen wie sie. Aber wäre sie nicht trotzdem an dieser Stelle gelandet? War das nicht ihr Schicksal? Die Welt war dunkel, Hoffnung sinnlos.

Man muss die Dunkelheit annehmen, um zu überleben.

Und das hatte sie getan.

Das Telefon klingelte.

Nicht das Handy, das sie eingesteckt hatte. Auch nicht das in ihrer Handtasche.

Das andere Telefon. Das in dem kleinen Heimbüro neben dem Gästezimmer, das sie in einen Fitnessraum umgebaut hatte. Sie trainierte hart und regelmäßig, um sich die Spuren der Zeit vom Leib zu halten, nachdem sie unlängst die 40 überschritten hatte. Seit sie in Victors Welt mitmischte, war es außerdem unabdingbar, kampftauglich in Form zu bleiben.

Sie stellte das Glas auf dem Couchtisch ab und erhob sich, hatte das Gefühl, sich schnell bewegen zu müssen. Nicht weil sie fürchtete, den Anruf zu verpassen – es würde einfach weiterklingeln, bis sie ranginge. Vielmehr aus Angst davor, Victor warten zu lassen.

»Hallo?«, sagte sie schwer atmend ins Telefon.

»Wie war der Ausflug, meine Liebe?«, erkundigte sich Victors ölige Stimme.

»Alles ist gut und wie erwartet gelaufen«, berichtete sie, obwohl er das längst wusste. Da sie am Telefon mit ihm nicht mal sekundenlange Stille ertragen konnte, redete sie trotzdem weiter drauflos. »Wie du es wolltest, bin ich bis zur bestätigten Abholung in Bern bei der Zielperson geblieben. Danach bin ich ihm als Verstärkung für den Fall unvorhergesehener Einmischung bis nach Spiez in südlicher Richtung gefolgt.«

Unwillkürlich presste sie angesichts ihrer unglücklichen Wortwahl die Augen zu. Victor konnte die Andeutung nicht ausstehen, dass etwas von ihm nicht Vorhergesehenes eintreten könnte. Trotzdem musste es möglich sein. Wieso sonst hätte er sie Woland eskortieren lassen?

Und wie sonst lässt sich der Fehlschlag bei dem Yarnell-Mädchen erklären?

Abrupt riss sie die Augen bei dem unerwünschten Gedanken weit auf und schnappte über ihren Fehler erschrocken nach Luft.

Aber Victor verlor kein Wort darüber, und nach einigen Sekunden stieß sie langsam den Atem aus.

»Hast du gut gemacht, Maria«, lobte er sie mit leiser, ruhiger Stimme und unergründlichem Ton. »Wie ich es vorhergesehen habe. Hast du Nicholas genossen?«

Nicht: *Hat es dich gefreut, ihn kennenzulernen?* Es bestand kein Zweifel daran, was er meinte, doch auf das Spiel wollte sich Maria nicht einlassen.

»Er hat gesund und motiviert für jedwede Aufgabe gewirkt, die du für ihn hast.«

»Natürlich ist er das«, erwiderte Victor. Diesmal vermeinte Maria, ein höhnisches Lächeln in seiner Stimme zu hören. »Und für dich habe ich jetzt bessere Verwendungsmöglichkeiten, als dich babysitten zu lassen. Wie lange noch, bis du in den aktiven Dienst zurückkehrst?«

»Ich bin mir nicht sicher«, antwortete sie ehrlich. »Die Entscheidung trifft der medizinische Ausschuss. Ich wäre bereit, sofort zurückzukehren, aber man könnte beschließen, den Rat des Chirurgen zu befolgen und mich noch zwei Wochen aussetzen zu lassen.«

»In Ordnung«, sagte Victor. »Die Aufgabe, die ich für dich habe, lässt sich ohnehin besser erledigen, während du noch auf Krankenurlaub bist. Du hast doch Kontaktinformationen für Jedidiah Johnson, oder?«

»Ja«, erwiderte Maria neugierig. »Aber ich kann ihn nicht aufspüren. Er scheint nicht in Virginia Beach zu sein, wie er uns gegenüber gemeint hat.«

»Soweit *ich* weiß, ist er nach Tennessee zurückgekehrt, Maria. Und es war klar, dass sie versuchen würden, ihn zu rekrutieren. Und ich glaube, es ist ihnen gelungen.«

»Tut mir leid«, sagte sie und meinte es ernst, obwohl sie nicht genau wusste, warum eigentlich.

»Mir nicht«, zischte er regelrecht. »Das spielt uns perfekt in die Karten. Unsere Bemühungen, Trinity Loop zu infiltrieren, sind alle gescheitert. Bis Paris hatte ich keine Ahnung, dass du so eine Verführerin sein kannst.«

Sie schloss die Augen. Irgendetwas an der Bemerkung ließ sie erröten - vielleicht Angst. Nicht weil sie mit Woland geschlafen hatte - war die Verführung wirklich von ihr ausgegangen oder umgekehrt? Jedenfalls ging die Furcht auf seine Andeutung zurück. Sofern sie es nicht falsch interpretierte, wollte Victor, dass sie den Betrieb der Shepherds in Nashville infiltrierte und dafür Jedidiah Johnson benutzte.

»Du musst dich nicht fürchten, Maria. Du bist eine loyale Soldatin. Die Opfer, die du bringst, bleiben ebenso wenig unbemerkt wie dein Engagement«, sagte er, und sie sah vor sich, wie er dabei mit diesen schwarzen Augen die langen Fingernägel einer seiner dünnen, knochigen Hände betrachtete. »Vergiss nie, dass wir auf lange Sicht spielen, meine Liebe. Dieser Kampf hat vor Tausenden Jahren begonnen, und wir führen ihn bis zum bitteren, glorreichen Ende. Jetzt bietet sich uns die Chance, unser derzeit größtes Hindernis aus dem Weg zu räumen. Das offensichtlich die Shepherds sind. Und ich denke, du bist meine beste Soldatin dafür, die Gelegenheit beim Schopf zu packen.«

»Was soll ich tun?«, fragte sie. Während Victor ihr beschrieb, was er wollte, entwickelte ihr Verstand bereits einen Plan.

Jedidiah Johnsons Einfühlungsvermögen und Mitgefühl waren seine Schwächen. Dasselbe galt für seine Einsamkeit und seine Reue.

Sie lächelte. *Das könnte sogar lustig werden …*

»Ich werde dich nicht enttäuschen«, versprach Maria.

»Das tust du nie«, erwiderte Victor. Damit war die Leitung tot.

Maria saß eine Weile da und spielte in Gedanken das Gespräch durch, das sie demnächst führen würde. Sie schloss die Augen und teilte leicht die lächelnden Lippen. Dann legte sie das verschlüsselte Telefon in die Halterung und kehrte ins Wohnzimmer zurück. Sie setzte sich aufs Sofa, zog die Beine unter sich und öffnete zwei Knöpfe ihrer teuren Bluse, um sich in Stimmung zu bringen. Anschließend nippte sie gemächlich an ihrem Wein, stellte sich Jed vor und spürte eine Regung, die ihr gefiel.

Sie wählte die Nummer aus, die sie auf dem Handy für Jed Johnson gespeichert hatte.

Ohne einen einzigen Klingelton landete sie direkt auf der Mailbox.

»Hi, hier ist Jed. Ich bin gerade nicht erreichbar, aber wenn Sie eine Nachricht hinterlassen, ruf ich zurück.«

Maria zog eine Schmollmiene und überlegte kurz, bevor sie leise ins Telefon sprach. Dabei achtete sie darauf, zugleich erfreut und nervös zu klingen.

»Hallo, Jed. Ich bin's. Maria, meine ich. Perez. Hier ist Maria Perez. Detective Perez von der Polizei Nashville.« Sie legte eine wohlüberlegte Pause ein. »Das ist kein dienstlicher Anruf. Ich wollte nur … Gut, die Wahrheit ist, ich musste an Sie denken und habe mich gefragt, wie es Ihnen geht. Ich weiß, dass Sie wieder in Virginia sind. Aber ich dachte mir, falls Sie vielleicht demnächst zurück nach Tennessee kommen, könnten wir uns ja mal treffen und plaudern.«

Lächelnd erhob sie sich von der Couch und lief auf und ab. Mittlerweile musste sie die nervöse Energie nicht mehr vortäuschen.

»Ooo-kay. Das ist die wohl peinlichste Nachricht, die ich je hinterlassen habe. Also. Wissen Sie was? Rufen Sie mich einfach an, wenn Sie das hören. Wenn Sie wollen. Bis dann.«

Damit beendete sie den Anruf und grinste.

Nicht übel. Selbst wenn er kein Interesse hat, wird er zurückrufen. Er ist viel zu ritterlich, um es nicht zu tun.

Maria ging zum Fenster und blickte hinaus auf die Lichter der Stadt. Einfühlungsvermögen und Mitgefühl waren zwei von Johnsons Schwächen, doch sie kannte noch eine – das Mädchen.

Sie scrollte durch ihre Kontakte zu Rachel Yarnells Namen.

Es würde eine Weile dauern, wäre aber gut investierte Zeit. Maria würde die Frau am nächsten Morgen anrufen und sich nach Sarah Beth erkundigen. Sie würde einen Draht zu der traumatisierten Mutter herstellen und in Erfahrung bringen, was aus der begabten jungen Wächterin geworden war. Die Bindung zwischen dem Yarnell-Kind und Johnson war stark. So stark, dass Maria sie für ihre Zwecke nutzen könnte, das wusste sie instinktiv.

Es schien ein guter Plan zu sein.

Auf die eine oder andere Weise würde sie sich in Jedidiah Johnsons Herz schleichen. Und sobald sie drin wäre, würde sie es so schwarz und gefühllos werden lassen wie ihr eigenes.

11

SIMULATIONSEINRICHTUNG

AUSBILDUNGSANLAGE TRINITY LOOP

8:15 UHR ORTSZEIT

Jed fühlte sich … *unrund.*

Irgendetwas, das er nicht zu benennen vermochte, stimmte nicht. Wie ein Phantomjucken, das er nicht kratzen konnte. Hinzu kam, dass auch sein Körper außer Tritt zu sein schien. Beim Morgensport hatte er sich schwerfällig gefühlt. Während des Acht-Kilometer-Laufs war ihm die Puste ausgegangen. Mehrere Schritte lang hatte er sogar ein Brennen in der Hüfte gespürt, was ihn beunruhigte. Es sollte nicht möglich sein, weil seine Hüfte geheilt war.

Außer … sie war es doch nicht.

Was, wenn Bens »Heilung« vor all den Wochen lediglich einen Placeboeffekt hervorgerufen hatte? Was, wenn er sich die ganze Zeit nur eingebildet hatte, dass wieder alles in Ordnung wäre?

Nein, das ist unmöglich, dachte er und schüttelte den Gedanken ab. *Die Arthritis war so schlimm, dass ich morgens nach dem Aufstehen kaum laufen konnte. Ich könnte nichts hiervon machen, wenn das nicht geheilt wäre. Ben besitzt die Fähigkeit wirklich. Punkt und basta.*

»He, Jed, alles in Ordnung?«, fragte Nisha und reihte sich auf dem Weg von der Kaserne zum Simulationsgebäude neben ihm ein.

»Ja, alles bestens. Warum fragst du?«

»Weiß nicht – du scheinst heute bloß sehr still zu sein.«

Er warf ihr einen Seitenblick zu. »Still? Ist das 'ne Umschreibung für schlapp?«

»Nein«, entgegnete sie und schmunzelte höflich. »Aber jetzt, wo du's sagst … Mir ist schon aufgefallen, dass du beim Morgenlauf den langsamsten Takt seit dem zweiten Tag vorgegeben hast.«

»Na ja, weil der Colonel uns die letzten Tage echt hart rangenommen hat. Ich dachte mir, heute halte ich mich ein wenig zurück – du weißt schon, euretwegen.«

»Wie gütig von dir.«

»Wenn ich's nicht besser wüsste, könnte ich glatt denken, du machst dich über mich lustig, Nisha.«

»Ich? Lustig über dich?«, sagte sie. »Fiele mir im Traum nicht ein, es mir mit einem großen, launenhaften ehemaligen Froschmann wie dir zu verscherzen.«

»Wow. Ich wusste gar nicht, dass Spione 'nen Sinn für Humor haben«, konterte er.

»Haben sie auch nicht«, warf Bex ein paar Schritte vor ihnen über die Schulter ein. »Der wird bei der Einführung chirurgisch entfernt.«

»Stimmt. Laparoskopisch«, bestätigte Nisha, zog theatralisch den schwarzen Ponyschwanz beiseite und zeigte ihm ihren Nacken. »Wenn du genau hinsiehst, erkennst du einen winzigen Einschnitt an der Schädelbasis.«

Der Kommentar entlockte allen ein herzliches Lachen, und plötzlich fühlte sich Jed besser.

Als sie die Tür zum Simulationsgebäude erreichten, gab Eli den Zugangscode ein. Der Veteran hielt die Tür auf, während die Mitglieder von Zug Alpha nacheinander eintraten. Der Colonel erwartete sie im Sammelraum, diesmal jedoch nicht allein. Neben dem Ausbilder mit der Silbermähne stand eine junge Frau mit Rucksack, die Jed auf Anhieb erkannte. Lächelnd sah sie Jed an und winkte ihm verhalten zu. Er lächelte zurück, während der Colonel sie vorstellte.

»Für die heutige Übung haben wir einen besonderen Gast. Sagt Hallo zu Corbin Worth, einer unserer talentiertesten jungen Wächterinnen an der St. George's Academy. Sie übernimmt heute die taktische Koordination für das blaue Team. Bei ihr ist ihre Hüterin – ihre Mentorin und Betreuerin für Aktivitäten mit unserer Einheit –, Pastorin Margaret Murphy, zu ihrer Zeit selbst eine legendäre Wächterin.«

Die Frau neben dem Teenager nickte dem Team mit einem verkniffenen Lächeln knapp zu. Die Botschaft war klar, zumindest für Jed. Pastorin Margaret war zweifellos alles, was der Colonel gesagt hatte, aber darüber hinaus noch mehr. In der rauen Welt der Spezialeinsätze der Shepherds fungierte diese Frau ebenso sehr als Anstandsdame wie als Mentorin. Und wer könnte weniger erwarten? Wer würde seinem Kind erlauben, ohne eine solche Kontrollinstanz mit den Einsatzteams zu arbeiten und zu reisen? Jed fragte sich, ob viele Wächter Angehörige hatten, die in der einen oder anderen Eigenschaft in der Gemeinde mitwirkten. War Pastorin Margaret vielleicht die Mutter eines Wächters oder einer Wächterin? Lag bei ihr die Gabe des Zweiten Gesichts in der Familie? Seine Gedanken wandten sich Sarah Beth zu …

»Hi zusammen«, grüßte Corbin, errötete und schlug die Augen nieder, als sich alle Blicke auf sie hefteten.

»Hi, Corbin. Spitze, dass du hier bist«, wandte sich Jed im Namen der Gruppe an sie. »Wir freuen uns, dass du bei der Übung heute dabei bist.«

Sie nickte. »Ja, wird sicher spaßig.«

»Ich weiß nicht, ob *Spaß* das richtige Wort dafür ist, was euch alle erwartet«, murmelte Johnny bei sich.

Der Colonel schleuderte ihm einen Blick zu, der besagte, dass sie später noch ein Hühnchen zu rupfen haben würden, bevor er fortfuhr. »Für die heutige Übung schalten wir auf die nächste Stufe. Diesmal heißt es Rot gegen Blau. Vier Veteranen sind im roten Team, die vier Neulinge im blauen. Die Roten sind die Angreifer, die Blauen die Verteidiger. Corbin liefert der blauen Truppe als deren Wächterin in Echtzeit Aufklärungsinformationen und taktische Führung. Die rote Truppe arbeitet für mich und ergänzt im Rahmen der Simulation andere virtuelle Schützen. Veteranen, rüstet euch aus und kommt dann zu mir rein. Blaues Team, ihr sammelt euch hier. Sobald ihr ausgerüstet seid, klärt euch eure Wächterin über das Missionsziel auf. Was die Einsatzregeln angeht, werden für die heutige Übung Simunition 9-Millimeter-FX-Patronen verwendet. Wer das nicht kennt, es handelt sich um nicht tödliche Markierungsmunition, eigens für Übungen Mann gegen Mann auf beengtem Terrain vorgesehen, wie wir es heute praktizieren.«

»Mit anderen Worten, es sind Farbkugeln, die genauso wehtun wie echte Munition«, warf Eli ein.

»Danke für den profunden Beitrag, Mr. Freidus«, sagte der Colonel. »Die Markierungsmunition ist nicht tödlich, aber wie eure Mama euch bestimmt oft gewarnt hat: ›Wenn du nicht aufpasst, geht's ins Auge.‹ Also lasst die Visiere immer unten. Wer sich daran nicht hält, wird von mir persönlich aus der Anlage befördert. Ist das klar?«

»Huu-ja, Colonel«, erwiderte Jed übertrieben zackig, weil er der Verlockung nicht widerstehen konnte.

Der Colonel sah ihn mit geschürzten Lippen an, bevor er sich zum Gehen wandte. »Rotes Team, ich erwarte euch in fünf Minuten vor dem Kontrollraum.«

Die Veteranen rüsteten sich rasch aus und gingen los zur Teambesprechung mit dem Colonel. Eli klopfte Jed auf dem Weg zur Tür auf die Schulter und wünschte ihm viel Glück. Es klang aufrichtig, aber der besorgte Blick in die Augen des Mannes verursachte Jed Nervosität. Offensichtlich stand ihnen eine ziemlich heftige Übung bevor.

Aufteilung des Zugs, Markierungsmunition, eine Wächterin als Koordinatorin … Ich frage mich, was der Colonel noch im Ärmel hat, ging es Jed durch den Kopf.

Er ließ den Blick durch den Sammelraum und über seine Truppe wandern. Alle waren gerüstet und bereit, außer natürlich Corbin, die abseits der Gruppe neben Pastorin Margaret stand, beide mit vor der Brust verschränkten Armen. Die 15-jährige Wächterin wirkte kleiner und jünger, als Jed sie in Erinnerung hatte. Offensichtlich hatten ihre Nerven aus Stahl und ihr Auftritt wie David gegen Goliath bei ihrem von ihm bezeugten Einsatz gegen die Finsteren sie in seinem Gedächtnis etwas glorifiziert. Er schüttelte ihr die Hand und nickte Pastorin Margaret zu, die zum ersten Mal ein echtes Lächeln aufblitzen ließ. Dann drehte er sich an der Seite des Teenagers zu den anderen um.

»Corbin, lass mich dir den Rest des Teams vorstellen«, sagte er und zeigte bei den Namen auf die jeweilige Person. »Das sind Nisha, Bex und Hyeon.«

Nisha ergriff als Erste das Wort. »Hi, Corbin. Schön, dich kennenzulernen. Ich hab noch nie mit einer Wächterin zusammengearbeitet und freue mich schon sehr darauf.«

»Freut mich auch, dich kennenzulernen, Nisha«, erwiderte Corbin. »Hübscher Name. Er bedeutet *Nacht* … richtig?«

»Ja, genau. Sprichst du Hindi?«

»Nein … Wäre zwar cool, aber tatsächlich bin ich echt schlecht in Fremdsprachen. *Muy bueno* und *hasta la vista* sind so ziemlich alles, was ich draufhabe.«

Nisha schmunzelte. »Wie hast du dann die Bedeutung meines Namens übersetzt?«

»Hab ich gespürt«, antwortete Corbin und schob sich eine verirrte Strähne hinters Ohr. »Ist irgendwie mein Ding.«

»Wow. Irre«, befand Bex, trat vor und schüttelte der jungen Wächterin die Hand. »Kannst du den Trick auch mit meinem Namen?«

Corbin hielt Bex' Hand weiter fest und legte den Kopf schief, während sie die ehemalige Kampfsanitäterin eindringlich ansah. »Bex ist dein Spitzname. Eigentlich heißt du Becky, aber der Kapitän deines Leichtathletikteams hat angefangen, dich Bex zu nennen, und es ist hängen geblieben.«

»Das ist unglaublich«, entfuhr es Bex, die ungläubig den Kopf schüttelte.

»Willst du 'nen Hattrick versuchen?«, fragte Hyeon und trat ebenfalls vor, um Corbin zu begrüßen.

Sie ergriff seine ausgestreckte Hand und schloss die Augen. Nach einer Sekunde lächelte sie. »Du versuchst, mich auszusperren …«

»Stimmt. Funktioniert's denn?«, fragte Hyeon und schmunzelte trotz der zusammengezogenen Augenbrauen und des angespannten Gesichtsausdrucks.

»Nicht wirklich, o *Tugendhafter*«, gab Corbin mit einem triumphierenden Grinsen zurück.

»Wow. Das ist echt beeindruckend.« Auch Hyeon schüttelte verwundert den Kopf. »Sie hat's rausgekriegt. Hyeon bedeutet auf Koreanisch *tugendhaft*.«

Jed warf einen Blick auf die Digitaluhr über der Tür zum Tunnel, die in die Simulationsarena führte. »Genug jetzt, Leute. So lustig es sein mag, die Wächterin auf die Probe zu stellen, der Colonel hat uns ein Zeitlimit gesetzt. Wir haben keine zehn Minuten mehr, um uns zu besprechen, bevor die Übung losgeht. Corbin, der Colonel hat gesagt, du würdest uns über das Missionsziel aufklären. Stimmt das?«

Die junge Wächterin schaute zu ihrer Hüterin, die nickte.

»Ja«, antwortete Corbin und wandte sich wieder Jed zu.

»Gut, uns hat der Colonel nämlich genau gar nichts gesagt«, warf Bex ein.

Corbin sah sich im Sammelbereich um. Sie deutete mit dem Kopf auf einen der beiden runden Tische am anderen Ende, wo sich der Wasserspender und die Snackbar befanden. »Setzen wir uns dorthin und reden.«

Jed und die drei anderen Neulinge ließen sich auf den Plastikstühlen auf einer Seite des Tischs nieder. Corbin nahm ihren Rucksack ab und setzte sich ihnen gegenüber. Pastorin Margaret blieb neben ihr stehen. Aus dem Rucksack holte Corbin einen Skizzenblock, legte ihn auf den Tisch und begann, darin zu blättern. Jed sah den Block und die übernatürlich anmutenden Kunstwerke darin nicht zum ersten Mal. Erstmals war er Corbin nach Sarah Beths Rettung in dem Unterschlupf östlich von Pigeon Forge begegnet. Damals hatte sie dasselbe Notizbuch voller Bleistift- und Tusche-Skizzen bei sich gehabt. Die Detailgenauigkeit der von ihr geschaffenen Bilder erinnerte Jed an Leonardo da Vincis berühmte anatomische Zeichnungen. Aber im Gegensatz zu da Vinci ergänzte Corbins Geschick mit dem Stift ihre göttliche Gabe des Zweiten Gesichts.

Als Wächterin beschränkte sich ihr geistiges Auge nicht auf die Grenzen ihrer Vorstellungskraft. Corbin und andere wie sie konnten ihren Geist aussenden – in die Köpfe und Gedanken anderer, vermutete Jed, wo sie andere Zukünfte und Vergangenheiten als ihre eigenen sahen. In gewisser Weise glich Corbin einer modernen Prophetin. Sie gab Bilder weiter, die sie von Gott erhielt oder sich mit einer Gabe des Heiligen Geists von anderen Menschen holte. Beim Blättern durch die Seiten gewährte sie ihnen einen flüchtigen Einblick in ihre Welt als Wächterin – die aus widerstreitenden Bildern bestand: innige Schönheit, verwoben mit dämonischem Grauen. Schließlich fand sie die gewünschte Zeichnung und drehte den Block zu ihnen herum. Über die beiden Seiten erstreckte sich ein prächtiges, detailliert ausgearbeitetes Motiv.

»Warte – hast du das gezeichnet?«, fragte Bex mit offenem Mund. »Falls ja, ist das schier unglaublich.«

Corbins Wangen röteten sich leicht. »Ja, und, äh, danke.«

»Das ist der Petersplatz«, sagte Hyeon, beugte sich vor und betrachtete die Seiten eingehend. »Hier – das sind die Statuen der Heiligen, die von den dorischen Kolonnaden herabschauen. In der Mitte des *ovato tondo* steht der Obelisk, im Hintergrund der Petersdom.«

»Richtig«, bestätigte Corbin.

»Und das sind wir.« Nisha deutete auf vier winzige Gestalten, die in einer Rautenformation über den berühmtesten kopfsteingepflasterten Platz der Welt liefen.

»Sehr gut.«

»Moment mal.« Nisha schaute von der Zeichnung erst zu Jed, dann zu Corbin. »Was ist das für eine Skizze? Weißt du bereits, was passieren wird? Ich meine, ist das wie ein Szenario aus der Simulation – einer Simulation, die wir noch nicht durchgeführt haben?«

»Die Antwort ist kompliziert. Ich habe gesehen, wie es passiert ist. Aber ich weiß nicht, zu welcher Zukunft es gehört. Es ist mir wie ein Schnappschuss erschienen, ohne Kontext oder Erklärung. Der Colonel hat mich über die Übung aufgeklärt, und ich kenne das Missionsziel, aber nicht alle Einzelheiten. Wie ihr habe ich keine Ahnung, was passieren wird, wenn ihr drin seid. Als eure Wächterin teile ich euch zwar alles mit, was ich sehe und fühle, aber ich bin nicht annähernd allwissend. Ergibt das irgendwie Sinn?«

Jed nickte, die anderen folgten seinem Beispiel.

»Okay, gut. Also, ich weiß Folgendes, obwohl es nicht viel ist. In den Vatikan sind Terroristen eingedrungen. Unser Missionsziel besteht darin, in den Vatikan zu gehen, die feindlichen Eindringlinge zu beseitigen und alle zivilen Geiseln zu retten«, erklärte Corbin.

»Ach, wenn's weiter nichts ist«, sagte Bex mit vor Sarkasmus triefender Stimme. »Ich war schon besorgt, der Einsatz könnte schwierig werden.«

»Wahrscheinlich hat Johnny deshalb über uns gelacht, als er mit den anderen Veteranen zum Colonel losmarschiert ist«, meinte Hyeon. »Er hat das Szenario wohl bereits öfter durchgemacht und weiß, wie unmöglich es zu bewältigen ist.«

»Corbin, weißt du, mit welcher Streitkraft wir konfrontiert werden?«, fragte Nisha, ohne auf die Kommentare ihrer Kameraden einzugehen. »Anders ausgedrückt, mit wie vielen simulierten Feinden bekommen wir es zusätzlich zu den vier Veteranen im roten Team zu tun?«

»Der Colonel hat gesagt, falls die Frage kommt, soll ich ein Dutzend sagen. Aber meiner Erfahrung bei diesen Übungen nach sollten wir das eher als sehr niedrig angesetzten Richtwert betrachten. Die Simulationen sind fließend, und der Colonel ändert die Regeln gern spontan, genau wie die Finsteren im wahren Leben.«

»Das ist 'ne tolle Beobachtung, Corbin, die wir unbedingt im Hinterkopf behalten sollten«, sagte Jed und schwenkte den Blick von ihren Augen auf den Skizzenblock. »Hast du sonst noch Infos für uns, bevor wir loslegen? Zum Beispiel die beste Route, um reinzugehen, wo die feindlichen Schützen sind, wo die Zivilisten sein könnten? So was in der Art.«

Corbin nickte und gab alles preis, was sie wusste. Nachdem sie alle Fragen beantwortet hatte, warf Jed einen Blick auf den Countdown über der Tür zum Eingangstunnel. Da nur noch 57 Sekunden verblieben, schob er den Stuhl zurück und sagte: »In Ordnung, Alpha. Schnappen wir uns die Helme und Gewehre und gehen wir den Vatikan retten.«

Die anderen drei Neulinge brachten lautstark ihre Begeisterung für die bevorstehende Herausforderung zum Ausdruck und folgten Jed zum Regal mit der Ausrüstung. Corbin und Margaret blieben zurück.

»Kommt ihr nicht mit?«, fragte Bex, die zu ihnen zurückschaute, als sich die vier Agenten an der Tür zum Tunnel versammelten.

Corbin schüttelte den Kopf. »Nein. Mein Posten ist hier.«

»Aber wie willst du dann …« Mitten im Satz verstummte Bex. Ihr Mund klappte auf, während sie das

Teenagermädchen anstarrte. »Die Eingangstür schließen … Soll das ein Scherz sein?«

»Was ist los?«, fragte Hyeon und schaute von Bex zu Jed.

»Corbin hat bloß gerade in meinem Kopf gesprochen«, antwortete Bex.

»Habt ihr noch nie mit einem Wächter zusammengearbeitet?« Jed schaute von Bex zu Hyeon.

»Nein«, erwiderte er.

»Ah. Also, was das angeht … Corbin braucht kein Funkgerät«, erklärte Jed mit einem wissenden Grinsen.

»Probier's bei mir«, sagte Hyeon, bevor auch ihm die Kinnlade runterfiel. »Wow. Ich kann dich hören, obwohl sich deine Lippen gar nicht bewegen.«

Corbin lächelte. »Das erste Mal ist immer seltsam, für uns beide. Aber man gewöhnt sich dran.«

»Als wir das letzte Mal zusammengearbeitet haben, hast du dein Ding gemacht, aber du hattest dabei ein Headset auf. Redest du bei dem Einsatz nur direkt in unseren Köpfen, oder hast du auch Funk?«, fragte er.

Corbin holte ein Funkgerät und ein Headset aus dem Rucksack. »Keine Sorge. Ich kriege die ganze Zeit auch die konventionelle Kommunikation mit.«

»Gut. Ich hab gern 'ne Absicherung für den Fall, dass was schiefgeht«, sagte er.

»Was immer eintritt«, fügte Nisha hinzu.

Hyeon drückte sich das silberne Kreuz, das er an einer Kette um den Hals trug, an die Lippen und sprach das Soldatengebet. »Lieber Gott, bitte deck mir den Rücken.«

Bex streckte Hyeon die Gettofaust entgegen.

»Amen.«

»Es ist so weit«, verkündete Corbin und setzte ihr Headset mit Mikrofon auf. »Viel Glück.«

Jed nickte ihr zu. Er fühlte sich immer noch *unrund*, als er sein Team in den Tunnel führte.

12

Jed blieb an der weißen Linie auf dem Boden am Ende des Tunnels stehen und starrte in die Dunkelheit dahinter. Ein Schauder lief ihm über den Rücken, während eine vertraute und dennoch unheimliche Präsenz knapp außerhalb seines Bewusstseins tänzelte.

Seine Hüfte zwackte. Automatisch passte er die Haltung an und verlagerte das Gewicht aufs andere Bein.

Als Nächstes schien ihn das Selbstbewusstsein zu verlassen wie zwischen den Fingern zerrinnendes Wasser. Er versuchte, die Selbstzweifel abzuschütteln, aber sie bohrten sich in sein Gehirn, wie er es seit seinem ersten Einsatz als SEAL nicht mehr erlebt hatte.

Du hast keine Ahnung, was du da machst, sagte eine Stimme in seinem Kopf. *Deine Unsicherheit kann deine Teamkameraden das Leben kosten. Dein fehlender Glaube ist deine Schwäche …*

Er unterbrach die Stimme, indem er Corbin anfunkte. »Wächterin, hier Alpha Eins«, sagte Jed. »Funktest.«

»Höre dich klar und deutlich, Eins«, meldete Corbin zurück.

Nisha, Bex und Hyeon identifizierten sich als Alpha Zwei, Drei und Vier.

»Bestätigt«, kam es von Corbin. »Kommunikation funktioniert.«

Während Jed sie in den Kopfhörern hörte, sagte sie gleichzeitig etwas völlig anderes in seinem Kopf. *Eins, ist alles in Ordnung?*

Er antwortete ihr mit einem Gedanken. *Es geht mir gut.*

Bist du sicher? Ich empfange von dir was anderes, beharrte sie.

Nein, wirklich, alles gut …

Sie antwortete darauf nicht sofort, und einen Moment lang dachte Jed, die Verbindung wäre abgebrochen. Er wollte sie gerade erneut kontaktieren, als sie sagte: *Ich decke dir den Rücken, Eins. Kannst dich auf mich verlassen.*

Verstanden, Wächterin. Danke.

Ein Zähler mit lauter Nullen erschien rechts oben in Jeds Augmented-Reality-Anzeige und wies darauf hin, dass die Übung gleich beginnen würde.

»Egal wie oft ich das mache, der Teil macht mich immer nervös«, gestand Bex, als sich ihre Helme mit dem Netzwerk des Kontrollraums synchronisierten und die AR-Visiere zum Leben erwachten.

»Ich weiß – der Teil ist auch echt verrückt«, merkte Hyeon an.

In Jeds Helm wurde die Schwärze der Simulationsanlage übermalt. Zusammen mit seinen drei Teamkameraden wurde er wie von Zauberhand in einen hellen, sonnigen Tag in der Vatikanstadt im Herzen Roms versetzt. Statt wie von Jed erwartet auf der Via della Conciliazione zu landen, der berühmten Promenade, die zum Petersplatz führt, befand er sich auf einem Asphaltweg mitten in einer grünen Enklave. Bäume sprenkelten die Landschaft und sorgten für lückenhaften Schatten. In alle Richtungen erstreckten sich fachmännisch gepflegte Sträucher und ordentlich gemähter Rasen. Im Hintergrund zeichneten sich mehrere Gebäude italienischer Renaissance-Architektur ab.

»Wächterin, hier Eins – wo sind wir?«, sagte Jed ins Helmmikrofon, hob das Gewehr an und begann, sich nach Bedrohungen umzusehen.

»Ihr seid in den Vatikanischen Gärten, die 57 Hektar in der Vatikanstadt bedecken. Moment. Ich rufe gerade eine Karte auf, um euren genauen Standort zu bestimmen«, antwortete Corbin.

»Wir sind hier voll auf dem Präsentierteller«, sagte Hyeon hinter Jed. »Wir sollten uns an eine geschütztere Position verlagern.«

»Sehe ich auch so«, pflichtete Jed ihm bei. »Aber zuerst müssen wir uns orientieren.«

»Hab euch«, meldete sich Corbin wieder. »Ihr seid auf halbem Weg zwischen dem Grab des heiligen Petrus im Nordosten und dem Governatoratspalast westsüdwestlich von euch.«

Jed drehte während ihrer Worte den Kopf, entdeckte beide Orientierungspunkte und prägte sich die Himmelsrichtungen ein.

»Ich kriege gerade neue Informationen rein«, fügte Corbin hinzu. »Im Governatoratspalast sind Schüsse gefallen. Feindliche Schützen sind in das Gebäude eingedrungen.«

»Verstanden«, erwiderte Jed und zeigte mit einer zackigen Handbewegung in die Richtung der Rückseite des weitläufigen Gebäudes. »Alpha geht von hinten rein und kümmert sich um die Bedrohung. Gib der Schweizergarde und der Vatikanpolizei über unsere Anwesenheit Bescheid«, fügte Jed hinzu. An die vatikanischen Sicherheitskräfte erinnerte er sich aus der oberflächlichen Unterweisung, die sie erhalten hatten. »Die Vatikanpolizei hat vielleicht Scharfschützen ihrer Spezialeinheit GIR auf den Dächern. Ich will nicht, dass sie versehentlich auf uns feuern.«

»Verstanden, Eins, schon dabei«, gab Corbin zurück.

Jed führte das Alpha-Team vom Asphaltweg auf einen Rasen.

Du gehst in die falsche Richtung, sagte eine Stimme in Jeds Gedanken.

Wie bitte, Wächterin?

Ich hab gar nichts gesagt, Eins, antwortete Corbin in seinem Kopf. Ihre körperlose Stimme fühlte sich völlig anders an als jene, die er unmittelbar davor gehört hatte.

Dann wurde links und rechts von ihnen gefeuert.

»Irgendjemand sieht uns, aber ich sehe niemanden«, sagte Bex, während sie nach der Quelle der Schüsse Ausschau hielt.

»Tief geduckt zu der Baumgruppe dort«, befahl Jed, zeigte mit der Hand in die Richtung und hastete in Kampfhaltung in Deckung. Leuchtspurgeschosse zischten über sie hinweg in alle Richtungen, während er das Team zu einer dichten Gruppe von Nadelbäumen hinter einem viergeschossigen Gebäude führte.

»Wir sind im Kreuzfeuer«, rief Hyeon.

»Ich weiß«, gab Jed zurück, während sie sich einen Weg in Deckung hinter Baumstämmen und dichten niedrigen Ästen bahnten.

»Ich bin getroffen«, schrie Nisha und brach auf einem Bett aus Kiefernnadeln und Mulch zusammen.

»Ich kümmere mich darum«, sagte Bex, als sie sich um Nisha scharten.

In Jeds Visier wurde eine medizinische Alarmmeldung eingeblendet. *Nicht tödliche Verletzung eines Teammitglieds.*

Mobilität beeinträchtigt. Blutverlust wird ohne Versorgung kritisch.

»Rede mit mir, Bex«, sagte er, sank auf ein Knie und hielt durch die Lücken im Blattwerk hindurch Ausschau nach nahenden Bedrohungen.

»Sie hat eine Kugel am linken Oberschenkel abbekommen«, erwiderte Bex und holte ein Erste-Hilfe-Set aus einer Cargotasche hervor. »Sieht nach einem glatten Durchschuss aus. Bringe eine Aderpresse an, um die Blutung zu stoppen.«

Gleich darauf wurde die Meldung in Jeds Visier aktualisiert. *Blutverlust des Teammitglieds gestoppt. Medizinische Evakuierung innerhalb von 30 Minuten erforderlich.*

»Ich bin weiter dabei«, teilte Nisha mit, und Jed fragte sich, welcher Status in ihrem Visier angezeigt wurde. Im Verlauf der Jahre hatte er unzählige Übungssimulationen absolviert. Er wusste, dass es sich bei dem Treffer an Nishas Bein um Simunition gehandelt hatte, nicht um ein echtes Projektil. Sie war nicht *wirklich* verletzt, aber als er ihr Bein betrachtete, wirkten die Wunde und das Blut so real wie alles, was er je im Kampfeinsatz gesehen hatte.

»Kannst du dich bewegen?«, fragte er, als weitere Schüsse durch die Äste um sie herumzischten.

»Ja, aber mit 50 Prozent eingeschränkter Mobilität«, antwortete sie.

»Wächterin, hier Alpha – wir stecken hier echt in der Klemme. Wir haben eine Verwundete, und Schützen rücken an«, sagte Jed schwer atmend. »Rede mit mir.«

»Auf euch kommen zwei Paar Schützen zu – eines aus Osten, das andere aus Westen. Außerdem sehe ich einen Scharfschützen auf dem Dach des Äthiopischen Kollegs, das ist das Gebäude direkt neben euch. Ich versuche gerade herauszufinden, ob er Freund oder Feind ist.«

»Verstanden, aber hier können wir nicht bleiben. Wir brauchen Optionen.«

»Ich denke, eure beste Möglichkeit besteht im Versuch, es ins Äthiopische Kolleg zu schaffen. Dort hättet ihr bessere Deckung und könnt euch neu formieren. Aber bevor ihr loskönnt, müsst ihr euch um die anrückenden Schützenpaare kümmern.«

»Verstanden.«

Er stellte Blickkontakt mit Hyeon her und bedeutete dem ehemaligen SEAL, die östliche Seite zu decken, während er selbst die westliche übernahm. Hyeon nickte, und sie robbten beide durch das Blattwerk, bis sie geeignete Positionen fanden, um in Bauchlage ihre Stellung zu verteidigen. Während Jed den Lauf des Gewehrs entlang nach den nahenden Angreifern suchte, bedrängten ihn weitere ungebetene negative Gedanken.

Du bist ein lausiger Anführer. Deinetwegen wird dein gesamtes Team draufgehen.

Blinzelnd schüttelte Jed den Kopf und versuchte, sich zu konzentrieren.

Du bist schwach. Du hast nicht das Zeug zum Shepherd, verhöhnte ihn die Stimme.

Zähneknirschend entsandte er die Gedanken zu seiner Wächterin. *Corbin, hörst du das?*

Was soll ich hören?, übermittelte sie zurück.

Da ist noch jemand bei uns. In meinem Kopf. Vielleicht ein Finsterer. Kannst du mir helfen?

Die höhnische Stimme kehrte zurück. *Jetzt kenne ich den Namen deiner Wächterin. Damit kann ich auch sie heimsuchen. Du bist ein Trottel, Jedidiah … Schwach und dumm.*

Corbin schrie laut, lang und markerschütternd auf, doch Jed vermochte nicht zu sagen, ob in seinem Kopf oder über Funk.

»Vier, hast du den Schrei gehört?«, fragte Jed.

»Negativ«, antwortete Hyeon.

Jed, hilf mir!, rief Corbin, und diesmal konnte Jed ihre Schmerzen beinahe spüren.

Heiße Wut brach in seiner Brust aus.

Rühr sie nicht an!, brüllte er in Gedanken.

Reflexartig schloss er die Augen und folgte einem unsichtbaren Strang, der in seinen Kopf verlief. Dabei stellte er bald fest, dass er nicht zu Corbin führte, sondern zur Quelle seiner inneren Qualen. Am anderen Ende stieß er auf eine Figur aus Licht, aber umringt von Schatten. Sie wies keinerlei erkennbare Züge auf, bestand nur aus blendendem Licht, wo der Körper sein sollte.

Zeig dich, du Feigling!, brüllte er die Erscheinung an.

Du hättest mich nicht aufsuchen sollen, sagte die Stimme. *Du hast dein Team verwundbar und ungeschützt verlassen.*

Statt Bosheit oder Hass empfing Jed von der Gestalt eine andere, unerwartete Emotion – Enttäuschung.

Eine Kugel pfiff an seinem linken Ohr vorbei und holte sein Bewusstsein abrupt zurück zu seiner Aufgabe, der Verteidigung der Westflanke. Er sah, wie zwei Feinde in geduckter Haltung mit kompakten automatischen Gewehren im Anschlag anrückten. Aus der Nähe erkannte Jed, dass sie Einsatzausrüstung trugen und Aufnäher mit den weißen Buchstaben GIR an den schwarzen kugelsicheren Westen prangten.

»Eins, hier Vier – mir nähern sich vermeintliche Leute von der Vatikanpolizei«, rief Hyeon. »Sind die echt oder getarnte Feinde?«

»Keine Ahnung«, rief Jed zurück. »Hab auch zwei auf meiner Seite.«

»Einsatzregeln, Bro? Wir haben noch ungefähr 15 Sekunden, dann sind wir tot.«

Jed zentrierte den Zielerfassungslaser auf der Stirn des vorderen Schützen und übte leichten Druck auf den Abzug aus. Nur Corbin konnte diese dringende Frage beantworten. Er funkte sie ein letztes Mal an und betete, sie würde zurück im Geschehen sein. »Wächterin, Alpha Eins – uns nähern sich Leute von der GIR. Sie zielen auf uns. Wir müssen wissen, ob wir zurückschießen können. Brauchen Klarstellung. Wächterin, hörst du mich?«

Corbin antwortete nicht.

Die nahenden GIR-Schützen eröffneten das Feuer auf ihre Position. Holz splitterte, Kiefernnadeln und Rinde regneten auf Jeds Kopf herab.

Corbin wird euch nicht mehr helfen, Jed, sagte die Stimme in endgültigem Ton. *Sie gehört mir, und du und dein Team sind tot.*

Er entschied, die GIR-Schützen anzugreifen. Dann jedoch knallten in schneller Abfolge vier Schüsse hinter ihm, und ein Schlag gegen die Rückseite seines Helms kam der Ausführung des Gedankens zuvor. In der Mitte seines Visiers blinkte eine riesige rote Warnung. TÖDLICHE SCHUSSVERLETZUNG AM KOPF. ALPHA EINS IM KAMPF GEFALLEN. Mit einem niedergeschlagenen, zornigen Stöhnen rollte sich Jed auf den Rücken und erblickte Eli, Grayson, Johnny und Carl, die über ihm standen, die Gewehre auf Jed und dessen Team gerichtet.

»Arme, ahnungslose Neulinge«, sagte Johnny mit einem Grinsen von Ohr zu Ohr. »Ihr seid alle tot.«

»Woher zum Teufel seid ihr gekommen?«, fragte Hyeon und rappelte sich auf die Beine.

»Aus dem *Collegio Etiopico*. Haben uns von hinten angepirscht, während euch die Avatare an den Flanken abgelenkt haben«, antwortete Eli.

Jed setzte sich hin und legte sich das Gewehr auf den Schoß. Er konnte den Blicken der Veteranen kaum begegnen, als er sagte: »Sieht so aus, als hätte ich üblen Mist gebaut.«

»Ganz recht«, pflichtete ihm eine Baritonstimme bei, die nicht Eli gehörte.

Die Simulation verschwand, und die schattigen, aufwendigen Innenkonstruktionen der hangargroßen Halle gerieten in Sicht. Jed hob den Kopf und schaute in die Richtung nahender Schritte. Er erblickte den Colonel, der mit finsterer Ausbildermiene auf sie zustapfte.

»Und die anderen drei haben mich auch nicht beeindruckt«, fügte der Colonel hinzu, als er vor der Gruppe anhielt, die Arme vor der harten, muskulösen Brust verschränkt. »Ich will, dass Sie alle die Ausrüstung verstauen und sich in 15 Minuten im Klassenraum zu einer Nachbesprechung einfinden. Und ich denke, danach unternehmen wir alle einen kleinen Lauf.«

Ohne auf eine Erwiderung von Jed zu warten, stürmte der Colonel davon.

»Also, ich für meinen Teil finde, so schlecht ist's gar nicht gelaufen«, meinte Hyeon und imitierte dabei Ryan Reynolds recht gut. »Immerhin haben wir uns in Rekordzeit fertigmachen lassen.«

»Ja. Gibt's dafür vielleicht 'ne Schleife?«, fügte Bex hinzu, als sie ihre Waffe sicherte.

Eli streckte die Hand aus und half Jed auf die Beine.

»Danke, Bruder«, sagte Jed, der den Veteranen nach wie vor nicht in die Augen sehen konnte.

»Gehen wir ein Stück«, schlug Eli vor, legte Jed den Arm um die Schultern und führte ihn von der Gruppe weg zur Mitte des weitläufigen Simulationsgebäudes.

Unterwegs schaute Jed zurück und begegnete Nishas Blick.

Sie bedachte ihn mit einem verkniffenen Lächeln. Ihre Lippen bildeten: *Nächstes Mal.*

Nächstes Mal, dachte er. *Zwei einfache Wörter, in denen so viel unausgesprochene Bedeutung liegt. Nächstes Mal wissen wir, was uns erwartet … Nächstes Mal stellen wir uns besser an … Nächstes Mal gewinnen wir.*

Eli führte ihn außer Hörweite der anderen, bevor er sich auf einen Steinbrocken der Größe eines Liegestuhls setzte, einen von mehreren in dem Abschnitt des Parcours. Jed suchte sich einen eigenen Stein. Als er sich darauf niederließ, stellte er fest, dass es sich in Wirklichkeit um wie Gesteinsbrocken zugeschnittenen und bemalten Hartschaum handelte.

»Was geht dir durch den Kopf?«, erkundigte sich Eli ohne einen Funken Verurteilung in der Stimme.

»Ist mit Corbin alles in Ordnung?«, fragte Jed seinerseits, weil er sofort an die einzige Teamkameradin denken musste, die er nicht hatte sehen können.

»Ja.«

»Bist du sicher? Sie hat in meinem Geist geschrien, und es hat sich ziemlich echt angefühlt.«

Eli nickte. »Ich verspreche dir, es geht ihr gut. Man könnte sagen, sie hat für die Übung zwei Hüte getragen, einen blauen *und* einen roten.«

»Bin mir zwar nicht sicher, wie ich das auffassen soll, aber okay.«

»Komm schon, Jed. Rede mit mir. Gib mir deine ungefilterte Meinung darüber, was gerade passiert ist.«

Jed stieß die Luft zwischen geschürzten Lippen hindurch aus. »Was gibt's darüber schon groß zu sagen? Ich hab's vergeigt und muss dazu stehen.«

Eli schmunzelte. »Kumpel, der Standardspruch interessiert mich nicht. Ungefiltert, hab ich gesagt. Ich will wissen, was du wirklich auf dem Herzen hast. Sei ehrlich.«

»Na schön, ich soll ehrlich sein? Es war 'ne inszenierte Übung. Wir hatten im Grunde null Vorabinformationen, und die Aufgabenstellung war fast schon fahrlässig vage. Darüber hinaus ist mein Team im Wesentlichen mitten hinein in ein laufendes Gefecht teleportiert worden, unter freiem Himmel. Mit einer Wächterin ohne Zugriff auf übliche Ressourcen einer Einsatzzentrale. Mit anderen Worten, der Colonel hat uns wissentlich mit einer auf den Rücken gefesselten Hand in einen unfairen Kampf geschickt. Ehrlich genug?«

Eli schmunzelte.

»Was ist so komisch?«, fragte Jed barsch und sah seinen Teamkameraden zum ersten Mal an.

»Du hast recht. Es war unfair. Und genau das, mein Freund, war der Sinn der Sache«, erklärte Eli. »Ihr *solltet* diese Übung nicht bestehen.«

Jed schüttelte den Kopf, als traute er den Ohren nicht. »Hä?«

»Ja. Der Colonel und Ben haben sie bewusst so gestaltet. Alles, was du gesagt hast, trifft zu. Die Chancen, bei der von vornherein zum Scheitern verurteilten Operation den Sieg davonzutragen, lagen bei weniger als fünf Prozent.«

»Moment. Der Colonel *und Ben* haben sie absichtlich so gestaltet? War Ben für die Übung hier?«

Eli beantwortete die Frage mit einem Lächeln.

»Also hatte ich ihn im Kopf«, murmelte Jed, als sich das letzte Puzzleteil an seinen Platz fügte. Bei der Erkenntnis überkamen ihn widersprüchliche Gefühle. Einerseits verspürte er immense Erleichterung. Während der Übung war er überzeugt gewesen, ein Finsterer, vielleicht sogar Victor selbst, hätte ihn gefunden und seinen Geist manipuliert. Gott sei Dank traf das nicht zu. Andererseits fand er es irgendwie verstörend zu erfahren, dass stattdessen Ben ihn behelligt hatte. Er wusste, dass der Mann besondere Gaben besaß, aber diese hatte sich … *dunkel* angefühlt.

»Ist nicht so einfach, sich zu konzentrieren, wenn einem Ben Morvant im Kopf herumgeistert, was?«

»Also weißt du, wie das ist? Du weißt, wie es sich anfühlt?« Elis Äußerung hatte Jed überrascht.

»Natürlich. Jeder Shepherd muss wissen, wie es ist, wenn die eigenen Gedanken gekapert werden – vor allem die Teamleiter. Und jeder Shepherd muss lernen, wie man übernatürliche Angriffe abwehrt. Erinnerst du dich an Pastor Mikes Vortrag? Wenn wir nicht trainieren und lernen, den Waffen und Taktiken des Feinds zu widerstehen, scheitern wir im realen Kampf. Also ja, Jed – ich weiß genau, womit du es zu tun hattest. Fühlst du dich dadurch besser?«

»Tatsächlich, ja«, erwiderte Jed und brachte zum ersten Mal, seit er aus dem Eingangstunnel getreten war, ein Lächeln zustande.

»Gut.« Eli stand auf. »Und damit sollten wir besser wieder in die Gänge kommen. Wir wollen ja niemanden warten lassen.«

»Richtig.« Jed erhob sich von seinem ›Stein‹ und steuerte auf den Tunnel zu. »Und Eli …«

»Ja?«

»Danke, dass du mich aufgeklärt hast.«

»Gern geschehen«, erwiderte der Shepherd und zog eine Tüte Sonnenblumenkerne aus einer Tasche. »Dafür bin ich ja da.«

13

FARUQ-MOSCHEE

KNAPP SÜDLICH DER BUNDESSTRASSE 47

TAL AFAR, IRAK

7:15 UHR ORTSZEIT

Imam Sayed Hassan al-Hajjaj konnte sich ein Lächeln nicht verkneifen, als er sich in der *muṣallā* umsah, der Gebetshalle, wo sich eine beachtliche Menge zum Fadschr einfand. Dieses offiziell dritte der fünf täglichen Gebete war immer sein Favorit gewesen – in letzter Zeit noch mehr, denn die Gläubigen strömten beim Klang des Rufs zur dritten Salat wieder in die Moschee, voller Hoffnung nach so vielen Jahren der Hoffnungslosigkeit und Angst. Mit der Niederlage des ISIL hatte Zerstörung eingesetzt, gefolgt von Besorgnis darüber, welche neue opportunistische Brutalität sich hervortun und das Machtvakuum füllen würde.

Der Islamische Staat hatte das Land verheert, als er die Kontrolle an irakische und Koalitionsstreitkräfte verloren hatte. Im Rückzug hatte er eine Spur des Elends und Misstrauens hinter sich hergezogen. Diese Moschee war zwar beschädigt worden, aber zum Glück der völligen Zerstörung entgangen. Im Gegensatz zu vielen anderen, die vom ISIL in die Luft gesprengt oder niedergebrannt worden waren – Gebetsstätten, die diese brutalen Extremisten als abtrünnig von ihren radikalen Ansichten betrachtet hatten. Die friedliebenden Muslime, die unter der extremistischen Herrschaft des ISIL in Tal Afar gefangen gewesen waren, hatten ihre Befreier bejubelt – Koalitionssoldaten und die bärtigen Krieger der amerikanischen Spezialeinheiten. Die Gemeinde des Imams war den Soldaten dankbar, die sie von den Terroristen befreit hatten, und blickte mittlerweile in die Zukunft.

Der Wiederaufbau ging langsam voran, noch langsamer jedoch gestaltete sich die Rückkehr zur emotionalen und psychologischen Sicherheit, die er sich für seine Gemeinde wünschte. Das Lächeln, mit dem die Männer in die *muṣallā* strömten und die Frauen die Treppe hinauf zum *maqfil* erklommen, von wo sie Allah ihre Gebete entboten, verriet al-Hajjaj, dass sie Fortschritte erzielten. Sie suchten Frieden, waren Familien, die dasselbe wollten wie alle Menschen – Sicherheit für ihre Lieben, die Freiheit, den Lebensunterhalt ohne Angst von Gewalt und Tod zu bestreiten, und die Möglichkeit, ungestört zu beten. Allmählich schienen sie den Weg zurück dorthin zu finden – und zu dem Glück, das damit einherging.

»*As-salamu alaikum, Imam*«, sagte eine vertraute Stimme. »*Allah maak.*«

Er drehte sich um und blickte ins lächelnde Gesicht des jungen Mannes, den er im vergangenen Jahr betreut hatte. Erst 13 Jahre alt. Sohn eines Schusters, der einen Laden in Tal Afar betrieb. Der Junge hatte unzählige Stunden mit ihm den Koran studiert und zwischen den Gebeten die *muṣallā* geputzt. Das allein schien zu verdeutlichen, wie sehr sich die spirituelle Gesundheit seiner Herde besserte.

»Sie kommt mir glücklich vor, Tariq«, meinte er in seiner Muttersprache Arabisch, die der Junge mittlerweile liebte. »Ich danke dir dafür, dass dieser Ort durch deinen Dienst an Allah so einladend für die Menschen ist.«

»Ich fühle mich geehrt, Allah und dir zu dienen, Imam«, erwiderte Tariq mit der rechten Hand über dem Herzen.

»Ich möchte, dass du deinen Platz hier vorn einnimmst«, sagte al-Hajjaj gestikulierend vom Minbar, dem erhöhten Podium, auf dem er seine Predigten hielt.

Die Augen des Jungen wurden groß, seine Lippen verzogen sich zu einem freudigen Lächeln. »Ich fühle mich geehrt, Imam«, sagte Tariq mit vor Aufregung bebender Stimme. Er tänzelte beinahe in die erste Reihe, wo ihm al-Hajjajs Assistent erst zuzwinkerte, dann zurief.

»Bete neben mir, Tariq«, sagte er.

In wenigen Tagen, am Freitag, würde er die Chutba beim Zuhrgebet halten. Er hatte bereits geplant, über Liebe und Einsatz am Beispiel des jungen Tariq zu sprechen. Der Vater des Jungen würde bestimmt vor Stolz strahlen. Al-Hajjaj hatte sich gerade vor seiner Gemeinde umgedreht, um seinen Gebetsteppich in Richtung des Mihrab auszurollen, der Mekka zugewandten Nische, als er von draußen Geschrei hörte. Er wirbelte zum Eingang herum und erblickte sechs Soldaten, die sich am hinteren Ende der Gebetshalle formierten. Mit Gewehren im Anschlag verteilten sie sich unter den drei offenen Bogen, die nach draußen ins Freie führten. Ansatzlos rannte er hin zu dem Mann, der das Sagen zu haben schien, die linke Hand deutlich sichtbar ausgestreckt, die rechte auf dem Herzen.

»Bitte, bitte«, rief er und zwang sich, mit sanfter Stimme zu sprechen, obwohl Wut in ihm aufstieg. »Es ist unsere Gebetszeit. Natürlich heißen wir euch willkommen und danken euch für euren Schutz. Aber bitte lasst uns das Fadschr abhalten, bevor wir euch unsere Dienste anbieten. Danach unterstützen wir euch, so gut wir können.«

»Wir sind nicht hier, weil wir eure Hilfe wollen, Bro, und erst recht nicht, um euch zu beschützen.« Der Soldat trug eine hellbraune Weste mit Reservemagazinen und ein ziegelartiges Funkgerät, von dem ein Kabel zu seinem Headset verlief. In der Mitte der Weste zeichnete sich über dem Sturmgewehr in seinen Händen die amerikanische Flagge ab. »Für eure Teufelsanbeterei haben wir keine Zeit. Wir sind wegen Imam al-Hajjaj hier.«

»Ich bin Imam Sayed Hassan al-Hajjaj«, erwiderte er, die Hand nach wie vor auf dem Herzen, das Haupt geneigt. »Ich helfe euch gern, aber ich bitte noch einmal, lasst mich erst das Gebet für meine Gemeinde anführen.«

Der heftige Schlag gegen sein linkes Knie kam aus dem Nichts, vermutlich von dem Elitesoldaten neben dem Anführer. Schmerzen durchzuckten al-Hajjaj. Er brach auf dem Boden zusammen und nahm verspätet das gequälte Geheul wahr, das sich seiner Kehle entrang. Sofort streckte er beide Hände in die Luft.

»Hier muss ein Irrtum vorliegen«, rief er.

Der nächste Schlag kam vom Anführer selbst. Al-Hajjaj spürte, wie sein Schlüsselbein unter dem Kolben des kurzen Gewehrs des Mannes brach. Diesmal gelang es ihm, nicht aufzuschreien, als sich Höllenqualen durch seine Brust und Schulter ausbreiteten.

»Der einzige Irrtum hier war, dass du beschlossen hast, dem ISIS-Bombenbauer Muhammad al-Madir zu helfen, du dreckiger Lügner«, sagte der Mann.

Ein anderer Soldat riss al-Hajjajs Kutte auf und begann, ihn zu durchsuchen. Er fand sein Handy, zog es ihm grob aus der Tasche und reichte es dem Anführer, der es überprüfte. Sichtlich erfreut stellte er fest, dass es keinen Code für die Displayfreigabe verlangte. Er gab es an einen anderen Soldaten weiter, der es anhob, als wollte er ein Foto schießen.

»Tut unserem Lehrer nichts!«, rief eine Stimme, die al-Hajjaj erkannte – eine junge, kräftige Stimme, die auf Englisch sprach.

Er wollte sich umdrehen und seinen jungen Schüler auffordern zurückzubleiben, doch beim Anblick des Gesichts des Anführers blieben ihm die Worte im Hals stecken. Der Soldat ließ in die Richtung des Jungen ein erfreutes, bösartiges Lächeln aufblitzen. Seine Augen leuchteten dabei orangerot. Am Rande nahm der Imam wahr, wie die anderen Soldaten ausschwärmten und in den Gebetsraum voller kniender Männer und ihrer Teppiche vorrückten.

Von Angst überwältigt löste al-Hajjaj den Blick von jenen glühenden Augen und richtete ihn auf Tariq, der verwegen auf sie zukam.

»Tariq, nicht!«, brüllte er, doch es war zu spät.

Ein Schuss hinter ihm ließ ihn zusammenzucken, als das Projektil des Amerikaners in Tariqs Brust einschlug. Der Junge fiel zurück und landete neben einem alten Mann, der kapitulierend die Hände hochstreckte. Schreie und Chaos setzten ein. Die Frauen oben im *maqfil* kreischten, die Männer unten in der *muṣallā* drängten sich zusammen, statt zum einzigen Ausgang zu rennen. Der Imam drehte sich um. Er sah, wie der Anführer der Eindringlinge mit der linken Hand gestikulierte und das Gewehr anhob. Der Soldat hob den Kolben der Waffe neben die Wange, nahm die Menge mit mittlerweile grellrot schillernden Augen ins Visier und stieß ein bösartiges, wahnsinniges Lachen aus.

Diese Männer können nicht die Amerikaner sein. Das würden sie nie tun.

Schüsse brachen um den Imam herum aus. Entsetzt schrie er auf, drehte sich um und musste mitansehen, wie die zwischen den Schützen gefangenen Gläubigen massakriert wurden. Blut spritzte auf den Boden und die Wände rund um die verzierte, nach Mekka weisende Nische. Um dem Anblick des Grauens zu entgehen, löste er den Blick davon und bedeckte den Kopf mit den Armen. Sein Schlüsselbein brüllte vor Schmerzen, während er darauf wartete, dass ihn ein Gnadenschuss von seinem Leid erlöste.

Das Krachen der Gewehre setzte sich eine gefühlte Ewigkeit fort, bevor es endlich verstummte. Als keine Kugel sein Elend beendete, hob al-Hajjaj den Kopf und sah, wie zwei Soldaten durch das Meer der Leichen gingen. Nachdem sie die Männer abgeschlachtet hatten, richteten sie die Waffen nach oben zum *maqfil,* in dem nach wie vor die kreischenden Frauen festsaßen. Der Imam beobachtete, wie die Soldaten eine Salve nach der anderen hinauf in den Gebetsraum der Frauen entfesselten. Dabei lachten sie mit vor Blutdurst großen, rot leuchtenden Augen. Dann holte einer eine Dose Sprühfarbe hervor und ging zum Mihrab am anderen Ende der *muṣallā*. Vom Boden aus beobachtete al-Hajjaj, wie der Mann große christliche Kreuze an die verzierten Wände malte.

Unter Höllenqualen stemmte sich der Imam auf ein Knie und drehte sich dem Anführer dieser Mörderbande zu. Neben ihm schwenkte der Soldat mit al-Hajjajs Handy das Gerät hin und her, zeichnete das gesamte Massaker auf – wozu, überstieg al-Hajjajs Vorstellungskraft.

»Warum?«, stieß er atemlos hervor, während ihm Tränen über die Wangen und in den Bart strömten. »Ich hätte alles getan, was ihr von mir verlangt hättet. Wir haben keine Waffen. Und wir sind auf eurer Seite. Es hat keinen Grund ... *dafür* gegeben. Nicht den geringsten.«

Der Anführer feuerte mit dem Gewehr in die Luft, als wollte er seinen Leuten anzeigen, dass ihre Arbeit erledigt war. Der Soldat, der gefilmt hatte, ließ das Telefon des Imams fallen und zertrat es unter seinem Stiefel.

»Hoppla. Sieht so aus, als wärst du grade krepiert, Imam«, meinte der Anführer mit einem freudlosen Schmunzeln.

»Ich verstehe das nicht«, stieß al-Hajjaj schluchzend hervor. »Nichts von alldem.«

Der Anführer hob das Gewehr an, und al-Hajjaj starrte ins schwarze Auge der Mündung.

»Musst du nicht«, sagte der amerikanische Teufel. »Aber du sollst wissen, dass du heute einem höheren Zweck gedient hast, Imam.«

Ein Lichtblitz ... Heftige Schmerzen ...

Dann Dunkelheit.

14

AUSBILDUNGSANLAGE TRINITY LOOP

23:25 UHR ORTSZEIT

Mit in die Laken gekrallten Fäusten starrte Jed durch panische Augen und wusste, es waren nicht seine. Er hatte einen Albtraum, allerdings keinen der gewohnten Art. Statt erneut die Nacht des Abschlussfeuers und den Vorfall in Kenny Baileys Keller zu durchleben, war er in jener Nacht nicht er selbst. Diese Augen gehörten jemand Jüngerem, einem Teenager in einer Moschee, in der sich Soldaten einen Weg durch ein Meer kniender Gläubiger bahnten, die furchtsam die Hände über die Köpfe streckten.

Jed spürte ihre Panik und das Grauen, das den Jungen erfüllte.

Sieh zu. Lerne. Erinnere dich daran, denn es ist wichtig.

Die Stimme klang wie seine, war es aber nicht wirklich, wie er wusste. Es handelte sich um jene *andere* Stimme, die er manchmal hörte und jahrelang als Intuition eines Kriegers abgetan hatte. Fast jeder Elitesoldat entwickelte einen »sechsten Sinn«. Manchmal redeten sie darüber, ohne sich je zu tief in die schlammigen Grenzgewässer zwischen Spiritualität und Kampf vorzuwagen.

Sein Herz schlug im Einklang mit jenem des Jungen, das vor Angst unnatürlich raste. Jed versuchte, die Pulsfrequenz zu senken, doch seine Versuche erzielten keine

Wirkung, weil der Körper, der das Grauen erlebte, nicht sein eigener war. Er beobachtete, wie sich der Imam der Gemeinde dem Anführer der Soldaten näherte, und er verspürte zugleich Beklommenheit und Liebe für den Mann.

»Ich bin Imam Sayed Hassan al-Hajjaj. Ich helfe euch gern, aber ich bitte noch einmal, lasst mich erst das Gebet für meine Gemeinde anführen.«

Der Mann sprach Englisch mit schwerem Akzent. Der Soldat vor ihm, ausstaffiert wie ein amerikanischer Krieger der Special Forces, lachte nur, während der neben ihm dem linken Knie des Imams einen brutalen Schlag versetzte und ihn zu Boden schickte.

Sehe ich die Vergangenheit? Oder passiert das gerade?

Jed spürte, wie die Angst – die des Jungen – einer Wut wich, die aus einem dunklen, animalischen Ort in ihm aufstieg. Er erhaschte den flüchtigen Eindruck einer Erinnerung an einen bärtigen Mann in einem schwarzen Kittel, der eine Frau mit einem Stock schlug – vielleicht die Mutter des Jungen. Und diesmal wollte er nicht tatenlos dabei zusehen. Seine Füße setzten sich in Bewegung …

Sein Mentor wurde erneut geschlagen, diesmal von einem Gewehrkolben, der ihm das Schlüsselbein mit einem Übelkeit erregenden Knacken brach.

»Der einzige Irrtum hier war, dass du beschlossen hast, dem ISIS-Bombenbauer Muhammad al-Madir zu helfen, du dreckiger Lügner«, sagte der Amerikaner.

Aber das stimmte nicht – was sowohl er als auch der Junge wussten. Imam al-Hajjaj verabscheute die Dschihadisten. Es ging nicht um einen Bombenbauer – warum also taten die Amerikaner das? Der nächste Gedanke war kein geteilter, sondern gehörte allein Jed.

Die tragen zwar amerikanische Flaggen, sind aber nicht von unseren Special Forces. Diese Typen sind was anderes …

Wie zur Bestätigung seines Verdachts schaute der Amerikaner auf und lachte. Dabei sah Jed das orangefarbene Leuchten seiner Augen. Ein Soldat riss die Kutte des Imams auf, zog sein Handy heraus und benutzte es, um das einsetzende Massaker zu filmen.

»*Tut unserem Lehrer nichts!*«, schrie der Junge den Anführer der Soldaten an. Mit trotzig geballten Fäusten stapfte er dem Mann entgegen.

»*Tariq, nicht!*«, brüllte der Imam.

Ohnmächtig beobachtete Jed, wie der amerikanische Kämpfer das Gewehr anhob und die Mündung blendend weiß aufblitzte. Er spürte den Treffer zwar nicht, sehr wohl jedoch, wie er nach hinten fiel. Dann starrte er voll Grauen und rasender Wut zur Kuppeldecke der Moschee, während Unschuldige gellend schrien und um ihn herum Gewehre brüllten …

Abrupt setzte sich Jed auf. Seine Hände brannten vor Schmerzen, weil sich seine Fingernägel tief in die Haut gebohrt hatten. Mit offenem Mund schnappte er keuchend nach Luft und versuchte, seine Atmung unter Kontrolle zu bringen, ohne die anderen zu wecken. Das hatte er schon oft genug getan.

Die Vision war vorbei, aber wie der in einer stürmischen Nacht durch die Traufen säuselnde Wind verhöhnte ihn eine ölige Stimme.

Ich hole dich mir … und du bist zu schwach, um mich aufzuhalten.

Darauf folgte dämonisches Gelächter, das sich im Geräusch des echten Winds verlor, der draußen durch die Bäume vor der Kaserne wehte.

Jed sank aufs Kissen zurück, schloss die Augen und spulte mehrere Runden seiner Viertaktatmung ab, um sein wild hämmerndes Herz zu beruhigen. Als es ihm endlich gelungen war, sah er auf die Armbanduhr – 2332.

Erinnere dich …

Woran erinnern?

Die Moschee konnte überall sein, obwohl er instinktiv ahnte, dass sie sich im Nahen Osten befand, vielleicht im Irak oder in Syrien.

Die Gesichter der Gefallenen …

Er hatte kein Spiegelbild des Jungen gesehen und den Imam nur einen Moment lang. Das Gesicht des Finsteren jedoch, der sich als amerikanischer Sondereinsatzspezialist ausgegeben hatte – daran konnte er sich erinnern. Daran und wie sich der Ort angefühlt hatte. Dessen spirituelle Signatur … Falls es so etwas gab.

Erschöpfung breitete sich über Jed aus wie eine beschwerte Decke. Trotz des emotionalen Chaos, das er gerade erlitten hatte, döste er langsam wieder ein …

»Alle raus aus den Federn!«, rief eine Baritonstimme.

Abrupt riss Jed die Augen auf und wurde vom grellen Licht im Raum geblendet.

»Auf die Beine, hopp, hopp«, befahl die Stimme, und Jed erkannte, dass es sich nicht um den Colonel handelte, der sie aus den Betten scheuchte, sondern um den Befehlshaber der Shepherds höchstpersönlich. »Eli, geh rüber zum Hörsaal und gib der IT Bescheid, dass ich eine sichere Verbindung zur Haupteinsatzzentrale brauche. Ich will das gesamte Kommando unterweisen.«

»Verstanden«, gab Eli zurück und verschwand.

Jed warf einen Blick auf die Suunto-Armbanduhr an seinem Handgelenk. 0445.

Irgendwie war es ihm gelungen, seit seinem Albtraum fünf Stunden zu schlafen. Als er die Beine über die Bettkante schwang, schaute er zu Nisha, die gerade den Rücken streckte, um nächtliche Verspannungen loszuwerden.

Genau, was ich brauche. Schlafentzug und als Draufgabe noch 'nen Belastungstest.

Er hörte ihre Stimme glasklar, obwohl sich ihre Lippen nicht bewegten.

»Es geht um keinen Belastungstest«, rutschte Jed heraus, bevor er sich bremsen konnte.

Verwirrt verzog sie das Gesicht. »Ich hab nichts …«, begann sie, sprach den Gedanken jedoch nicht zu Ende aus.

Seine Wangen erröteten. Rasch schaute er weg und tat so, als wäre es nie passiert.

Wenig später eilte er mit seinem Team über den Hof zwischen der Kaserne und der Kantine in Richtung des Verwaltungsgebäudes. Grayson und Johnny liefen neben Jed.

»Das gehört nicht zur Ausbildung, oder?«, fragte er. Plötzlich zweifelte er an allem, was er gerade erlebt hatte.

»Nee, so was haben wir noch nie gemacht«, erwiderte Grayson, fuhr sich mit der Hand durchs kurze Haar und rückte seine Baseballmütze zurecht.

»Irgendwas Echtes muss passiert sein«, meinte Johnny.

Wenige Augenblicke später strömten sie in einen Hörsaal mit abgestuften Sitzreihen. In dem riesigen Raum hatten sich bereits mehrere Hundert Personen eingefunden. Jed schüttelte verblüfft den Kopf.

»Wer sind all die Leute?«, wandte er sich an Grayson, dem er die Treppe in der Mitte hinunter zu einer freien Reihe folgte.

»Was meinst du?«, fragte Grayson überrascht. »Das sind die Einsatzteams. Die Shepherds.«

Plötzlich erinnerte sich Jed an die Fragerunde mit Ben neulich. Dabei hatte er die Größe des weltweiten Betriebs mit der gesamten Naval Special Warfare Group 2 einschließlich Bootsteams, Ergänzung und Logistik beschrieben.

»Was hast du denn gedacht? Dass wir nur mit einer Handvoll Leuten mit Bens Haus als Zentrale gegen sämtliche Handlanger des Teufels kämpfen?«, flüsterte Grayson, bevor er lachte.

Der Shepherd-Befehlshaber ging gerade zum Podium, als Jed den Kopf nach rechts drehte, weil sich in der Richtung etwas tat. David Yarnell zwängte sich an Jeds Teamkameraden in der Reihe vorbei, die ihre Beine an die Sitze zogen, um ihn vorbeizulassen. Grayson stand auf und rutschte einen Platz nach links. Widerwillig folgte Jed seinem Beispiel, damit sich sein STF und Co-Teamleiter neben ihn setzen konnte.

David ließ sich auf den Sitz plumpsen und beugte sich zu ihm. »Tut mir leid, dass ich spät dran bin. Man hat mir gesagt, ich soll zu meinem Team, aber nicht, warum.«

»Schon gut, Bruder«, flüsterte Jed zurück und kämpfte gegen seine instinktive Abneigung gegen Davids Anwesenheit an.

»Was ist los?«

»Keine Ahnung. Wir sind eben erst gekommen.«

Ben tippte auf das Mikrofon am Podium. Ein elektronisches Pochen hallte durch den Saal, und Stille kehrte ein.

»Danke alle miteinander, dass ihr so schnell gekommen seid«, begann Morvant. »Ich weiß, dass einige von euch auf

Urlaub und andere noch im Trainingsblock sind. Umso mehr weiß ich zu schätzen, dass ihr euch so kurzfristig eingefunden habt. Ich habe es für das Beste gehalten, alle gleichzeitig auf den neuesten Stand der Dinge zu bringen, unabhängig davon, wer auf die aktuelle Situation reagieren wird.«

Ben drehte den Kopf, als auf der kinogroßen Leinwand hinter ihm ein grausiges Bild erschien, bei dessen Anblick sich Jeds Brust zusammenzog – in einer ihm sehr bekannt vorkommenden Moschee stapelten sich haufenweise Leichen. Einschusslöcher überzogen die blutbespritzten Wände. Im Hintergrund hing ein Mann in weißen Gewändern festgezurrt an einer Säule, die Arme hinter ihm gefesselt, mitten in der Stirn eine Eintrittswunde durch ein Projektil.

Imam al-Hajjaj …

Das Bild wechselte zu einer anderen Perspektive. Man sah das andere Ende des Gebetsraums – der *muṣallā*, wie Jed einfiel –, wo man knallrote Kreuze an die Wände gesprüht hatte. Jed starrte angestrengt hin, hielt Ausschau nach dem Fuß des Jungen, der irgendwo in dem Bereich hingefallen war.

»Das ist die Faruq-Moschee in Tal Afar im Irak«, erklärte Ben. In seiner angespannten Stimme schwangen Emotionen mit. »Schauplatz eines grauenhaften Massakers heute Morgen Ortszeit. Der Angriff wurde live aufgezeichnet.«

Ein verwackeltes Video wurde eingeblendet. Die Bilder ruckelten wild, als hätte ein Opfer bei einem Fluchtversuch gefilmt. Jed vermutete, dass es sich um eine Handykamera handelte, die schnell über das Geschehen schwenkte, während überall Menschen unter dem Beschuss von offenbar zwei Soldaten stürzten. Zu den Aufnahmen lief kein Ton, aber Jed wusste nur zu gut, wie sich die Schreie anhörten.

»Dieses Video hat vor einigen Stunden eine Menschenrechtsorganisation gepostet – zumindest wird das behauptet. Angeblich zeigt es Koalitionsstreitkräfte, die beim Morgengebet auf eine Versammlung von Gläubigen schießen. Das Telefon soll dem örtlichen Imam gehört haben, der den Angriff gefilmt hat, bevor man auch ihn erschossen hat.«

Nein, dachte Jed. *Das stimmt nicht. Ich habe gesehen, wie ein Soldat – ein Finsterer, der sich als Soldat ausgegeben hat – das Handy genommen und zu filmen angefangen hat.*

»Überlebende behaupten, die Angreifer wären amerikanische Soldaten gewesen, der Beschreibung nach Mitglieder der Special Forces. Allerdings …« Ben entfernte sich vom Podium und verschränkte die Hände hinter dem Rücken. Die Leinwand verdunkelte sich, und das Logo der Shepherds wurde darauf eingeblendet. »Allerdings haben wir Grund zur Annahme, dass der Überfall inszeniert war, um Wut und Hass auf die Koalitionsstreitkräfte zu schüren. Offensichtlich trägt das Sprühen von Kreuzen auf den Mihrab mächtig dazu bei.«

»Sind in der Gegend denn irgendwelche Spezialeinheiten im Einsatz?«, fragte jemand aus der ersten Reihe.

»Nein. Ich habe sowohl bei den Befehlshabern der Einsatztruppen als auch beim JSOC-Befehlshaber nachgefragt. Zu dem Zeitpunkt hat es keinerlei Operationen in Tal Afar gegeben. Selbstverständlich kann – und wird – man das als Vertuschung hinstellen. Außerdem haben unsere Wächter Kommunikation aufgeschnappt, die nahelegt, dass gestern Nacht eine bedeutende Operation in Tal Afar stattgefunden hat.«

Jed fragte sich, was das bedeutete. Wenn Nachrichtendienstler in seinem früheren Leben von aufgeschnappter Kommunikation gesprochen hatten, waren damit meist abgefangene Signale gemeint – Mitteilungsbrocken, E-Mails, Postings in sozialen Medien, die auf besorgniserregende Aktivitäten schließen ließen. Was es bei Wächtern bedeutete, war ihm noch nicht völlig klar.

»Die Beweislage ist dünn, aber wir haben gebetet und glauben fest, dass es eine vorgetäuschte Operation der Finsteren war, um Hass und Wut im Nahen Osten wieder aufflammen zu lassen, weil sich die Spannungen seit der Niederlage des Islamischen Staats in der Region gelegt haben. Ein solches Vorgehen entspricht dem Lehrbuch der Finsteren. Die Kreuze sollen offensichtlich andeuten, dass Christen für den Angriff verantwortlich zeichnen, und somit Vergeltung provozieren. Die wollen heilige Kriege. Sie wollen Dschihad.« Er kehrte zum Podium zurück und stützte beide Hände darauf. Seine Kiefermuskulatur zuckte vor Wut. »Wenn wir recht mit unserer Vermutung haben, war das wohl nur die erste einer Reihe koordinierter Operationen. Wir rechnen mit weiterer Gewalt – sowohl mit Vergeltungsschlägen gegen Koalitionsstreitkräfte als auch mit Angriffen auf christliche Minderheiten und andere muslimische Ziele. Es ist zu erwarten, dass dabei christliche oder jüdische Visitenkarten hinterlassen werden. Es wäre nicht überraschend, wenn westliche und israelische Streitkräfte gemeinsam an den Pranger gestellt werden. Damit würde das Motiv der ›zwei Teufel‹ wieder aufleben, das in den letzten Jahrzehnten so erfolgreich Hass und Gewalt in der Region gesät hat.«

Jed beobachtete, wie Ben schwer seufzte. Der Mann wirkte müde, eine Seite des Befehlshabers der Shepherds, die Jed bisher noch nicht erlebt hatte.

»In den kommenden Stunden bereiten wir Team Gideon Bravo für den Einsatz im Irak vor, genauer gesagt in der Region Tal Afar. Als inoffizielle Tarngeschichte«, fügte er hinzu, »geben wir eine gemeinsame Taskforce zur Terrorbekämpfung an, die eine Verbindung des Angriffs zum ISIL oder zu Al-Qaida untersuchen soll. Damit sichern wir uns die Zusammenarbeit der JSO Taskforce in der Region, die sich dort bestimmt wie auf dem elektrischen Stuhl vorkommt, nachdem sie der Gräueltat beschuldigt und vor dem Gericht der öffentlichen Meinung bereits dafür verurteilt worden ist. Unsere Aufgabe besteht darin zu bestätigen, dass die Finsteren dafür verantwortlich waren, und herauszufinden, wie sie den Anschlag erfolgreich durchführen konnten.«

Jed erkannte, wie wichtig es war, dass er Ben von seinem Albtraum erzählte. Der Gedanke, ihm seine Vision mitzuteilen – wofür er akzeptieren musste, dass er sie wirklich erlebt hatte –, war überwältigend.

Jed beugte sich zu Grayson. »Ich muss mit Morvant reden.«

Grayson zog überrascht die Augenbrauen hoch. »Was? Warum?«

Richtig, klar. Was könnte ein Neuling, der noch in Jericho Basic ist, zu einem solchen Zeitpunkt schon zu sagen haben?

»Es ist wichtig, Bruder«, betonte Jed. »Hat damit zu tun, was er uns gerade mitgeteilt hat.«

»Ich möchte, dass alle in ihre Teamräume gehen. Dort geht ihr die Details des Angriffs und andere Informationen durch, die wir von den Wächtern in Nahost und aus unserem eigenen Programm haben. Findet, was wir übersehen. Bezieht eure STFs dabei ein. Ihr spirituelles Geleit ist bei der Sache unerlässlich. In ein paar Stunden halten wir hier ein weiteres Briefing ab. Gideon Bravo, haltet euch bereit, demnächst aufzubrechen. Packt eure Ausrüstung zusammen und sammelt euch in eurem Teamraum. Ich weiß, ihr habt Fragen, aber wir haben noch keine Antworten. Aber wenn wir nicht herausfinden, was hinter der Sache steckt und als Nächstes kommt, steht uns ein Ausbruch religiöser Gewalt im Nahen Osten bevor, neben dem sich 2004 bis 2007 wie ein Kindergeburtstag ausnimmt.«

Damit verließ Morvant das Podium. Der drahtige Pastor Mike reihte sich neben ihm ein, und zusammen verschwanden sie vorn durch eine Seitentür.

»Ich bringe dich hin«, sagte Grayson.

»Ich glaube, ich brauche Eli dabei«, fügte Jed hinzu, als sie aufstanden.

»Okay«, erwiderte Grayson. »Ich hole ihn. Wir treffen uns vor dem Haupteingang.«

Damit entfernte sich der Veteran nach links, verließ die Reihe am anderen Ende und steuerte rasch auf den Ausgang zu. Jed schaute zu David, der ihn mit irgendetwas im Blick musterte – vielleicht nicht wirklich Argwohn, eher ausgeprägter Neugier und noch etwas.

Trotz aller Verbitterung, die sich von den Finsteren nur zu leicht als Werkzeug nutzen ließe, wie Jed wusste, sah er David in die Augen. »Du musst mitkommen.«

»Was?«

»Ich muss mit Commander Morvant über etwas reden – etwas Wichtiges. Und ich brauche dich dabei.«

»Wirklich?« David klang überrascht, zugleich jedoch erfreut. »Warum mich?«

Jed rang sich ein Grinsen ab. »Du bist doch mein STF, oder?«, erwiderte er. »Man erwartet von uns, dass wir so was zusammen machen.«

David nickte. »In Ordnung, dann los.«

Als sie dem Rest des Teams nach draußen folgten, grinste David über Jeds Schulter. »Wie in alten Zeiten, was? Nur kannst du diesmal nicht mir die Schuld an dem Chaos geben.«

In den Großteil seiner Schwierigkeiten als Jugendlicher war Jed von David hineingezogen worden. Sein ehemaliger Freund war immer der Wilde und Verrückte gewesen, Jed hingegen ruhig und gläubig – wie Yin und Yang.

Aber diese Geschichte ging weit über alles hinaus, was sie beide sich je hätten vorstellen können.

Jed nickte und konnte nicht verhindern, dass sich ein nostalgisches Lächeln in seine Züge stahl, als er David und dem Rest seines Teams zum Ausgang folgte.

15

BEFEHLSZENTRALE

ANLAGE TRINITY LOOP

5:45 UHR ORTSZEIT

Ben ließ sich mit einem schweren Seufzen auf einem Stuhl am Besprechungstisch neben seinem Schreibtisch nieder. Er lehnte sich zurück und rieb sich das Gesicht. Ein müdes Stöhnen drang dabei von seinen Lippen.

Er war auch müde – sehr sogar. Ein Gefühl, das ihm weder gefiel, noch war er es gewohnt.

Seine Jahre als aktiver Navy SEAL waren trotz aller Intensität, Gewalt und emotionaler sowie körperlicher Opfer nichts im Vergleich zum letzten Jahrzehnt bei den Shepherds. Am auslaugendsten waren die letzten fast fünf Jahre als Befehlshaber von nahezu 1000 Kämpfern, spirituellen Betreuern und Ergänzungsmitarbeitern für das nordamerikanische Kommando gewesen. Er stand an der Spitze des Speers in einem Krieg, der seit Tausenden Jahren wütete und sich bis Christus' Rückkehr fortsetzen würde. Ob die Wiederkunft zu seinen Lebzeiten stattfinden würde oder nicht, lag allein bei Gott.

Mein Beitrag ist sowohl klein als auch endlich.

Im Gegensatz dazu war der Beitrag der Shepherds entscheidend und dauerhaft. Ihr Einfluss durch Störung des Wirkens der Finsteren sorgte für Hoffnung und Stabilität, die Millionen zu Gott führten. Unter dem Strich bestand darin ihre wahre Charta – Schutz vor dem Bösen des Satans und seinen dunklen Engeln zu bieten, damit so viele Menschen wie möglich vor der großen Trübsal zu Gott fanden. Hatte er nicht genau das aus seinem Studium des wichtigsten Buchs der Welt gelernt? Die Ewigkeit – dafür kämpften sie. Die Mission war zu wichtig für Müdigkeit.

Und trotzdem fühlte er sich erschöpft.

Ein langes Seufzen entrang sich ihm, als sich seine Gedanken ungebeten in Gefilde verirrten, die nichts Gutes verhießen – zu Nicholas Woland und dem größten Fehlschlag seines Lebens. Mit Daumen und Zeigefinger kniff er sich den Nasenrücken, während er sich zum tausendsten Mal fragte, was er hätte anders machen können. Aber wie immer kam er zum selben Schluss.

Anfangs war Woland das gewesen, was er zu sein schien – ein überaus talentierter Elitesoldat der First Special Forces Operational Detachment-Delta –, auch bekannt als Delta Force, die Unit und CAG. Die Besten der Besten. Er hatte sich während der gesamten Ausbildung ausgezeichnet, stets das Richtige gesagt und vorgelebt. Und doch war alles Lug und Trug gewesen. Woland hatte sich ihnen mit einem eigenen Plan angeschlossen, nicht mit dem Gottes. Trotz aller Vorsichtsmaßnahmen hatte sich ein Ungläubiger in ihre Reihen eingeschlichen, und Ben war es entgangen.

Was für eine Ironie – dem Leiter der Shepherds war es nicht gelungen, einen Wolf im Schafspelz zu erkennen.

Zorn breitete sich in ihm aus, als etwas Dunkleres die Reue und die Selbstvorwürfe ersetzte. Nicht nur Bens persönliches Versagen nagte an ihm, auch Wolands Verrat am Glauben, an Gott und an ihrer Bruderschaft. Dass der

Mann kurz vor dem Massaker in der Moschee aus dem Gefängnis ausgebrochen war, konnte kein Zufall sein. Die im Irak ausgelöschten unschuldigen Leben bildeten nur den Auftakt für etwas wesentlich Größeres und Diabolischeres. Wolands Übertritt zu Victors Armee stellte eine klare, gegenwärtige Gefahr für die Organisation der Shepherds dar. Ja, sie hatten die Protokolle geändert und Sicherheitsmaßnahmen ergriffen. Trotzdem hatte der Wolf viel Zeit bei den Schafen verbracht.

Ob richtig oder falsch, er schloss die Augen und entsandte ein kurzes, stummes Gebet dafür, dass er den ehemaligen Shepherd finden, stellen und besiegen würde, bevor es zu spät wäre. Er wusste, dass es ein selbstsüchtiges Gebet war – Christus hatte nie Vergeltung für Pontius Pilatus gefordert. Aber dieser Fall war etwas anderes. Oder nicht? Er wandelte für Gott auf einem Pfad der Gewalt in einem zwischen Gut und Böse tobenden Krieg. War seine Reaktion also nicht zu erwarten? Und akzeptabel? Vielleicht sollte er lieber für Wolands Seele beten. Aber er tat es nicht. Statt um die Rettung des Mannes zu bitten, betete er für göttliche Gerechtigkeit – auf dass Nicholas Woland so schnell wie möglich bei seinesgleichen in den Feuern der Hölle landete.

Der Gedanke verursachte ihm ein Flattern im Magen, da er sich unwillkürlich fragte, ob es für den Mann wirklich keine Rettung mehr gab.

Vielleicht ist es noch möglich, ihn zurück zum Licht zu bekehren.

Nein ... Tu dir das nicht an.

Mit einem letzten Seufzen öffnete er die Augen.

Aus einem Impuls heraus ergriff er sein Lieblingsbild von der Ecke des großen Schreibtischs, an dem er so gut wie nie saß. Er bevorzugte den Besprechungstisch. Das Foto war alt. Sein Sohn Jason saß darauf noch kaum ein Jahr alt auf Christys Schoß und schaute mit einem breiten Babygrinsen und seinen blaugrauen Augen in die Kamera. Christy nannte sie seine Sturmaugen, manchmal auch seine Ben-Augen, und damit hatte sie wohl recht. Jason würde bald mit der Middle School beginnen und hatte mittlerweile eine kleine Schwester – o Mann, die süße Elizabeth war inzwischen fast sechs –, um die er sich kümmern musste. Und das tat Jason mit der Leidenschaft und dem Engagement eines Navy SEALs.

Ben erinnerte sich an den Tag, an dem das Foto entstanden war – wenige Wochen nach seiner Genesung von Verletzungen, die er bei einem Einsatz gegen die Finsteren in Afrika erlitten hatte. Zu dem Zeitpunkt hatte er noch keine Ahnung gehabt, was das überhaupt bedeutete. Trotzdem hatte er instinktiv gewusst, dass er an jenem Tag ein großes Übel besiegt hatte. Außerdem hatte er seine Teamkameraden Reed und Chris geheilt, bevor er um ein Haar an den eigenen Wunden gestorben wäre. Aber Gott hatte andere Pläne für ihn gehabt. In Anlehnung an ein Zitat des großen Mark Twain dachte Ben schmunzelnd: *Die Gerüchte über meine Verkrüppelung waren stark übertrieben.* Er war zwar aus gesundheitlichen Gründen aus dem aktiven Dienst bei den SEALs ausgeschieden, doch statt sich mit dem von den Militärärzten prophezeiten Leben im Rollstuhl abzufinden, hatte er erst seine eigene Reha, danach Jericho Basic absolviert. Sechs Monate später hatte er seinen ersten Einsatz als Shepherd unter der Leitung von Mike Moore gehabt.

Dabei hatte er sich seinen Ängsten und Albträumen gestellt und die Finsteren besiegt.

Und beim nächsten Einsatz erneut.

Genau wie bei dem danach.

Und bei jenem darauf …

Die Erinnerung an Christys Frage vom Kissen neben ihm, als er mitten in der Nacht aus dem Bett geklettert war, zerriss ihm nach wie vor das Herz.

»Meinst du, dass du lange weg sein wirst?«, hatte sie gesagt. Ihre Augen hatten hinzugefügt: *Bitte geh nicht.*

»Es ist Gottes Ruf«, hatte er mit ihrem Familienspruch geantwortet – einem Spruch, den er bei ihr allmählich überstrapazierte, wie er sehr wohl wusste.

Bei einem Klopfen an der Tür setzte er sich aufrechter hin, stellte das Bild zurück auf den Schreibtisch und wischte sich eine unerwartete Träne von der Wange.

»Herein«, sagte er.

Die Tür öffnete sich. Pastor Mike trat ein, nickte ihm zu und ließ sich auf einem Sitz ihm gegenüber am Tisch nieder. »Alles in Ordnung?«, fragte sein STF mit einer Stimme, die mehr nach Ranger als nach Pastor klang.

»Alles bestens«, erwiderte Ben und drängte die Erschöpfung aus seinem Verstand – und seiner Seele. »Ich brauche nur ein Nickerchen und vielleicht einen Energieriegel.«

»Kann ich nachvollziehen.« Mike lachte. »Ich bin inzwischen näher bei 60 als bei 50 und kenne das.« Dann legte er den Kopf nach links und rechts, bis ein befriedigendes Knacken ertönte, das Ben hören konnte. »Trotzdem könnte ich noch den Boden mit dir aufwischen, also glaub bloß nicht, ich würde zum alten Eisen gehören.«

»Ja«, erwiderte Ben unverbindlich, dem im Augenblick nicht nach den üblichen scherzhaften Army-Navy-Wortgefechten zumute war.

Abgesehen davon könnte es vielleicht sogar stimmen.

»Du schickst also Gideon Bravo in den Irak?«, fragte Mike und stützte sich auf die Ellbogen.

»Ja, die brennen schon darauf.«

»Aber du hättest Michael Alpha und Charlie bereits in der Nähe«, merkte Mike an.

Ben lächelte ihn an und zog die Augenbrauen hoch. »Du bist der spirituelle Anführer, richtig?«

»Stimmt«, räumte Mike ein, bevor er lachte. »Weißt du, ist nicht so einfach, den Ranger in sich zu verdrängen.«

»Ich kann's mir nicht mal vorstellen«, erwiderte Ben. »Glaub mir, ich schätze deinen Rat als mein ehemaliger Befehlshaber genauso sehr wie den als mein spiritueller Mentor.« Er seufzte. »Und natürlich als mein Freund.«

»Natürlich.« Mike musterte ihn unbehaglich mit jenen braunen Augen, die manchmal das Gefühl vermittelten, einem direkt in die Seele zu blicken. »Willst du darüber reden, was …«

Ein eindringliches Klopfen an der Tür bremste Mike mitten im Satz.

»Herein«, rief Ben. Die Tür öffnete sich. Zu seiner Überraschung steckte einer seiner besten Leute, der gerade einen Durchlauf bei Jericho Basic absolvierte, den Kopf herein. »Eli? Was gibt's, Bruder?«

»Entschuldige die Störung, Boss«, sagte der Shepherd. »Aber ich hab Jed Johnson dabei, und er muss mit dir reden. Dringend.«

»Wegen?«

»Der drohenden Krise und dem Einsatz in Tal Afar.«

Ben wechselte einen Blick mit Mike, der die Lippen wie so oft schürzte, wenn er etwas besonders interessant fand.

»Schick ihn rein«, sagte Ben und verspürte aus irgendeinem Grund einen Energieschub. »Und komm du auch rein.«

Eli nickte, und Ben beobachtete, wie der 1,93 Meter große ehemalige Navy SEAL hinter ihm eintrat und an der Tür beinahe strammstand. Seit Jeds Ankunft hatte sich Ben ihm gegenüber distanziert und nüchtern verhalten, wie es das Protokoll bei neuen Rekruten vorsah. Aber irgendetwas sagte ihm, dass der Augenblick danach verlangte, die Mauer zu beseitigen. Wichtig war zu wissen, wann man als Anführer und wann als Bruder aufzutreten hatte – sowohl in taktischer als auch in spiritueller Hinsicht. Für den Teil seiner Arbeit verließ er sich stärker als für jeden anderen auf den Heiligen Geist. Es schadete auch nicht, dass er die Gabe besaß, die Gedanken anderer zu hören und ihre Emotionen zu fühlen.

»Entspann dich, Jed«, sagte er. »Komm rein und setz dich, Bruder.«

Jed nahm Platz. Eli ließ sich auf dem Stuhl neben ihm nieder, während sein neuer Shepherd sowohl Angst als auch Verwirrung ausstrahlte. Hinter ihm stand David Yarnell. Mit vor sich gefalteten Händen wippte er auf den Fußballen.

»Was gibt's, Jed? Läuft in Phase eins von Jericho alles gut? Dir sind doch nicht etwa Zweifel gekommen, oder?«, fragte Ben mit einem milden Lächeln.

Jed schaute zögerlich zwischen Mike und Eli hin und her, bevor er das Wort ergriff. »Ich hatte einen Albtraum. Oder dachte ich zumindest bis zu deiner Präsentation im Hörsaal …«

Bens Müdigkeit verschwand schlagartig. Wieder überraschte ihn Jedidiah Johnson.

»Jed, beschreib uns einfach, was du gesehen hast – ungefiltert. Das könnte unheimlich wichtig sein.«

Ben lauschte aufmerksam, während Jed detailliert beschrieb, wie er das Massaker durch die Augen eines Jungen in der Moschee miterlebt hatte. Sein Herz setzte einen Schlag aus, als der ehemalige Froschmann Einzelheiten erwähnte, die Ben zwar kannte, aber bei der Unterweisung nicht preisgegeben hatte. Jed schloss mit der Behauptung, mindestens einen der Angreifer gesehen zu haben – deutlich genug, um den Mann zu erkennen.

»Moment«, warf Pastor Mike ein. »Wann sind Sie aus dem Albtraum aufgewacht?«

»Um 23:30 Uhr, Sir«, antwortete Jed und stieß unbehaglich die Luft aus.

Er wirkte nicht gerade erfreut über seine neue Gabe.

An das Gefühl erinnere ich mich. Ben dachte daran zurück, wie sehr ihm solche Visionen in den Anfangstagen zugesetzt hatten.

»Das bedeutet, Sie waren …«

»Ja«, sagte Ben und schnitt Mike das Wort ab. Er hielt es für besser, Jed langsam in diese neue Realität zu führen. Er hatte in Echtzeit wie ein Wächter den Angriff durch die Augen eines Jungen gesehen, der dabei umgekommen war. Es war eine Live-Beobachtung gewesen, keine Erinnerung oder Prophezeiung.

»Jed, das war immens hilfreich, mein Freund.« Ben erhob sich und lief kurz auf und ab, während er in Gedanken ein stilles Gebet gen Himmel sandte.

»Da ist noch was«, setzte Jed erneut an. Der ehemalige SEAL warf einen unbehaglichen Blick zurück zu David, doch sein STF wirkte gedankenverloren und bemerkte es nicht. »Ich glaube, Victor war in meinem Kopf.«

»Wie meinst du das?«

»Na ja, ich glaube, am Ende des Albtraums, nachdem der Junge erschossen worden war, hat er zu mir gesprochen.«

»Was hat er gesagt?«, fragte Mike mit Besorgnis und Leidenschaft in der Stimme.

»Er hat mich verhöhnt«, antwortete Jed.

»Beschreib mir seine Worte *genau*«, drängte Ben.

»Er hat gesagt: ›Ich hole dich mir … und du bist zu schwach, um mich aufzuhalten.‹ Danach hat er gelacht.«

Ben lief weiter auf und ab, während er überlegte. *Heiliger Geist, leite mich. Ich habe so viele Gefühle, die mein Urteilsvermögen trüben – Angst, Erleichterung, Sehnsucht nach meiner Familie. Bitte lass mich wissen, ob ich richtig entscheide …*

Und Gott kam der Bitte nach. Ein beinahe euphorisches Gefühl von Frieden legte sich über Ben, während er betete. Schließlich öffnete er lächelnd die Augen.

Danke, o Herr.

»Jed, du musst dein Team zusammentrommeln und allen Bescheid geben, dass ihr aufbrecht. Ich schicke euch nach Tal Afar. Ihr werdet dabei helfen, den Schlamassel zu bereinigen.«

»Was?« Jeds Stimme schwoll höher an, als er vermutlich beabsichtigt hatte. »Du willst uns schicken? Wir haben noch nicht mal den Grundkurs abgeschlossen.«

Jeds Folgegedanken empfing Ben wie durch einen Lautsprecher. *Dafür bin ich nicht bereit. Bei der letzten Übung in der Simulationsanlage hab ich total versagt.*

»Stimmt«, erwiderte Ben sowohl auf Jeds ausgesprochene als auch unausgesprochene Gedanken. »Ihr habt noch Arbeit vor euch und müsst einige zusätzliche

Fähigkeiten lernen. Aber Gott hat seinen eigenen Zeitplan und manchmal sein eigenes Schulungsprogramm. Er bedenkt uns nicht grundlos mit Gaben, Jed. Und deine Vision und Verbindung mit dem Anschlag auf die Moschee sind für die Mission wertvoller als ein weiterer Durchgang in der Simulationsanlage.«

Jed nickte.

Ben beugte sich mit den Handflächen auf der kühlen Tischplatte vor und sah in die Augen des begabten ehemaligen SEALs. »Jed, die zweite Übung in der Simulationsanlage ist auf einen Fehlschlag ausgelegt. Damit öffnen wir eure Herzen und euren Geist für Stressfaktoren und Taktiken, die euch im Kampf gegen die Finsteren begegnen werden und über eure Kampffähigkeiten hinausgehen. Ich hab dabei auch versagt – genau wie jeder. Aber ihr habt eine wertvolle Lektion gelernt. Die Finsteren spielen nicht fair. Die scheren sich nicht um Einsatzregeln oder das Helsinki-Abkommen. Für einen Shepherd geht es nicht darum, der perfekte Elitesoldat zu sein. Ganz gleich wie hart, wie körperlich fit, wie taktisch kompetent man ist, es wird nie reichen, um den Feind zu besiegen, mit dem wir es zu tun haben. Nicht allein. Nicht mal mit deinem Team.«

»Ich dachte, Gott mutet uns nie mehr zu, als wir verkraften können«, murmelte Jed und strich sich mit nachdenklich gerunzelter Stirn übers Kinn.

»Das ist gelogen«, erwiderte Ben und richtete sich auf. »Gott lässt uns ständig mehr tragen, als wir allein bewältigen können. Aber es gibt nichts, was *er* nicht bewältigen kann. Das ist die Lektion aus der Simulationsübung. Ohne Gott verliert man unweigerlich.«

Der ehemalige SEAL schaute auf und nickte. Er schien zufrieden mit der Antwort zu sein.

»Genug gepredigt«, beendete Ben diese Diskussion vorerst. »Mach dein Team startklar. Ab sofort seid ihr nicht mehr Jericho Alpha. Ihr seid jetzt Joshua Bravo und offiziell im Einsatz.«

»Verstanden, Boss.« Eli stand auf.

»David«, sagte Ben.

Der Pastor erschrak, als wäre er aus dem Schlaf gerissen worden. »Ja?«

»Geh mit dem Team und rüste dich aus. Dann kommst du hierher zurück für eine Besprechung mit Pastor Mike und mir. Wir müssen auch dich in ein paar Dingen unterweisen.«

»Ja, Sir.«

Jed erhob sich. Die Verunsicherung in seinen Zügen ließ sich nicht übersehen. »Ben, ich will ehrlich sein. Ich weiß noch nicht, ob ich schon bereit bin. Nach der Sache mit der Simulation …«

»Vergiss die Simulation, Jed«, fiel Ben ihm ins Wort und traf eine weitere Entscheidung. Ihm graute bereits davor, Christy davon zu erzählen. »Du bist bereit, wenn ich es sage. Trotzdem begleite ich Joshua Bravo bei dem Einsatz als Mentor und Berater – aber die Teamleitung liegt bei dir. Mike kommt auch mit, um mit David zusammenzuarbeiten.«

Er sah, wie sich Davids Schultern sichtlich entspannten.

»Verstanden.« Der Ausdruck in Jeds Augen wirkte selbstsicherer als zuvor, und Feuer kehrte in sie zurück.

Jed, Eli und David gingen mit ihren Marschbefehlen. Die beiden alten Freunde blieben wieder allein zurück.

»Jed *ist* bereit, und ich weiß, dass du Yarnell in Kürze so weit hast. Beide sind außergewöhnlich«, sagte Ben.

»Tu das nicht«, erwiderte Mike, in dessen Stimme sich ein mürrischer Unterton schlich.

»Was meinst du?«, heuchelte Ben Unschuld.

»Meine Gedanken lesen. Du weißt, ich kann das nicht ausstehen. Und wenn du denkst, er ist bereit, dann *huu-ja*. Aber der Albtraum beunruhigt mich. Klingt für mich, als hätte Jed das Zweite Gesicht durch die Augen eines Jungen in der Moschee erlebt.«

»Ich weiß. Deshalb kommen Jed und sein Zug bei der Reise mit.«

»In seinem Alter? Außerdem ist er kein Wächter. Kein Shepherd besitzt die Gabe des Zweiten Gesichts. Außer dir natürlich, meine ich.«

»Bei Gott ist nichts unmöglich.« Ben lächelte. »Hast nicht du mir erklärt, das sei der Unterschied zwischen einer Gabe und einer Fähigkeit? Mit Gaben werden wir bedacht. Wir können nicht kontrollieren, wer welche Gaben erhält und wie lange sie uns zur Verfügung stehen. Junge Menschen sind am empfänglichsten für das Zweite Gesicht. Mit der Zeit lässt die Gabe nach, aber nicht immer. Tobias beispielsweise hat sie nie verloren. Und in meinem Fall haben sich die Gaben später manifestiert – ich habe sie erhalten, als ich sie gebraucht habe. Ich kenne Gottes Plan für Jed nicht, aber mein Herz sagt mir, dass sein Weg und meiner ähnlich sein könnten. Und was das Zweite Gesicht angeht, könnte es sich einmal gezeigt haben oder ein Erwachen gewesen sein. Die Zeit wird es weisen. Tatsache ist, Mike, dass wir nicht wissen, wozu er sonst noch fähig ist. Bei der Übung in der Simulationsanlage hat er meinen Gedankenstrang entdeckt und mir die Stirn geboten. Das hat vor ihm kein anderer Shepherd gemacht. Noch nie.«

»Die Kleinigkeit hast du mir vorenthalten«, sagte Mike, und Ben konnte förmlich sehen, wie sich die Rädchen in seinem Kopf in Bewegung setzten.

»Wollte ich dir noch erzählen, wir sind bloß beide zu beschäftigt gewesen. Ehrlich, wir müssen uns mehr Zeit zum Reden nehmen.«

»Nur zu gern.«

»Weißt du, Jed hat während der Vision eine Menge an Informationen gesammelt, die alle in seinem bangen Kopf stecken. Es liegt an uns, ihm eruieren zu helfen, wie er sie da rausbekommt. Ich hoffe, David kann dazu etwas beisteuern.«

»Einverstanden. Ich rede mit David darüber.« Dann zupfte Mike an seinem Kinn und fügte hinzu: »Victors Besuch am Ende von Jeds Vision war sicher kein Zufall.«

Ben nickte. »Ist nicht das erste Mal, dass Jed mit Victor aneinandergeraten ist, aber ich glaube, du hast recht. Er hat Jed gespürt und ihn anvisiert. Wenn er die Szene überwacht hat, können wir wohl getrost davon ausgehen, dass er das Hirn hinter dem Anschlag war.«

»Der dunkle Engel steht jedenfalls auf Operationen unter falscher Flagge.«

Ben nickte und sah seinem Berater, Mentor und Freund in die Augen. »Ist's für dich in Ordnung, mich bei dem Einsatz in die Wüste zu begleiten?«

Diesmal musste er Mikes Gedanken nicht lesen, um die Antwort zu erahnen. In dem Mann steckte immer noch ein überlebensgroßer Krieger.

»Willst du mich verarschen? Das würde ich auf keinen Fall verpassen wollen«, erwiderte Mike und schwenkte lächelnd die Hand. »Außerdem wird Beth froh sein, mich mal 'ne Weile aus dem Haus zu haben. Sie wirft mir ständig vor, dass ich versuche, alle ihre Projekte an mich zu reißen.«

Ben nickte, bevor er sich seine Schlüssel und seine Baseballmütze vom Schreibtisch griff.

»Du willst es Christy persönlich sagen, was?«, fragte Mike.

»Jetzt liest du meine Gedanken, stimmt's?«

»*Pfff*, wenn ich's nur könnte. Aber mir hat Gott als einzige Gaben dieses Adonis-Gesicht und den perfekten Körper dazu geschenkt.«

Darüber lachte Ben laut auf. »Amen, Bruder.«

Mike hatte ihm schon mehr als einmal anvertraut, wie sehr es ihn frustrierte, dass er keine übernatürlichen Gaben besaß. Und da Ben so reichlich damit bedacht worden war, musste es sich für Mike anfühlen, als hätte Ben ein Festmahl serviert bekommen, während er selbst Hunger litt. Ben jedoch sah durchaus, mit welchen erstaunlichen Gaben Mike von Gott gesegnet worden war – analytische Voraussicht sowie die Fähigkeiten, andere zu inspirieren, deren Gaben zu erkennen und sie zu entwickeln. Ohne Mike hätte Ben nie zu seiner wahren Berufung gefunden. Ohne Mike wäre er nie zum Leiter der Shepherds aufgestiegen.

Er ging zur Tür hinaus und den Flur entlang zu seinem Jeep, der unmittelbar vor dem Haupteingang parkte. Dabei schleppte er ein bleiernes Gewicht im Magen mit. Ihm graute davor, Christy die Neuigkeit beizubringen. Aber wenn er ihr den Grund erklärte, würde sie es verstehen und ihn unterstützen.

Wie immer.

Deshalb hatte Gott sie zusammengeführt.

TEIL II

Es sind verschiedene Gaben; aber es ist ein Geist. Und es sind verschiedene Ämter; aber es ist ein Herr. Und es sind verschiedene Kräfte; aber es ist ein Gott, der da wirkt alles in allen.

1. Korinther, Kapitel 12, Vers 4 bis 6

16

PIAZZA SAN PIETRO

VATIKANSTADT

Woland war ein analytischer Sadist.

Das galt für die meisten begabten Sadisten.

Damit man jemandem effektiv Schaden zufügen konnte, musste man erst die inneren Abläufe eines Menschen studieren, bis man alle Schwächen von Geist, Körper und Seele kannte. Nur durch gewissenhaftes Sondieren und Experimentieren konnte ein Sadist bestimmen, wie sich die von ihm verursachten psychologischen, emotionalen und physischen Schäden optimieren ließen. Das Gefängnis war sein Doktoratsstudium gewesen, La Santé sein Labor. Betreten hatte er es als ehemaliger Elitesoldat der Special Forces, bekehrter Shepherd und begabter Diener des Finsteren.

Verlassen hatte er es als wesentlich mehr.

Nur deshalb hatte Victor ihn herausgeholt.

In seinen Jahren im Gefängnis hatte er gelernt, dass man Autorität und Sicherheitsprotokolle am besten gegen Ende des Arbeitstags auf die Probe stellte – wenn das Personal müde und hungrig war und sich gedanklich schon auf den Feierabend eingestellt hatte. Willenskraft war keine unerschöpfliche Ressource. Ebenso wenig konnte man sie wie einen Muskel trainieren, damit sie stärker wurde, obwohl manche Menschen das gern glaubten.

Aber nein. Mit allen gängigen Metaphern zu Willenskraft belog man sich nur selbst. Willenskraft glich vielmehr einem Kind auf einer Reise – enthusiastisch und energiegeladen zu Beginn, allerdings ermüdete sie schnell und verlor das Interesse.

Als Shepherd hatte er tagtäglich mit seiner Willenskraft gerungen – oder vielleicht traf auch das Gegenteil zu. Jedenfalls hatte er dabei viel über sich herausgefunden und etliche der Erkenntnisse erlangt, die er mittlerweile gegen andere einsetzte. Außerdem hatte er festgestellt, dass die rudimentären Forderungen des Körpers genügten, um die Willenskraft der meisten Menschen zu untergraben. Hunger, Durst, das Bedürfnis, das Verlangen nach Koffein oder Nikotin zu stillen oder sich zu erleichtern – allesamt Feinde der Willenskraft. Eine simple Störung eines oder mehrerer dieser biologischen Grundzüge löste ihren Verfall aus. Bei den schwächsten Geistern genügte schon Verdorbenheit. Bei stärkeren, disziplinierten Menschen musste man auf extremere, berechnete Maßnahmen zurückgreifen ...

Seine Zielperson für den Einsatz war Rektor Feiven Senai, ein äthiopischer Gelehrter vor Ort, Leiter des Päpstlichen Äthiopischen Kollegs. Seit seiner Berufung nach Rom vor zwei Jahren wurde gemunkelt, Senai sei sowohl zu einem Freund als auch häufigen Berater des Papstes geworden. Der amtierende Pontifex galt als bekannt für seinen Sinn für Humor, seine Umgänglichkeit und seine Aufgeschlossenheit. Er schloss leicht Freundschaften und war von Natur aus vertrauensselig – zwei Schwächen, durch die Victor ihn für verwundbar hielt. Dadurch wurde Rektor Senai zu einem logischen Ziel, um ihn als Werkzeug zu nutzen. Den perfekten Kandidaten verkörperte er zudem, weil er in Äthiopien einen Zwillingsbruder mit einer Frau und drei Kindern hatte, die der Rektor vergötterte.

Woland schlenderte wie ein Priester gekleidet in schwarzem Anzug mit Römerkragen durch Borgo Pio zum Eingang Porta Sant'Anna des Vatikans. Das nördlich des überfüllten Petersplatzes in der Via di Porta Angelica gelegene, hohe, kunstvoll geschmiedete Eisentor säumten zwei Steinsäulen mit Adlerstatuen an der Spitze. Es diente als gesicherter Zugang ausschließlich für Lieferanten und Gäste mit Termin. Für die Einhaltung des strikten Verbots für Touristen sorgte die Schweizergarde. Woland summte »Für Elise« vor sich hin, als er unbekümmert die Schwelle überquerte. Nach kaum drei Schritten wurde er von zwei Schweizergardisten gerufen. Als sie auf ihn zukamen, um ihn aufzuhalten, musste er sich zusammenreißen, um nicht über die knalligen dreifarbigen Uniformen und schwarzen Baskenmützen der berühmten päpstlichen Schutztruppe zu grinsen. Die beiden jungen Burschen ähnelten eher bunten Clowns als Elitesoldaten.

»Das ist der Geschäftseingang für die Vatikanstadt. Zutritt nur mit Termin«, erklärte der größere der beiden auf Englisch mit starkem Akzent.

»Ja, das ist mir bekannt. Ich bin Pater McTierney und habe eine Verabredung mit Rektor Senai im Äthiopischen Kolleg«, erwiderte Woland mit neutraler Stimme, aber irischem Akzent.

»Sehen Sie das kleine Gebäude 20 Meter die Straße rauf rechts?«, fragte der Gardist.

Er verschränkte die Hände hinter dem Rücken. »Ja.«

»Dort ist der Kontrollpunkt. Zeigen Sie Ihren Ausweis vor. Wenn Ihr Name auf der Liste steht, wird man Sie reinlassen.«

Woland nickte, dankte den beiden und ging zu dem kleinen Sicherheitsgebäude, das kaum größer als ein Kiosk war. Während er weiter vor sich hin summte, hielt er Ausschau nach Kameras, Scharfschützenverstecken und spirituellen Bedrohungen. Als Shepherd hatte sich sein Bestreben, spirituelle Begabungen zu entwickeln, frustrierend langsam und unerfüllend gestaltet. Aber seinen Körper einem gefallenen Engel als Gefäß anzubieten hatte alles verändert. Als einer der Finsteren hatte er sofort Zugriff auf die Macht und rasende Wut. Die Bestie in ihm kratzte und krallte ständig dicht unter der Oberfläche und bot ihm ihre räuberischen Gaben großzügig an. Die Macht anzuzapfen stellte kein Problem dar, eher das Gegenteil – sich zurückzuhalten. Seit seiner Befreiung aus dem Gefängnis wurde es zunehmend schwieriger, die Bestie zu zügeln.

Sie wollte raus, wollte üble Dinge anstellen.

Nur mit erheblicher Anstrengung gelang es ihm, sich in den ruhigen, frommen Gemütszustand zu versetzen, den er als Pater McTierney ausstrahlen musste. Mit hoher Wahrscheinlichkeit würde er einem ähnlich getarnten Shepherd über den Weg laufen. Die Gotteskrieger hatten die Reihen der mächtigsten Institutionen der Welt wie ein Krebsgeschwür infiltriert. Der Vatikan bildete dabei keine Ausnahme. Er wusste, dass man einige Shepherds sowohl bei der Garde als auch bei der Vatikanpolizei eingeschleust hatte. Allerdings hatte man diese Informationen klugerweise streng unter Verschluss gehalten, daher kannte er weder ihre Namen noch Nummern. In seiner Zeit bei Trinity Loop hatte man ihn nicht in alle Geheimnisse der Organisation eingeweiht. Dieser Mangel an Vertrauen in ihn hatte mit zu den Gründen gehört, warum er diesen Leuten den Rücken zugekehrt hatte. Aber nachdem er mit ihnen gedient und bei ihnen gelebt hatte, kannte er zumindest ihre Mittel und Methoden. Woland wusste, wie sie dachten und reagierten. Er kannte ihre Bewegungen, ihr Auftreten, ihre Arroganz. Ihr Gestank von Frömmigkeit hatte sich ihm dauerhaft eingeprägt. Mittlerweile konnte er Shepherds recht treffsicher aus einer beliebigen Menschenmenge herauspicken.

Hoffentlich sie nicht umgekehrt die Finsteren.

Die Mission an diesem Tag würde ein kritischer Test werden. Die nächste Phase der Operation hing davon ab, ob es ihm gelingen würde, die Sicherheitsvorkehrungen der Vatikanstadt zu überwinden, Rektor Senai das Ultimatum zu stellen und nicht erwischt zu werden. Würde er entdeckt und festgenommen, wäre sein Weg zu Ende. Das hatte Victor auch ohne Worte unmissverständlich klargestellt. Der Satan selbst duldete keine Inkompetenz. Verlierern wurde keine Gnade gewährt.

Woland erreichte die Hütte und betrat sie. Im Gegensatz zum Tor bemannte den Kontrollpunkt die Vatikanpolizei in der üblichen Uniform – weißes Hemd mit kurzen Ärmeln, marineblaue Hose, Polizeimütze in italienischem Stil. Er legte seine gefälschten Unterlagen vor und stellte sich dem für die Zugangskontrolle zuständigen Wachmann vor. Der Polizist warf einen Blick auf seinen irischen Pass und reichte das unechte Dokument einem anderen Beamten, der damit ging und im Gebäude nebenan verschwand … Kein gutes Zeichen.

Während Woland wartete, plauderte er höflich mit dem Wächter am Empfangsschalter. Der Mann erkundigte sich, wo in Irland er aufgewachsen war, und in seinem Gedächtnis tauchte eine Kleinstadt mit Menschen auf, denen er nie begegnet war. Er sah durch jemand anderes Augen. Ein Pub, ein Kampf, ein verstümmelter Körper hinter einem Müllcontainer … Davon erwähnte er nichts. Stattdessen griff er mit theatralischer Nostalgie die nützlichen Details über den Ort ab. Schließlich kehrte der Beamte mit seinem Pass zurück.

Woland schnupperte.

Irgendetwas am Geruch des Mannes stimmte nicht …

»Gibt's ein Problem?«, fragte der Mann am Empfang den Zurückgekehrten.

Der musterte Woland, bevor er den Pass wieder seinem Kollegen hinter dem Schalter reichte. »Alles in Ordnung. Steht er auf der Liste?«

»Ja, ich wollte ihn gerade durchlassen.«

»Hast du Rektor Senai angerufen und dir den Termin bestätigen lassen?«

»Nein. Soll ich?«

Der Blick des stehenden Wachmanns verlagerte sich auf Woland. »Ja.«

»Geht klar«, erwiderte der Sitzende und wandte sich an Woland. »Dauert nur einen Moment, Pater.«

»Lassen Sie sich ruhig Zeit. Heutzutage kann man nicht vorsichtig genug sein. ›Behüte dein Herz mit allem Fleiß, denn daraus quillt das Leben‹«, erwiderte er lächelnd. Ihn überraschte, wie mühelos ihm das Wort Gottes einfiel.

»Sprüche«, sagte der Wachmann.

»Genau.«

Der Sitzende drehte sich auf dem Stuhl herum und rief über einen Tischapparat bei Rektor Senai an. Während Woland dem einseitigen Gespräch lauschte, lief ihm eine Schweißperle von der Achselhöhle die linke Seite hinab. Auch das überraschte ihn. Er entspannte die Brauen und die Muskeln um die Augen und die Kieferpartie. Während er geduldig wartete, erdete er sich und versuchte, den süßen, widerlichen Gestank des argwöhnischen Wachmanns zu ignorieren.

Er ist ein Shepherd, entschied er, und die Bestie in ihm fantasierte davon, dem Mann mit den Zähnen die Kehle herauszureißen.

»Rektor Senai erwartet Sie, Pater«, verkündete der Sitzende schließlich, legte auf und gab Woland seinen Pass zurück. »Er trifft sich mit Ihnen am Josefsbrunnen. Soll ich Ihnen auf der Karte zeigen, wo er ist?«

»Das wäre nett«, sagte Woland, neugierig, über welche Route sie ihn hinschicken würden.

Der Wachmann zog mit einem Stift eine rote Linie die Via Sant'Anna entlang über den Parkplatz im Belvedere-Hof und zeichnete auf der gegenüberliegenden Seite ein X. Dann umkreiste er einander überlappende blaue Punkte im Garten, beschriftet als Josefsbrunnen.

»Hier auf dem Belvedere-Hof erwartet Sie eine Begleitperson und führt Sie unter dem Museum hindurch in den Garten. Ist das für Sie in Ordnung?«, erkundigte sich der Mann und reichte ihm die Karte aus Papier.

Woland nickte. »Ja. Danke, und möge der Friede des Herrn mit Ihnen sein.«

Der Wachmann nickte zurück und deutete auf die Ausgangstür. Mit dem Stehenden wechselte Woland keinen Blick, aber er spürte ihn im Rücken. Mit einem triumphierenden Grinsen trat er hinaus in die angenehme Nachmittagsluft. Er ging die Via Sant'Anna entlang und bog in die Via Belvedere. Unterwegs passierte er drei patrouillierende Vatikanpolizisten, die ihn alle mit frostigen Blicken bedachten. Als er den Gebäudekomplex des

Apostolischen Palasts, der Bibliothek und der berühmten Museen des Vatikans erreichte, durchquerte er einen gepflasterten Bogengang, gerade breit genug für ein Auto. Wie sich herausstellte, diente der Belvedere-Hof als Parkplatz.

Woland überquerte ihn und wurde von einem uniformierten Beamten mit einem Funkgerät am Gürtel und einem Mikrofon am linken Schulterrevers in Empfang genommen. Der Mann erkundigte sich nach seinem Namen. Als er sich als Pater McTierney vorstellte, führte ihn der Beamte durch eine verschlossene Tür, einen Flur entlang, über einen kleinen Hof und durch einen weiteren Bogendurchgang auf die Gartenseite des Borgiaturms zur Piazza del Forno.

»Folgen Sie dieser Straße, der Via del Governatorato, in Richtung des Governatoratspalasts. Der Brunnen ist rechts vor dem Gebäude«, erklärte sein Begleiter. »Oder soll ich Sie lieber den restlichen Weg führen?«

»Nein, das ist nicht nötig«, antwortete Woland. »Geh mit Gott, mein Sohn.«

Der junge Mann nickte, wandte sich ab und ging in die Richtung davon, aus der sie gekommen waren. Woland schlenderte indes die asphaltierte Straße entlang in die Vatikanischen Gärten. Dabei achtete er ebenso wenig auf die zwitschernden Vögel wie auf die gepflegten Rasenflächen und Büsche. Das gesamte Konzept der »Schönheit der Natur« empfand er als sinnlos und lächerlich. Die Natur glich einem Kriegsgebiet, in der jede einzelne Kreatur täglich ums Überleben kämpfte. Darwin hatte schon recht gehabt, als er den Begriff des *Überlebens des Stärkeren* geprägt hatte. Nur die Starken, Klugen und Anpassungsfähigen setzten sich durch. In dieser Welt fraß man oder wurde gefressen. Wer etwas anderes behauptete, war verlogen. Die Finsteren verstanden das.

Die Finsteren fürchteten sich nicht vor der Wahrheit.

Wenige Minuten später erreichte Woland den Josefsbrunnen. Der aus Marmor und Granit angefertigte Springbrunnen besaß abgestufte elliptische Becken, gespeist aus einem kleinen, in den Hügel dahinter eingebauten Wasserfall. Eine gekrümmt verlaufende Mauer im Hintergrund schilderte in Form von sechs Tafeln mit Bronzefriesen das Leben und Wirken von Jesu menschlichem Vater, Josef von Nazareth. Mit finsterer Miene betrachtete Woland die Darstellung des Engels, der Josef aufsuchte, um ihm die wundersame Empfängnis seiner Frau zu erklären.

»Was für ein Idiot. Gehörnt und noch stolz darauf«, murmelte Woland, bevor er die Aufmerksamkeit auf seine Zielperson richtete, einen äthiopischen Mann in einem langen schwarzen Gewand und mit einem flachen Hut ohne Krempe.

»Rektor Senai«, wandte er sich mit einem verschlagenen Lächeln an den Mann Gottes. »Ich bin Pater McTierney.«

»Ich weiß, was Sie sind und was nicht«, erwiderte Senai auf Englisch mit starkem Akzent. »Vergeuden wir keine Zeit mit Vortäuschungen. Ich könnte Sie auf der Stelle verhaften lassen.«

Woland schüttelte den Kopf. »Wir wissen beide, wie leer die Drohung ist, sonst würden wir dieses Gespräch jetzt nicht führen.«

Der Rektor starrte ihn finster an. »Nennen Sie Ihre Forderungen.«

Woland holte das Handy aus der Tasche und rief die Fotobibliothek auf. Er scrollte durch die Bilder zu dem, das mit Sicherheit die größte Wirkung erzielen würde – Rektor

Senais achtjährige Nichte mit tränenüberströmtem Gesicht und blutigen Lippen zu Füßen eines stämmigen Mannes, der die Mündung eines AK-47 auf ihren Hinterkopf gerichtet hielt.

»Werfen Sie einen Blick darauf«, sagte er und reichte Senai das Telefon.

Die Augen des Mannes wurden groß. Ein Ausdruck blanken Grauens breitete sich über seine Züge aus, als sein behüteter Verstand verarbeitete, was er sah. Mit dem Daumen wischte er durch die Fotos, die alle fünf Mitglieder der Familie seines Bruders in Gefangenschaft und unterschiedlich stark misshandelt zeigten. Senais Zwillingsbruder konnte man kaum noch erkennen. Sein Gesicht war von den Schlägen vor den Aufnahmen übel verquollen und blutig. Bei Rektor Senai hatten sie nur eine Chance, deshalb hatte Woland seinen Kollegen in Äthiopien eingebläut, dass sie überzeugende Arbeit leisten mussten.

»Monster … Monster … Sie sind alle Monster«, murmelte Senai, als sich Tränen von seinen Augen lösten. »Was wollen Sie? Ich habe weder Geld noch Einfluss oder Macht in Äthiopien …«

Woland musste es sich verkneifen, die Augen zu verdrehen. »Machen Sie sich nicht lächerlich. Sie und der Papst sind doch befreundet, oder?«

Senai schaute vom Handy auf und begegnete Wolands Blick. »Nein. Die Antwort ist Nein.«

»Na schön.« Woland streckte die Hand aus, um sich das Telefon zurückzuholen. »Ich sage meinen Leuten, sie sollen Ihren Bruder über Ihre Entscheidung informieren, bevor sie ihn hinrichten. Sie werden alle leiden lassen, bevor sie sterben dürfen, auch die Kinder.«

»Das sind unschuldige Kinder, die Ihnen nie etwas getan haben«, stieß Senai knurrend hervor und umklammerte das Handy fester.

»Hat das eine Rolle gespielt, als Ihre hehre Kirche überall in Europa auf den Stadtplätzen Ketzer bei lebendigem Leib verbrannt hat? Oder als man junge Frauen der Hexerei bezichtigt und an christlichen Galgen aufgehängt hat? In dem Krieg, den wir führen, ist Unschuld nie von Bedeutung gewesen. Jetzt geben Sie mir das Telefon zurück. Sie haben Ihre Wahl getroffen.«

Senai schüttelte den Kopf. »Das können Sie nicht machen.«

»Hören Sie auf, mir zu sagen, was ich kann und was nicht. Das ist *Ihr* Werk. *Ihre* Entscheidung.«

Woland sehnte sich danach, was gleich folgen würde … Senais großer Verrat. Er wollte ihn. Brauchte ihn. Wie ein Junkie den nächsten Schuss. Dafür lebte er mittlerweile. Für den Bruch mit Grundsätzen. Für die Besudelung der Seele. Für den Moment, in dem sich ein weiterer Mensch vom Licht abwandte und sich selbst, seinen Glauben und seinen Gott verriet. Es fühlte sich unheimlich erregend an, ihren Fall mitzuerleben und zu bezeugen, wie sie sich danach dafür hassten.

Das Bekenntnis zur Verdorbenheit vollzog sich beim Treffen der Wahl.

Freier Wille war der Schlüssel dazu.

Freier Wille glich dem Drehkreuz zwischen Himmel und Hölle.

Der Rektor sah sich um – ob Hilfe suchend oder um sich zu vergewissern, dass sie nicht beobachtet wurden, vermochte Woland nicht zu sagen. Das wurde erst durch das Flüstern des Mannes einen Moment später eindeutig.

»Was genau muss ich tun?«

Bei den Worten verspürte Woland einen Anflug von Vergnügen. »Laden Sie den Papst zum Mittagessen ins Kolleg ein.«

Senai zögerte einen Herzschlag lang, und Woland konnte förmlich beobachten, wie sich die Rädchen der Selbsttäuschung im Kopf des Mannes zu drehen begannen. »Das ist alles, was ich tun muss, um die Familie meines Bruders zu retten? Den Papst zum Essen einladen?«

»Nein, der Papst muss auch zum Essen *kommen* – ob zum Frühstück, Mittagessen oder Nachmittagstee ist mir egal, solange er die päpstliche Residenz verlässt und sich mit Ihnen im Kolleg hinsetzt, um Brot zu brechen.«

»Das ist alles, damit Ihre Leute meinem Bruder und seiner Familie nichts mehr tun?«

Woland nickte. »Das ist alles.«

»Woher weiß ich, dass ich Ihnen trauen kann?«

Woland überlegte kurz. Statt wie sonst automatisch mit »Gar nicht« antwortete er diesmal anders. Seine Instinkte verrieten ihm, dass es nötig war, um sicherzustellen, dass der Mann es durchziehen würde, statt zu kneifen. »Als Zeichen des guten Willens ordne ich an, dass Ihre beiden Neffen und Ihre Schwägerin freigelassen werden, sobald Sie Seine Heiligkeit eingeladen haben. Ihr Bruder und Ihre Nichte bleiben bis nach dem Treffen Geiseln.«

»Wie wäre es umgekehrt? Lassen Sie zuerst meinen Bruder und meine Nichte frei?«, versuchte Senai zu verhandeln, der immer noch das Telefon umklammerte.

Woland schmunzelte. »Sogar die Frommen bewerten menschliches Leben subjektiv … Die Antwort ist Nein. Sie können sich glücklich schätzen, dass ich Ihnen so viel zugestehe.«

Senai nickte.

»Das Telefon, Rektor«, verlangte Woland mit harter Stimme.

Der Rektor reichte ihm das Handy. Woland schaltete es aus und steckte es in die Tasche.

»Wie kann ich Sie erreichen?«, fragte Senai.

»Gar nicht. Tragen Sie das Treffen im Online-Kalender des Kollegs ein und erzählen Sie niemandem von dieser Begegnung. Erwähnen Sie in dem Eintrag nicht den Papst. Nennen Sie es einfach Mittagessen oder Tee mit Rektor Senai. Es muss frühestens in fünf Tagen und spätestens in acht stattfinden. Wenn Sie mich verraten, erfahre ich es. Die Folge wäre Grauen, wie Sie es sich nicht vorstellen können – werden Sie auch nicht müssen, ich werde Ihnen mehr als genug Videos davon liefern. Wir haben Augen und Ohren innerhalb dieser Mauern. Stellen Sie mich nicht auf die Probe. Sonst finden Sie in Ihrem Posteingang keinen Beweis, dass Ihr Bruder und seine Familie leben, sondern das Gegenteil«, warnte Woland, bevor er sich zum Gehen wandte.

Senai erwiderte nichts, doch Woland konnte den wutentbrannten Blick des Mannes im Rücken spüren, was ihn zum Lächeln brachte. Während er den von Bäumen gesäumten Weg entlangschlenderte und Vögel über ihm sangen, begann er zu summen – »Ave Maria«. So laut und falsch, wie es seine Baritonstimmbänder zuließen.

17

USAF C-17

12.500 METER ÜBER DEM MITTELMEER

13:35 UHR ORTSZEIT

Jed bog den Rücken durch, als er im Frachtraum des riesigen Flugzeugs der Air Force nach vorn ging. In demselben Modell hatte er während seiner Zeit bei den SEALs Hunderte Reisestunden in die Krisengebiete der Welt abgespult. Trotz der breiten, großen Kabine eigneten sich Flüge in Frachtmaschinen nicht für die großen Kerle der Special Forces. Aber wenigstens konnte er aufrecht stehen. Er bahnte sich den Weg um die gepanzerten, am Metallboden festgeketteten Humvees herum, rollte mit den Schultern und streckte den Rücken. Als er den letzten Wagen umrundete und zur Toilette steuerte, nickte er Ben zu, der auf einem orangefarbenen Segeltuchsitz saß. Mit den Unterarmen auf den Oberschenkeln unterhielt er sich in gedämpftem Ton mit Pastor Moore.

»Alles klar, Froschmann?«, fragte Moore, als Jed an ihm vorbeiging.

»Huu-ja«, erwiderte Jed.

Der Pastor nickte ihm knapp zu, lehnte sich zurück, rückte die Brille zurecht und verschränkte die drahtigen Arme vor der Brust. »Und dein Team?«

»Aufgeregt und nervös über den Einsatz, denke ich. Alle haben ein Jahrzehnt oder mehr Erfahrung, trotzdem ist das erste Mal zusammen immer eine Unbekannte. Bin froh, dass ich Eli dabeihabe.«

»Und David Yarnell?«, hakte Moore nach. Seine Stimme verriet nichts über das Motiv hinter der Frage.

»Dem geht's gut, Sir«, erwiderte Jed und warf einen Blick zurück zu David, der allein saß und unter einer Lampe las. »Ich helfe ihm, sich ins Team zu integrieren«, fügte er hinzu, bevor einer seiner Bosse ihm den Ratschlag erteilen konnte.

Damit setzte er den Weg fort und dachte an David. Wenn er ehrlich sein wollte, hatte er sich zwar aufgeschlossen dafür gegeben, einen STF im Team zu haben, verstand aber immer noch nicht wirklich, welchen Zweck er im Einsatzgebiet erfüllen sollte. In diesen modernen Zeiten könnte er spirituellen Beistand auch von Tennessee aus leisten, indem er Technologie nutzte, um in Verbindung zu bleiben.

Nur wäre er dann nicht so eng ins Team integriert. Er muss ein Teil der Bruderschaft werden.

Bei den Worten der Stimme, vermutlich seiner eigenen, zuckte er mit den Schultern und räumte widerwillig ein, dass es zutraf. Und er sollte sich wohl auch eingestehen, dass er die Sache durch seine Voreingenommenheit über die Zusammenarbeit mit David, die ständige Erinnerung an eine verlorene Liebe und ein verlorenes Leben nicht wirklich klar sah.

Das Unterdrucksystem spülte die Toilette mit einem lauten Rauschen. Jed wusch sich die Hände und kehrte mit der Absicht nach hinten zurück, sich zu überwinden, sich neben seinen Jugendfreund zu setzen und sich zu erkundigen, wie es ihm ging. Unterwegs passierte er wieder Ben und Mike Moore. Dabei hörte er gerade genug, um den Namen *Woland* aufzuschnappen – der schon beim Gespräch zwischen Ben und dem Colonel gefallen war. Sie verstummten, als sie bemerkten, dass er angehalten hatte. Mit hochrotem Gesicht nickte er Ben sich entschuldigend zu und ging weiter zu David.

»Alles in Ordnung?«, fragte er und ließ sich neben ihm nieder.

David ließ den Blick demonstrativ durch den mit Fahrzeugen und Kisten voller Ausrüstung und Waffen vollgepackten Bauch der C-17 wandern, bevor er sagte: »Ich komme mir wie ein Fisch auf dem Trockenen vor.«

In dem Moment sah Jed in David den dürren besten Freund aus seiner Erinnerung, mit dem er unzählige Stunden im Wald damit verbracht hatte, Festungen zu bauen, und mit dem er nach Sonnenuntergang mit Rachel auf dem Friedhof Gespenst gespielt hatte.

Wir waren die drei Musketiere …

»Eine gute Metapher«, meinte er schließlich. »Geht mir genauso.«

David schüttelte den Kopf. »Wie kannst du das sagen? Du hast 17 Jahre damit verbracht. Ich … bin nie aus Nashville rausgekommen. Das ist deine Welt, die eines Kriegers – nicht meine.«

»Das stimmt zum Teil. Aber die Shepherds sind nicht dasselbe wie die SEALs. Das ist *unsere* Welt, Bruder«, betonte Jed. Er zwang sich zu einem Lächeln und versuchte, neben sich den verängstigten Teamkameraden zu sehen, nicht den Freund aus der Kindheit, der die Träume lebte, die Jed einst für sich gehabt hatte. »Der Feind, mit dem wir es zu tun haben, ist völlig anders als Aufständische mit Sprengfallen und AK-47. Die Bösartigkeit, gegen die wir kämpfen, ist dieselbe dunkle Macht, vor der ich …«

Vor all den Jahren weggerannt bin. Den schwierigen Teil des Satzes beendete er in Gedanken.

David nickte, und Jed fragte sich, ob er das unausgesprochene Eingeständnis irgendwie aufgeschnappt hatte.

»Die Finsteren sind Furcht einflößend«, meinte David. »Aber das muss ich dir ja nicht sagen. Ich weiß, womit du es zu tun hattest, als du Sarah Beth gerettet hast … Beide Male.«

Jed schluckte und wechselte das Thema, lenkte es wieder auf David. »Wirst du bei Trinity Loop auch mit Waffen ausgebildet?«

»Mit einer Pistole – einer Sig Sauer P320 – und mit einem Virtus. Ich kann mit beiden Waffen umgehen und treffe damit statische Ziele.«

»Mit dem Druckluftgewehr warst du immer ein Meisterschütze«, meinte Jed schmunzelnd. »Gleiches Prinzip, nur anderes Kaliber.«

»Weißt du noch, wie wir mal auf Dosen geschossen haben und ich dich erwischt habe, als du damit an der Reihe warst, hinzulaufen und sie wieder aufzustellen?«, fragte David mit einem verschmitzten Grinsen.

Die lange vergrabene Erinnerung tauchte plötzlich in Jeds Kopf auf und ließ ihn das Brennen an der Pobacke praktisch spüren. »Damals warst du echt ein richtiger Penner.«

Darüber schmunzelten sie beide, bevor sie sich einen Moment nahmen, um sich aus der wohligen gemeinsamen Nostalgie zurück in die deutlich angespanntere Gegenwart zu tasten.

»Wir sammeln uns in der vorgeschobenen Operationsbasis der Special Forces. Mike und du werdet die ganze Zeit hinter der Umzäunung sein. In Sicherheit. Aber wenn du willst, kann ich dir, nach unserer Rückkehr und wenn ich mit dem Grundkurs fertig bin, ein paar Übungen zeigen. Vielleicht kann ich sogar den Colonel überreden, mich mit dir durch die Simulationsanlage gehen zu lassen.«

»Über die hab ich Gerüchte gehört. Ist sie wirklich so cool, wie alle sagen?«

»Krass, dass es nicht höher geht«, erwiderte Jed kopfschüttelnd. »Der Wahnsinn.«

»Cool«, sagte David, doch Jed merkte ihm an, dass seine Gedanken nach wie vor um die Mission kreisten und er sich vor der Möglichkeit fürchtete, in Kampfhandlungen verwickelt zu werden.

Bei jedem anderen Teamkameraden hätte sich Jed an der Stelle nach seiner Familie erkundigt. Bei David ging das nicht. Er konnte sich nicht dazu überwinden, nach Rachel zu fragen. Dass er sie nach dem »Ereignis« beim Abschlussfeuer vor so vielen Jahren verlassen hatte, bereute er nach wie vor.

In Wirklichkeit liebte er sie immer noch.

Oder zumindest die Frau, die sie gewesen war. Mittlerweile kannte er sie wohl nicht mehr richtig, oder?

Als er schon aufstehen wollte, entschied er, dass es doch etwas gab, wonach er sich erkundigen konnte – und wollte. »Wie geht's Sarah Beth?«

Ein Lächeln breitete sich über Davids Züge aus. »Großartig. Sie ist begeistert von der St. George's Academy. Aber für Rachel und mich ist es unheimlich hart, sie nicht bei uns zu haben. Wir dürfen sie besuchen, wann immer wir wollen – nach dem Unterricht natürlich. In der ersten Woche sind wir jeden Abend hingefahren.« Er schmunzelte. »Dann hat sie zu uns gemeint, wir sollten nur an den Wochenenden und an einem Abend unter der Woche kommen, weil sie sonst bei den Hausaufgaben zurückfällt.«

»Ich bin froh, dass es ihr dort gefällt, David«, sagte Jed und meinte es ernst. Sarah Beth fehlte ihm. Bei ihrer Rettung war eine nachvollziehbar starke Bindung zwischen ihnen entstanden. Vermutlich verstärkt durch das traumatische Grauen, das sie zusammen überlebt hatten. Aber er hatte sie seit seiner Rückkehr nach Nashville im Anschluss an seinen Umzug aus Virginia Beach nicht mehr gesehen.

»Für Rachel ist es einfacher«, fuhr David fort und schaute weg. Vielleicht spürte er, dass es unangenehm war, über seine Frau zu sprechen. »Die zwei haben ja ihren Gedankenaustausch. Ich hingegen fühle mich von ihr entfernter als je zuvor ...« Er seufzte und sah aus, als könnte er in Tränen ausbrechen. Jed rutschte unbehaglich auf seinem Sitz. Er hatte wohl mehr als genug getan. »Sie fragt nach dir, Jed. Andauernd. Sie sagt, sie ist froh, dass wir zusammenarbeiten, weil sie glaubt, dass Gott uns als Team haben will.«

Jed schmunzelte. »Damit hat sie wahrscheinlich recht«, erwiderte er und erhob sich von dem Segeltuchsitz. »Immerhin sind wir jetzt trotz aller Unwahrscheinlichkeit zusammen hier. Bitte sag ihr, dass ich mich nach ihr erkundigt habe, wenn du das nächste Mal mit ihr redest.« Damit wandte er sich zum Gehen, hielt jedoch noch mal inne. »Und sag ihr auch, dass ich sie in der St. George's besuchen komme, wenn wir zurück sind, okay? Natürlich nur, wenn's für dich in Ordnung ist.«

»Sicher.«

Der seltsame Ausdruck in Davids Gesicht vermittelte keine Begeisterung. Irgendetwas empfing Jed von dem Mann ...

Eifersucht?

Sarah Beth mag denken, sie hätte lieber einen Navy SEAL als Vater, aber im Gegensatz zu Jed bin ich immer für sie da. Ich werde nie weglaufen und sie verlassen.

Und da war es.

Jed verspürte einen Anflug von Mitgefühl für den Mann, der jedoch schnell von an Wut grenzender Irritation verdrängt wurde. Jed hatte sich nicht in das Leben dieser Familie gedrängt. Im Gegenteil, David hatte ihn angefleht, zu ihm zu kommen. Er hatte ihn angefleht, Sarah Beth zu retten. Mit Rachels Segen. Sie hatten sich an ihn gewandt, nicht umgekehrt.

Statt dem Mann die Schulter zu drücken oder etwas in der Art zu sagen wie *Du bist ein toller Vater, David,* wozu ihn eine innere Stimme drängte, entfernte sich Jed einfach und ging zu seinem Team in der Nähe der Rampe. Er gab sich alle Mühe. Keinen Streit anzuzetteln würde reichen müssen.

Eli lag auf einem Schlafsack, Carl auf seinem eigenen an seiner einen Seite, Bex und Hyeon auf der anderen. Hinter ihm hatte sich auf der Mitte der Rampe Grayson mit an den Fußgelenken überkreuzten Beinen ausgestreckt, eine Mütze über dem Gesicht. Sein Schnarchen ließ erahnen, dass er ihr Transportmittel recht gemütlich fand.

»Wo ist Johnny?«, fragte Jed, und Eli deutete mit dem Daumen zur Steuerbordseite des Flugzeugs, wo mehrere Hängematten gespannt waren. Jed vermutete, dass es sich bei dem großen Klumpen in der hintersten um den ehemaligen SEAL handelte. Im Bereich jenseits der Hängematten saß Nisha auf einem Sitz und sah sich irgendetwas auf einem iPad an.

Jed sank zu Boden und ließ sich im Schneidersitz auf dem eigenen ausgerollten Schlafsack nieder. Das hatte er jahrelang nicht gekonnt – bis Ben die Schmerzen und das Narbengewebe an der Stelle geheilt hatte, wo das 7,62-Millimeter-Projektil der Taliban seine Hüfte zerfetzt hatte. Mit den Handflächen auf dem kalten Metallboden lehnte er sich auf die Arme zurück.

»Kann ich euch was fragen?« Jed schaute zwischen Eli und dem ehemaligen MARSOC Marine Carl hin und her.

»Was du willst«, erwiderte Eli schulterzuckend.

»Wer ist Nicholas Woland?«

Beide erstarrten, bevor sie einen überraschten Blick wechselten.

»Er gehört zu den Finsteren, oder?«, bohrte Jed nach.

»Oh, und ob«, bestätigte Carl mit beunruhigter Miene. »Und er ist unheimlich gefährlich.«

»Nick Woland ist ein Terrorist und eben erst aus dem Gefängnis La Santé in Paris geflohen«, fügte Eli hinzu. »Wir haben ihn vor wenig mehr als zwei Jahren bei einem Terrorbekämpfungseinsatz in Frankreich geschnappt. Er hat 'ne Menge Menschen auf dem Gewissen. Keine Ahnung, wie genau er entkommen ist, aber er hatte zweifellos reichlich Hilfe. Was bedeutet …«

»Was bedeutet, dass irgendwas echt Großes und Schreckliches auf uns zukommt«, beendete Carl den Gedanken. »Erzähl ihm auch den Rest.«

Eli warf Carl einen Blick zu, dann wandte er sich wieder Jed zu. »Bevor er auf Victors Seite gewechselt ist, war Nick Woland ein sehr talentierter Sondereinsatzspezialist. Er war bei den Special Forces der Army, und ich habe ihn kurz gekannt, als ich bei der CAG war.«

Damit erfuhr Jed etwas Neues über Eli. Dass er bei der Eliteeinheit JSOC der Army gewesen war, einer Schwestereinheit der Special Warfare Development Group der Navy, sagte eine Menge über den Mann aus. Allerdings verstärkte die Erkenntnis nur Jeds Verwirrung darüber, dass er statt Eli das Team Joshua Bravo anführte.

»Moment – Woland war früher bei der Delta Force?«, hakte er nach.

»Ja«, bestätigte Eli. »Ich hab ihn damals nicht wirklich gut gekannt. Zu der Zeit hab ich das Selektionsverfahren und die Ausbildung durchlaufen, er war im Einsatz. Als ich in die Einheit aufgenommen wurde, ist er zwar zurückgekommen, aber er hat die Army kurz danach verlassen.«

»Wieso arbeitet jemand wie er für die Finsteren?«

»Tja, Jed, unter Spezialisten für Sondereinsätze gibt's eben alle möglichen Charaktere. Manche kämpfen für Gott und Vaterland, andere für die Sicherheit ihrer Familien, und wieder andere sind nur wegen der Action und dem Adrenalinkick dabei. Hin und wieder schafft es jemand ins Programm, der einfach nur auf Gewalt steht. Die faulen Eier werden zwar auf jeder Ebene herausgefiltert, trotzdem kommt es vor. Bestimmt hatten wir alle bei Naval Special Warfare den einen oder anderen, der vom rechten Weg abgekommen ist.«

Jed nickte. Er hatte sogar Seite an Seite mit Männern gekämpft, die aus den falschen Gründen dabei waren – Männern, die er zwar auf dem Schlachtfeld als Brüder betrachtete, mit denen er sich aber privat nicht abgeben würde. Und er kannte ein paar sehr seltene Fälle von üblen Typen, die es bis hinauf zur Elite geschafft hatten.

»Aber ich fürchte, in seinem Fall ist es noch schlimmer«, fügte Eli hinzu.

Bex und Hyeon beugten sich gebannt vor, legten die Arme um die Knie und lauschten aufmerksam.

Eli fuhr sich mit den Fingern durchs lange Haar. »Nick Woland war außerdem ein Shepherd.«

»Was?«, entfuhr es Jed, den die Enthüllung verblüffte. »Wie ist das möglich?«

Eli stieß schwer den Atem aus. »In Matthäus 13 erzählt Jesus das Gleichnis vom Sämann …«

»Daran erinnere ich mich gut«, warf Hyeon ein. »Viele Samen werden ausgebracht, aber nicht alle gedeihen. Die Saat auf dem Weg wird von Vögeln gefressen. Die Saat im Dornbusch wird von den Sorgen der Welt erstickt. Und die Saat auf felsigem Untergrund sprießt zwar schnell, überlebt aber nicht, weil sie dort keine tiefen Wurzeln schlagen kann.«

»Richtig«, bestätigte Eli lächelnd. »Die Menschen finden aus allen möglichen Gründen zu Gott oder wenden sich von ihm ab. Manche Menschen wachsen zwar mit der Kirche auf, sind aber nie wirklich aus eigenem Willen dabei. Andere fangen bei Gott an, lassen sich aber von den Lügen des Teufels verführen und weglocken. Einige wenden sich auch in Zeiten einer Tragödie oder Schwäche an Gott und vergessen ihn nach der Krise wieder. Es gibt auch welche, die den Tod fürchten und Trost in der Verheißung ewigen Lebens finden. Wieder andere spricht die Botschaft auf intellektueller Ebene an.«

»Und bei Woland?«, fragte Jed.

»Macht«, antwortete Eli mit zerknirschter Miene. »Das ist nicht das offizielle Wort, das die Leitung der Shepherds benutzt hat. Mit Ben oder sonst jemandem habe ich nie darüber geredet. Ist nur meine persönliche Überzeugung, nachdem ich selbst versucht habe, den Verrat zu verstehen. Bei der Delta Force hatte Woland den Ruf eines furchtlosen, schnellen Soldaten. Aber er war auch arrogant, was in der Führungsriege nicht gut angekommen ist. Deshalb ist er ausgestiegen, statt eine 20-jährige Karriere hinzulegen. Er wäre schlichtweg nicht aufgestiegen, und das war für ihn inakzeptabel. Als ich zu den Shepherds gekommen bin, war Woland schon da. Er hat von seinem Glauben gefaselt, aber ich bin überzeugt davon, dass ihn in Wirklichkeit die Macht angesprochen hat. Er hat ständig aus Lukas 10 zitiert. Wenn ich mich recht erinnere, hat er sich daraus etwas auf den Arm tätowieren lassen. Lukas 10,19, das war es. Darin gibt Jesus den Jüngern eine Vollmacht und teilt ihnen mit, dass sie Macht über den Feind besitzen werden. Ich glaube, das wollte Woland in Wirklichkeit. Und Ben schien vorzuhaben, ihn auf Führungsaufgaben vorzubereiten. Er war bereits Stellvertreter bei Gideon, als ich angekommen bin. Aber er hat keinen Hehl daraus gemacht, dass er die Leitung eines der Gesamtteams wollte. Morvant hatte ein ernstes Gespräch mit ihm – die Einzelheiten darüber kennt niemand von uns. Aber Mann, war Woland sauer darüber. Wenige Monate später ist er verschwunden. Nicht allzu lang danach ist er auf dem Schlachtfeld wiederaufgetaucht – allerdings beim anderen Team.«

»Er hat sich zwar als Söldner ausgegeben, aber es hat nie Zweifel daran bestanden, dass er für Victor gearbeitet hat«, warf Carl ein. Man konnte die Wut und Verbitterung in der Stimme des ehemaligen Marines nicht überhören. »Das ist die eigentliche Mission der Finsteren – Hass und Angst durch Gewalt und Spaltung verbreiten. Menschen an Gott zweifeln lassen. Wie sich herausgestellt hat, ist Woland darin ein Meister.«

»Zweifellos«, bestätigte Eli mit abwesendem Blick.

»Ich verstehe einfach nicht, wie das möglich ist«, meinte Jed kopfschüttelnd. »Wir haben Wächter, und Ben liest so gut in Menschen, dass er praktisch in uns reinsieht. Wie kann ein so schwarzes Herz wie das von Woland unentdeckt geblieben sein?«

»Es ist nicht wirklich unentdeckt geblieben«, stellte Eli richtig. »Er war kein Maulwurf. Woland war ein echter Shepherd, voll dabei und im Team. Aber dann ist er übergelaufen …«

Jed blickte auf und erkannte, dass sich David ihnen irgendwann angeschlossen hatte. Mit geradezu ehrfürchtiger Miene lauschte er dem Gespräch.

»Klingt nach einem Judas«, sagte David.

»Ein gefallener Shepherd«, murmelte Jed, noch damit beschäftigt, alles zu verarbeiten.

»Ein dunkler Engel, meinst du wohl.« Carl schnaubte.

»Dunkler Engel?«

»Genau.« Eli wechselte in den Schneidersitz, womit sich die Runde endgültig wie ein Sommerlager anfühlte. »Wie in Offenbarung 12, oder? Darin herrscht Krieg im Himmel und der Erzengel Michael kämpft gegen Satan. Als Satan verliert, gibt es für ihn keinen Platz mehr im Himmel. Er wird rausgeworfen und auf die Erde verbannt. Aber nicht allein – in der Offenbarung teilt Gott uns durch Johannes mit, dass die Engel des Satans mit ihm verstoßen wurden.«

Jed sah zu David, der nickte.

»Wie auch immer.« Eli seufzte. »Von da an hat sich für uns bei den Shepherds einiges geändert.«

Jed nickte, als sich für ihn die Teile zusammenfügten. Es war etwas passiert, das zur Entwicklung des Systems gegenseitiger Kontrolle geführt hatte, mittlerweile als STF bekannt – die spirituellen Führer in leitender Rolle neben den Befehlshabern der Einsatzteams. Und das war der Auslöser gewesen – Nick Wolands Übertritt zu den Finsteren.

»Pastor Mike war damals bereits geistlicher Leiter der Shepherds in Nordamerika«, fuhr Eli fort. »Also haben er und Morvant beschlossen, seine Rolle auf die Teamebene zu übertragen und jeder Einsatzgruppe einen spirituellen Anführer zuzuteilen.«

»Um die Shepherds zu überwachen und Böses in ihren Rängen aufzuspüren«, murmelte Jed.

»Überhaupt nicht«, widersprach David. »Dafür bin ich nicht ausgebildet, Jed. Ich bin nicht hier, um jemanden auszuspionieren oder den Glauben der Leute im Auge zu behalten. Meine Aufgabe besteht darin, spirituelle und biblische Erkenntnisse bei Planung und Umsetzung jeder Mission beizusteuern und dem Team in Ruhezeiten zu helfen, eine eng verbundene Gruppe von Gläubigen zu werden. Einzeln könnte uns ein Wolf im Schafspelz vielleicht täuschen, aber nicht das Kollektiv, wenn wir alle aufeinander eingestimmt sind.«

»Völlig richtig«, sagte eine vertraute Stimme. Jed drehte sich um und erblickte Ben Morvant, der sich näherte und am Rand der Gruppe stehen blieb, die kraftvollen Arme vor der Brust verschränkt. »Der Heilige Geist erhellt uns den Weg, aber Gott lässt uns den freien Willen, selbst zu entscheiden. Es liegt an uns, ob wir zuhören und auf einen Rat hören oder nicht. Der STF ist der Leib, der die Gruppe spirituell zusammenhält, damit das Team in Augenblicken des Chaos den Ruf des Heiligen Geists hören kann.«

Das Konzept hatte etwas Simples und Reines. Indem der STF keine Kampfaufgaben hatte, konnte er sich in der Hitze des Gefechts, wenn die Krieger abgelenkt und überfordert waren, auf Gott konzentrieren. Und in Auszeiten war der STF ein zusätzliches Paar Augen für die spirituelle Gesundheit des Teams, ohne die Voreingenommenheit eines Einsatzagenten.

»Können wir kurz unter vier Augen reden, Jed?«, fragte Ben. Sowohl sein Blick als auch seine Stimme wirkten neutral, daher glaubte Jed nicht, dass er etwas falsch gemacht hatte.

Bisher zumindest nicht.

Er rappelte sich auf die Beine. »Klar, Boss«, sagte er und folgte dem legendären SEAL nach vorn in die Maschine, wo sie sich auf einer Bank niederließen.

»Kommt Pastor Mike auch dazu?«, fragte Jed und sah sich um.

»Der sieht gerade nach Corbin und ihrer Hüterin«, erwiderte Ben und deutete mit dem Kopf zu dem wohnwagengroßen Fahrzeug ihnen gegenüber. Es sah aus wie etwas, das ein Sondereinsatzkommando der Polizei in einer Stadt benutzen würde. »Wir halten die Wächter aus verschiedenen Gründen weitestgehend von den Einsatzteams fern, nicht zuletzt wegen des zarten Alters der Wächter. In Corbins Fall ist es besonders wichtig, weil sie ein Mädchen ist. Die Familien dieser jungen Leute bringen zahlreiche Opfer und leben zweifellos mit berechtigter Angst um ihre Kinder. Wir sind es ihnen schuldig, alles in unserer Macht Stehende zu tun, um sie zu schützen.«

Jed nickte verständnisvoll. Er war froh, Corbin als Wächterin dabeizuhaben. Aber natürlich warf ein 15-jähriges

Mädchen an der Seite eines hartgesottenen Kampfteams für beide Seiten auch Komplikationen auf.

»Was gibt's, Boss?«, fragte er schließlich, beugte sich vor und stützte die Unterarme auf die Oberschenkel.

»Tja, ich muss mit dir über was Wichtiges reden, Jed. Bestimmt kommt es dir seltsam vor, dass du Joshua Bravo leitest. Vor allem mit erfahrenen Veteranen wie Eli, Carl und Grayson im Team. Über die Entscheidung dazu wollte ich mit dir sprechen.«

»Okay«, erwiderte Jed langsam und wusste nicht recht, worauf es hinauslaufen würde.

Nach einer Verlegenheitspause lehnte sich Ben auf der Bank zurück, verschränkte die Arme vor der Brust und schlug die Beine an den Knien übereinander. »Bist du mit dem Brief an die Römer, Kapitel 12 vertraut?«

Jed verlagerte unbehaglich das Gewicht. Er gab sich zwar Mühe, doch im Hinblick auf die Bibel hatte er noch erheblichen Aufholbedarf.

Ben hob die Hand. »Schon gut. Das ist kein Test. Der Apostel Paulus schreibt darin über die verschiedenen geistlichen Gaben, die wir als Christen empfangen. Der Kontext der Passage ist allerdings, dass eine Gemeinschaft von Gläubigen Vielfalt braucht, verschiedene Menschen und Gaben, um die Gemeinschaft – oder die Kirche – zu ergänzen und in die Lage zu versetzen, viel Verschiedenes zu tun.«

»Ist das der Text, in dem er Menschen unterschiedlicher Gaben mit verschiedenen Körperteilen vergleicht?«, fragte Jed, als Bens Beschreibung eine Erinnerung aus ferner Vergangenheit auslöste.

»Ja, genau«, bestätigte Ben. »Was er damit sagen will, ist, dass jeder Teil wichtig ist, damit der Körper in seiner

Gesamtheit richtig funktioniert. Man könnte es auch anders ausdrücken. So cool Neurochirurgen sein mögen, in einer Gemeinschaft aus ausschließlich Neurochirurgen wäre es wohl ziemlich schwierig, das Auto repariert zu bekommen oder im Notfall die Feuerwehr kommen zu lassen. Paulus wollte Gläubigen vermitteln, wie wichtig es ist, individuelle Gaben zu begrüßen – nicht nur die eigenen, sondern auch die anderer. Zu der Zeit hat in der frühen Kirche viel Neid geherrscht. Er wollte allen verständlich machen, dass durch vielfältige Gaben niemand von Gott bevorzugt wird, sie sind vielmehr nötig, damit alle Aufgaben erfüllt werden können – für die Gemeinschaft ist jede einzelne Gabe wichtig.«

»Okay«, sagte Jed. »Als Teamleiter glaube ich, du willst mir damit sagen, ich soll die Begabungen meiner Leute so fördern, dass wir als Team so effektiv wie möglich funktionieren.«

Ben setzte ein breites, herzliches Lächeln auf und klopfte Jed auf die Schulter. »Die Lektion hast du sicher schon vor langer Zeit gelernt. Nein, ich rede von dir – und insbesondere von den spirituellen Gaben, die du zu haben scheinst.«

Jed zog die Brauen hoch. Schlagartig fühlte er sich noch unbehaglicher. Ihm gefiel überhaupt nicht, wie anders er sich dadurch vorkam – an der High School hätte man jemanden wie ihn als Freak bezeichnet.

»Jed, hast du manchmal den Eindruck zu wissen, was andere denken?«

Jed stieß seufzend den Atem aus. »Manchmal. Ich konnte irgendwie schon immer sagen, was die Leute empfinden, als hätte ich ein besonders ausgeprägtes Einfühlungsvermögen. Hin und wieder habe ich auch geglaubt zu wissen, was jemandem gerade durch den Kopf ging. Aber in letzter Zeit … Na ja, in letzter Zeit scheine ich tatsächlich fremde Gedanken im Kopf zu hören. Laut.«

»Wenn du es willst?«

»Nicht wirklich. Es passiert einfach irgendwie, verstehst du?«

»Oh, und ob.« Ben schmunzelte. »Was noch?«

»Wie meinst du das?«

»Welche anderen übernatürlichen Erlebnisse hast du?«

Jed knirschte mit den Zähnen. Wenn es jemanden gab, dem er sich darüber mitteilen konnte, dann wohl Ben. »Manchmal … Keine Ahnung, wie ich es ausdrücken soll … Manchmal weiß ich etwas einfach.«

»Kannst du mir ein Beispiel nennen?«

»In Team 10 war ich als Hinterhaltdetektor bekannt. Weil es immer gestimmt hat, wenn mich ein merkwürdiges Gefühl überkommen hat. Manchmal habe ich sogar …«

Er zögerte, sah Ben jedoch weiter in die Augen.

»Eine Stimme gehört?«, fragte Morvant.

»Ja, gewissermaßen. Ich dachte immer, es wäre meine eigene innere Stimme. Das habe ich als Kriegerintuition abgeschrieben. Aber wenn die Stimme *Bewegung* gesagt hat, habe ich gelernt, darauf zu hören, weil sonst jemand verletzt worden wäre.«

Jed erzählte eine Geschichte über seinen ersten Einsatz im Irak. Bei einer frühen Mission waren sie unterwegs zu einem Zielort, an dem sich ein berüchtigter Bombenbauer aufhalten sollte. Das Team war für die Annäherung aufgeteilt, und Jed *wusste* einfach, dass man das Gebäude mit einer Sprengfalle versehen hatte.

Ihm kam ein neuer Gedanke.

»Weißt du, später bei derselben Operation hatten wir den Bombenbauer im Hinterzimmer festgenagelt. Wir haben das Haus nach nützlichen Informationen durchsucht, bevor wir ihn wegbringen wollten. Da hat er mit mir gesprochen. In meinem Kopf. Ich dachte immer, ich hätte es mir eingebildet, aber ich erinnere mich, dass ich den Eindruck hatte, seine Augen würden leuchten. Wie bei den Finsteren, gegen die wir in Nashville gekämpft haben. Das habe ich nie wieder erlebt, bis ich in die Sache mit Sarah Beth und euch verwickelt worden bin.«

Ben wirkte mehr als fasziniert – er schien geradezu begeistert zu sein. »Ich würde gern kurz über einen Albtraum reden – die Vision von dem Anschlag in Tal Afar.«

»Okay.« Jed spürte, wie er sich leicht entspannte.

»Wie du es beschrieben hast, scheinst du die Ereignisse durch die Augen von jemandem gesehen zu haben, der bei dem Angriff anwesend war.«

»Ein Junge«, erwiderte Jed mit belegter Stimme. »Ich glaube, er ist gestorben.«

»Okay«, sagte Ben leise. »Der Zeitpunkt deines Albtraums legt nahe, dass du den Anschlag in Echtzeit miterlebt hast.«

»Und was bedeutet das?«

»Es bedeutet, dass du die Vision eines Sehers hattest, Jed. Keine Vorahnung von etwas, das erst passieren wird. Keine Bilder von etwas in der Vergangenheit. Du hast es live durch die Augen eines anderen gesehen. Das gehört zu den wichtigsten Gaben, durch die unsere Wächter uns mit Informationen versorgen.«

»Aber hast du nicht gesagt, das tritt in der Pubertät auf und verschwindet mit der Volljährigkeit oder mit Anfang 20? Warum sollte ich die Gabe *jetzt* besitzen?«

»Hattest du sie schon als Jugendlicher?«

»Ich glaub, nicht«, antwortete Jed. »Ich hatte zwar ein traumatisches Erlebnis an der High School, aber das war was anderes.«

»Okay.« Ben bedachte ihn mit einem beruhigenden Lächeln. »Um deine Frage zu beantworten – ja, die Gabe setzt in der Regel in der Pubertät ein und verblasst so gut wie immer im Alter von ungefähr 20 Jahren. Aber es gibt Ausnahmen.«

»Sind noch andere in der Einheit, die diese ... Gabe haben?«, fragte Jed leise und spähte in den hinteren Bereich des Flugzeugs.

»Nur einer, von dem ich es weiß.«

Jed schaute auf und rieb sich mit den Unterarmen auf den Oberschenkeln die Hände. Erwartungsvoll zog er die Augenbrauen hoch.

»Ich, Jed«, sagte Ben. »Ich habe diese Gabe auch. Genau wie du immer noch. Und wie bei dir hat sie sich auch bei mir spät im Leben gezeigt – damals bei der Operation in Afrika, für die ich bei den SEALs tragische Berühmtheit erlangt habe.«

Jed spürte, wie sich die Teile zusammenfügten. »Darf ich dich was fragen?«

»Alles.«

»Diese Gefühle und Gedanken in der Simulationsanlage ... Die Niedergeschlagenheit, die inneren Sticheleien. Das warst du, oder? Es hat sich nämlich sehr ähnlich wie Victor angefühlt, deshalb ... Deshalb muss ich einfach wissen, ob du es warst.«

»Ja, das war ich«, bestätigte Ben. »Es gehört zur Ausbildung, jeden Shepherd den übersinnlichen Kräften auszusetzen, denen er im Kampf begegnen kann. Die

Finsteren, vor allem die Mächtigen wie Victor, werden versuchen, solche Tricks gegen euch mitten in der Hitze des Gefechts einzusetzen.«

»Für mich ist es nicht das erste Mal gewesen«, sagte Jed und musste an die Nacht in den Bergen von Tennessee denken, in der er die eigene Waffe unter dem Kinn angesetzt hatte, während ihn eine Stimme dazu bringen wollte, den Abzug zu drücken.

»Das damals war Victor«, sagte Ben. »Die Nacht in der Anlage in den Bergen – da war Victor in deinem Kopf.«

»Woher weißt du ...« Zähneknirschend schüttelte Jed den Kopf. »Egal.« Defensiv verschränkte er die Arme vor der Brust.

»Jed«, sagte Ben leise. »Ich habe alles durchgemacht, was du beschrieben hast. Und mehr. Aber im Gegensatz zu dir hatte ich niemanden, der mich geführt hat. Bei mir hat's ewig gedauert, bis ich die Sache mit dem Glauben begriffen habe. Als ich jünger war, hat meine Großmutter versucht, es mir zu erklären. Nur hab ich's damals nicht verstanden. Und als es relevant geworden ist, war sie bereits verstorben.« Jed beobachtete den Anführer der Shepherds, dessen Gedanken in eine ferne Vergangenheit zu reisen schienen. Dann schüttelte er leicht den Kopf und fuhr fort. »Jedenfalls sind die von dir beschriebenen Fähigkeiten – und vielleicht noch andere, die du bisher nicht erwähnt oder erlebt hast – Gaben des Heiligen Geists.«

»Wie viele andere haben mehr als eine Gabe?«, fragte Jed.

»Wir sind die Einzigen, von denen ich es bei der nordamerikanischen Organisation der Shepherds weiß«, antwortete Ben. »Und meines Wissens ist bei uns ebenso einzigartig, dass wir in einem so fortgeschrittenen Alter sowohl Gedanken lesen als auch übertragen können. Zusätzlich habe ich noch ein paar andere Gaben …«

»Zum Beispiel Heilen«, sagte Jed und rieb die Hüfte, auf die Ben die Hände aufgelegt hatte.

»Ja«, bestätigte Morvant. »Und die Fähigkeit, in die Köpfe der Finsteren einzudringen. Das hat mich bei den Shepherds ziemlich einzigartig gemacht, bis du aufgetaucht bist.«

Jed setzte sich auf, lehnte sich zurück und stieß pfeifend den Atem aus.

»Ich erzähle dir das aus mehreren Gründen, Jed. Erstens könnten in dir noch andere Fähigkeiten schlummern, die sich erst zeigen müssen, falls deine Reise wie meine ist. Wenn du das weißt, bist du besser dafür gewappnet, damit umzugehen, wenn sie sich zeigen, und sie taktisch zu nutzen. Zweitens könnte es dir helfen zu akzeptieren und zu verstehen, warum du Joshua Bravo leitest. Du bist ein kompetenter Elitesoldat, aber das gilt auch für die Veteranen in deinem Team. Der Unterschied ist, dass du Gaben hast, die sie nicht besitzen. Und gegen Finstere wie Victor ist das sowohl ein Vorteil als auch eine Last, die nur der Teamleiter tragen sollte.«

»Verstehe«, sagte Jed, allerdings nicht wirklich überzeugt. »Nur hab ich keine Kontrolle über meine Fähigkeiten. Die Vision ist mir im Schlaf erschienen. Dass ich die Gedanken anderer höre, passiert meist bei ungünstigen Gelegenheiten. Es ist lästig, unangenehm und peinlich. Und den mentalen Kampf, in Victors Verstand einzudringen, könnte ich nie und nimmer gewinnen. Letztes Mal bin ich mit Müh und Not mit unversehrtem Kopf davongekommen … buchstäblich.«

»Damit komme ich zum dritten Punkt.« Ben legte Jed die Hand auf die Schulter. »Ich bin für dich da, Bruder. Als Mentor, aber auch als Freund. Ich hab das allein durchgemacht. Du musst das nicht. Mit der Zeit bekommst du Kontrolle darüber. Das verspreche ich dir. Bete dafür. Lies die Bibel. Aber du musst mir auch Bescheid geben, was vor sich geht, okay? Ich kann dir nur helfen, wenn du dich mir anvertraust. Und dazu gehört, dass du es mir auch sagst, wenn du Probleme hast. Gott hat uns nicht grundlos in diese Gemeinschaft berufen. Wir brauchen einander. Als Berater, zur gegenseitigen Kontrolle, aber auch für Kameradschaft und Unterstützung.«

»Okay«, sagte Jed, bevor er Bens Blick begegnete. »Ich muss den anderen nicht sofort davon erzählen, oder?«

»Nicht bevor du bereit bist. Nur nimm deine Gaben an, Jed. Bekämpf sie nicht. Deshalb bist du hier. Deshalb hat sich David an dem schicksalhaften Tag, als Sarah Beth entführt worden ist, bei dir gemeldet. Davon bin ich fest überzeugt.« Ben stand auf und wandte sich zum Gehen.

Die letzte Äußerung des Befehlshabers der Shepherds traf Jed wie ein Eimer Wasser ins Gesicht. Die Möglichkeit hatte er bisher nie in Betracht gezogen. Und mittlerweile war David sein STF. Wie konnte ihm das entgangen sein?

»Ganz recht«, sagte Ben, der seine Gedanken las. »Denk ein Weilchen darüber nach und versuch dann, ein bisschen zu schlafen. Wir landen in ein paar Stunden. Sobald wir auf dem Boden sind, werden wir alle Hände voll zu tun haben.«

»Verstanden.« Jed fühlte sich nicht wie jemand mit verblüffenden spirituellen Begabungen. Eher wie jemand, dem gerade mitgeteilt worden war, dass er Krebs hatte. »Werd's versuchen.«

Ben nickte ihm zum Abschied zu.

Jed stieß die Luft aus, bevor er langsam zu seinem Schlafsack zurückkehrte. Er fühlte sich unsicherer als je zuvor wegen der Last, die zu tragen von ihm verlangt wurde.

18

VORGESCHOBENE OPERATIONSBASIS SYKES
GEMEINSAMES AUSBILDUNGSLAGER TAL AFAR
TAL AFAR, IRAK
96 KILOMETER WESTLICH VON MOSUL
5:45 UHR ORTSZEIT

Jed spürte einen kraftvollen Anflug von Nostalgie, als er beobachtete, wie die zehn CAG-Soldaten von drei Toyota Hilux Pick-ups herunterstiegen. Eines der Fahrzeuge hatte ein 50-Millimeter-Geschütz auf der Ladefläche montiert. Die bärtigen Männer trugen sogenannte Slicks, ungekennzeichnete Kampfanzüge, sogar ohne Tarnmuster. Aber die Bärte, die Ausrüstung und die Helme verrieten sie. Es handelte sich um amerikanische Kämpfer der Delta Force, Elitekrieger, die als die Besten der Besten galten. Der SEAL in Jed wusste instinktiv, dass es *nicht* die Männer aus seiner Vision waren. Trotzdem ließ er den Blick über ihre Gesichter wandern. Als er keinen der mordenden Hochstapler aus der Moschee entdeckte, entspannte er sich.

Der größte Mann der Truppe trat vor und streckte die behandschuhte Hand aus. »Denny«, stellte sich der Soldat mit einem breiten Lächeln vor. »Ich bin der Anführer dieser fröhlichen Truppe.«

»Jed«, gab Jed zurück und löste die Hand aus dem kräftigen Griff des Mannes. »Erfolgreiche Nacht gehabt?«

»Tja, weißt du ...« Schmunzelnd drehte sich Denny einem hellbraunen Gebäude zu, das einem Wohnwagen mit doppelter Breite ähnelte. »Erfolg definiert sich hier recht dynamisch, Bro.«

»Amen«, erwiderte Jed und bedeutete seinen Shepherds, ihm zu folgen. Seine Einsätze im Irak hatten ihn nie so weit in den Norden geführt. Aber er hatte von den heftigen Kampfhandlungen gehört, mit denen die Truppen am südlichen Rand eines ehemaligen irakischen Luftwaffenstützpunkts konfrontiert waren. Dort waren sie von einigen der unwirtlichsten Gebiete des Landes umgeben. In einer Richtung kilometerweit flache offene Wüste, in der anderen Hügel, im Norden die dicht besiedelte Stadt Tal Afar. Dadurch galt der Stützpunkt zugleich als strategisch wichtig und gefährlich verwundbar durch Angriffe. Die Basis war während des Höhepunkts von Operation Iraqi Freedom ein Knotenpunkt für Aktivitäten der CIA und der Special Forces gewesen. Danach hatte man sie aufgegeben, und sie war eine Operationszentrale für den Islamischen Staat geworden, bevor sie von der Koalition und den irakischen Streitkräften überrannt und wieder übernommen worden war. Mittlerweile diente der Ort als irakisches Ausbildungslager und insgeheim als Sammelpunkt für Sondereinsätze von Elitetruppen in der Region.

»Seid ihr hungrig?«, fragte Denny, befestigte seinen Helm an einem Karabiner links an seiner Ausrüstung und trat die Holztür des Gebäudes auf. Wie Jed vermutet hatte, kam dahinter ein Teamraum für die Einheit zum Vorschein. Der Green Beret verstaute sein Gewehr und sein Zeug in einem überdimensionierten Regal an der Wand. Seine Männer taten es ihm gleich. Denny holte eine Flasche Wasser aus einem von oben zu öffnenden

Kühlschrank und bot sie Jed mit hochgezogenen Augenbrauen an. Jed nickte, und der Mann warf sie ihm zu. Danach versorgte er die anderen beiden Teams, bevor er selbst eine Flasche öffnete.

»Wir könnten schon einen Happen vertragen«, sagte Jed lächelnd, obwohl er keinen besonderen Appetit verspürte. Aber er wusste, dass sich gemeinsame Mahlzeiten hervorragend eigneten, um Teams zusammenzuführen.

»Die Leute in der Gegend stehen heutzutage auf uns«, meinte ein anderer Soldat und klopfte Jed im Vorbeigehen auf die Schulter, bevor er sich mit der Hand durch dichtes Haar fuhr, das durch stundenlanges Tragen des Einsatzhelms am Kopf klebte.

»Bis vor Kurzem«, warf ein anderer grimmig ein.

Jed spürte Dennys Blick auf sich.

»Ich vermute mal, deshalb seid ihr hier, richtig?«, fragte der Elitesoldat scharf. »Weil wir in der Gegend im Einsatz waren, als sich das Massaker in der Moschee ereignet hat. Tatsache ist, wir waren mit unseren irakischen Partnern unterwegs und haben 'ne kleine Anlage 55 Kilometer nordwestlich von hier aufgemischt. Nur können wir das nicht sagen, weil wir unerlaubt hinter der Grenze in Syrien operiert haben.«

Ich lasse nicht zu, dass ihr meine Männer über die Klinge springen lasst. Auf keinen Fall.

Der innere Monolog des Green Berets hallte in Jeds Kopf wider. Er musste sich bremsen, um nicht direkt auf die Gedanken des Mannes zu antworten. Dann kamen ohne Vorwarnung weitere teils wütende, teils verängstigte Stimmen der anderen Soldaten hinzu. Jed zuckte zusammen, weil er nicht wusste, wie er sie abschalten konnte.

»Alles in Ordnung, Bro?«, fragte Denny.

Jed nickte und versuchte, die Stimmen so auszublenden, wie wenn man die Augen gegen grelles Licht zukniff. »Alles bestens, hab bloß leichte Kopfschmerzen ... Jedenfalls sind wir keine Ermittler, die einen Sündenbock suchen. Wir sind Soldaten wie ihr. Hier geht's nicht um Optik, sondern um Wahrheit. Unsere Taskforce soll die für den Anschlag Verantwortlichen aufspüren und zur Rechenschaft ziehen.« Er spähte zu Ben, der bisher Jed die Führung überlassen hatte. Seinem Gesichtsausdruck nach stellte sich Jed recht gut an. »Viel haben wir nicht an Informationen, aber was wir haben, deutet auf eine Operation unter falscher Flagge hin, die wohl religiöse Gewalt schüren sollte.«

»Ja«, erwiderte Denny, der zwar etwas erleichtert klang, aber immer noch unsicher. »Denken wir auch.« Während er einen ausgiebigen Zug aus der Wasserflasche nahm, verteilten sich seine Männer hinter ihm, alle mit auf der Brust verschränkten Armen. »Nur waren die Täter keine Hadschis – Einheimische, meine ich«, korrigierte er sich mit einem schuldbewussten Blick zu Nisha. »Bestimmt kennt ihr das Video. Die Typen haben wie amerikanische Soldaten ausgesehen.«

»Richtig«, erwiderte Jed. Plötzlich wurden die Stimmen in seinem Kopf leiser. Er wusste nicht, ob es an etwas lag, das er tat, oder daran, dass die Anspannung der Green Berets nachließ. »Dadurch ist es umso wichtiger, dass wir sie schnell und effektiv finden und vor Gericht stellen. Wenn sie wirklich vorhaben, Unruhe zu stiften, müssen wir sie schnappen, bevor sie noch mal zuschlagen. Der Anschein, dass jemand von der Koalition die Finger im Spiel hat, gefährdet eure Mission hier und macht eure Arbeit weitaus gefährlicher.«

Wenn mein Team diese mordenden Hochstapler findet, werden sie den Tag ihrer Geburt bereuen.

»Wenn wir zusammenarbeiten, kriegen wir das hin«, sagte Jed.

»Was kriegen wir hin?«, fragte Denny und verengte die Augen zu Schlitzen.

Ben drückte Jeds Arm. Jed drehte den Kopf und erblickte die missbilligende Miene seines Mentors.

»Tut mir leid«, sagte Jed und täuschte ein Husten vor. »Wenn wir zusammenarbeiten, können wir das Chaos aufräumen, und ihr könnt wieder die Arbeit erledigen, für die man euch hergeschickt hat.«

»Gefällt mir, wie sich das anhört«, meinte ein Soldat unmittelbar hinter Denny. »Zum Glück glauben unsere Partner hier nicht, dass wir irgendwas damit zu tun hatten. Ich bin übrigens Edwin.«

»Freut mich, dich kennenzulernen, Bro«, erwiderte Jed und schüttelte dem Mann die Hand. »Ich bin Jed.« Anschließend stellte er den Rest von Team Joshua Bravo vor.

»Eddy hier ist unser Waffensergeant«, erklärte Denny.

»Toll, euch alle kennenzulernen«, sagte Eddy. »Und wenn ihr uns helfen könnt, die Täter zu finden und allezumachen, seid ihr mir gleich noch lieber. Aber die Sache ist die – was wir besser können als irgendjemand sonst auf der Welt, ist, auf die Einheimischen zugehen und mit ihnen zusammenzuarbeiten«, fuhr der Mann fort. »Das unterscheidet uns von SEALs wie euch«, riet er richtig und grinste. »Wir haben hier ein ziemlich robustes Kontingent anderer Regierungsstellen, die mit uns zusammenarbeiten, und sie haben keinerlei Infos über den Anschlag. Obwohl sie ein engmaschiges Netzwerk örtlicher Informanten unterhalten. Seit wir dabei geholfen haben, den Islamischen Staat zu vertreiben, sind wir eigentlich unheimlich beliebt bei den Einheimischen. Wann immer wir uns mit ihnen treffen, essen wir wie Könige, und die Kinder scharen sich um uns wie früher mal. Wir sind in Tal Afar noch auf kaum jemanden gestoßen, der uns nicht freundlich gesinnt ist. Die meisten Terroristen sind mit dem Islamischen Staat abgehauen, weil sich die Einheimischen erhoben, mit uns zusammengetan und den Pennern in den Arsch getreten haben.«

»Deshalb schlagen wir im Westen zu«, warf ein anderer Green Beret ein.

»Und im Osten«, fügte wieder ein anderer hinzu, ein jüngerer Bursche mit einem dünnen, lückenhaften Bart. »Und deshalb waren wir weit weg, als sich das Massaker ereignet hat. Zum Glück hatten wir 'nen Haufen irakischer Sondereinsatzspezialisten dabei. Die haben überzeugend unter den Einheimischen verbreitet, dass wir es nicht waren.«

»Trotzdem herrschen viel Angst und Misstrauen …«

»Und Wut«, fügte ein Green Beret mit der Wasserflasche in der Hand nahe der Couch hinzu.

»Patches hat recht«, sagte Denny und deutete mit dem Kopf auf den jungen Soldaten. »In Mosul sieht die Geschichte anders aus. Wir vermuten, dass so 'ne Aktion unter falscher Flagge von Mosul ausgegangen sein könnte. Aber das Video ist schon ziemlich vernichtend.«

»Die Typen haben wie Amerikaner ausgesehen und geredet«, sagte Patches und schüttelte den Kopf. »Ich kapier's einfach nicht.«

»Und das ist noch nicht mal das Verwirrendste an den Bildern«, meldete sich Nisha zu Wort.

»Setzen wir uns doch, wenn wir schon alle darüber reden«, schlug Denny vor.

Sie verlagerten sich gesammelt zu einem langen Besprechungstisch aus Holz, auf dem Karten lagen und gebrauchte Wasserflaschen standen, halb mit Tabaksaft gefüllt.

Ein Wohnbereich in der Nähe erinnerte Jed an jede vorgeschobene Operationsbasis, in der er je stationiert gewesen war – ramponierte Sofas, ein makelloser Großbildfernseher, mehrere Spielkonsolen, Wasserspender. Die Sperrholzwände strotzten vor einer Mischung aus Postern, Graffiti und vom Feind erbeuteten, wie Trophäen aufgehängten Souvenirs, darunter zwei schwarze ISIS-Flaggen mit Einschusslöchern.

»Tut mir leid, dass ich dich vorhin unterbrochen habe«, sagte Denny und sah Nisha erwartungsvoll an. »Deinen Namen hab ich nicht mitbekommen.«

»Ich bin Nisha«, sagte sie, als sie sich setzten. Einige von Dennys Leuten blieben am Tisch stehen, um genug Platz für Jeds Team zu lassen. »Und ihr könnt mich als N2 meines Teams betrachten«, fügte Nisha hinzu, womit sie sich als Nachrichtendienstlerin outete.

Womit Jed kein Problem hatte.

»Freut mich, dich kennenzulernen, Nisha«, sagte Denny. »Worauf hast du vorhin angespielt?«

»Na ja«, begann sie und schien die Worte sorgfältig abzuwägen. »In diesem Teil des Irak herrschen heute eine Menge konkurrierender Interessen vor. Kaum jemand scheint zu wollen, dass sich der barbarische Terror des Islamischen Staats fortsetzt. Aber wer den Irak und Ostsyrien aus diesem Klima herausführt, spielt sowohl politisch als auch finanziell eine Rolle.«

»Willst du damit andeuten, die Russen könnten die Finger im Spiel haben?«, fragte Denny fasziniert.

»Nicht ausdrücklich, aber sie wären auf jeden Fall auf der Liste. Es gibt noch andere Akteure, zum Beispiel Fraktionen in der Türkei, die großes Interesse an diesem staubigen Winkel des Irak haben. Damit will ich darauf hinaus, dass es heute nicht mehr so schwierig ist, westlich aussehende Söldner zu finden, die sich als amerikanische Soldaten ausgeben könnten. Unabhängig davon, ob die Fäden dabei von ISIS, Al-Qaida, Russland, einer radikalen türkischen Fraktion oder sonst jemandem gezogen werden, der erste Schritt besteht darin, die Ausführenden der Operation aufzuspüren. Wenn uns das gelingt, können wir den Fäden zurück zum Puppenspieler folgen.«

Jed war beeindruckt und nickte Ben unscheinbar zu. Nisha hatte gerade vollbracht, was Jed nicht mal bedacht hatte – sie hatte Denny und seinen Leuten eine plausible Alternativerklärung für das Massaker geliefert, ohne sie dabei auf Shepherds-Gebiet zu führen. Das würden sie brauchen, denn dass Finstere mit leuchtenden Augen hinter dem Anschlag steckten, konnten sie nicht erwähnen. Das verstand Jed besser als jeder andere.

»Guter Plan, aber schwierige Ausgangsbasis«, meinte Denny und wechselte einen Blick mit Eddy, der sein Stellvertreter zu sein schien. »Weil wir rein gar nichts über die Schützen wissen.«

»Richtig«, bestätigte Eddy. »Unsere Nachrichtendienstfreunde haben Bilder aus dem Video durch die Gesichtserkennungsdatenbank des Verteidigungsministeriums laufen lassen. Fehlanzeige. Null Treffer, was in meinen Augen Nishas Theorie stützt.«

»Interessant«, meinte Nisha und sah Jed mit unergründlicher Miene an.

»Richtig – keine Treffer unter aktivem oder ehemaligem Militärpersonal, auch nicht unter Söldnern«, fügte Denny hinzu. »Vor allem das mit den Söldnern hat mich etwas überrascht. Ich war mir sicher, dass diese Typen welche sind.«

Tatsächlich überraschte das auch Jed. Wie Denny hatte er angenommen, dass die Mörder wirklich Amerikaner waren, allerdings Leute aus dem Lager der Finsteren. Ein Haufen der faulen Eier, die Eli erwähnt hatte. Aber wenn man die Bilder durch die Datenbank des Verteidigungsministeriums hatte laufen lassen, lag er mit seiner Vermutung, dass die Täter ehemalige amerikanische Militärs waren, wohl falsch.

»Ich würde zu gern die Leute der anderen Regierungsstellen treffen und mit ihnen Informationen austauschen«, sagte Nisha. »Wir haben im Flugzeug …« Kurz verstummte sie und sah Jed an, der nickte. »… auch ein eigenes Team, das uns bei der Datensichtung helfen kann.«

»Warum haben Kerle … und Ladys«, korrigierte sich Eddy rasch und nickte Nisha und Bex zu, »einer verdeckten Taskforce eigentlich immer supergeheimen Krempel im Jet dabei?«

Damit brachte er alle zum Lachen, auch Nisha, und lockerte die spannungsgeladene Atmosphäre, was guttat. Zudem bewirkte es wahre Wunder, wenn es galt, die vorherrschende Mentalität getrennter Lager zu durchbrechen. Jed entschied, dass er Eddy mochte.

»In Wirklichkeit sitzen wir ja alle im selben Boot«, nahm Denny die Zügel in die Hand. »Und wir können jede Hilfe brauchen, die wir kriegen können. Wir müssen das aus dem Weg räumen, damit wir zurück an die Arbeit können. Mit der dunklen Wolke über den Köpfen ist lokales Engagement praktisch unmöglich.«

»Kann ich mir vorstellen«, meinte Eli verständnisvoll.

»Du kommst mir bekannt vor«, sagte Denny, legte den Kopf schief und musterte den ehemaligen Green Beret eingehend. »Du warst mal bei der Einheit, oder?«

Elis Mundwinkel wanderten ein Stück nach oben. »Ja, ich hab ein paar Jahre bei der CAG verbracht. Vor ein paar Jahren bin ich dann zu dieser Taskforce gewechselt. Aber du kommst mir auch bekannt vor.«

»Ich glaube, ich war noch bei der Selektion, als du im Einsatz warst. Vor fünf oder sechs Jahren oder so?«

»Vielleicht eher sieben.«

»Ja, das kommt hin. Schön, dich wiederzusehen. Wie ist's auf der anderen Seite?«

Eli lachte. »Ziemlich ähnlich wie bei der CAG. Bisschen mehr Möglichkeiten, bisschen mehr Geheimniskrämerei …«

»Vielleicht haben wir irgendwann Gelegenheit, unter uns zu plaudern«, meinte Eddy. »Ich komme allmählich in die Jahre und denke über das nächste Kapitel im Leben nach.«

»Gern«, erwiderte Eli.

»Ich bin am Verhungern«, ergriff Denny das Wort, stand auf und beendete damit das Gespräch. »Gehen wir rüber zur Hauptkantine. Dort können wir Nisha unseren Partnern von anderen Regierungszweigen vorstellen. Vor dem Essen oder danach, ganz wie sie will.«

»Vorher wäre gut«, sagte Nisha. »Ich hab keinen Hunger und würde mich gern gleich in die Arbeit stürzen.«

»Geht klar«, gab Denny zurück.

Die Green Berets schnappten sich ihre Pistolen und Gewehre, bevor sie zur Tür hinausgingen.

Jed war froh, dass auch sie ihre Waffen auf dem Gelände tragen durften. Überraschungsangriffe konnten sich im Irak jederzeit ereignen, auch wenn die Einheimischen oft behaupteten, einen zu lieben. Und da mittlerweile dicht unter der Oberfläche eine völlig andere Seite des Kampfs zwischen Gut und Böse tobte, war alles möglich.

19

TWENTY & GRAND APARTMENTS

2000 GRAND AVENUE, WEST END

NASHVILLE, TENNESSEE

16:35 UHR ORTSZEIT

Die Entscheidung über Marias Diensttauglichkeit sollte in zwei Tagen fallen, und das Warten trieb sie in den Wahnsinn. Sie konnte es kaum erwarten, zur Polizeiarbeit zurückzukehren.

In letzter Zeit fiel es ihr zunehmend schwerer zu unterscheiden, welcher Job ihr echter war – welches Leben ihr wahres. War sie Detective Perez, die nebenher für die Finsteren agierte – oder umgekehrt? Detective bei der Polizei diente ihr als offizielle Tarnung, doch den Titel hatte sie sich aus eigener Kraft verdient. Ja, sie nutzte ihre Position, um Victors Wünsche zu erfüllen, aber tatsächlich arbeitete sie gern als Ermittlerin. Rätsel der einen oder anderen Art zu lösen, stellte für sie eine Flucht dar. So war es schon vor dem Tod ihrer Großmutter gewesen.

Als ihr Handy klingelte, warf sie einen Blick auf das Display und hoffte, Jedidiah Johnsons Nummer zu sehen. Der Anruf stammte zwar nicht von ihm, dennoch hatte sie damit gerechnet.

Sie tippte auf die Rufannahme und hielt sich das Telefon ans Ohr. »Hallo?«

»Hallo … Ist da Detective Perez?«, fragte eine Frauenstimme.

»Ja, am Apparat. Was kann ich für Sie tun?«, heuchelte Maria, nicht zu wissen, wer anrief.

»Hallo, Detective. Hier ist Rachel. Rachel Yarnell.«

»O mein Gott, Rachel!«, rief sie und benutzte bewusst den Vornamen der Frau. »Rachel, wie schön, Ihre Stimme zu hören. Und bitte nennen Sie mich Maria.«

»In Ordnung, Maria«, erwiderte Rachel, und Maria konnte das Lächeln der Frau praktisch hören.

Das wird einfacher als gedacht.

»Wie geht es Ihnen? Und der Familie?«

»Uns geht's allen gut«, antwortete Rachel, doch ihr Tonfall ließ etwas anderes vermuten. Stimmte vielleicht irgendetwas nicht mit ihrem Ehemann David? Maria hätte zu gern Gaben wie Victor besessen – die Fähigkeit, in die Gedanken von Menschen einzudringen. Andererseits reichte in der Regel ihre Intuition als Ermittlerin aus. »Ich hab Ihre Nachricht erhalten, in der Sie sich nach Sarah Beth erkundigen.«

»Ja«, sagte sie. »Mir geht jene Nacht einfach nicht aus dem Kopf. Ich habe mir Sorgen um sie gemacht und wollte unbedingt wissen, wie es ihr geht. Hoffentlich war ich nicht zu aufdringlich, indem ich Sie angerufen habe.«

»Überhaupt nicht. Hab mich vielmehr geschmeichelt gefühlt, dass Sie daran gedacht haben, nach ihr zu fragen. Wir verdanken Ihnen so viel.«

Maria rollte die Schultern, bevor sie sorgsam genau die richtige Mischung aus Schuldgefühlen und Reue in die Stimme legte. »Das ist zu freundlich. Ich wünschte, es wäre so. Aber ich denke mir immer nur, wenn ich meinen Job besser gemacht hätte …« Maria verstummte und zählte langsam bis drei – genau das richtige Maß für eine Verlegenheitspause, jedoch nicht so lang, dass Rachel das Gefühl bekäme, sie mit irgendwelchen Worten füllen zu müssen. »Jedenfalls tut mir so entsetzlich leid, was Sie durchgemacht haben. Wie kommt Sarah Beth damit zurecht?«

»Ganz gut. Wir haben sie an der St. George's Academy angemeldet. Ich denke, das Internat ist das Beste, was ihr passieren konnte. Dort ist sie nie allein. Sie hat rund um die Uhr Gleichaltrige in ihrer Nähe, einen strukturierten Tagesablauf und … na ja, Sie wissen schon, Sicherheitspersonal auf dem Campus«, sagte Rachel und klang dabei unbeschwerter als zuvor. »Sie fehlt uns zwar schrecklich, aber all das hätte sie sonst nicht. Ich denke, es ist wichtig, dass sie nach … ihrer Tortur nicht allein ist.«

»Ja, auf jeden Fall«, pflichtete Maria ihr bei, während sie beim Gedanken von so vielen Wächterinnen und Wächtern um das Mädchen herum die Augen zu Schlitzen verengte.

»Außerdem sehen wir sie jedes Wochenende und gelegentlich unter der Woche. Diese Woche nicht, weil David …« Abrupt verstummte Rachel.

»Was ist mit David?«, hakte Maria neugierig nach. »Bitte sagen Sie, dass es ihm gut geht.«

»O ja, er ist wohlauf, nur diese Woche dienstlich unterwegs.«

»O gut, das erleichtert mich zu hören«, sagte Maria und fragte sich, wohin Rachels Theologie studierender Ehemann *dienstlich* unterwegs sein könnte. Sie zwang sich, den Mund zu halten. Auf Einzelheiten zu drängen wäre ein schwerer Fehler.

»Wenn ich allein bin, spüre ich eben noch mehr, dass Sarah Beth weg ist.«

»Kann ich nachvollziehen. Ich bin nach wie vor in Krankenurlaub, und Langeweile und Einsamkeit machen mich fertig. Ich bin nicht verheiratet und mit niemandem liiert. Bin mir nicht sicher, ob ich überhaupt je selbst Mutter werde, wenn das so weitergeht«, meinte Maria mit so viel Bedauern in der Stimme, wie sie heucheln konnte. Sie wartete einen Herzschlag lang, bis der Gedanke auch Rachel gekommen sein könnte, bevor sie fortfuhr. »He, ich hätte 'ne tolle Idee! Hätten Sie Lust, zusammen einen Kaffee oder so zu trinken? Also, ich will mich auf keinen Fall aufdrängen. Ich dachte mir nur …«

»Ich würde sehr gern einen Kaffee trinken gehen«, sagte Rachel. »Wie wär's morgen? Um zehn oder vielleicht elf?«

»Perfekt, Rachel. Vielen Dank.«

»Von wegen«, gab Rachel mit herzlicher, aufgeregt klingender Stimme zurück. »Sie haben meine Familie gerettet – und wären dabei fast draufgegangen. Ich würde Sie nur zu gern besser kennenlernen.«

»Wenn Sie wollen, schaue ich einfach bei Ihnen vorbei und hole Sie ab«, bot Maria an und lächelte darüber, wie glatt es lief. »Ich wohne im West End, nur ein paar Minuten von Ihnen entfernt. Und keine Sorge – ich komme nicht in einem Streifenwagen.«

»Also …«, begann Rachel, und Maria spürte Unbehagen in ihrer Stimme. »Wir sind unlängst umgezogen. Bei allem, was in unserem alten Haus passiert ist … Bestimmt verstehen Sie das.«

»Oh, sicher«, erwiderte Maria, biss sich dabei jedoch auf die Innenseite der Wange. *Wieso haben wir das nicht gewusst?*

»Jetzt wohnen wir ein bisschen abgeschiedener. Ist wohl besser, wenn wir uns in der Stadt treffen. Ich muss sowieso in die Richtung. Sagen Sie einfach, wo, und ich komme hin.«

Ein bösartiges Grinsen breitete sich über Marias Züge aus.

»Wir könnten uns in der Vanderbilt-Buchhandlung treffen. Offensichtlich wissen Sie ja, wie man dorthin kommt.« Sie stellte sich vor, wie Rachel die Augen vor den emotionalen Bildern verschloss, die Marias Worte ausgelöst haben mussten – Bilder davon, wie ihr kleines Mädchen vor dem Buchladen und ihrer Nase entführt wurde. Dann fügte sie schnell hinzu: »O mein Gott, wie unsensibel bin ich denn? Tut mir leid, Rachel, ich hab nicht mitgedacht …«

Aber Rachel lachte unbekümmert. »Schon gut, ehrlich«, wiegelte sie ab. »Bei allem, was *nach* dem Buchladen passiert ist, habe ich nicht mal wirklich negative Assoziationen damit. Treffen wir uns ruhig dort. Kann nur befreiend für mich sein.«

»Ganz sicher?«

»Ja.«

»Tja, prima.« Marias Lächeln wurde breiter.

Victor wird zufrieden mit meinen Fortschritten sein. So schaffe ich mir nicht nur eine Hintertür zu Jed, sondern auch eine Möglichkeit, über Sarah Beth auf dem Laufenden zu bleiben.

»Tja, dann sehen wir uns also morgen. Beim Kaffee kann ich Ihnen mehr über Sarah Beth erzählen«, schlug Rachel vor, womit sich Marias Instinkte bestätigten.

»Wunderbar«, erwiderte sie und meinte es inständiger, als Rachel ahnen konnte. »Bis dann.«

»Ich freue mich schon sehr darauf, Sie besser kennenzulernen, Maria.«

»Gleichfalls«, antwortete sie, bevor sie das Telefonat lächelnd beendete.

Du hast ja keine Ahnung, wie sehr.

20

TAKTISCHE OPERATIONSZENTRALE

VORGESCHOBENE OPERATIONSBASIS SYKES

TAL AFAR, IRAK

22:30 UHR ORTSZEIT

»Ich versuche nur, es zu verstehen«, sagte Denny, dem man allmählich Frustration anmerkte. »Wir sind euch echt dankbar für alles, was ihr bisher gemacht habt. Und mir ist klar, dass ihr euren eigenen supergeheimen Krempel am Köcheln habt. Aber 'ne gemeinsame Operation, bei der ihr sogar hier in der Einsatzzentrale eure Nachrichtendienstspezialisten von meinen Leuten fernhaltet, ergibt null Sinn. Holt sie einfach her, dann können wir alle zusammenarbeiten und losziehen, um ein paar üble Typen um die Ecke zu bringen.«

Jed nickte und seufzte. Er konnte es nachvollziehen. Als SEAL hatte er unzählige nervtötende Stunden im Umgang mit Leuten von »Taskforces« verbracht – Teams von irgendeiner geheimen, nicht genannten Organisation mit Einsatzkontrolle über eine Mission, für die seine Mannschaft hatte Kopf und Kragen riskieren müssen. Nichts verärgerte einen Soldaten mehr, als unvollständig über etwas informiert zu werden, für das er ohne Weiteres sterben könnte. Allerdings kannte Jed mittlerweile auch die Kehrseite der Medaille. Es gab tatsächlich Geheimnisse, die aus verschiedenen Gründen bewahrt werden mussten.

Und die der »Taskforce« der Shepherds gingen über die Norm hinaus.

»Denny, Bruder, ich versteh dich total. Ehrlich. Noch vor einem Jahr war ich ein gewöhnlicher SEAL im Einsatz und musste mich mit demselben Scheiß von ›anderen Regierungsstellen‹ rumschlagen. Aber von Bruder zu Bruder – in dem Fall musst du mir vertrauen, Mann. Es gibt einen triftigen Grund, warum es so sein muss, das versichere ich dir.«

Jed wollte sich die Reaktion gar nicht ausmalen, wenn sie die 15-jährige Corbin und ihre Hüterin hereinführten. Sogar Letztere sah mehr wie eine Lehrerin aus als wie eine Spezialanalystin für Terrorbekämpfung. Ganz zu schweigen von der Unmöglichkeit zu erklären, wie Corbin mit ihren Gedanken in Echtzeit Informationen sammelte und weitergab, die keine Satelliten oder Drohnen erfassen konnten. Und davon abgesehen sollte ein Mädchen im Teenageralter unter keinen Umständen der Umgebung einer JSOC-Operationszentrale ausgesetzt werden. Er konnte immer noch kaum fassen, dass sie Corbin zum Feldeinsatz mitgenommen hatten. Sie musste unbedingt so gut wie möglich vor jedem persönlichen Risiko und allen unnötigen Interaktionen abgeschirmt werden.

»Das ist ein ziemlich ungewöhnliches Protokoll, sogar für 'nen Haufen Spione, Jed – oder wie auch immer du wirklich heißt«, meinte Denny.

Die Äußerung brachte Jed innerlich zum Grinsen.

»Ob du's glaubst oder nicht, ich heiße wirklich Jed und war wirklich ein SEAL in Team 10. Und ich weiß auch wirklich, wie scheiße die Lage ist, in die wir dich drängen. Aber ich versichere dir, es ist notwendig. Die Technologie« – bei dem Wort verzog er leicht das Gesicht, immerhin war Corbin kein technisches Gerät – »die wir bei dieser Taskforce einsetzen, ist streng geheim. Falls das Lager hier nicht das richtige Ziel ist, *wissen* wir es mit der Sicherheit …«

»… von Gottes Wort«, steuerte Eli lächelnd bei.

Jed lächelte zurück.

»Genau. Gottes Wort.« Er wandte sich an Denny. »Und mal ehrlich, ändern nicht die meisten Spione, die hier vorbeikommen, bescheuert das Protokoll, hocken dann rum und schlürfen Kaffee, während ihr draußen in der Scheiße seid?«

»Ja«, erwiderte der Green Beret und schien sich eine Spur zu entspannen. »Verdammt richtig.«

»Tja, wir werden mit euch draußen in der Scheiße sein, Bruder. Wir machen es so, wie wir es müssen, aber an eurer Seite.« Er musterte die Züge des Mannes. »Huuja?«

Mittlerweile lächelte Denny. Er streckte Jed die Hand entgegen.

»Huu-ha, Bro«, gab er mit der Army-Version des SEAL-Rufs zurück. In dem Moment öffnete sich zischend die Tür. Ben und Nisha traten ein, gefolgt von einem mürrisch wirkenden Mann in kakifarbener Cargohose, einem schnell trocknenden Shirt und Wanderschuhen – eindeutig ein Vertreter der CIA-Einheit, die das JSOC-Team unterstützte. Der Neuankömmling mit der angespannten Kieferpartie wirkte alles andere als glücklich.

»Wir haben Neuigkeiten«, verkündete Ben mit einem wissenden Blick zu Jed und winkte alle zum Besprechungstisch. Nisha nahm am Kopf Platz, wo sie einen Laptop an ein Kabel anschloss, das durch ein grob ins Holz geschnittenes Loch ragte. Sie tippte auf den Computer, und ein Monitor an der hinteren Wand zeigte dasselbe an wie ihr Bildschirm, damit es alle sehen konnten.

»Das ist der Zielort, besetzt von …«, begann Nisha, wurde jedoch unterbrochen, bevor sie richtig loslegen konnte.

»Moment. Ich dachte, andere Regierungsstellen und unser Nachrichtendienst haben die Gruppe ausgeschlossen. Verrät mir jemand, was sich geändert hat?« Denny verschränkte die Arme vor der breiten Brust und verdeckte dadurch das Logo von Redneck Riviera Whiskey auf seinem T-Shirt. Hinter Nisha schüttelte der dem Team zugeteilte CIA-Vertreter nur den Kopf und blickte auf seine Füße.

»Wie Jed vorhin angedeutet hat, verfügen wir über extrem fortschrittliche Möglichkeiten zum Abfangen von Signalen«, erklärte Nisha, womit sie im Grunde genommen nicht log. Natürlich konnte sie nicht hinzufügen, dass die abgefangenen »Signale« direkt aus den Köpfen der Schurken stammten.

Jed beobachtete, wie Eddy und Patches skeptische Blicke wechselten, während Denny zu einer Erwiderung ansetzte.

»Wir auch. Wir haben 'nen direkten Draht zu Echtzeitübertragungen von der NSA. Wir haben Leute, die als Steine getarnte Abhörgeräte auf den Ladeflächen von Pick-ups platzieren. Wir haben zum Abhören von Gesprächen Lasermikrofone, die Vibrationen von einem Glas Wasser auf einem Tisch erfassen können. Willst du damit sagen, ihr habt etwas noch Fortschrittlicheres als das?«

»Ja«, bestätigte Nisha schlicht und selbstbewusst. »Wir verwenden Technologie, die der NSA derzeit nicht zur Verfügung steht.«

»Und ihr verratet uns nicht, wie sie funktioniert, zeigt sie uns nicht und gebt uns keinen Zugriff auf die Rohdaten. Ist das korrekt?«

»Korrekt«, warf Ben ein. »Das ist nicht verhandelbar, Leute. Ende der Diskussion.«

Bei dem Stichwort ergriff Jed das Wort. »Vergesst nicht, dass wir draußen an der Speerspitze bei euch sein werden – wir setzen genau wie ihr das Leben auf der Basis unserer Informationen aufs Spiel.«

Denny schürzte die Lippen und seufzte gedehnt, bevor er sagte: »Das ist mir nicht entgangen, Kumpel. Trotzdem bin immer noch ich für meine Männer und ihre Sicherheit verantwortlich. Ihr verlangt ganz schön viel.«

Jed spürte, wie sich die Stimmung im Raum veränderte. Dann hörte er im Kopf eine andere Stimme – ziemlich sicher die von Eddy.

Und wenn's den Bach runtergeht, seid ihr weg und lasst uns den Hals hinhalten. Ich schieße auf keinen Fall wegen eurer schwammigen Autorität auf potenziell unschuldige amerikanische Söldner.

»Leute, wir nehmen diese Operation, eure Sicherheit und die Integrität der Mission ernster, als ihr euch vorstellen könnt. Keiner von uns will sich irren. Schon gar nicht, wenn bei der Sache auf vielleicht unschuldige amerikanische Söldner geschossen werden könnte«, sagte Jed in härterem Ton und sah dabei Eddy an. Der Soldat zog überrascht die Augenbrauen hoch und rutschte unbehaglich auf dem Stuhl herum. »Die verantwortliche Gruppe hat sich alle Mühe gegeben, den Eindruck zu erwecken, eure Einheit hätte es getan. Es war berechnet, beabsichtigt, geplant. Ihr Ziel besteht darin, regionale Spannungen und Feindseligkeiten zu eskalieren und unsere Streitkräfte tiefer in einen hoffnungslosen Konflikt reinzuziehen. Wir können das verhindern, indem wir diese Leute nicht nur finden und erledigen, sondern auch der Welt beweisen, dass *keine* amerikanischen Spezialeinheiten hinter dem Angriff gesteckt haben.«

»Dann sagt uns, wer es war«, verlangte Denny.

Jed beugte sich über den Tisch und sah ihm tief in die Augen. »Wenn du das Gefühl hast, das Risiko ist für dein Team zu hoch, um teilzunehmen, dann ist das in Ordnung. In dem Fall führen wir den Einsatz allein durch und nehmen euch in Schutz. Wir sagen, wir hätten die Entscheidung getroffen, euch aus dem Einsatz rauszuhalten.«

Denny warf Jed einen Blick zu, der besagte: *O bitte.* »Allein, ja? Zu sechst?«

»Zu acht«, korrigierte Nisha und verschränkte die Arme vor der Brust.

»Zu acht.« Denny nickte und schaute zu Eddy, der ebenfalls nickte. »Tja, das wird nicht reichen. Wir lassen euch auf keinen Fall ohne Unterstützung reingehen … schon gar nicht bei eurem Handicap, mit mehreren Navy SEALs geschlagen zu sein.«

Eli lachte und gab Denny die Gettofaust. »Hat ja lang genug gedauert.«

Sie sind dabei, dachte Jed, sobald er das schiefe Grinsen im Gesicht des Green Berets sah.

»Wir zäumen das Pferd hier zwar ein bisschen von hinten auf, aber lasst mich euch sagen, was wir an neuen Infos haben, bevor ich das Wort an Bill übergebe«, sagte Nisha und deutete mit dem Kopf auf den CIA-Ansprechpartner der Einheit.

Bill bedeutete ihr, fortzufahren.

»In den letzten Stunden ist es uns gelungen, Kommunikationen zwischen einem in Tal Afar tätigen Söldnerteam und einem nicht staatlichen Akteur abzufangen. Die Söldner arbeiten für Dark Horizon, eine Sicherheitsfirma, die einen Vertrag mit dem Außenministerium hat. Dazu später mehr von Bill. Den Befehl, die Moschee anzugreifen, hat jemand erteilt, der erwiesenermaßen *keinerlei* Verbindung zum Staat hat.«

Der Teil stimmt nicht ganz. Darüber muss ich später noch mit Jed reden, dachte Nisha.

Jed hob einen Finger an die Schläfe und massierte sie. Allmählich ging ihm das unerwünschte Empfangen der Gedanken anderer auf die Nerven, auch wenn es nützlich war.

»Moment«, bremste Denny sie. »Was willst du damit sagen? Dass diese Typen so was wie Doppelagenten sind? Am Montag arbeiten sie legitim für den Staat, am Dienstag setzen sie ihre Söldnerhüte auf und verwandeln sich in ein Auftragsmordkommando? Von so was hab ich noch nie gehört.«

Ben antwortete für Nisha. »Wir haben handfeste Beweise dafür, dass der Puppenspieler im Hintergrund jemand ist, den wir schon sehr, sehr lange im Visier haben …«

So ungefähr Hunderte Jahre …

Jed blinzelte Elis Gedanken weg.

»Leider können wir euch vorläufig nicht mehr über die Gruppe sagen, aber ihre Aktivitäten zu stören ist die Hauptmission unserer Taskforce«, fuhr Ben fort. »Was ich sagen kann, ist, dass diese Leute sehr geschickt ihre Spuren verwischen, verdammt gut zahlen und zusätzlich Erpressung und Nötigung einsetzen, um ihre *Rekruten* zu motivieren.«

Denny schaute bei der vagen Erklärung mürrisch drein und Bill verdrehte hinter Nisha die Augen.

»Nur weiter, Nisha«, sagte Ben.

»Leider ist da noch mehr. Zeitkritische Informationen weisen darauf hin, dass dieses Söldnerteam mit einem zweiten Anschlag beauftragt ist.«

»Was?« Abrupt setzte sich Eddy aufrechter hin. »Wo und wann? Wir müssen sie erwischen, bevor sie noch was tun, das es so aussehen lässt, als würden Amerikaner hier Unschuldige ermorden.«

»Sehen wir auch so. Deshalb müssen wir sofort etwas zusammenstellen«, erwiderte Ben.

»Wir sind uns ziemlich sicher, dass morgen beim Frühgebet ein Angriff auf eine zweite Moschee stattfinden soll«, erklärte Nisha.

Denny sah auf die Armbanduhr. »Das ist in weniger als sieben Stunden.«

»Richtig«, bestätigte Nisha. »Der Anschlag ist für kurz vor dem Fadschr in der Al-Imam Khayat Moschee im Osten der Stadt geplant. Wir haben allen Grund zu der Annahme, dass er genau wie der erste ablaufen soll.«

»Amerikanische Special Forces anschwärzen und Kreuze an die Wände sprühen«, warf Eddy ein.

»Haargenau«, bestätigte Nisha. »So sollen Angst, Misstrauen und letztlich Gewalt gegen Koalitionstruppen und Christen geschürt werden.«

»Wozu?«, fragte Denny.

»Ganz einfach«, kam Ben einer Antwort von Nisha zuvor. »Um die Region zu destabilisieren.«

»Deshalb denkt ihr, es könnten die Russen sein?«, fragte Denny mit einem Teil Ehrfurcht und zwei Teilen Ungläubigkeit in der Stimme.

»Ich hab nicht gesagt, dass es die Russen sind«, entgegnete Nisha schnell. »Ich habe gesagt, dass es eine Vielzahl staatlicher und nicht staatlicher Akteure mit Interesse daran gibt, wer den Irak und Syrien kontrolliert. Aber diesen Anschlag zu vereiteln und uns einige der kompromittierten Schützen zu schnappen könnte helfen, die Frage zu klären.«

Jed gefiel der Drahtseilakt, zu dem sie gezwungen waren, ganz und gar nicht, doch Nisha bewältigte ihn ziemlich gut.

»Übersetzung: nicht alle abknallen«, sagte Eddy und nickte. »Wir müssen ein paar lebend erwischen, die wir in einem dunklen Loch verschwinden lassen, wo wir Infos aus ihnen herauspressen.«

»So ungefähr«, pflichtete Jed ihm bei.

»Wir sollten sie uns sofort auf ihrem eigenen Gelände schnappen. Das ist wohl offensichtlich. So ist es unkomplizierter und sicherer, vor allem für die umliegenden Gemeinden«, ergriff Denny mit neuer Dringlichkeit in der Stimme das Wort.

»Ich wünschte, es wäre so einfach«, merkte Nisha dazu an. »Leider haben wir Grund zu der Annahme, dass zwei Vorausteams schon vor Ort sind und sich für den Anschlag in der Nähe der Moschee sammeln. Wenn wir jetzt auf ihrem Gelände zuschlagen, machen sich diese Teams auf und davon.«

»Dann teilen wir uns auf und schlagen an beiden Orten gleichzeitig zu«, schlug Denny vor.

»Das ist auf jeden Fall eine Möglichkeit«, räumte Nisha ein. »Aber ich übergebe erst mal an Bill, der euch über die aktuellen Satellitenbilder und die Zählung der Leute auf dem Gelände und um die Moschee herum informiert.

Dann überlegen wir gemeinsam, wie wir am besten vorgehen. Einverstanden?«

»Cool«, erwiderte Denny, und Jed beobachtete, wie sich alle Anwesenden – sowohl die Green Berets als auch die Shepherds – erwartungsvoll vorbeugten.

Er zwinkerte Nisha zu, als sie Bill den Laptop übergab. Sie lächelte zurück.

Dann lauschte er zusammen mit seinen Brüdern von der Army, wie der Schlachtplan allmählich Gestalt annahm.

21

ZWEI BLOCKS NÖRDLICH DER AL-IMAM KHAYAT MOSCHEE

TAL AFAR, IRAK

4:52 UHR ORTSZEIT

Jed blieb an der Ecke stehen und hob die Faust. Er *spürte*, wie sich die Soldaten hinter ihm verteilten und ihre jeweiligen Sektoren absuchten. Seine gemischte, fünfköpfige Truppe mit dem Rufzeichen Sword umfasste Grayson und Bex sowie Eddy und Patches von der Delta Force. Eli führte die andere Gruppe namens Spear mit Johnny, Hyeon und zwei Green Berets an. Zusammen hatten sie die Aufgabe, die getarnten Männer von Dark Horizon abzufangen, bevor sie eine zweite Moschee überfallen konnten.

Der Rest des gemischten Teams mit dem Rufzeichen Shield wurde von Denny angeführt und bestand aus drei Leuten der Delta Force sowie Carl und Nisha als Vertreter der Shepherds. Der Plan sah vor, dass Shield die Anlage von Dark Horizon im Norden angreifen und damit den Einsatz anstoßen sollte. Dabei würden sie einen getrennten Kanal benutzen, um Verwirrung im Funkverkehr bei den gleichzeitigen Gefechten zu vermeiden. Eine zusätzliche Komplikation stellte dar, dass die Shepherds die Kommunikation mit ihrer eigenen Einsatzzentrale koordinieren mussten, sprich dem Wächter-Wohnwagen in der C-17 der Air Force auf dem Luftwaffenstützpunkt in Tal Afar.

Die von Ben und Corbin mithilfe ihrer Gaben gelieferten Informationen würden mit Sicherheit für hochgezogene Augenbrauen sorgen, bevor alles vorbei wäre.

Es ist nun mal, wie es ist, dachte Jed. *Die Mission zu erfüllen und mein Team am Leben zu erhalten hat oberste Priorität. Wie wir uns herausreden, überlege ich mir später.*

»Variable, hier Eins – Sword ist Studebaker«, flüsterte Jed ins Mikrofon an seinem Mundwinkel und meldete damit, dass sie den ersten Kontrollpunkt erreicht hatten. Johnny hatte die Idee geäußert, die Stätten von Schlachten im Alten Testament als Bezeichnungen für die Kontrollpunkte zu verwenden, aber Jed hatte gefunden, das wäre ein zu offenkundiger Hinweis für ihre Partner von den Green Berets. Also hatten sie sich stattdessen für Autoklassiker entschieden.

»Verstanden, Sword ist Studebaker«, bestätigte Ben.

»Eins, Zwei – Spear ist Hudson«, kam es eine Minute später von Eli an seinem Kontrollpunkt sechs Blocks östlich. Von dort näherte er sich Jeds Team aus der entgegengesetzten Richtung um 45 Grad versetzt.

»Variable, Eins – Lagebericht«, flüsterte Jed, weil er ein Update über die Feindpositionen wollte.

»Wir haben zwei Sechs-Mann-Teams östlich und westlich von euch. Wir sagen euch ihre Bewegungen an, aber ihr seid wie gehofft unbemerkt in ihren Aktionsradius eingedrungen. Ihr solltet sie vor Cadillac abfangen«, sagte Ben, wobei Cadillac die Moschee bedeutete.

»Verstanden«, meldete Jed zurück. Er war froh, dass sich Corbin aus dem Funkverkehr heraushielt. Ihre junge Stimme würde mit Sicherheit unerwünschte Fragen aufwerfen.

Ein zerstreuter Gedanke von Eddy tauchte ungebeten in Jeds Kopf auf.

Woher wissen die, dass wir unentdeckt geblieben sind?

Er schaute zurück zu Eddy, der ihnen den Rücken deckte und nicht in Jeds Richtung sah.

Es geht schon los, dachte Jed bei sich. *Wir müssen vorsichtiger sein.*

Bei dem Stichwort meldete sich Corbin erstmals bei dem Einsatz in seinen Gedanken.

Eins, ich habe vier Finstere im Team der Angreifer erkannt. Ich hab gute Augen und Ohren. Die haben keine Ahnung, dass ihr da seid. Versprochen.

Jed lächelte. Definitiv eine Information, die nichts im offenen Funkkanal mit den Green Berets verloren hatte.

Danke, Wächterin Eins.

Gern geschehen.

Dann begann das Warten. Bevor sie angreifen konnten, mussten Denny und seine Leute am Feindgelände zuschlagen, um die Befehlszentrale der Bösen aus dem Spiel zu nehmen. In der einsetzenden Verwirrung würden Sword und Spear die Attentäter beim Vorrücken auf die Moschee überfallen. Für die Mission waren sowohl Ergreifung als auch Tötung genehmigt. Das Ziel bestand darin, Gefangene zu machen, aber für den Fall einer erkennbaren Gefahr für die Gläubigen in der Moschee oder das Team lautete die Anweisung, die Bedrohung zu neutralisieren.

Wieso benutzen wir eigentlich Beschönigungen wie »die Bedrohung neutralisieren«?, dachte Jed. *Wir werden sie schlicht und ergreifend killen.*

Seine Gedanken wandten sich Nisha zu, der Einzigen, die noch keine Kampfeinsatzerfahrung mit einem Team der Special Forces besaß. Er war froh, dass sie bei Carl war, einem erfahrenen Soldaten und Shepherd. Allerdings hatte sie bewiesen, dass sie auf sich selbst aufpassen konnte, indem sie die Hälfte ihrer männlichen Kollegen bei mehreren Simulationsläufen im Rahmen von Jericho Basic übertrumpft hatte. Abgesehen davon hatte sie im aktiven Dienst mehr als ein paar heftige Feuergefechte erlebt. Für das Wissen schämte sich Jed, weil es ihm unaufgefordert aus ihren Gedanken zugeflogen war.

Ihr passiert nichts, Jed, sagte Corbin in seinem Kopf.

Hör auf damit, gab er mit einem verhaltenen Grinsen zurück.

»Dark Horizon hat gerade grünes Licht bekommen und ist in Bewegung. Wartet noch, bis Shield durchgebrochen ist«, informierte Ben.

Jeds Herzschlag beschleunigte sich. Anspannung breitete sich in seinen Muskeln aus, während sich sein Körper für Action wappnete. Er hob die Hand und ließ sie kreisen. Prompt spürte er, wie die anderen vier des Teams zur Vorbereitung auf den Startschuss näher rückten. Der folgte Sekunden später.

»Shield ist in der Anlage. Eins, grünes Licht«, vermittelte Ben mit knappen Worten ganze Bände.

»Los, Zwei«, sagte Jed und zeigte mit einer zackigen Handbewegung nach vorn.

Er richtete sich in geduckte Kampfhaltung auf und führte seine Truppe um die Ecke des zweigeschossigen braunen Stuckgebäudes. Grayson scherte zur Südseite der schmalen dunklen Straße aus und presste sich dort an die Mauer. Bex und Patches folgten ihm. Die drei rückten im Einklang mit Jed und Eddy vor, die sich mit schnellen Schritten die Nordseite entlangbewegten. Unterwegs behielten die fünf die Umgebung durch ihre Nachtsichtbrillen im Auge. Ihre IR-Zielerfassungen schwenkten dabei wie Laserstrahlen durch die Nacht.

Noch 50 Meter bis zu der Kreuzung, an der sich die Attentäter sammelten.

»Wir haben klare Sicht, Eins«, meldete Ben. »Beide Arten«, fügte er geheimnisvoll hinzu. »Wärmebilder bestätigen sechs verteilte Feinde, die sich mitten auf der Straße bewegen.«

Das leuchtete ein. Der Feind hatte keinen Grund zu der Annahme, dass er bei seinem Vorhaben, Unschuldige in der Moschee abzuschlachten, auf Widerstand stoßen würde. Die Gläubigen würden sich bereits in der Gebetshalle eingefunden haben, nicht ahnend, welches Unheil ihnen bevorstand.

»Zwei, warten. Du hast in fünf Sekunden sechs Feinde im Kreuzfeuer«, sagte Ben.

»Verstanden«, meldete Eli mit angespannter Stimme zurück.

Jed bedeutete seinem Team, die Schritte zu beschleunigen. Die Schüsse, die jeden Moment im Osten losbrechen konnten, würden die Zielpersonen warnen, dass etwas nicht stimmte, und den Einsatz verderben.

»Eins, eure Feinde gehen im Süden an der Gebäudemauer in Deckung. Shield hat das Kommandogelände gesichert, aber sie könnten …«

Schüsse hinter Jed zerfetzten die Stille des frühen Morgens und unterbrachen Bens Durchsage, doch Jed folgerte blitzschnell und hetzte mit seinem Team zur Kreuzung. Dort zielte er mit dem Sig Sauer M400 um die Ecke des Stuckgebäudes und schwenkte den grünen IR-Laser dorthin, wo Ben den Feind gemeldet hatte. Bevor er angreifen konnte, ließ ihn das weiße Aufblitzen eines Schusses in seiner Nachtsichtanzeige abrupt in tief geduckte Deckung gehen. Als er wieder klar sehen konnte, entdeckte er eine Zielperson – eine Gestalt, die neben dem Gebäude kniete. Mit geübter Effizienz richtete er die Laserzielerfassung auf den Feind und drückte den Abzug. Plötzlich verunsichert beobachtete er, wie der voll ausgerüstete Soldat rückwärts gegen die Mauer geschleudert wurde.

O Herr, bitte mach, dass wir uns nicht irren.

Wir irren uns nicht, Jed, ertönte Bens Stimme in seinem Kopf.

Das Feuergefecht eskalierte rasch, als der Feind zurückschoss. Diese Gegner waren wesentlich kompetenter als örtliche Aufständische und mit derselben Hightech-Bewaffnung wie Jeds Team ausgestattet. IR-Zielerfassungsstrahlen tanzten über die Straße wie bei einem Lichtschwertkampf, während die beiden Gruppen auf Leben und Tod aufeinander schossen. Auf der Suche nach Deckung zogen sich die fünf verbliebenen Feinde durch ein Tor und hinter eine niedrige Mauer des Hofs vor dem Gebäude zurück.

»Wir müssen uns aufteilen«, rief Grayson. »Zangenangriff, falls sie versuchen, hinten durch das Gebäude abzuhauen.«

»Einverstanden«, gab Jed zurück. »Gebt uns Deckungsfeuer, während wir uns verlagern.«

Grayson führte Bex und Patches zur Ecke und entfesselte schweren Beschuss, trieb den Feind in Deckung.

»Mir nach!«, rief Jed zu Eddy und sprintete über die Straße, den Blick auf das Tor und die Stuckwand gerichtet, hinter der sich der Feind verschanzt hatte. Wenn sie ihre Gegner im Kreuzfeuer festnageln könnten, würde es ihnen vielleicht gelingen, eine Kapitulation zu erzwingen, ohne alle zu töten. Sekunden später hatten sie die Kreuzung überquert und kauerten hinter einer niedrigen Mauer. Jed beobachtete, wie Bex an der Ecke zwei Dreiersalven auf die Finsteren abfeuerte, die sich als amerikanische Kämpfer ausgaben.

Dann richtete sich Eddy auf, schoss, duckte sich wieder und rückte nach links an einen neuen Platz vor.

Feuern und in Bewegung bleiben. Das Einmaleins des Kampfverhaltens.

Jed übernahm die nächste Salve. Dabei blitzte ein grüner Strahl in seinem Blickfeld auf. Instinktiv zuckte er nach links. Prompt schlug ein Schuss dort in die Mauer ein, wo sich sein Kopf befunden hatte. Betonsplitter spritzten gegen seine Wange. Im Kampf gegen ebenbürtige Gegner galten eigene Regeln. Er wischte mit der Hand über die Wange, entdeckte jedoch kein Blut.

Jed hörte zwei weitere Feuerstöße von der anderen Straßenseite, wo sich nach wie vor Grayson, Bex und Patches in Deckung befanden.

Grayson hat gerade einen zweiten Schützen ausgeschaltet, meldete Corbin.

Verstanden.

»Eins, Zwei – Spear ist in Sicherheit«, berichtete Eli vom Schauplatz des anderen Feuergefechts östlich von ihnen. »Keine Krähen. Rücken zu eurer Position vor.«

»Verstanden, Zwei.«

Keine Krähen bedeutete, dass Eli keine Gefangenen gemacht hatte. Anscheinend kämpften die Finsteren bis zum Tod.

»Eins, wir können nicht weiter«, meldete Grayson. »Zu viel Beschuss.«

»Verstanden«, gab Jed zurück. »Wartet auf Spear.«

»Eins, ein Feind betritt das Gebäude. Sieht so aus, als will er hintenraus abhauen«, kam es von Ben.

»Wir kümmern uns drum«, erwiderte Jed. Sofort befand sich Eddy an seiner Seite. Tief geduckt sprinteten sie die Mauer entlang in Richtung der Rückseite des Gebäudes und hofften, dem Flüchtenden rechtzeitig den Weg abzuschneiden.

Als Jed hinten kein Tor fand, sprang er über die Mauer, während Eddy für Deckung sorgte. Er landete mit einem dumpfen Aufprall, doch seine einst lädierte Hüfte überstand ihn ohne Protest. Sofort sank er auf ein Knie und suchte die Umgebung hinter dem Gebäude ab, während Eddy zu ihm aufschloss. Einen halben Block entfernt auf der anderen Straßenseite tobte weiterhin das Feuergefecht gegen die verschanzten Kämpfer von Dark Horizon.

»Was meinst du?«, wandte sich Jed an Eddy, während er sich unverändert aufmerksam umsah. »Gehen wir rein und holen ihn uns? Oder halten wir hier die Stellung und schnappen ihn, wenn er rauskommt?«

»Deine Entscheidung«, gab Eddy zurück.

»Spear ist in Position. Bereit, wenn ihr es seid, Drei«, berichtete Eli an Grayson, dass ihnen zusätzliche Feuerkraft für das Gefecht zur Verfügung stand.

»Verstanden, bereit für Deckungsfeuer«, erwiderte Grayson.

Auf der anderen Seite des Gebäudes brachen kontrollierte Salven los.

»Drei, halt!«, rief Corbin plötzlich über Funk. Durch die Angst in ihrer Stimme klang sie wie ein Kind. »Da ist ein Bombenattentäter!«

Ein Schwindelgefühl erfasste Jed, bevor er das Geschehen einen Moment lang durch Graysons Augen sah – eine dunkle Gestalt katapultierte sich über die Mauer und rannte auf Grayson, Bex und Patches zu, die gerade die Straße überqueren wollten.

»Runter!«, brüllte Bex und zog sich neben Grayson zu dem immer noch vorrückenden Green Beret zurück. Dann begriff Patches und hechtete flach auf den Boden, als die Explosion die Straße erschütterte.

Rasend breitete sich von dem Selbstmordattentäter eine Schockwelle aus. Aufgewirbelter Staub trübte die Sicht. Abrupt kehrte Jed in den eigenen Kopf zurück – zuletzt hatte er durch die fremden Augen gesehen, wie Bex, die Kampfsanitäterin seines Teams, herangestürmt und neben Patches auf ein Knie gesunken war.

Hey … Was ist gerade passiert?

»Patches ist unverletzt«, verkündete Bex, während sich Jed orientierte.

»Woher haben deine Leute von der Bombe gewusst?«, verlangte Eddy zu erfahren. »Und wer war das Mädchen im Funkverkehr?«

»Eins, eure Zielperson ist in Bewegung«, meldete Ben, womit er Jed vor Eddys Frage rettete. »Er ist zum nächsten Gebäude gesprungen.«

Jed zeigte nach vorn und sprintete zur Ecke, wo er auf ein Knie sank und die Faust hob. Eddy hielt hinter ihm an und deckte ihnen den Rücken, während Jed um die Ecke des benachbarten Gebäudes spähte.

»Variable, Eins – Lagebericht«, flüsterte er ins Mikrofon.

»Wärmesignatur einen Meter entfernt auf der anderen Seite der Wand«, sagte Ben. »Ihr seid praktisch übereinander.«

Jed wirbelte herum und hielt Ausschau nach einem Fenster oder einer Tür, die der Schütze benutzen könnte, als sich erneut Corbin in der Leitung meldete.

»Er kommt zu euch runter!«, rief sie.

Jed nahm aus dem Augenwinkel einen vom Himmel herabsausenden Schatten wahr.

Sofort zielte er nach oben, jedoch zu spät zum Schießen. Die fallende Gestalt landete auf Eddy. Beide Männer gingen zu Boden, und ein animalischer Schrei hallte durch die Nacht. Jed wich einen Schritt nach links, um sich ein Schussfeld zu verschaffen, während die beiden Soldaten miteinander ringend über den Boden rollten. Da Jed nicht schießen konnte, ohne zu riskieren, den Green Beret zu treffen, schlang er sich das Gewehr auf den Rücken und zog das Bowie-Messer aus der Scheide an der Seite seiner Ausrüstung. Die Klinge funkelte im Mondlicht, als er sich auf das fuchtelnde Gewirr aus Armen und Beinen zubewegte.

Eddy grunzte, während er sich auf dem Rücken gegen den Kämpfer auf ihm wehrte, das Gewehr zwischen ihnen eingeklemmt und nutzlos. Wilde, schnelle Schläge wurden ausgetauscht. Jed setzte dazu an, den Feind von hinten anzuspringen, erstarrte jedoch, als Eddy vor Schmerzen aufheulte. Fassungslos beobachtete Jed, wie der gegnerische Kämpfer in den Muskelstrang zwischen Eddys Hals und Schulter biss.

»Du kommst zu spät, Shepherd«, ertönte eine tiefe, knurrende, übernatürliche Stimme. Der Feind drehte den Kopf und sah Jed an, die Augen lodernd wie glühende Kohlen in einem winterlichen Kamin. Blut tropfte ihm vom Kinn.

Dann sprang der Finstere von Eddy herunter und sprang unfassbare zwei Meter hoch in die Luft, bevor er sich von der Mauer in Jeds Richtung abstieß. Die Arme wie eine angreifende Dschungelkatze vor sich ausgestreckt flog der Soldat der Finsteren direkt auf ihn zu. Jed zog die linke Schulter ein und hieb mit dem Messer in einem Bogen durch die Luft. In der Drehung spürte er, wie die Klinge ihr Ziel traf. Er nahm heiße Nässe auf der Hand wahr, als er weghechtete und sich abrollte. Der Finstere landete mit einem dumpfen Aufprall, sprang jedoch mit unmenschlichen Reflexen sofort wieder hoch. Er reckte das Kinn vor, blickte nach oben und stimmte ein feuchtes, rasselndes Lachen an – obwohl Arterienblut aus der von Jeds Klinge aufgeschlitzten Kehle schoss.

Dann griff die abartige Kreatur Jed erneut mit schier unmöglicher Geschwindigkeit an.

Aus dem Augenwinkel bekam Jed mit, wie sich Eddy in kniende Schussposition aufrappelte und zielte. Die Mündung blitzte auf, und der Oberkörper des Kämpfers der Finsteren zuckte, als das Projektil ihn durchschlug. Trotz des Schadens blieb der Besessene auf den Beinen. Blut durchtränkte seine gesamte Vorderseite. In Jeds Kopf flammte auf, wie er gegen den Finsteren in der Einfahrt der Yarnells gekämpft hatte, einen dämonischen Soldaten mit denselben leuchtenden Augen und übermenschlichen Kräften, der unerbittlich geblieben war, auch nachdem Jed ihm den Arm gebrochen hatte.

Mit wutverzerrter Miene stürmte der Soldat der Finsternis heran.

Jed verlagerte die Haltung und bereitete sich darauf vor, ihm einen weiteren tödlichen Treffer zu verpassen, aber Eddy feuerte erneut. Diesmal fiel der Finstere, klatschte mit einem nassen Laut und dem Gesicht voraus auf den Boden. Einen Moment lang rührte er sich nicht. Dann setzte er sich langsam wieder in Bewegung, was wie eine Szene eines Horrorfilms anmutete. Eddy schrak zurück, als der Krieger der Finsternis versuchte, sich aufzurappeln, bevor er zurückfiel und auf den Rücken rollte.

Jed und Eddy rückten Seite an Seite vor, beide mit dem Gewehr im Anschlag. Zwei grüne IR-Lichtpunkte erfassten nebeneinander, was vom Gesicht des Mannes übrig war. Das verbliebene Auge leuchtete noch rot, verblasste jedoch, während Jed hinsah. Dann geschah es – eine dämonische Fratze überlagerte das verheerte Gesicht des Söldners, als würde ein knurrendes, schauerliches Hologramm auf den Toten projiziert. Es blitzte orangefarben auf, bevor es verschwand. Zurück blieb nur ein abscheulicher Gestank.

»Was um alles in der Welt ist gerade passiert?« Eddy betonte jedes einzelne Wort, während er wie gebannt auf die Leiche starrte.

»Was meinst du?«, erwiderte Jed, um sich ein, zwei Sekunden für die Entscheidung zu verschaffen, was er dem erschütterten Green Beret sagen sollte.

»Was ich meine?« Eddy gestikulierte wild mit der linken Hand. »Willst du andeuten, du hast das gerade nicht gesehen? Dieses … Dieses … *Ding* in seinem Gesicht? Und die leuchtenden Augen?«

»Ich bin mir nicht sicher, was ich gesehen habe«, sagte Jed.

»Der Typ ist vom Himmel auf mich gefallen und hat sich in ein Monster verwandelt … Das war wie was von Stephen King, Alter.«

»Er ist aus einem offenen Fenster auf dich gesprungen«, erwiderte Jed, als er sah, wie die anderen Shepherds um die Ecke auf sie zukamen.

»Wie du meinst, Kumpel.« Eddy klang genervt. »Jedenfalls haben seine Augen geleuchtet und er ist zwei Meter hochgesprungen, bevor er wie ein Scheißsuperschurke durch die Luft geflogen ist. Er hat weitergekämpft, nachdem du ihm die Kehle aufgeschlitzt hattest und ich ihm 'ne Kugel in den Kopf gejagt hatte. Wie ist das möglich?«

»Zwei, hier Eins – ich könnte Hilfe gebrauchen«, sagte Jed und forderte damit Eli durch die Blume auf, sich zu beeilen, da er keine Ahnung hatte, wie er mit der Situation umgehen sollte. »Der Kerl muss auf Drogen gewesen sein«, wandte er sich wieder an Eddy und bemühte sich, genauso ungläubig und bange zu klingen. »PCP oder so.«

»Ja, vielleicht.« Eddy schüttelte den Kopf und wirkte, als wollte er die Lüge glauben. »Aber was ist mit …« Er senkte die Stimme zu einem verschwörerischen Flüstern und schob das Mikrofon vom Mund weg. »Was ist mit dem *Gesicht*?«

»Welches Gesicht?«, fragte Jed unschuldig, als Eli auftauchte.

»Der Typ hatte zwei Gesichter, und eines war … nicht menschlich.«

Jed wollte gerade erneut Ahnungslosigkeit heucheln, als Eli vortrat und Eddy auf die Schulter klopfte.

»Alles klar, Bro?«

Eddy warf Jed einen Blick zu, der besagte: *Bitte sag nichts zu den anderen, sonst halten sie mich für durchgeknallt.*

»Alles gut, Bruder«, antwortete Jed für sie beide. »Eins ist Packard«, teilte er über das Mikrofon der Einsatzzentrale das Rufzeichen für den Jackpot mit. »Aber keine Krähen, fürchte ich.«

»Verstanden, Eins«, gab Ben zurück. »Wir müssen die Leichen zurück zum Gelände schaffen. Fahrzeuge für deine beiden Teams sind zur Abholung bei Hudson unterwegs. Sammelt ein, was ihr könnt. Exfiltration in fünf Minuten.«

»Alles verstanden.«

Jed beobachtete, wie sich Eddy benommen die Straße entlang dorthin in Bewegung setzte, wo Patches mit Bex stand. Das Gewehr baumelte von seiner rechten Hand, statt dass er es im Anschlag hielt. So konnte er den Mann nicht zurücklassen. Jed hatte nach seiner ersten Begegnung mit einem Finsteren in Kenny Baileys Keller niemanden zum Reden gehabt, und es hatte sein Leben in eine Abwärtsspirale gestürzt. Er weigerte sich, dasselbe Eddy widerfahren zu lassen.

Aber zuerst brauchte er einen Rat von Ben.

Er warf einen Blick zu Eli, der sein Mikro vom Mund wegschob.

»Alles in Ordnung?«, erkundigte sich der altgediente Shepherd.

Jed nickte. »Ja. Denke, schon. Nur Eddy ist ziemlich ausgeflippt. Leider hat er die Augen und das Gesicht gesehen.«

»Was soll das heißen, *das Gesicht*?«, hakte Eli nach. Zuerst dachte Jed, er wollte ihn veralbern, doch die Miene seines Teamkameraden verriet echte Verwirrung.

Er beugte sich näher. »Du weißt schon, das doppelte Gesicht – was passiert, kurz bevor der Dämon den Körper verlässt.«

Eli schüttelte den Kopf. »Die leuchtenden Augen hab ich schon gesehen, aber noch nie das Dämonengesicht, von dem du redest. Ist das vielleicht eine besondere Begabung?

Keine Ahnung. Darüber wirst du mit Ben reden müssen.« Er fasste nach unten und packte die Leiche an der Ausrüstung. »Hilf mir mit dem Müll hier, ja?«

»Klar«, erwiderte Jed und ging seinem Waffenbruder dabei zur Hand, den toten Schützen die Straße entlang dorthin zu schleppen, wo der Rest des Teams gerade die anderen Leichen in ordentlichen Reihen ablegte.

Wir müssen reden, Jed, meldete sich Bens Stimme in seinem Kopf. *Ich wusste nicht, dass sich dir dunkle Engel offenbaren.*

Ja, antwortete Jed. *Wir müssen unbedingt reden.*

Als das Adrenalin vom Gefecht aus ihm abfloss, überkam ihn ein Gefühl der Erleichterung. An diesem Tag würde kein Massaker an unschuldigen Zivilisten stattfinden. Sie hatten den Anschlag und das verhindert, was Victor damit erreichen wollte. Jeds erste Mission als Leiter von Team Joshua Bravo hatte erfolgreich geendet.

Genieß den Sieg, Bruder, dachte er bei sich und ließ ein triumphierendes Grinsen in seine Züge treten.

22

GEMEINSAMES AUSBILDUNGSLAGER TAL AFAR

VORGESCHOBENE OPERATIONSBASIS SYKES

TAL AFAR, IRAK

5:52 UHR ORTSZEIT

Jed beobachtete Eddy aufmerksam, während sie auf der Ladefläche eines Pick-ups zurück zur Basis fuhren. Der Mann von der Delta Force saß auf dem Boden, die Hände über dem Gewehr in seinem Schoß gefaltet, während er die gesamte Fahrt über ins Leere starrte. Jed kannte diesen Blick. Eddy würde es nicht auf sich beruhen lassen können …

Grayson, der neben Jed am Geländer saß, stieß ihn mit dem Ellbogen an und beugte sich zu ihm herüber. »Spitzenarbeit, Bro. Ich war mir erst nicht sicher, ob's gut ist, 'nem Neuling die Leitung zu übertragen, aber du hast dich super geschlagen.«

Jed lächelte und nickte seinem Teamkameraden zu. Gern hätte er den Moment genossen, doch er konnte es nicht. Er schaute zu Patches, der neben Eddy unablässig über den Einsatz plapperte und offenbar nicht mitbekam, dass Eddy kein Wort davon hörte. Der jüngere Green Beret hatte zwar etliche winzige Kratzer von der Explosion im Gesicht, davon abgesehen jedoch war er wie durch ein Wunder unversehrt geblieben.

Der Pick-up rollte durch das einziehbare Tor in die Anlage und kam mit einem Ruck neben dem niedrigen

Gebäude zum Stehen, das den Green Berets als Einsatzzentrale diente. Jed drehte sich herum und hievte sich über die Seite. Seine Stiefel landeten mit einem dumpfen Doppelpochen auf dem staubigen, harten Erdboden. Die Beifahrertür öffnete sich, und Bex stieg aus. Auf der anderen Seite sprang ein Chauffeur der Special Forces der Armee heraus.

Dann schwang die Tür zur Einsatzzentrale auf. Ben kam schnurstracks auf Jed zu, dicht gefolgt von Mike Moore und David Yarnell.

»Auf ein Wort, Jed?« Ben zog ihn um die Ecke des Gebäudes.

»Gern«, erwiderte Jed, als hätte er eine Wahl.

»Erstens – hervorragende Arbeit«, lobte Ben, sobald sie sich außer Hörweite der anderen befanden. Das Gesicht des Befehlshabers der Shepherds strahlte wie das eines stolzen Vaters, nachdem sein Junge den ersten Baseball getroffen hat, daher wusste Jed, dass die Worte aufrichtig waren.

»Danke«, sagte er.

»Was ist am Ende passiert?« Pastor Mike riss das Wort an sich und kam direkt auf den Punkt wie der Ranger-Befehlshaber, der er einst gewesen war. »Beschreib uns genau, was sich ereignet hat. Lass nichts aus.«

In Jeds Hals bildete sich ein Kloß. »Tut mir leid, wenn ich die Sache mit Eddy falsch angepackt habe, aber was hätte ich sagen sollen? Wir hatten es beide aus nächster Nähe mit einem Finsteren zu tun. Ihr wisst ja, wie schwer es ist, Besessene zu killen. Ist wie ein Kampf gegen Untote.«

»Es ist ein Albtraum, ich weiß. Aber davon rede ich nicht«, erklärte Moore, in dessen Stimme sich Ungeduld schlich. »Über Funk haben wir euch von einem dämonischen Doppelgesicht reden gehört. Jed, hat sich dir der Dämon gezeigt?«

Jed verschränkte die Arme vor der Brust. »Äh … ja.«

»War es das erste Mal?«

Er schüttelte den Kopf. »Ich habe das Dämonengesicht jedes Mal gesehen, wenn ich einen der Drecksäcke von Angesicht zu Angesicht vor mir hatte.«

Pastor Mike schluckte schwer und sah Ben an, und sofern Jed die Augen keinen Streich spielten, wirkte der drahtige Pastor plötzlich mehrere Schattierungen blasser.

»Leute, allmählich wird's mir unheimlich«, sagte Jed. »Kann mir vielleicht jemand erklären, was los ist?«

»Jed, hast du das in der Nacht im Keller gesehen, in der Kenny Bailey versucht hat, Rachel zu vergewaltigen?«, fragte David, die Miene seltsam leidenschaftslos und selbstsicher. »Hast du einen Dämon in Kenny gesehen?«

»Ja, klar«, antwortete Jed und spürte, wie ihm ein kalter Schauder über den Rücken lief. »Du nicht?«

»Nein, Jed, ich nicht«, entgegnete David, bevor er ihn mit einer unverhofften Geste überraschte. David legte ihm die Hand auf die Schulter und sah ihm in die Augen. »Das erklärt viel, mein Freund … Sehr viel.«

Jed spürte, wie ihm unerwartet Tränen in die Augen traten. Er stieß scharf den Atem aus. »Also hast du die ganze Zeit gedacht, ich hätte Kenny fast zu Tode geprügelt, weil …«

David schüttelte den Kopf. »Ich wusste, dass in der Nacht mit Kenny irgendwas nicht gestimmt hat. Aber wenn ich dasselbe gesehen hätte wie du, hätte ich mir nicht so lange etwas vormachen können. Ich habe mir eingeredet, mein Hirn hätte mir einen Streich gespielt.

Die leuchtenden Augen – nur eine Reflexion vom Licht aus dem Treppenhaus. Die unmenschlichen Laute – nur Kennys animalisch-aggressives Grunzen. Aber hätte ich wie du einen waschechten Dämon gesehen, hätte es mich fertiggemacht. Wahrscheinlich hätte ich dasselbe wie du getan … Ich wäre wohl auch weggerannt.«

Jed nickte nur, innerlich jedoch erlebte er ein emotionales Erdbeben. Er hatte seinen Tempel der Schuldgefühle und der Reue auf der Überzeugung, nein, auf der *Annahme* errichtet, David und Rachel hätten in jener Nacht die gleiche übernatürliche, schauderhafte Manifestation des Bösen bezeugt wie er. Aber das hatten sie nicht.

Sie haben die Bestie nicht gesehen …

David ließ Jeds Schulter los und schenkte ihm ein verkniffenes Lächeln.

»Jed, sieh mich an«, sagte Ben. Seine Stimme holte Jed aus seinen Gedanken in die Gegenwart zurück. »Die Finsteren offenbaren nur sehr wenigen Menschen ihr wahres Gesicht. Aus Pastor Mikes und meiner Sicht ist strategisch wichtig, was du erlebt hast.«

»Ich versteh's immer noch nicht«, erwiderte Jed.

Ben atmete aus. »Also, ich hatte bisher nie ein Stelldichein mit Satan, dem CSO der Drecksbande der Finsteren, aber ich stelle ihn mir gern als den ultimativen Schulhofrowdy vor. Jeder solche Tyrann ist unsicher, verängstigt und hasst sich tief im Inneren selbst. Und was tut er, damit er sich besser fühlt? Er quält andere, versucht, sie runterzuziehen, damit sie sich genauso mies und elend wie er fühlen. Meistens gehen Tyrannen auf einfache Ziele los – Einzelgänger, Schüchterne, Schwache. Auf Kids, die sich nicht wehren. Aber irgendwann verliert das seinen Reiz und sie suchen sich würdigere Gegner. Jemanden,

den zu brechen das bösartige Ego richtig stärkt. Deshalb fixieren sich die meisten Schulhoftyrannen letztlich auf jemanden, der glücklich ist, der Freunde und Selbstvertrauen hat. So jemanden zu quälen und zu brechen ist umso befriedigender. Klingelt da bei dir was?«

Jed nickte.

»Wir glauben, dass die Finsteren strategisch genauso vorgehen«, ergriff Pastor Mike das Wort. »Sie nehmen zwar spirituell Schwache und emotional Verwundbare ins Visier, fixieren sich aber auf die Starken und Mächtigen. Du würdest dich nie einem Finsteren öffnen, und das wissen sie. Aber deine Gaben und Fähigkeiten machen dich zu einer Bedrohung. Sie haben dich auf dem Radar, und sie haben Angst. Wenn du gegen sie kämpfst, wenn Sieg oder Niederlage auf der Kippe steht, zeigen sie dir ihr wahres Gesicht, weil Angst ihre mächtigste Waffe ist … Das ist jedenfalls Bens und meine Theorie.«

»Klingt einleuchtend. Wenn man den Gegner im entscheidenden Moment des Kampfs ablenkt oder einschüchtert, kann man sich damit die nötige Sekunde für den Todesstoß verschaffen«, sagte Jed.

»Das ist 'ne echt große Sache, Jed. Wir sehen in dir etwas Besonderes. Victor und sein Boss allerdings auch. Wie Mike gesagt hat, die haben dich auf dem Radar. Tut mir leid, dir das sagen zu müssen, aber du wirst dich mächtig vorsehen müssen. Victor wird die Jagd auf dich eröffnen, wahrscheinlich in mehr als einer Hinsicht«, sagte Ben.

»Tja, dann haben wir noch ein Problem«, erwiderte Jed. »Weil Eddy es auch gesehen hat.«

Ben wechselte einen Blick mit Pastor Mike, bevor er sich wieder Jed zuwandte. »Bist du sicher?«

»O ja. Er hat die Augen *und* die Dämonenfratze gesehen. Und er ist deswegen völlig fertig. Während der gesamten Rückfahrt war er praktisch katatonisch. Jemand sollte wohl mit ihm reden …« Unsicher trat Jed von einem Bein aufs andere. »Soll ich es versuchen?«

»Halte ich für ’ne gute Idee«, befand Pastor Mike. »Du versicherst ihm, dass er nicht verrückt ist, und Ben kann anschließend ein Folgegespräch mit ihm führen.«

»Hervorragender Plan«, stimmte Ben zu.

»Wirst du versuchen, ihn zu rekrutieren?«, fragte Jed.

»Vielleicht«, erwiderte Ben.

»Zuerst sollten wir darüber beten«, schlug Moore vor. Mit einem schiefen Lächeln fügte er hinzu: »Aber an dem Green Beret könnte mehr dran sein, als man auf den ersten Blick meinen würde. Die Finsteren müssen interessiert an ihm sein, immerhin hat heute einer von ihnen versucht, ihn auszuschalten.«

»Also, falls er rekrutiert wird, hätte ich ihn gern in Joshua Bravo«, brachte Jed an. »Er ist ein kompetenter Soldat und ich hab ein gutes Gefühl bei ihm.«

»Auch das beziehen wir ins Gebet ein«, gab Ben lächelnd zurück. »Geh zu Eddy und rede vor der gemeinsamen Nachbesprechung mit ihm. Danach bringst du ihn zu mir, ja?«

»Verstanden«, bestätigte Jed, der noch nicht so recht wusste, was er zu dem Green Beret sagen sollte.

»Wenn er sich empfänglich zeigt, kannst du ihm ruhig deine Geschichte erzählen. Persönliche Erfahrungen finden bei gleichgesinnten Kriegern den meisten Anklang. Ich denke, bei Eddy könntest du damit viel erreichen.«

»Okay.«

Pastor Mike wandte sich an David. »Würdest du das Gebet leiten?«

David nickte. Dann lieferte der neueste STF der Shepherds mit einer Überzeugung, die Jed bei seinem Freund seit der High School nicht mehr erlebt hatte, ein mitreißendes Gebet.

»Amen«, murmelte Jed mit den anderen. Als er aufschaute, stellte er fest, dass David ihn mit Leidenschaft in den Augen anlächelte. Vielleicht war das von Anfang an Gottes Plan für David gewesen. Sein Charisma, seine Risikofreude und seine endlose Abenteuerlust als Jugendlicher wirkten plötzlich geradezu ironisch geeignet für die Reise, auf der sie sich befanden. Eigenartigerweise wusste Jed nicht recht, was er davon halten sollte.

Er nickte und kehrte zurück vor die Einsatzzentrale, um unter den Soldaten, die Waffen, Ausrüstung und Leichensäcke verstauten, nach Eddy Ausschau zu halten.

»Alles klar, Bro?«, fragte Eli und legte ihm die Hand auf den Arm.

»Ja, ich suche nur nach Eddy«, erwiderte er.

»Ich hab ihn vorhin auf dem Weg zu den Duschen gesehen«, antwortete Eli und deutete mit dem Daumen in die Richtung.

»Danke, Bruder«, sagte Jed und gab seinem Teamkameraden die Gettofaust.

Als er um die Ecke bog, sah er, dass die Tür zu einem der Wohnwagen mit Duschen und Toiletten leicht offen stand. Grelles Licht strömte durch den Spalt in die Düsternis kurz vor Sonnenaufgang heraus. Jed stieg die Stufen hinauf und öffnete die Tür. Eddy erschrak. Er stand mit beiden Händen auf den Rand des Waschbeckens gestützt da. Wasser tropfte von seinem Gesicht. Dann erkannte er Jed und rang sich ein verlegenes Lächeln ab.

»Hi, Eddy«, sagte Jed, griff sich eine Handvoll Papiertücher und befeuchtete sie, um sich am nächsten Waschbecken den Dreck aus dem Gesicht zu schrubben.

»Eigentlich Edwin«, murmelte der Green Beret und starrte Jed mit einem düsteren, grüblerischen Ausdruck in den Kriegeraugen an.

»Oh«, sagte Jed.

»Im Team nennen sie mich Eddy, weil sie wissen, dass ich's nicht leiden kann.«

»Verstehe«, erwiderte Jed kopfschüttelnd und grinste. »Weißt du, ich bin froh, dass ich dir über den Weg gelaufen bin, Edwin.«

»Ja, ich auch.« Der Green Beret raffte sich erneut zu einem Lächeln auf und straffte die Schultern. »Wollte mich nämlich dafür entschuldigen, wie ich mich am Einsatzort aufgeführt hab. Ich muss wohl echt schräge Halluzinationen oder so gehabt haben. Keine Ahnung, was mit mir los war, aber …«

»Lass mich dich an der Stelle bremsen. Ich hab's auch gesehen«, fiel Jed ihm ins Wort.

Eddy erstarrte. »Wenn das so ist, will ich nicht darüber reden«, erklärte er steif. »Und niemand darf *je* meinem Team davon erzählen …«

»Hör zu, Eddy … Edwin, meine ich«, sagte Jed. »Ich erzähle niemandem was, aber ich will dich nicht in dem Glauben hier zurücklassen, du wärst verrückt. Dafür ist mir viel zu gut in Erinnerung, was bei mir der erste Anblick eines Dämons ausgelöst hat.«

Abrupt straffte Edwin die Schultern, bis er praktisch strammstand. »Dämon? *Das* war es also?«

»Ja«, antwortete Jed schlicht. »Mir ist klar, wie bizarr dir das vorkommt. Aber glaub mir, ich weiß, wie du dich fühlst. Was du gesehen hast – ist real. Und nicht jeder kann es überhaupt sehen. Das ist eine seltene Gabe. Besonders.«

»Besonders?« Der Green Beret lachte und klang dabei ein wenig hysterisch, fand Jed. »Inwiefern ist das besonders?«

Jed nahm sich Zeit, die Worte sorgfältig zu wählen. Plötzlich wünschte er, Pastor Mike – oder vielleicht sogar David – wäre dabei.

»Bist du ein religiöser Mensch, Edwin?«

Der Green Beret seufzte. »Ich bin grundsätzlich gläubig. Aber wenn ich ehrlich sein will, bin ich in den letzten Jahren vom Glauben abgekommen. Nach allem, was ich gesehen und getan habe … fällt es mir schwerer und schwerer, Gott in der Welt zu finden, in der wir leben, Bro.«

Jed nickte. »Versteh ich. Hab ich selbst durchgemacht. Aber ich kann dir versichern, dass Gott in diesem Augenblick hier bei uns ist. Er ist unter uns. Genau wie die Kräfte des Bösen, weil der Satan genauso real ist. Um uns herum tobt ein Krieg, den die meisten Menschen nicht sehen können. Aber einige schon. Dir hat der Feind heute sein Gesicht gezeigt, Edwin. Was da vorhin passiert ist, war kein Zufall.«

»Warum erzählst du mir das?«, fragte Edwin, aber man sah ihm am Gesicht an, dass er es bereits ahnte.

»Ich sage dir das von Bruder zu Bruder, weil ich hoffe, dass du nicht wie ich über ein Jahrzehnt brauchst, um den Weg zurück zu Gott und den Antworten zu finden, die du suchst.«

»Die geheimnisvolle Truppe, zu der du gehörst«, sagte Edwin und nickte, als sich die Puzzleteile zusammenfügten. »Sind das alles Kerle, die dasselbe wie wir gesehen haben?«

»Kerle und Kerlinnen«, erwiderte Jed schmunzelnd. »Es ist nicht für alle gleich, aber sagen wir so – sie wissen alle darüber Bescheid, was hinter den Kulissen abgeht.«

»Und ihr reist herum und jagt diese Kreaturen?«

»In Kurzzusammenfassung, ja. So ungefähr.«

»Hm … Könnte ich mir auch vorstellen.«

»Ich sag dir was – wenn du bereit bist, mit meinem Boss Ben Morvant darüber zu reden, lässt sich da vielleicht was machen. Generell kennt er sich mit dem ganzen Kram viel besser aus als ich.«

Edwin musterte ihn eingehend. Mittlerweile schien sich der Mann wieder deutlich fester im Griff zu haben. »Okay. In Ordnung«, sagte er schließlich und klang eher trotzig als resigniert. »Ich würde gern mit ihm reden.«

»Cool«, erwiderte Jed. »Aber jetzt sollten wir wohl erst mal zur konventionellen Nachbesprechung. Könnte mir vorstellen, dass man schon auf uns wartet.«

»Okay.« Damit folgte ihm Edwin aus dem Duschwohnwagen in den ersten rosa Schimmer der am Horizont aufgehenden Sonne. »Dein Boss ist hoffentlich kein SEAL, oder?«

»Oh, und ob er ein SEAL ist«, entgegnete Jed verschmitzt grinsend. »Du kannst doch nicht ernsthaft erwarten, dass Gott jemanden von der *Army* als unseren Anführer ausgewählt hat, oder?«

Damit brachte Jed sie beide zum Lachen, und der Mann von der Delta Force, der, so Gott wollte, schon bald der Shepherd-Familie angehören würde, klopfte ihm auf die Schulter.

23

USAF C-17

11.000 METER ÜBER DEM ATLANTIK

800 KILOMETER WESTLICH VON MAROKKO

21:42 UHR ORTSZEIT

Die warme Nostalgie der Feier nach einem erfolgreichen Einsatz umhüllte Jed wie eine flauschige Decke in einer frostigen Nacht. Er war schon an Bord von so vielen Frachtflugzeugen gewesen, war von so vielen Missionen nach Hause zurückgekehrt und hatte mit so vielen SEAL-Brüdern gefeiert, dass er sich von den positiven Schwingungen um ihn herum berührt und geradezu berauscht fühlte.

»Nisha war echt knallhart«, sagte Carl überschwänglich und nahm von Eli eine Flasche Bier entgegen. »Sie ist als Zweite durch die Tür rein, hat unsere linke Flanke gesichert und ist dann wie ein geölter Blitz in den nächsten Raum, wo sie den Feind wie 'n waschechter Marine Raider angegriffen hat … oder wie 'n Froschmann.«

»Froschfrau!«, stellte Bex schmunzelnd richtig und stieß mit Nisha an.

»Ich war nicht mal bei euch, also kann ich mir echt nicht erklären, wie du den Vergleich anstellen kannst«, warf Hyeon mit gespielter Empörung ein.

»Mag sein«, meldete sich Johnny zu Wort und zwinkerte Carl zu. »Aber wenn der Colonel mit seiner Wertungstafel aus der Simulationsanlage hier wäre, hätte unsere

Wonder Woman hier dich armseligen Froschmann wohl doppelt und dreifach übertrumpft – wie üblich.«

»Autsch.« Hyeon zog sich einen imaginären Dolch aus dem Herzen, aber das Funkeln in seinen Augen verriet, wie sehr ihm das scherzhafte Geplänkel gefiel. »Wusste gar nicht, dass man bei der Army zählen kann.«

»An den Fingern bis zehn. Und wir können sogar lesen«, konterte Johnny, bevor er einen ausgiebigen Schluck Bier trank. Alle lachten, und Bex klopfte Hyeon auf die Schulter.

Jed lächelte. Erst *eine* gemeinsame Mission, und schon quatschten sie Blödsinn und tauschten Kriegsgeschichten aus. Was sehr, sehr gut war.

Es zeugte davon, dass sie zu einem echten Team zusammenwuchsen.

»Joshua Bravo, alle mal herhören«, dröhnte Bens Stimme. Jed, der auf einem Poncho mit Tarnmuster auf dem Stahlboden der Frachtmaschine saß, drehte sich um. »Ich hab was bekannt zu geben.«

Alle verstummten. Neugier und vielleicht Aufregung darüber, was sie als Nächstes erwarten mochte, breiteten sich aus.

»Wie ihr wisst«, sagte Ben mit in die Hüfte gestemmten Händen neben Pastor Mike, »haben wir euch vor Abschluss von Jericho Basic aus der Ausbildung geholt. Phase eins hätte noch fast zwei Wochen gedauert – zwei harte Wochen mit simulierten Kampfmissionen und einer Übung mit scharfer Munition in einer Realumgebung.«

Die Teammitglieder wechselten Blicke. Jed bemerkte, dass Eli lächelnd zu Boden schaute.

»Ich habe mich mit den Veteranen beraten. Sie haben einstimmig beschlossen, dass dieses Team insbesondere nach dem Auftritt in Tal Afar bereit ist, Jericho Basic hinter sich zu lassen und zu ständigen aktiven Mitgliedern von Joshua Bravo zu werden. Glückwunsch.«

Die ohnehin schon gute Stimmung schoss schlagartig himmelwärts. Die Teammitglieder brachen in Jubel aus und klatschten miteinander ab. Die sonst so reservierte Nisha ließ sich zu einer Gettofaust mit Hyeon hinreißen, und Bex umarmte sogar Johnny.

»Starke Leistung, alle miteinander«, lobte Ben. »Trotzdem erwartet euch noch reichlich Training. Jericho Basic ist annähernd mit dem Absolvieren von BUD/S und dem Vorrücken zum SQT gleichzusetzen. Ihr alle seid jetzt offiziell Shepherds und habt euch das Recht verdient, den Hirtenstab und das Kreuz zu tragen, aber ihr habt noch viel zu lernen – erweiterte Techniken, die wichtig für unser einzigartiges Einsatzumfeld sind und die man euch sonst nirgendwo beibringen kann.«

Bei der Äußerung musste Jed schmunzeln. Unwillkürlich dachte er daran, wie der Finstere auf Edwin zugeflogen war und trotz aufgeschlitzter Kehle wie ein Berserker weitergekämpft hatte.

Und was für ein einzigartiges Einsatzumfeld.

»Damit will ich sagen, dass es in der Regel je nach Einsatzhäufigkeit und Trainingszyklen ungefähr 18 Monate dauert, euch durch alles zu schleifen, was unser Ausbildungsspektrum zu bieten hat. Während der Zeit bleibt euer Team auf Abruf für bestimmte Missionen einsetzbar, die wir als geeignet für euch ansehen.«

Die Tragweite der Aussage sickerte dem Team ins Bewusstsein. Alle sahen einander an. Erfreut stellte Jed fest, dass sie dabei Zuversicht und Verbundenheit ausstrahlten.

»Da ihr Jericho Basic somit hinter euch habt, könnt ihr außerdem aus der Ausbildungskaserne ausziehen. Die vier Neulinge unter euch können sich nach einer dauerhaften Bleibe umsehen«, fügte Ben hinzu. »Meine Frau Christy und ich leben mit den Kindern auf dem Stützpunkt und sind nach wie vor begeistert davon. Ich denke, ihr werdet feststellen, dass die Unterkünfte von Trinity Loop praktisch und gut ausgestattet sind. Hinzu kommt, dass wir die Miete beträchtlich subventionieren. In der Stadt werdet ihr zu dem Preis nichts Vergleichbares finden. Und es bietet einen Sicherheitsvorteil, auf dem Firmengelände zu leben. Ich weiß, dass von den Neuen niemand verheiratet ist und Kinder hat, trotzdem könnte man das in seine Überlegungen einbeziehen. Falls ihr lieber extern wohnen wollt, müsst ihr euch etwas in einem Umkreis von 30 Autominuten zur Trinity-Basis suchen. Dafür eignet sich Nashville, vor allem das West End. Euer STF David und seine Familie leben aufgrund von einzigartigen Umständen seit zwei Monaten in einer Familienunterkunft auf dem Gelände. Ihr könnt ihn also gern nach seinen Erfahrungen fragen.«

Überrascht schaute Jed zu David. Er hatte keine Ahnung gehabt, dass er mit seiner Familie das Haus im West End aufgegeben hatte. Aber nach allem, was mit Sarah Beth passiert war, und dem blutigen Überfall in ihrem früheren Zuhause leuchtete ihm ein, warum sie auf die Basis gezogen waren.

»Uns gefällt's bei Trinity Loop«, sagte David, als Ben ihm zunickte. »Wie Ben gesagt hat, ist es weit und breit die beste und günstigste Wohnmöglichkeit. Und zum Beweis schmeiße ich nach unserer Rückkehr bei uns zu Hause eine Jericho-Basic-Abschlussgrillparty.«

»Ja!«, stieß Johnny jubelnd hervor. »Das wird spitze.«

»Deine Definition von spitze ist jede Mahlzeit, die du nicht selbst kochen musst«, scherzte Eli, bevor er sich an David wandte. »Wir kommen mit Sicherheit, David. Bei mir kannst du mit zwei Erwachsenen und drei Kindern rechnen. Ich hoffe, du hast nicht viel Zerbrechliches zu Hause.«

»Bier, Teenager und kleine Racker – was kann da schon schiefgehen?«, meinte David breit grinsend. »Ich brauch nur ein paar Tage, um mir zu überlegen, wie ich Rachel glauben machen kann, die Party wäre ihre Idee.«

Dazu wurde gutmütig gelacht, vor allem von den Verheirateten der Truppe.

Obwohl Jed äußerlich grinste, zog sich ihm innerlich bei der Aussicht auf eine Grillparty bei David und Rachel zu Hause alles zusammen.

Ich weiß nicht, ob ich dafür bereit bin …

Bei dem Gedanken spürte er eine Hand auf der Schulter. Als er den Kopf drehte, lächelte Ben ihn an.

»Gute Arbeit, Jed«, sagte er und führte Jed von der Gruppe weg, um ungestört mit ihm zu reden. »Du hast deine Mannschaft durch Jericho Basic geführt und dich bei deinem ersten Einsatz als Teamleiter wie ein altgedienter Shepherd verhalten. Ich weiß, dass Gott mit dir noch Großes bei uns vorhat.«

»Danke«, erwiderte Jed, der nicht wusste, was er sonst sagen sollte.

»Übrigens hatte ich ein gutes Gespräch mit Edwin«, fügte sein Boss hinzu und senkte die Stimme.

»Bedeutet das, was ich hoffe?«

»Das wird die Zeit weisen«, antwortete Ben. »Aber ich habe ihn zu uns eingeladen.«

»Wie hat er darauf reagiert?«

»Er hat gemeint, er müsste es sich durch den Kopf gehen lassen, und mich um Elis und deine Kontaktdaten gebeten, falls er Fragen hat. Ich wollte mich erst bei dir vergewissern, ob ich ihm deine Handynummer weitergeben darf.«

»Unbedingt, Boss«, bejahte Jed. »Danach musst du mich nicht fragen. Du hast dafür künftig meine Blankoerlaubnis. Ich stehe voll und ganz hinter unserer Sache.«

Ben nickte. »Weiß ich, und ich bin dankbar dafür.«

Zuerst dachte er, Ben wäre in seinen Kopf gewechselt. Dann erkannte er, dass tatsächlich das Gegenteil zutraf. Jed hörte deutlich Bens Gedanken.

Endlich hab ich das Gefühl, nicht allein zu sein.

Der Befehlshaber der Shepherds schenkte Jed ein Insiderlächeln und entschuldigte sich.

Jed sah ihm nach und grübelte über den offenherzigen Einblick nach, der den von Jed bisher immer auf ein Podest gehobenen Mann unverhofft vermenschlicht hatte. Die Last der Verantwortung eines Anführers war real – und Ben Morvant schien nicht abgeneigt zu sein, einen Teil davon abzugeben.

24

HOTEL DEI MELLINI

VIA MUZIO CLEMENTI 81

ROM, ITALIEN

19:12 UHR ORTSZEIT

Woland lehnte sich mit einem Seufzen auf dem Zweiersofa mit Samtbezug zurück, bei dem man wie so oft in der italienischen Kultur mehr Wert auf Stil als auf Funktion gelegt hatte. Die Rückenlehne war zu gerade, die Polsterung zu dünn. Die gewölbten Armlehnen sahen zwar einladend aus, fühlten sich durch die Winkel aber unbequem an. Er schüttelte den Kopf, hievte die Füße auf den kleinen Couchtisch, der zu niedrig war, um vernünftig einen Drink darauf abzustellen, und genehmigte sich einen ausgiebigen Schluck von seinem Glas mit Hardy L'Été Lalique Cognac Grande Champagne. Der weiche, kräftige Cognac glitt seine Kehle wie flüssige Seide hinab. Woland entschied, dass er zu den wenigen Dingen gehörte, die man in Frankreich richtig hinbekam.

Es gefiel ihm, genüsslich vor seinem muslimischen Gast zu trinken. Männer wie Rashid zu verhöhnen, die sich in Scheinheiligkeit hüllten, bereitete ihm Vergnügen. Woland rieb gern Salz in die Wunden von Menschen. Er weidete sich regelrecht daran, wenn Männer wie Rashid wussten, dass sie benutzt wurden, und sich trotzdem ausbeuten ließen.

Er griff nach dem Dekanter aus Kristall, schenkte sich zwei Fingerbreit nach und stellte die Karaffe auf den Beistelltisch statt auf den zur Fußstütze umfunktionierten Couchtisch. Er drehte sich dem Terroristen zu, der auf einem Sessel auf der anderen Seite des Tischs saß. Als er gerade etwas sagen wollte, erwachte das verschlüsselte Telefon neben ihm auf dem elenden Zweiersofa zum Leben. Er hob einen Finger in die Richtung des Mannes. Rashid nickte, während sein Blick missbilligend auf den Cognac fiel. Woland reagierte darauf, indem er demonstrativ einen kräftigen Schluck davon nahm und die wohlige Wärme in der Kehle genoss, bevor er sich das Telefon ans Ohr hob.

»Ja.«

»Ich hoffe, die Unterkunft gefällt dir.« Victors öliger Ton ließ darauf schließen, dass er sich bereits in Wolands Kopf umgesehen hatte. Egal. Er hatte sich längst daran gewöhnt, ein Gefäß zu sein – oder bestenfalls ein Mitbewohner im eigenen Geist und Körper.

»Sie ist angemessen«, erwiderte er, hob die 12.000 Dollar teure Kristallkaraffe an und beobachtete, wie das Licht in der goldenen Flüssigkeit tänzelte.

Dazu bräuchte ich eine feine Zigarre.

»Du kannst so viele Zigarren haben, wie du willst, wenn alles vorbei ist. Wie geht es mit den Vorbereitungen voran?«

Woland dachte an die von ihm durchgeführte Operation zurück. Er hatte seine Verbindungen zu Boko Haram genutzt, um den Bruder des Rektors samt dessen Familie entführen zu lassen. Dann ließ er in Gedanken das Gespräch mit dem verzweifelten afrikanischen Priester ablaufen. Da sich Victor mittlerweile ständig in seinem

Kopf herumtrieb, fand er es am zweckmäßigsten, seine Antwort einfach zu denken. Die Unterhaltung war lediglich eine Formsache gewesen.

»Es ist alles eingefädelt«, sagte er verbal, als er des Spiels überdrüssig wurde. »Die nötigen Ressourcen sind bereits in Rom. Die Logistik hat sich als unerwartet einfach erwiesen. Europa scheint eine Drehscheibe für den Handel mit Menschen der Art zu sein, die ich brauche.« Woland schaute nach links und nickte seinem bärtigen Gast zu.

»Sehr gut. Wie lange brauchst du noch?«, zischte Victor ihm ins Ohr.

»Das liegt ja wohl beim Papst, oder?«, gab Woland sarkastisch zurück. »Auf seinen heiligen Terminplan habe ich keinen Einfluss.«

Darauf erwiderte Victor nichts, sondern atmete nur in die Leitung.

»Wie läuft die Vorarbeit im Irak?«, fragte Woland. »Den ersten Anschlag hab ich in den Nachrichten gesehen, nur ist bisher kein zweiter erwähnt worden.«

»Den zweiten Anschlag haben die Shepherds vereitelt. Eine bedauerliche Entwicklung. Aber die Wut und der Fanatismus in den Kabelnachrichten und sozialen Medien lassen darauf schließen, dass schon der erste die nötigen Emotionen in der muslimischen Gemeinschaft ausgelöst hat. Die Rufe nach Vergeltung gegen Christen werden überall lauter und gewinnen in allen relevanten Kreisen an Schwung.«

Woland runzelte die Stirn. »Bei allem Respekt, Victor, wenn die Shepherds die Leute von Dark Horizon ausgeschaltet haben, wie lange werden sie wohl brauchen, um der Spur zurück zur Quelle zu folgen? Vielleicht ist es unklug, Dark Horizon als Unterstützung bei meiner Mission einzusetzen. Ich könnte Verbindung mit einer anderen …«

»Wer bist du, dass du an mir zweifelst?«, fauchte Victor, und Woland spürte einen eigenartigen Druck im Kopf.

Ist das Victor?, fragte er sich und zuckte zusammen.

»Tut mir leid. Ich würde nie an dir zweifeln«, sagte er und verdrängte den Gedanken.

»Vergiss nicht, wo dein Platz ist, Nicholas«, warnte Victor, und der Druck in Wolands Schädel ließ allmählich nach. »Die Leute von Dark Horizon sind nur ein Werkzeug. Genau wie du. Kaputte Werkzeuge kann man entweder reparieren oder ersetzen.«

»Verstehe. Ich lebe, um zu dienen«, beteuerte er, während er über die Metapher nachdachte.

Ich bin schon einmal repariert worden. Würde er mir eine zweite Chance gewähren?

»Unsere Feinde werden stärker. Neue Kämpfer steigen in den Reihen der Wächter und der Shepherds auf. Sarah Beth Yarnell. Jedidiah Johnson. Dies sind Namen, die du dir einprägen solltest. Die Gefahr ist real. Es ist an der Zeit, dein zügelloses Selbstvertrauen in den Griff zu kriegen und dich für die bevorstehende Herausforderung zu wappnen. Wenn du diesen Einsatz überlebst, sehe ich eine große Gelegenheit für dich.«

»Was für eine Gelegenheit?«, hakte Woland nach, schlagartig hellhörig bei der Aussicht auf mehr Macht und Einfluss.

»Stell erst deinen *Wert* unter Beweis, dann führen wir dieses Gespräch.«

»Ich verstehe.« Woland spürte, wie sich seine Brust vor Anspannung zusammenzog. Wie ein Roboter griff er nach seinem Glas und leerte es.

»Konzentrier dich vorerst auf den Vatikan. Denk über Eventualitäten und darüber nach, wie du Störaktionen entgegenwirken kannst. Deine Fähigkeiten und dein Wissen über die Shepherds sind der Grund, warum ich dich aus La Santé rausgeholt habe. Du bist für diese Operation geboren. Enttäusch uns nicht.«

Er wollte Victor gerade danken, doch die Leitung war bereits tot.

Woland legte das Telefon beiseite und richtete die Aufmerksamkeit auf den bärtigen Terroristen.

Er entschuldigte sich auf Arabisch, bevor er verkündete: »Gute Neuigkeiten, Rashid. Die Finanzierung ist gesichert, und ich habe grünes Licht für die Operation. Bald sind die Hallen im Vatikan rot vom Blut der Ungläubigen, die unschuldige Gläubige in den heiligen Moscheen Allahs abschlachten.«

»Das sind tatsächlich gute Neuigkeiten«, sagte Rashid und klatschte in die Hände. »Ich bereite meine Männer vor. Der Sieg wird uns von oben gewährt.«

Nicht von oben, du Trottel … Ganz sicher nicht von oben.

»*Inschallah*«, sagte Woland und stand auf. Rashid tat es ihm gleich.

Mit der rechten Hand über dem Herzen verneigte sich der Terrorist vor ihm. Woland erwiderte die Geste, bevor er den Dschihadisten hinausbegleitete. Als er die Tür schloss und verriegelte, kehrten seine Gedanken zu Victors Worten zurück.

»Sarah Beth Yarnell. Jedidiah Johnson. Dies sind Namen, die du dir einprägen solltest. Die Gefahr ist real …«

»Interessant«, murmelte er, als er sich den Rest des Cognacs aus der Karaffe einschenkte. »Anscheinend hat Victor Angst …«

25

AUSBILDUNGSANLAGE TRINITY LOOP

17:31 UHR ORTSZEIT

Während eines Rundgangs in der Umgebung der Kaserne hörte sich Jed sicherheitshalber zum zweiten Mal die Sprachnachricht von Maria Perez an. Er mochte ein großer, dummer Türeintreter sein, trotzdem entgingen selbst ihm nicht die Zwischentöne in den Worten der Ermittlerin der Polizei von Nashville. Anscheinend ging er ihr seit den Ereignissen rund um Sarah Beths Rettung nicht mehr aus dem Kopf und sie wollte den Kontakt zu ihm wiederherstellen. Wie die meisten Frauen, die er kannte, wollte sie, dass *er* sie fragte. Aber sie hatte ihm einen Wink mit dem Zaunpfahl geliefert, indem sie als ersten Schritt die Verbindung mit ihm aufgenommen hatte.

Obwohl er es nie laut zugeben würde, begeisterte ihn die Aussicht darauf, sie wiederzusehen. Gut, sie hatten einen holprigen Start gehabt – immerhin hatte ihre erste Begegnung mit ihm in Handschellen in einem Verhörraum ihres Reviers stattgefunden. Aber danach war es ihm gelungen, sie auf seine Seite zu ziehen. Am Ende hatte sie sich sogar für ihn eine Kugel eingefangen …

Nicht zu verachten, dachte er lächelnd.

Er starrte auf ihre Nummer, konnte sich aber nicht dazu durchringen, sie anzurufen. Wie jeder gute Sondereinsatzspezialist ging er nie ohne Plan vor. Wie sollte er sie begrüßen? Sollte er sie Detective Perez nennen? Oder sie leger mit Maria anreden? Sollte er sie fragen, ob sie Lust hätte, zusammen etwas trinken zu gehen? Oder wäre ein Treffen zu einem Kaffee besser? Hatte Ersteres eher den Anstrich eines Dates und Letzteres den eines freundschaftlichen Treffens? Was, wenn sie *eigentlich* nur mit ihm plaudern wollte, um sich über Sarah Beth zu informieren, und nichts weiter?

In dem Fall wäre es sicherer, mit Kaffee anzufangen.

»Jetzt sei kein solcher Loser und ruf die Lady einfach zurück«, brummelte er und tippte auf die Anrufschaltfläche.

»Hi, Jedidiah«, meldete sie sich ungezwungen nach dem dritten Klingeln.

»Hi. Ich hab gerade Ihre Nachricht abgehört«, erwiderte er, überrascht darüber, dass sie ihn namentlich begrüßt hatte – sie musste seine Nummer unter ihren Kontakten gespeichert haben. »Wie geht's Ihnen?«

»Ganz gut. Und Ihnen?«

»Gut … Gut«, antwortete er und spürte eine plötzliche Verlegenheit über das Telefon. »Haben Sie sich, äh, gut von der Nacht bei den Yarnells erholt?«

»Ich bin noch krankgeschrieben, aber ja, ich könnte wieder zurück an die Arbeit, wenn man mich nur ließe. Sie wissen ja, wie das ist – Übervorsicht und so. Was ist mit Ihnen? Wenn ich mich recht erinnere, haben Sie in der Nacht auch ziemlich heftig eingesteckt.«

»Ja. Hat aber schlimmer ausgesehen, als es war«, sagte Jed und erkannte, dass sie den gesamten einfachen Gesprächsstoff bereits am Telefon verbrauchen würden, wenn sie noch viel länger weiterredeten. Es hieß jetzt oder nie. »Ich bin mir nicht sicher, ob ich's erwähnt habe, aber ich bin inzwischen wieder in Nashville – wahrscheinlich 'ne ganze Weile. Wenn Sie wollen, könnten wir uns ja mal auf 'nen Kaffee treffen und unsere Narben vergleichen.«

Sie zögerte einen Herzschlag lang, bevor sie antwortete. »Klingt super! Ich freu mich, dass Sie hier sind«, sagte sie dann. »Vielleicht könnten wir uns auch auf einen Drink und einen Happen zu essen treffen. In der 11th Avenue gibt's ein tolles Lokal mit Tischen im Freien und Aussicht auf die Innenstadt und die Schlucht.«

»Solange sie dort Bier haben, bin ich dabei«, erwiderte Jed und wechselte das Telefon ans andere Ohr. »Wann würde es Ihnen passen?«

»Wie wär's mit heute Abend?«

»Hm … Eigentlich ist mein Terminkalender in letzter Zeit ziemlich voll«, sagte Jed grinsend. »Aber Sie haben Glück. Zufällig hat gerade jemand abgesagt, und ich kann Sie reinquetschen.«

»Oh, gut, in dem Fall schätze ich mich glücklich.«

Er schmunzelte. »Was halten Sie von … sieben Uhr?«

»Lieber acht«, erwiderte sie.

»Dann also acht. Wie heißt das Lokal?«

»*L. A. Jackson*«, antwortete sie. »Haben Sie einen fahrbaren Untersatz, Jed? Sonst kann ich Sie abholen.«

»Ich hab mir 'nen Wagen gekauft. Wenn Sie wollen, kann also ich Sie abholen.«

»Oh, das ist süß, aber wie wär's, wenn wir uns direkt dort treffen?«

»Geht klar. Dann sehen wir uns um acht, Detective.«

»Ich freue mich schon darauf«, erwiderte sie, und Jed hörte das Lächeln in ihrer Stimme.

»Ich mich auch.«

Damit beendete er den Anruf und kehrte zur Kaserne zurück. Unterwegs lief er Bex und Nisha über den Weg, die gerade mit Rucksäcken über den Schultern aufbrachen.

»Worüber lächelst du so?«, fragte Nisha mit einem verspielten Ausdruck im Gesicht.

»Ich glaub, da hat heute Abend jemand ein Date«, sagte Bex neckend.

»Bin ich so durchschaubar?«, wollte er wissen.

»Wie 'ne blitzsaubere Fensterscheibe«, bestätigte Nisha.

»Na ja, ist eigentlich nichts, worüber man aufgeregt sein müsste. Wir sind bloß befreundet.«

»Und wo triffst du dich mit dieser *Freundin?*«, fragte Bex.

»In einem Lokal namens *L. A. Jackson*. Bin noch nie dort gewesen.«

»Das *L. A. Jackson* ist kein Lokal, in dem man sich mit *Freunden* trifft. Ist so ziemlich das derzeit Angesagteste in Nashville. Also kreuz dort bloß nicht mit einer Cargohose auf.«

Jed zog das Kinn ein. »Im Ernst? Verdammt, meine Garderobe ist gerade ziemlich begrenzt, weil ich ja in der Kaserne wohne.«

»Keine Sorge, Jed. Mit dem Körperbau kannst du Jeans und ein T-Shirt tragen und wirst immer noch beeindruckend aussehen«, meinte Nisha und schürzte auf die ihr eigene scheue Weise die Lippen.

»Tja, wenn ich mir von Eli kein Hemd leihen kann, wird's wirklich auf Jeans und T-Shirt hinauslaufen«, erwiderte er. »He, weil wir gerade reden, habt ihr euch schon überlegt, wo ihr wohnen werdet? Ich könnte Empfehlungen für 'ne anständige Bleibe in der Stadt brauchen.«

Nisha und Bex sahen einander an. Dann wandte sich Nisha an ihn. »Wir teilen uns hier auf dem Campus eine Unterkunft, Jed. Tatsächlich haben wir schon eine Wohnung mit zwei Schlafzimmern im Trinity Tower klargemacht.«

»Echt jetzt? Ich dachte …«

»Was hast du gedacht? Dass zwei heiße Bräute wie wir in der Stadt leben wollen, damit wir jeden Abend die Clubszene unsicher machen können?«

Er spürte, wie sich seine Wangen röteten, als sich die beiden eindeutig auf seine Kosten amüsierten. »Das nicht unbedingt, trotzdem war ich mir sicher, ihr würdet nicht auf der Basis wohnen wollen. Äh, nicht wirklich *Basis* … Na, ihr wisst schon, was ich meine.«

»Jed, hast du dir die Unterkünfte hier schon angesehen? Bist du überhaupt je auf dem Hauptcampus gewesen?«

Er schüttelte den Kopf.

»Dachte ich mir. Bevor du irgendwas anderes machst, musst du dir unbedingt die Unterkunftsmöglichkeiten hier ansehen. Du wirst in Nashville nichts – und ich meine *gar nichts* – mit der Qualität, den Annehmlichkeiten und den Vorzügen zu dem vergünstigten Preis finden, den man uns hier bietet. Für was Vergleichbares zahlst du in der Stadt das Doppelte bis Dreifache. Und ich will jetzt nicht für Bex sprechen, aber ich für meinen Teil bin's leid, draußen ein Doppelleben zu führen und allein zu sein. Ist vielleicht bei mir als ehemalige Spionin speziell, aber ich freue mich drauf, Teil einer Gemeinschaft zu sein, in der ich nicht ständig auf der Hut sein muss. Das ist so …«

»Anstrengend?«, schlug Jed vor.

Nisha nickte. »Genau.«

»Sind alles gute Argumente. Zeigt ihr mir vielleicht irgendwann die Tage eure neue Wohnung?«

»Auf jeden Fall«, antwortete Bex.

»Wo wohnst du, bis du was gefunden hast?«, fragte Nisha.

»In der Kaserne.« Jed zuckte mit den Schultern. Mit der Frage hatte er sich noch gar nicht auseinandergesetzt.

Nisha und Bex lachten.

»Du weißt aber schon noch, dass wir die erste Phase vom Grundkurs zwei Wochen früher abgeschlossen haben, oder?«, sagte Nisha.

»Ja.«

»Alter, alle ziehen gerade aus der Kaserne aus«, rief Bex perplex.

»Schon möglich, aber ich hab dafür noch mindestens zwei Wochen, oder? Vorher fängt ja keine neue Klasse an.«

»Du willst dort allein wohnen?«

»Ja«, antwortete er und fügte hinzu: »Und keine Sorge. Mir leistet ja der Colonel Gesellschaft.«

Bex klopfte ihm gegen den Oberarm. »Dann viel Glück damit.«

»Und viel Spaß heute Abend, Jed«, fügte Nisha über die Schulter hinzu, als die beiden davongingen. »Kann's kaum erwarten, morgen Abend bei der Grillfeier alles darüber zu erfahren.«

»Welche Grillfeier?«, rief er den Frauen nach.

»Die Abschlussgrillparty bei den Yarnells. Sag bloß, das hast du schon vergessen.«

»Nein, natürlich nicht … Ich werd da sein«, beteuerte er, als er sich an Davids Ankündigung auf dem Rückflug erinnerte. Und daran, dass er entschieden hatte, seine

Entscheidung darüber zu verdrängen, bis er emotional bereit wäre, sich mit einem Wiedersehen mit Rachel auseinanderzusetzen. Anscheinend hatte sein Unterbewusstsein dabei ziemlich gute Arbeit geleistet.

Alte Gewohnheiten …

Nisha schüttelte den Kopf, lächelte jedoch zugleich, als sie zum Abschied winkte. Er schaute ihr noch kurz nach, bevor er sich abwandte und in die Kaserne ging. Der verwaiste Schlafsaal bewies die Worte der Frauen. Alle Betten waren gemacht, die Spindtüren standen offen und zeigten gähnende Leere. Alle waren ausgezogen … außer ihm.

Sieht so aus, als wäre ich wieder allein. Wie üblich.

Er ging zu seinem Bett und setzte sich auf die Matratze. Der Metallrost darunter protestierte ächzend unter seinem Gewicht. In dem menschenleeren Raum klang das Geräusch überproportional laut. Seufzend sah er auf die Armbanduhr. 17:45 Uhr. Er hatte noch fast zwei Stunden totzuschlagen, bevor er zu dem Treffen mit Detective Perez losmusste. Kurz spielte er mit dem Gedanken an ein Nickerchen, verwarf ihn jedoch sofort wieder. Er würde nur entweder den Wecker völlig verschlafen oder aus dem Tiefschlaf gerissen werden und schlaftrunken und mürrisch zu seinem Date aufbrechen.

Es ist kein Date, Alter, stellte der SEAL in ihm klar.

»Na schön, es ist kein Date«, murmelte Jed. »Und jetzt führe ich auch noch Selbstgespräche. Super …«

Er blickte auf seine Hände hinab – groß, vernarbt, dicke Schwielen. Dabei ging ihm durch den Kopf, wie viel Schaden sie schon angerichtet und selbst erlitten hatten. Wie viele Gesichter sie blutig geschlagen, wie viele Kehlen aufgeschlitzt, wie viele Abzüge sie gedrückt hatten. Wie die meisten Elitesoldaten, die Jed kannte, zählte auch er nicht mit.

Aber Gott schon, oder?

Ganz bestimmt.

Aber seine Opfer waren immer schlechte Menschen gewesen.

Er atmete tief durch die Nase ein und stieß die Luft zwischen geschürzten Lippen hindurch aus.

Richtig, alles schlechte Menschen – und eine ziemlich üble Großmutter.

Er ging zu seinem Spind. Sein Gehirn lief auf Autopilot, als er in Sportkleidung schlüpfte. Obwohl er an dem Tag bereits trainiert hatte, brauchte er dringend einen Lauf – ein Luxus, auf den er wegen seiner lädierten Hüfte mehrere Jahre hatte verzichten müssen. Bis Ben ihn geheilt hatte – *Gott hat mich geheilt,* korrigierte er in Gedanken. Damit brach er auf. Als er die Kreuzung der Zufahrtsstraße zur Jericho-Trainingsanlage mit der Trinity Loop Road erreichte, bemerkte er den Colonel, der gerade aus nördlicher Richtung kam. Jed joggte im Stand, bis Jericho ihn erreichte.

»Was dagegen, wenn ich mitlaufe?«, fragte er und reihte sich neben dem schroffen Ausbilder ein.

»Ist mir egal, solange Sie mich nicht aufhalten«, gab der Colonel zurück.

»Würden Sie denn in dem Fall auf mich warten?«

»Nee.«

»Dann spielt's ja keine Rolle.«

Darüber lächelte Jericho tatsächlich – allerdings musste man wissen, worauf es zu achten galt, damit man es erkannte. Und die meisten Menschen hätten es wohl nicht als Lächeln bezeichnet. Irgendetwas hatte sich eindeutig verändert – vielleicht ähnlich wie bei der Gemeinschaft der SEALs nach Abschluss der Grundausbildung. Man galt danach nicht mehr als bloßer Anwärter mit einer 70-prozentigen Chance durchzurasseln. Man wurde ein Teil der Gemeinschaft. Man hatte es geschafft und sich würdig erwiesen, Respekt zu bekommen und das zermürbende restliche SQT-Training in Angriff zu nehmen, das es zu bewältigen galt, um sich den Dreizack zu verdienen und ein vollwertiger SEAL zu werden. Vielleicht betrachtete ihn der Colonel nach Abschluss von Phase eins als Teil der Shepherds-Gemeinschaft.

»Mir ist aufgefallen, dass Sie noch nicht aus der Kaserne ausgezogen sind«, merkte der Colonel an.

»Ich kann entweder dort schlafen oder in meinem Wagen«, erwiderte Jed. »Hab nämlich noch keine Bleibe.«

Der Colonel nickte. »Ich gehe morgen früh vor Dienstbeginn laufen, falls Sie mitkommen wollen.«

»Gern, bin dabei.«

Sie rannten etwa einen Kilometer schweigend weiter.

»Haben Sie was auf dem Herzen, Junge?«, fragte der Colonel schließlich, ohne Jed anzusehen.

»Wie kommen Sie darauf?«

»Nichts für ungut, aber Sie sind ziemlich einfach zu durchschauen – in spiritueller Hinsicht, meine ich.«

Darüber dachte Jed kurz nach. Er wusste nicht recht, was er von der Bemerkung halten sollte. Schließlich erwiderte er: »Na ja, mir gehen eben tausend Dinge im Kopf rum, aber gilt das nicht für uns alle?«

»Nein, nicht für uns alle. Ich versuche, mich auf eine Sorge nach der anderen zu beschränken.«

»Tatsächlich?« Unwillkürlich lachte Jed und geriet mit der Atmung aus dem Takt, als er spürte, wie der Colonel das Tempo leicht erhöhte.

»Das nennt man in der Gegenwart leben. Sollten Sie mal ausprobieren, Johnson.«

»Sie denken, ich lebe nicht in der Gegenwart?«

Darüber lachte der Colonel. »Scheiße, Junge, nein, tun Sie nicht. Sie haben vielleicht den Vorwärtsgang eingelegt, aber Ihre Augen kleben fest am Rückspiegel.«

»Weiß nicht recht, ob ich das auch so sehe.«

»Tja, ich schon. Sie denken ständig darüber nach, was Sie falsch gemacht haben. Darüber, was Sie ändern würden, wenn Sie die Zeit zurückdrehen könnten und eine zweite Chance hätten. Das geht für einen Anführer nicht auf, Jed.«

»Bei allem Respekt, das sehe ich anders. Ein guter Anführer ist ehrlich zu sich, erkennt seine Schwächen und arbeitet daran, sich ständig zu verbessern und begangene Fehler nicht zu wiederholen.«

»Das stimmt, aber darüber reden wir hier nicht, und das wissen Sie auch«, gab Jericho zwischen zwei kontrollierten Atemzügen zurück. »Meinen Sie nicht, es wäre an der Zeit, den Rucksack voller Bedauern abzuladen, den Sie überallhin mitschleppen?«

Jed erwiderte nichts. Sonst hätte er etwas zugeben müssen, das er noch nie zuvor ausgesprochen hatte.

Mein Bedauern ist das Einzige, was mich weitermachen lässt.

»Was haben Sie gesagt?«, fragte Jericho.

»Gar nichts.«

Besitzt er auch die Gabe?

»Aha. Wissen Sie, was im Brief an die Philipper steht, Kapitel 3, Vers 13, Junge?«

»Nein«, gestand Jed. »Tut mir leid.«

»Muss es nicht.« Wieder erhöhte der Colonel die Geschwindigkeit. »Da heißt es: ›Meine Brüder und Schwestern, ich bilde mir nicht ein, dass ich es schon geschafft habe. Eins aber sage ich: Ich lasse alles hinter mir und sehe nur noch, was vor mir liegt.‹ Denken Sie darüber nach.«

»Weise Worte«, meinte Jed, trotzdem nicht überzeugt.

»Von einem Mann, der wesentlich mehr zu bedauern hatte als Sie, Junge.«

Jed grinste, während der Colonel mühelos neben ihm lief. Der ältere Bursche legte schier übermenschliche Ausdauer an den Tag. Gleich darauf wandte er sich Jed erneut zu, diesmal mit einem verkniffenen Lächeln im ledrigen Gesicht.

»Jed, um bei den Shepherds ein Anführer zu sein, müssen Sie Ihr Bedauern hinter sich lassen. An Schuldgefühlen aus der Vergangenheit festzuhalten schränkt Sie hier ein. Das ist grundsätzlich keine biblische Lebensweise für Christen, aber bei den Shepherds ist es sogar gefährlich.«

»Gefährlich?«, wiederholte Jed überrascht. »Inwiefern?«

»Im ersten Brief des Petrus, Kapitel 5, Vers 8 heißt es: ›Seid wachsam und besonnen. Dein Feind, der Teufel, streift umher wie ein brüllender Löwe und sucht jemanden zum Verschlingen.‹ Wenn man an Schuld und Bedauern festhält, die man mit seinen Sünden begraben sollte, läuft man nicht hellwach mit Gott herum. Dadurch ist man verwundbar, mein Freund. Die Löwen sind auf der Jagd, und Sie müssen auf der Hut sein. Für Sie besteht der erste Schritt darin, mit der Vergangenheit abzuschließen. Denken Sie daran: Nur ein unbelasteter Geist ist ein wachsamer Geist.«

Jed nickte, erwiderte jedoch nichts. Zum einen atmete er mittlerweile zu schwer, zum anderen wurde ihm das Gespräch allmählich zu ehrlich, um es fortsetzen zu wollen. Also liefen sie den Rest der Runde schweigend. Als sie zur Trainingsanlage zurückkehrten, gingen sie zum Abkühlen zusammen die Zufahrtsstraße entlang. Jeds Verstand überschlug sich mittlerweile beim Verarbeiten der Dinge, die der Mann zu ihm gesagt hatte. Sie fühlten sich zwar richtig, zugleich jedoch nahezu unmöglich an.

»Wann morgen?«, fragte er.

»0600«, antwortete der Colonel.

»Dann also bis dahin.«

Jericho nickte, dann trennten sich ihre Wege. Jed verschwand in die Kaserne, der Colonel zu seiner Unterkunft – die Jed zwar noch nicht gesehen hatte, aber von Eli wusste er, dass es sich um eine vollwertige Wohnung über der Kaserne handelte. Drinnen duschte Jed, putzte sich die Zähne und zog sich für den Abend an. Wie sich herausstellte, hatte er ein 5.11 Poloshirt, das er zu Jeans tragen konnte. So musste er zumindest nicht in einem T-Shirt bei seinem Date aufkreuzen.

Es ist kein Date, Bro, erinnerte ihn der innere SEAL im Spiegel, als er sich kämmte, bevor er hinaus in die kühle Abendluft trat.

»Richtig, kein Date«, führte er die Selbstgespräche von vorhin fort. »Nur zwei Menschen, die Seite an Seite gegen Dämonen gekämpft haben, dabei fast draufgegangen wären und jetzt etwas zusammen trinken. Alles völlig normal.«

26

L. A. JACKSON

401 11th AVENUE SOUTH

NASHVILLE, TENNESSEE

19:44 UHR ORTSZEIT

Jed traf zu früh ein. Er beschloss, bis 20 Uhr im geparkten Wagen zu bleiben. Statt wie besessen zu grübeln, was er zu Perez sagen würde – was normal für ihn gewesen wäre –, konnte er nicht verhindern, dass ihm unaufhörlich das Gespräch mit dem Colonel durch den Kopf ging. Was ihn irritierte, weil es Jerichos Argumente untermauerte. Der Colonel war ein Mann weniger Worte. Aber wenn er etwas von sich gab, traf es verheerend zielgenau ins Schwarze. Mit seiner Vergangenheit zu hadern und darüber zu spekulieren, was er anders machen würde, war Jed so in Fleisch und Blut übergegangen, dass er irgendwie blind dafür geworden war.

Ist Bedauern wirklich die einzige Linse, durch die ich mein Leben sehe? Dann sollte ich echt versuchen, mich von der Last zu befreien. David scheint mit der Vergangenheit abgeschlossen zu haben – warum kann ich es nicht?

Eine Bewegung vor dem fahrerseitigen Fenster riss ihn abrupt aus seinen Gedanken. Als er den Kopf drehte, sah er, wie sich Detective Perez näherte. Lächelnd öffnete Jed die Tür und stieg aus, um sie zu begrüßen.

»Wissen Sie«, sagte sie mit einem verspielten Lächeln, »die bringen einem hier die Drinks nicht zum Auto. Man muss schon reingehen.«

Schmunzelnd warf er einen Blick auf die Armbanduhr. »Na ja, ich wollte nicht, dass Sie mich für übereifrig halten.«

»Tja, dann haben Sie Pech gehabt, dass ich Sie im Wagen erwischt habe«, gab sie lachend zurück. »Meinetwegen können wir uns ruhig auch duzen, wenn *du* nichts dagegen hast«, schlug sie vor. Als er nickte, trat sie für eine freundliche Umarmung vor, die Jed erwiderte.

Sie war kleiner, als er sie in Erinnerung hatte. Und als er ihren Oberkörper an der Brust spürte, fühlte sie sich etwas weicher an, als er gedacht hätte. Natürlich hatte er zuletzt Wochen mit Bex und Nisha verbracht, beides durchtrainierte Frauen, was seine Wahrnehmung wohl ein wenig verzerrte.

»Du siehst gut erholt aus«, merkte sie an, als sie von der Umarmung zurücktrat. »Tatsächlich würde ich behaupten, du bist nach der Faustgesichtsmassage sogar noch attraktiver als davor.«

»Sieh mal einer an – eine Ermittlerin *und* Komikerin«, erwiderte Jed anerkennend. O Mann, es gefiel ihm, wenn eine Frau schlagfertig austeilen konnte. »Na schön, Retourkutsche. Lass mich die Bauchnarbe sehen … Ich wette, du brennst darauf, sie mir zu zeigen.«

»Wow – du hast mich noch nicht mal abgefüllt, und schon soll ich für dich aus dem Shirt schlüpfen«, konterte sie.

Damit brachte sie ihn richtig zum Lachen.

Wenn das so weitergeht, könnte es ein echt vergnüglicher Abend werden, dachte er und stellte überrascht fest, dass seine Sorgen und seine Anspannung schlagartig verschwunden waren.

»Ich bin bloß ein Türeintreter«, sagte er. »Direktes Vorgehen ist mein Ding.«

»Tja, tut mir leid, aber wir müssen uns auch noch was für später aufheben«, gab sie grinsend zurück, bevor sie an seinem Ärmel zog, um ihn zum Eingang des Restaurants in Bewegung zu setzen.

»Möchten Sie lieber einen Tisch drinnen oder draußen?«, erkundigte sich die Tischdame am Empfang.

Jed sah Perez an. »Deine Entscheidung.«

»Ich hab eine Jacke dabei. Du bist der mit den kurzen Ärmeln. Also liegt's an dir.«

»Ich sage draußen«, entschied er. »Ich bin heißblütig.«

»Gern«, sagte die junge Frau vom Empfang lächelnd. »Bitte folgen Sie mir.«

Sie führte sie auf die Dachterrasse zu einem Tisch für zwei mit herrlichem Blick auf die Innenstadt. Trotz des kühlen Abends war der Bereich draußen fast vollständig besetzt. Jed zog den Stuhl für Perez heraus, bevor er sich ihr gegenüber niederließ. Ihr Kellner traf am Tisch ein, bevor sie auch nur ein Wort miteinander wechseln konnten.

»Ich bin Stuart und heute Abend Ihr Kellner«, stellte sich ein Mann mittleren Alters mit Bart und Männerdutt vor und reichte ihnen Speisekarten. »Darf ich Ihnen einen hauseigenen Cocktail oder etwas anderes zu trinken bringen?«

»Ich nehme einen *No New Friends*«, sagte Perez ohne einen Blick auf die Speisekarte.

»Ah, Sie sind wohl nicht das erste Mal hier, richtig?«, fragte der Kellner.

Sie schüttelte den Kopf. »Definitiv nicht.«

»Hervorragende Wahl. Und für Sie, Sir?«, erkundigte sich Stuart bei Jed.

»Normalerweise bin ich ja der Biertyp, aber ich denke, ich nehme dasselbe – außer es wird mit einem Schirmchen und einer Kirsche serviert.«

»Nein, auf keinen Fall. Es ist Bourbon mit Aperol, Cynar, Orgeat und Amara«, erklärte Stuart.

»Das meiste davon hab ich noch nie gehört, aber gut, ich versuch's.«

»Zwei *No New Friends* also. Kommen sofort«, sagte der Kellner und ging mit einem herzlichen Nicken.

»Du gehst wohl nicht viel aus, was?«, fragte Perez grinsend.

»Nein, nicht wirklich …«

»Ist schön, dich zu sehen, Jed.« Sie beugte sich vor und stützte die Ellbogen auf den Tisch.

»Gleichfalls, Detective«, rutschte ihm etwas zu schnell heraus.

»He, schon vergessen? Wir sind rein privat hier und per Du. Also bleiben wir schön bei Maria.«

»Richtig, tut mir leid«, entschuldigte sich Jed.

»Ich war nervös, als ich dich angerufen habe«, gestand sie, wandte den Blick von ihm ab und betrachtete die Skyline. »Nach allem, was passiert ist.«

»Ja. Bin aber froh, dass du's trotzdem getan hast. Wir leben in einer seltsamen Welt«, meinte er und entschied, Alice direkt zum Kaninchenbau zu führen und zu sehen, ob sie den Sprung mit ihm wagen würde.

Sie sah ihn wieder an. »Ich war mir nicht sicher, ob es dich abtörnen würde, dass ich ein bisschen älter bin als du«, sagte sie schüchtern.

»Daran hab ich überhaupt nicht gedacht«, wischte er die Äußerung lachend weg. Er wusste, dass manche Frauen gehemmter mit ihrem Alter umgingen als andere, doch er fand sie interessant, attraktiv und witzig. Vielleicht hatte sie vor ihm die magische 40 überschritten, aber was gab es an Maria *nicht* zu mögen?

»Gut zu wissen«, erwiderte sie und lachte nervös.

»Ich dachte wohl, wir wären ungefähr gleich alt«, fügte er hinzu und hoffte, sie damit zu beruhigen.

Sie lächelte. »Ich weiß, das klingt jetzt wahrscheinlich schräg, aber ich denke, unser Treffen könnte uns vorherbestimmt gewesen sein.«

»Wie meinst du das?«

»Na ja, ich war unlängst mit Rachel Yarnell einen Kaffee trinken. Bei unserem Gespräch ist zufällig dein Name gefallen. Keine Ahnung … Ihren Worten nach hatte ich den Eindruck, dass du und ich viel gemeinsam haben.«

Hitze kroch ihm den Hals hinauf.

Sie war mit Rachel auf einen Kaffee? Wann? Und was hat Rachel über mich erzählt?

»Du warst mit Rachel Kaffee trinken?« Jed brachte die Worte kaum heraus.

»Ja, ich war besorgt um Sarah Beth – na ja, vielleicht eher neugierig als besorgt. Man weiß ja nie, wie sich so was auf Kinder auswirkt, obwohl sie in der Regel recht robust sind. Jedenfalls hab ich sofort bei Rachel nachgefragt, und sie hat vorgeschlagen, dass wir uns zum Reden treffen. Ich bin froh, dass Sarah Beth so gut darüber hinweggekommen ist und es ihr jetzt sowohl emotional als auch spirituell besser geht. Du nicht auch?«

Jed rutschte auf dem Stuhl herum.

Perez lächelte. Als Jed nichts erwiderte, sah sie ihn mit hochgezogener Augenbraue an. »Hast du dazu nichts zu sagen?«

»Na ja, ich …« Mitten im Satz verstummte er, als der Kellner mit ihren Cocktails kam.

»Zwei *No New Friends*«, sagte Stuart und stellte sie vor ihnen ab. »Darf ich auch etwas aus der Küche bringen?«

Jed sah Perez nur an, ließ sie über das Essen entscheiden.

»Ich nehme das Onglet«, sagte sie.

»Ausgezeichnete Wahl. Und Sie, Sir?«

Jeds Magen knurrte bei der Frage. »Ich hatte noch keine Gelegenheit, mir die Speisekarte anzusehen. Ihr habt nicht zufällig auch anständige Burger, oder?«

Stuart lächelte. »Die besten der Stadt. Zwei Pattys mit Käse, Zwiebeln, Tomaten, Gurken, hausgemachter Aioli und Pommes.«

»Das nehme ich, aber ohne Gurken, dafür mit einer doppelten Portion Pommes.«

Stuart nickte. »Ich kümmere mich sofort um Ihre Bestellung.«

Jed wandte sich wieder an Perez, die bereits ihr Cocktailglas zum Anstoßen erhoben hatte.

»Auf neue Freundschaften«, sagte sie.

»Auf neue Freundschaften«, echote er und stieß mit ihr an. Die Ironie ihrer Wortwahl angesichts der Bezeichnung des Drinks – *No New Friends,* keine neuen Freunde – entging ihm dabei nicht.

Er nippte daran und war überrascht, als wie gut sich der Cocktail erwies. »Das schmeckt echt gut«, sagte er und nahm einen zweiten Schluck. »So was hatte ich noch nie.«

»Darum geht's heute Abend irgendwie«, sagte sie.

Jed begegnete ihrem Blick. Plötzlich fragte er sich, was genau ihr für den weiteren Verlauf vorschwebte. Ja, er wollte sie besser kennenlernen. Allerdings hatte er gehofft, sie würde das Treffen nicht als Vorspiel für einen Aufriss betrachten. One-Night-Stands waren nie sein Ding gewesen, ebenso wenig wie überstürzte feste Beziehungen. Offenbar hatte sie seine zurückhaltende Reaktion bemerkt, denn sie streckte die Hand aus und tätschelte seine.

»Ich veralbere dich doch bloß, Jed«, beschwichtigte sie mit einem selbstironischen Lächeln.

»Klar, weiß ich doch.« Er lächelte zurück. »Also … Du hattest einen Kaffee mit Rachel?«

Sie lehnte sich auf dem Stuhl zurück, verlagerte das Gewicht, schlug die Beine auseinander und überkreuzte sie dann in die andere Richtung. »Das Treffen hat uns gutgetan. Ich hab es für meinen Seelenfrieden gebraucht, musste einfach hören, dass mit Sarah Beth alles in Ordnung ist. Aber ich denke, auch Rachel hat es gebraucht.«

»Wie meinst du das?«

»David hat einen neuen Job, bei dem er viel reist, und Sarah Beth ist im Internat, deshalb denke ich, Rachel fühlt sich einsam. Ich glaube, es war schön für sie, einer anderen Frau ihr Herz ausschütten zu können.«

Jed widerstand dem Drang, bei den Worten das Gesicht zu verziehen. Was Perez sagte, passte überhaupt nicht zu der Rachel, die er kannte. Die war nämlich ein ausgesprochen zurückhaltender Mensch gewesen. Nicht unsicher oder bedürftig, aber kaum etwas hatte ihr mehr widerstrebt, als herumzusitzen und zu tratschen. Die Vorstellung, dass sie Perez, einer praktisch Wildfremden, bei einem Kaffee ihr Herz ausschütten würde, ergab einfach keinen Sinn …

Alter, die Rachel, die du gekannt hast, war ein Mädchen im Teenageralter. Was weißt du schon über Rachel, die Frau? Rein gar nichts. Du bist seit mehr als 15 Jahren aus ihrem Leben verschwunden, argumentierte die Stimme in seinem Kopf. *Du hast keinen Schimmer, was sie gerade braucht oder fühlt.*

»Hab ich was Falsches gesagt?«, fragte Perez und lehnte sich mit plötzlicher besorgter Miene nach vorn.

»Nein«, entgegnete Jed und schönte seine Antwort. »Mich überrascht bloß zu hören, dass ihr zwei euch so gut verstanden habt, obwohl ihr euch eben erst richtig kennengelernt habt.«

»Ist gar nicht so verwunderlich. Rachel und ich sind uns sehr ähnlich. Sie ist genauso als Wildfang aufgewachsen wie ich. Wir sind beide selbstbewusste, unabhängige Frauen mit starkem Glauben. Und anscheinend haben wir sogar den gleichen Geschmack bei Männern«, sagte Perez lachend. »Tut mir leid, streich das. Aus mir spricht der Alkohol.«

Jed warf einen Blick auf ihr Cocktailglas und stellte fest, dass sie es vollständig geleert hatte. Als er ihr wieder ins Gesicht sah, erkannte er, wie peinlich ihr die Äußerung war. Zum Glück tauchte ihr Kellner auf und unterbrach den unangenehmen Moment.

»Darf ich Ihnen noch einen Cocktail bringen?«, fragte er Perez.

»Ja, gern«, erwiderte sie.

»Sir?«, erkundigte sich Stuart, obwohl Jeds Glas noch zu zwei Dritteln voll war.

»Vorerst nichts, danke.«

»Ihr Essen sollte demnächst fertig sein«, verkündete Stuart, bevor er mit Perez' leerem Glas ging.

Jed musterte Maria, die den Blick wieder auf die Skyline gerichtet hatte. Während er ihr Profil betrachtete, musste er zugeben, dass er sie atemberaubend fand – hohe Wangenknochen, bronzefarbene Haut, kastanienbraunes Haar, volle Lippen. All das hatte er irgendwie nicht richtig bemerkt, als er dienstlich mit ihr zu tun gehabt hatte.

Unverhofft fiel ihm der Rat des Colonels wieder ein. Vielleicht hatte der barsche Ausbilder recht gehabt. Vielleicht stolperte Jed in dieselbe alte Falle wie immer, lebte in der Vergangenheit und ließ sein Bedauern darüber, Rachel verlassen zu haben, in der Gegenwart in seine Begegnung mit dieser Frau einfließen. Perez – nein, *Maria* – bemühte sich um ihn. Gut, vielleicht ein bisschen zu forsch für seinen Geschmack, aber wer war er schon, dass er es beurteilen konnte? Seit er von zu Hause zur Navy geflüchtet war, hatte er keine bedeutungsvolle romantische Beziehung mehr gehabt. Vielleicht war es an der Zeit, sich einer Frau zu öffnen. Und wenn Rachel Vertrauen zu Maria gefasst hatte, warum sollte er es nicht? Immerhin hatte sie eine Kugel für ihn abgefangen. Er wusste, was für einen Menschen das aus ihr machte.

»Freut mich aufrichtig, dass Rachel und du euch so gut verstanden habt«, versuchte Jed einen Neustart. »Ich finde es toll, dass du dich so um Sarah Beth sorgst und ein offenes Ohr für ihre Mutter hattest. Rachel und ich haben uns früher nahegestanden. Aber das war, bevor ich zur Navy gegangen bin. Wir sind über die Jahre nicht wirklich in Kontakt geblieben.«

Maria drehte den Kopf und begegnete seinem Blick. »Ja, so viel konnte ich mir zusammenreimen.«

»Habt ihr wirklich über *mich* geredet?«, hakte Jed nach und krümmte sich dabei theatralisch.

»Nur Gutes, versprochen«, erwiderte sie.

Er schüttelte den Kopf. »Na toll, genau das brauche ich – dass du von Rachel all meine Geheimnisse aus der Vergangenheit erfährst.«

»Keine Sorge. Die sind bei mir sicher«, beteuerte sie und bekreuzigte sich.

Wenige Minuten später traf das Essen zusammen mit Marias zweitem Cocktail ein. Der Burger schmeckte schier überirdisch köstlich. Als Tüpfelchen auf dem i überließ Maria ihm ein Viertel ihres Steaks, weil sie behauptete, sie wäre zu voll, um es aufzuessen. Allerdings hatte sie locker genug Platz für einen dritten Cocktail, während Jed noch an seinem ersten nippte. Den eigentlichen Durst stillte er mit drei Gläsern Wasser. Er hatte nie viel getrunken, und für betrunkene Fahrer hatte er keinerlei Verständnis. Als er sah, wie beschwipst die attraktive Polizistin ihm gegenüber allmählich wurde, entschied er, dass es seine Pflicht wäre, sie wohlbehalten nach Hause zu bringen.

»Also, Jed«, sagte sie schließlich, stützte sich auf die Ellbogen und schaute zu ihm auf. »Durch die Ereignisse mit den Yarnells und die anschließenden Angriffe hier in der Stadt weiß ich, dass du zu irgendeiner Sondereinheit gehörst. Erzählst du mir von der supergeheimen Organisation, für die du arbeitest?«

Bei der Frage wich er leicht zurück. Gut, aus ihr mochte der Alkohol sprechen. Und dennoch … »Ach, komm schon, Maria. Gerade du müsstest wissen, dass ich darüber nicht reden kann. Das wäre so, als würde ich dich nach einem aktiven Fall fragen.«

»Ich weiß.« Mit den Lidern auf halbmast lächelte sie ihn an. »Aber da ich bei der Polizei bin und hier in Nashville lebe, habe ich schon so viele Gerüchte über

Trinity Loop gehört. Wäre gut zu wissen, was in meinem eigenen Hinterhof so vor sich geht. Verstehst du, was ich meine?«

»Klar versteh ich das, aber da gibt's wirklich nicht viel zu erzählen. Wir sind wie Triple Canopy, nur haben wir uns auf Ausbildung und Bereitschaft spezialisiert.«

»Ach, Jed, wir wissen doch beide, was für Bullshit das ist. Ausbildungs- und Bereitschaftsdienstleister verhindern keine Terroranschläge auf katholische Kirchen in der Innenstadt von Nashville, noch bevor das FBI und die städtische Polizei davon erfahren. Ich war dabei, schon vergessen? Und ich war in der Nacht, als diese Kerle Sarah Beth ein zweites Mal entführen wollten, im Haus der Yarnells. Bitte, Jed. Ich muss wissen, was los ist.«

Er schluckte und heftete einen harten Blick auf sie. »Dann will ich darauf mal mit einer Gegenfrage antworten – was glaubst *du,* was los ist?«

»Ein Kampf um die Seele der Menschheit«, erwiderte sie und lallte das letzte Wort.

Langsam nickte er. »Ich denke, das fasst es recht gut zusammen, Maria.«

»In dem Fall will ich mitmachen«, sagte sie und sah ihm fest in die Augen.

»Du willst *was*?«

»Ich will rein«, betonte sie voll Überzeugung und klang dabei etwas nüchterner als zuvor.

»So funktioniert das nicht. Man muss rekrutiert werden.«

»Dann rekrutier mich.«

Jed schnaubte. »Tut mir leid, aber für Rekrutierung bin ich nicht zuständig.«

»Kannst du dann wenigstens ein gutes Wort für mich einlegen?«

Er überlegte kurz, bevor er antwortete. »Na schön. Ich denke, das kann ich machen.«

Sie streckte die Hand aus und drückte seine. »Danke.«

»Gern.«

»Ich muss mal auf die Toilette«, kündigte sie an.

»Danke für die Mitteilung – oder willst du auch dabei meine Hilfe?«, gab er zurück und unterdrückte ein Grinsen.

»Nee, ich denke, das kriege ich allein hin«, entgegnete sie. Dann lachten sie beide, als sie den Stuhl vom Tisch zurückschob.

Auf was hab ich mich da bloß eingelassen?, dachte Jed, während er beobachtete, wie sie davonging und im Restaurant verschwand. *Hoffentlich auf was Gutes.*

Er nutzte ihre Abwesenheit, um die Rechnung zu begleichen. So wollte er einer Diskussion darüber zuvorkommen, dass er sie einladen wollte. Außerdem verhinderte er damit, dass sie noch einen Drink bestellen würde – den sie eindeutig nicht brauchte.

Sie kehrte mit zu Schlitzen verengten Augen zurück.

»Auf dem Rückweg von der Damentoilette wollte ich bezahlen. Stuart hat gesagt, du hast die Rechnung schon beglichen«, warf sie ihm vor und baute sich mit in die Hüften gestemmten Händen vor dem Tisch auf.

»Schuldig«, gestand er und stand auf.

Ihre Züge wurden milder. »Danke, Jed.«

»Gern geschehen«, erwiderte er und verneigte sich leicht. »Was hältst du davon, wenn ich dich nach Hause fahre? Ich glaube, um selbst zu fahren, hattest du wohl einen Drink zu viel.«

»Einverstanden«, willigte sie ein und bot ihm den Ellbogen an.

Er hakte sich bei ihr ein und führte sie zu seinem Wagen, wo er die Beifahrertür für sie öffnete.

»Der Wagen ist ziemlich hoch, also pass auf, wo du hintrittst, und benutz beim Einsteigen die Seitenleiste«, sagte er.

Sie schlug seine Hand weg, als er ihr helfen wollte. »Glaubst du, ich bin noch nie in 'nen Pick-up geklettert? Wofür hältst du mich denn?« Dann fügte sie leise murmelnd hinzu: »Ich habe in Pick-ups schon alles Mögliche getrieben. Dinge, die du nicht mal wissen willst, Jedidiah Johnson.«

Grinsend schloss er die Tür hinter ihr.

Betrunkene Ehrlichkeit ist einfach nicht zu überbieten …

Er stieg auf der Fahrerseite ein, legte den Sitzgurt an und startete den Motor. »Wohin?«, fragte er mit einem Blick zu Maria.

»Fahr einfach los. Ich sage dir unterwegs den Weg an«, antwortete sie. »Ein Navi ist was für Loser.«

»In Ordnung«, willigte Jed schmunzelnd ein.

Er fand die betrunkene Maria zunehmend unterhaltsamer.

Wie sich herausstellte, wohnte sie nicht weit entfernt. Sie leitete ihn Kurve für Kurve durch die Innenstadt, dann hinaus ins West End und zu einem luxuriösen Apartmentgebäude namens *Twenty & Grand*. Jed rollte auf die kreisförmige Zufahrt vor dem Gebäude.

»Hast du morgen 'ne Möglichkeit, dein Auto zu holen?«, fragte er, als er in die Parkstellung schaltete.

Sie schüttelte den Kopf. »Ist nicht nötig. Ich bin mit einem Uber zum Lokal gefahren. Mein Auto steht in der Parkgarage.«

»Oh, klug«, befand Jed.

»Begleitest du mich zur Tür?«, fragte sie.

»Auf jeden Fall.«

Er öffnete die Tür, stieg aus und ging um den Wagen herum zur Beifahrertür, um sie für Maria zu öffnen.

»Danke«, sagte sie, als er ihr heraushalf. Sie hielt sich an seinem Arm fest, während er sie zu den Glastüren führte, durch die man eine elegant ausgestattete Lobby sehen konnte. Anscheinend verdienten Ermittler in Nashville ziemlich gut.

Sie blieb stehen, drehte sich um und schaute erwartungsvoll zu ihm auf. »Möchtest du noch mit raufkommen?«

»Vielleicht nächstes Mal«, erwiderte er.

Sie nickte. »Ich hatte einen tollen Abend, Jed.«

»Ich auch.«

»Danke fürs Essen«, sagte sie und stellte sich auf die Zehenspitzen, vermutlich um ihm einen Kuss auf die Wange zu drücken, allerdings war sie immer noch nicht groß genug. Das kannte er aus Erfahrung. Also bückte er sich, damit sie ihn erreichen konnte.

»Gern geschehen«, sagte er und wandte sich zum Gehen. Auf halbem Weg zum Wagen blieb er stehen, drehte sich um und schaute zu ihr zurück. »Weißt du, morgen Abend ist eine Grillfeier für das Team bei den Yarnells. Wärst du gern meine Begleitung? Sarah Beth würde sich bestimmt freuen, dich zu sehen.«

Ein breites Lächeln hellte ihre Züge auf. »Bist du sicher? Ich will mich nicht aufdrängen.«

Er zuckte mit den Schultern. »Da mache ich mir keine Sorgen. Du und Rachel kommt ja gut miteinander aus, und du und ich … offensichtlich auch. Außerdem hättest du so die Gelegenheit, andere aus dem Team kennenzulernen. Du weißt schon, um ein Gefühl dafür zu bekommen, ob du reinpassen würdest.«

»O Jed, das ist unheimlich nett von dir. Danke.«

»Keine Ursache.«

»Wann?«

»Ich hole dich um halb fünf ab, ja? Das Barbecue fängt zwar erst um halb sechs an, aber wir müssen genug Zeit einplanen, um dich durch die Sicherheitskontrolle zu kriegen.«

»Moment – es ist auf dem Campus von Trinity Loop?«, fragte sie mit großen Augen.

»Ja, warum? Ist das ein Problem?«, erwiderte Jed.

»Nein. Nein, überhaupt nicht«, beteuerte sie. »Ich bin bloß noch nie auf den Campus eingeladen worden und wollte ihn schon immer mal sehen. Das ist spitze. Danke noch mal, Jed.«

»Es werden sich bestimmt alle freuen, die Frau kennenzulernen, die eine Kugel für mich abgefangen hat.«

»Dabei fällt mir was ein«, sagte sie mit einem verschämten Lächeln und blickte an sich hinab. »Da du jetzt fährst, kriegst du meine Narbe nicht mehr zu sehen.«

»Vielleicht ein anderes Mal«, sagte er und grinste jungenhaft zurück.

»Dann beim dritten Date«, schlug sie augenzwinkernd vor. Jed schüttelte bei der Andeutung, die ihm unangenehm war, den Kopf und errötete.

Sie winkte ihm zum Abschied, dann beobachtete er, wie sie im Aufzug verschwand, bevor er in den Wagen stieg. Bevor er losfuhr, verband er sein Handy mit dem Infotainment-System des Silverado und rief die Playlist seiner liebsten Countrysongs auf. Er war stolz auf seine Vorstellung an diesem Abend. Er war ein Wagnis eingegangen und hatte nicht zugelassen, dass Reue über die Vergangenheit eine weitere potenzielle Beziehung vermasselte, bevor sie überhaupt begonnen hatte. Breit lächelnd klopfte er während der Fahrt mit den Daumen aufs Lenkrad und sang bei John Richs »I Thought You'd Never Ask« mit.

Der Abend hatte sich als unverhoffter Segen erwiesen.

Er konnte es kaum erwarten zu sehen, was der nächste Tag bringen würde.

27

HAUPTTOR

AUSBILDUNGSANLAGE TRINITY LOOP

17:14 UHR ORTSZEIT

Jed schaltete in die Parkstellung, nahm den Fuß von der Bremse und seufzte. Nichts schien je einfach zu sein.

»Tut mir leid, Mr. Johnson. Ihr Gast steht nicht auf der Liste der für heute genehmigten Gäste«, beharrte der Wachmann namens Sanderson.

»Aber ich hab das Genehmigungsformular heute Morgen eingereicht«, erwiderte Jed.

»Das mag schon sein, nur haben wir Sonntag, da sind wir nicht voll besetzt. Wahrscheinlich konnte das Überprüfungsverfahren deshalb nicht abgeschlossen werden. Beim ersten Mal dauert es am längsten, weil neben verschiedenen anderen Kriterien auch der Hintergrund geprüft wird.«

»Und welche Möglichkeiten haben wir jetzt?«, fragte Jed, der sich bemühte, sachlich zu klingen.

Sanderson schüttelte den Kopf. »Am besten versuchen Sie's morgen noch mal, idealerweise nach Mittag. Bis dahin sieht's gut dafür aus, dass der Papierkram das System durchlaufen hat.«

»Nur hilft uns das nicht weiter. Die Grillfeier ist heute Abend.«

»Das ist mir klar, aber die Sicherheitsprotokolle gibt es nicht grundlos.«

»Schon gut, Jed«, meldete sich Maria vom Beifahrersitz zu Wort. »Ich kann ja einfach ein anderes Mal wiederkommen.«

»Nein, es ist nicht gut. Ein anderes Mal wiederzukommen verfehlt den Sinn der Übung.« Er griff sich sein Handy aus dem Getränkehalter der Mittelkonsole und rief Ben an, während er Sanderson mürrisch anstarrte.

Der Befehlshaber der Shepherds meldete sich nach dem zweiten Klingeln. »Morvant …«

»Hi, Ben, hier Jedidiah.«

»Hi, Jed. Wie geht's?«

»Im Moment bin ich frustriert«, antwortete er und gab sich keine Mühe mehr, seine Verärgerung zu verbergen. »Ich bin gerade am Haupttor und versuche, meinen Gast für die Grillfeier an der Sicherheitskontrolle vorbeizubringen. Aber ihr Name steht nicht auf der Liste der genehmigten Besucher.«

»Wann hast du die Unterlagen eingereicht?«

»Heute Morgen.«

»Also, das erklärt es. Sonntag ist ein Tag der Ruhe, Jed. Das weißt du. Die Büros sind geschlossen. Heute ist nur eine Rumpfmannschaft im Dienst.«

»Ja, ich weiß. Trotzdem hab ich gehofft, sie könnte die Freigabe kriegen, damit sie mich zum Barbecue begleiten kann.«

»Wer ist dein Gast, Jed?«

»Detective Perez von der Polizei Nashville«, antwortete Jed mit einem lächelnden Blick zu Maria. »Bestimmt erinnerst du dich an sie von vor ein paar Wochen. Sie war zuständig für …«

»Die Yarnell-Entführung«, schnitt Ben ihm das Wort ab. »Ja, ich erinnere mich an Detective Perez.«

Jed schnappte etwas in Bens Stimme auf – etwas Unbehagliches, das er nicht recht einzuordnen vermochte. Als von Ben nichts mehr kam, fühlte sich Jed genötigt, nachzubohren. »Kannst du irgendetwas tun, um die Rädchen hier zu schmieren, Boss?«

Einen Moment lang herrschte drückende Stille in der Leitung. Dann sagte der Befehlshaber der Shepherds: »Lass mich ein paar Anrufe machen. Ich melde mich bei dir.«

»Danke«, sagte Jed, und die Leitung war tot.

Er warf einen Blick in den Rückspiegel, um zu sehen, ob sich hinter ihm bereits eine Schlange bildete, weil er so hartnäckig den Kontrollpunkt blockierte. Zum Glück war bisher noch niemand hinter ihn gerollt.

»Ich will keine Umstände verursachen. Es war eine spontane Idee, und es hat eben nicht geklappt. Ehrlich, Jed, das ist kein Problem. Wir sollten einfach fahren«, meinte Maria, streckte die Hand aus und drückte seinen Unterarm.

»Lassen wir Ben erst versuchen, seine Magie zu wirken. Wenn es danach immer noch Nein heißt, brechen wir ab und probieren es ein andermal. Okay?«

»Okay.«

Jed warf einen Blick zu Sanderson, doch der hatte sich wieder in die Wachhütte verzogen, während Jed mit Maria gesprochen hatte.

»Wie geht's dem Kopf?«, erkundigte sich Jed und wandte sich wieder ihr zu.

»Dem Kopf? Gut …« Ihr Ton deutete an, dass sie nicht wusste, worauf er anspielte. Bevor er es ihr erklären konnte, begriff sie es verspätet. »Ah, du meinst, ob ich verkatert bin?«

Grinsend nickte er.

»Ich werde nicht verkatert«, verkündete sie stolz.

»Was? Im Ernst?«

»Ja, im Ernst. Ich kriege nie einen Kater. Na ja, würde ich vielleicht nach einer ganzen Flasche Bourbon. Aber von ein paar kräftigen Drinks wie gestern Abend spüre ich am nächsten Tag gar nichts.«

Jed wollte gerade etwas dazu sagen, als er hörte, wie sich die Tür der Wachhütte öffnete und Sanderson herauskam.

»Hier ist der Gästeausweis für sie«, sagte der Mann und reichte Jed einen ausgedruckten Tagespass in einem Ausweishalter an einem Umhängeband. Dann gab er ihm Marias Brieftasche mit dem Polizeiausweis und das Abzeichen, welche sie ihm bei der Ankunft ausgehändigt hatte.

»Danke«, sagte Jed, nahm beides entgegen und reichte es an Maria weiter.

»Ma'am, Sie müssen den Pass auf dem Gelände jederzeit sichtbar tragen«, erklärte Sanderson und blickte an Jed vorbei.

»Verstanden«, gab sie zurück und streifte sich das Umhängeband über den Kopf. »Danke und schönen Abend noch.«

»Ebenfalls«, erwiderte Sanderson, entfernte sich von Jeds Pick-up und hob das Tor an.

Jed nickte Sanderson zu, legte den Gang ein und fuhr durch den Kontrollpunkt auf den Campus. Bereits am Vormittag hatte er sich angesehen, wo sich das Haus der Yarnells befand, damit er es nun nicht suchen musste. Es hatte ihn überrascht zu erfahren, dass Rachel und David auf den Campus gezogen waren. Nicht weil er es nicht nachvollziehen konnte – angesichts der Ereignisse mit Sarah Beth und des Überfalls auf ihr Haus in Nashville war es nur sinnvoll –, sondern weil er erst auf dem Rückflug aus dem Irak davon erfahren hatte. Auch Maria hatte beim Abendessen nichts davon erwähnt. Die Familie lebte seit Wochen auf dem Campus, und David hatte es nie der Mühe wert gefunden, ihm mitzuteilen, dass sie umgezogen waren.

»Bist du schon in Rachels und Davids neuem Haus gewesen?«, fragte Maria, als hätte sie seine Gedanken gelesen.

Er schüttelte den Kopf.

»Ich kann total nachvollziehen, dass sie nach allem, was passiert ist, umgezogen sind«, meinte sie.

»Ja …«

»Weißt du, ob Sarah Beth heute Abend da sein wird?«, fragte Maria, als Jed von der Trinity Loop Road auf die Straße einbog, die zu einem kleinen Bereich mit Einfamilienhäusern führte.

»Davon gehe ich aus, aber mit Sicherheit weiß ich es nicht. Ich hoffe es.«

»Wäre schön. Zwischen dir und dem Mädchen muss ja eine besondere Verbindung bestehen.«

Er warf ihr einen Seitenblick zu. »Wieso sagst du das?«

»Weil's offensichtlich ist, Jed. Du hast ihr das Leben gerettet – zweimal.«

»Ja.« Langsam nickte er. »Weißt du, ich hab gestern Abend nicht dran gedacht, dich das zu fragen, aber was hast du eigentlich über die Typen rausgefunden, die Sarah Beth in der Nacht entführen wollten, als du angeschossen worden bist?«

»Enttäuschend wenig. Keiner hatte Vorstrafen, und ich konnte keine berufliche oder soziale Verbindung zwischen ihnen finden. Es war fast so, als hätte jemand einem

Haufen willkürlicher Kerle aus einer Kneipe Waffen und Geld in die Hände gedrückt, damit sie ein Mädchen entführen. Aber ich sollte dich wohl dasselbe fragen. Immerhin bist du derjenige, der für eine Geheimorganisation arbeitet.«

»Das liegt nicht in meiner Zuständigkeit. Ich bin hier nicht der Ermittler«, gab er stirnrunzelnd zurück und wünschte, ihre Antwort wäre etwas gehaltvoller ausgefallen.

Wieso hatte sich die Polizei von Nashville in Sarah Beths Fall als so unfähig erwiesen? Oder wusste Maria mehr, als sie zugab? Hatte man intern je Corporal Alexanders Auftauchen bei dem Terroranschlag auf die Cathedral of the Incarnation untersucht? Oder hatte man mit seinem Tod an jenem Tag die Akte geschlossen und auf Ermittlungen verzichtet? Jed hatte immer noch eine Menge Fragen, hatte sie jedoch in den Hintergrund gedrängt. Durch Jericho Basic und das restliche Drumherum hatte er keine Gelegenheit gehabt, ihnen nachzugehen. Allerdings fand er beunruhigend, dass es den Finsteren gelungen war, mindestens einen von ihnen bei der Polizei von Nashville einzuschleusen. Gab es vielleicht noch mehr? Und falls ja, wie viele?

»Willst du was irgendwie Trauriges hören?«, fragte Maria und klang plötzlich müde. »Nur durch ein Abzeichen und den Titel *Detective* vor dem Namen kriegt man noch lange keine Vorzugsbehandlung. Sicher, es öffnet einem mehr Türen als die Lizenz eines Privatdetektivs. Aber du wärst überrascht, wie viele trotzdem verschlossen bleiben. Ich versuche, mich davon nicht entmutigen zu lassen, aber Tatsache ist, dass ich nur ein kleiner Fisch in einem großen Teich bin.«

Jed parkte am Bordstein vor dem Haus der Yarnells, da die Einfahrt bereits voll war. Er schaltete den Motor ab und drehte sich Maria zu. Eine Hälfte ihres Gesichts erhellte die Sonne, die andere Hälfte lag im Schatten.

Plötzlich fühlte er sich zu ihr hingezogen. In ihm stieg das Verlangen auf, sie zu küssen. »Deine Augen sind … wunderschön.«

Maria spielte das Kompliment herunter. »Sie sind nichts Besonderes – nur braun wie die von fünf Milliarden anderen Menschen.«

»Das ist nicht wahr«, widersprach er und beobachtete, wie das Sonnenlicht auf der hell erleuchteten Seite komplexe Schattierungen von Honig, Kupfer und Cognac zum Vorschein brachte. »Ich sehe darin so viel Farbe … so viel Licht.«

Abrupt schaute sie weg und packte den Türgriff. »Gehen wir rein?«

»Sicher.« Jed fragte sich, was er Falsches gesagt hatte.

Er stieg aus, verriegelte den Wagen nicht und ging außen herum zur Beifahrerseite. Sie lächelte ihn zwar an, was er erwiderte, doch auf dem Weg zur Vordertür hängte sie sich weder bei ihm ein noch ergriff sie seine Hand. Hinter dem Haus drangen Countrymusik und eine fröhlich klingende Geräuschkulisse hervor. Gleich darauf stieg Jed der Duft von holzkohlegegrilltem Fleisch in die Nase. Sofort lief ihm das Wasser im Mund zusammen.

»Vielleicht gehen wir gleich direkt nach hinten«, kam Maria seinem Gedanken zuvor. »Klingt, als hätte die Party schon angefangen.«

»Ja.«

»Riecht nach Burgern und Bier«, meinte Maria und fügte grinsend hinzu: »Macht's dir nichts aus, zwei Abende hintereinander Burger zu essen?«

»Ich könnte jeden Abend 'nen Burger verdrücken und würde nie genug davon kriegen.«

»Warum überrascht mich das nicht?«

Als sie um die Hausecke bogen, erwartete sie eine Szene wie aus einem Film – das perfekte Barbecue im Garten. Eine Handvoll Kinder tollten auf dem Rasen herum, Männer und Frauen saßen lächelnd in Gruppen beisammen und plauderten mit einem Getränk in der Hand auf einer weitläufigen Terrasse. Die versammelten Erwachsenen drehten sich synchron um und begrüßten Jed samt Begleiterin. In den meisten Gesichtern sah er Überraschung aufblitzen, die jedoch fast sofort wieder verschwand und von einem einladenden Lächeln abgelöst wurde.

»Hi, Jed.« David kam ihnen entgegen.

»Hi, David«, gab Jed zurück.

»Detective Perez, wie schön, dass Sie mitgekommen sind.« David streckte ihr die Hand entgegen. »Jed hat vorhin angerufen und erwähnt, dass Sie vielleicht mit von der Partie sind. Willkommen in unserem *neuen* Zuhause.«

»Danke«, erwiderte sie und schüttelte ihm die Hand. »Sehr schönes Haus haben Sie hier.«

»Oh, danke. Ist 'ne ziemliche Verbesserung gegenüber dem alten«, meinte David schmunzelnd. »Aber wie auch immer, fühlen Sie sich ganz wie zu Hause. Rachel ist mit Sarah Beth in der Küche, falls Sie Hallo sagen wollen.«

»Liebend gern«, erwiderte Maria, bevor sie sich Jed zuwandte und ihn anlächelte.

»Dafür wollte Sarah Beth unbedingt nach Hause kommen. Sie wollte auf keinen Fall die Gelegenheit verpassen, Onkel Jed zu sehen.« David klang aufrichtig erfreut. Jed nahm nichts von der Unsicherheit oder Eifersucht wahr, die er im Flugzeug aus seinen Gedanken aufgeschnappt hatte.

»Gehen wir Hallo sagen«, schlug Maria vor und deutete mit dem Kopf zur Terrassentür.

»Gern«, sagte Jed und nickte David zu.

Auf dem Weg über die Terrasse begrüßte Jed sowohl Eli als auch Grayson und winkte den anderen drei Neuen zu – Hyeon, Bex und Nisha, die dicht beisammensaßen und sich unterhielten. Jeds Blick verharrte auf Nisha, die ein irgendwie leeres Lächeln im Gesicht hatte. Ihr Blick fixierte Maria, nicht ihn. Ein Kribbeln lief ihm über den Rücken, als er durch die offene Terrassentür die Küche betrat. Dort standen Rachel und Sarah Beth an einer Arbeitsinsel und verteilten aufgeschnittene Erdbeerscheibchen auf einem Kuchen, vermutlich aus Mürbeteig. Kaum hatte Sarah Beth ihn bemerkt, hellten sich ihre Züge auf und sie rannte auf ihn zu.

»Hi, Partnerin«, sagte er, als sie sich ihm überschwänglich wie eine Fünfjährige entgegenwarf und die Arme um seine Taille schlang.

»Ich freu mich so, dich zu sehen, Onkel Jed«, rief sie. »Du hast mir gefehlt.«

»Geht mir umgekehrt genauso.« Jed erwiderte die Umarmung innig.

Dann fiel Sarah Beths Blick auf Maria, die zu seiner Rechten stand, und ihr Gesicht verzog sich, als wäre ihr eine Mücke in den Mund geflogen.

»Hallo, Sarah Beth. Erinnerst du dich an mich?«, fragte Maria. »Ich bin Detective Perez.«

»Ich erinnere mich an Sie«, sagte Sarah Beth. Ihr Gesichtsausdruck dabei besagte für Jed: *Das ist mein Lächeln für Erwachsene, die ich nicht leiden kann.*

Maria streckte Sarah Beth die Hand entgegen. Das Mädchen starrte mehrere Sekunden lang darauf, bevor es sie letztlich schüttelte.

»Maria, wir freuen uns so, dass du kommen konntest«, meldete sich Rachel in herzlichem Ton zu Wort. Im Gegensatz zu ihrer Tochter wirkte Rachel entspannt und von Marias Ankunft unbeirrt. Die beiden Frauen umarmten sich, bevor Rachel schließlich Notiz von Jed nahm. »Hallo, Jed.«

»Hallo«, erwiderte er, bevor er den Blick schnell auf den Erdbeerkuchen richtete und hinzufügte: »Wow, schau sich einer den Kuchen an. Sieht köstlich aus.«

»Komm mit, Onkel Jed«, meldete sich Sarah Beth zu Wort und zog an seiner Hand. »Ich will dir mein neues Zimmer zeigen.«

»Das glaube ich nicht«, ging Rachel in scharfem Ton dazwischen. »Wir nehmen keine fremden Männer in unsere Zimmer mit, Sarah Beth.« Sie schüttelte den Kopf. Dabei bemühte sie sich, Jed anzulächeln, während sie gleichzeitig die Augen verdrehte.

»Er ist doch kein Fremder – das ist Onkel Jed«, protestierte Sarah Beth mit der Unschuld eines Kinds.

»Hör zu, Sarah Beth …«, sagte Rachel, die Jeds Blick mittlerweile mied.

»Deine Mutter hat völlig recht«, fiel er ihr ins Wort und löste den peinlichen Moment auf. »Gehen wir nach draußen und plaudern wir dort, ja?«

»Okay«, brummelte sie. »Aber ich hätte dir gern ein paar Sachen gezeigt. Minderjährig zu sein ist echt scheiße.«

»Ausdrucksweise, junge Dame!«, schimpfte Rachel, warf Jed aber einen dankbaren Blick zu.

»Kannst du laut sagen.« Jed lachte. Er ließ sich von Sarah Beth zur Hintertür ziehen. Unterwegs drehte er sich zurück zu Maria und schenkte ihr ein Schulterzucken, das besagte: *Was soll man machen?*

Draußen steuerte Sarah Beth schnurstracks zu einem kleinen, runden, unbesetzten Betontisch im hintersten Winkel des Gartens. Für Jed sah er mehr nach Zierwerk als sonst etwas aus. Um den Sockel wuchs dichtes, ungemähtes Gras. Mit einigen Schwierigkeiten zwängte er sich Sarah Beth gegenüber auf die unbequeme runde Bank, die Knie beinahe bis zur Brust angezogen.

»Ist alles in Ordnung?«, fragte er.

»Ja«, behauptete sie, doch plötzlich traten ihr Tränen in die Augen. »Nein, eigentlich doch nicht …« Sie sah sich um, als fürchtete sie, jemand könnte bemerken, dass sie weinte. Aber niemand schien ihnen Beachtung zu schenken.

»Was ist los? Willst du darüber reden?«, fragte er. Kaum waren die Worte von seinen Lippen gedrungen, geschah etwas Unerwartetes.

Als er die Gedanken zu ihr entsandte, fluteten sein Bewusstsein Bilder, die ihn wie ein Güterzug praktisch überrollten. Erinnerungen … aber nicht seine. Erinnerungen durch Sarah Beths Augen. Aus der St. George's Academy, wie er instinktiv wusste. Obwohl er nie dort gewesen war, wirkten die Bilder für ihn vertraut, als übertrüge sie die Empfindung zusammen mit den Erinnerungen.

Eine Gruppe Mädchen an einem anderen Tisch beim Mittagessen starrte flüsternd zu ihm herüber und lachte dann.

Eine Lehrerin stellte ihn vor der versammelten Klasse bloß.

Corbin umarmte ihn vor seinem Spind, während ihm Tränen über die Wangen strömten …

Es waren Sarah Beths Erinnerungen, doch sie fühlten sich wie seine eigenen an.

Was machst du da, Onkel Jed?, fragte sie vorwurfsvoll. Ihre Lippen bewegten sich dabei nicht. *Ich hab dich nicht eingeladen …*

»Ich … Das wollte ich nicht«, entschuldigte er sich und zog sich hastig zurück.

»Mach das nie wieder ohne Erlaubnis«, schimpfte sie. Diesmal sprach sie laut.

»Tut mir leid, Sarah Beth. Ich wollte es wirklich nicht«, beteuerte er und fühlte sich deswegen schrecklich.

»Schon gut.« Nach einem Herzschlag wurde ihre ernste Miene milder. »Ich wusste gar nicht, dass du das kannst.«

»Ich auch nicht«, sagte er. »In letzter Zeit passieren merkwürdige Dinge mit mir.«

»Du verwandelst dich in einen Wächter!«, stieß sie aufgeregt in gedämpftem Ton hervor. »Das können nur sehr wenige Erwachsene.«

»Ja, hab ich gehört, aber …«

Sie nickte, als stünde es für sie fest.

»Also … In der St. George's Academy ist für dich wohl nicht alles nur Friede, Freude Eierkuchen, was?«, wechselte er das Thema.

Sie blickte auf ihren Schoß hinab. »Weißt du, ich dachte, alle würden nett zu mir sein, weil sie wie ich sind. Ich kapier's einfach nicht, Onkel Jed.«

Er nickte. Bei der unerwarteten Erkenntnis brach ihm das Herz.

»Corbin sagt, es liegt daran, dass sie neidisch auf mich sind. Sie meint, die meisten Kids dort sind weit hinter dem, was ich kann. Und diese eine Lehrerin kann mich auch nicht leiden. Aus irgendeinem Grund versucht sie immer wieder, mich vor den anderen dumm dastehen zu lassen. Nur hab ich keine Ahnung, warum.«

»Aber Corbin passt auf dich auf?«

»Ja. Ich wüsste nicht, was ich ohne sie täte. Leider ist sie jetzt schon eine Zeit lang weg …« Sie schenkte ihm ein wissendes Lächeln. Jed empfing in Gedanken, wie sie hinzufügte: *Und wir beide wissen, wohin und warum.* »Ich hasse es dort, wenn sie nicht da ist. Nicht die Schule selbst, meine ich, aber … Ich weiß auch nicht.«

Jed lächelte sie an. Eigentlich schien sie die typischen, an jeder gewöhnlichen Middle School verbreiteten Probleme zu erleben. Was in seinen Augen sogar gut sein konnte.

»Und sonst hast du dich mit niemandem angefreundet?«

»Nicht wirklich … Na ja, da ist dieser eine Junge, Max. Er ist in meiner Klasse und recht cool. Er ist zwar bei Wächterdingen nicht so gut wie ich, aber er kann schon auch was. Im Gegensatz zu den meisten ist ihm egal, dass ich in einigen Dingen besser bin als er. Max meint, es ist kein Wettbewerb. Wir snapchatten ständig.«

»Warte – die lassen euch dort im Unterricht die Handys verwenden?«

»Aber nein – ich rede von *Wächter-Snapchats.* Was wir gerade gemacht haben. So nennen wir das an der St. George's.«

»Und das können alle Kids dort?«

Darüber lachte sie. »Nicht mal annähernd. Das ist ja irgendwie das Problem. Die meisten dort können nicht viel. Deshalb sind sie neidisch. Manche behaupten, mehr draufzuhaben, als sie wirklich können. Andere sind deutlich begabter und verbergen es. Es ist echt schräg. Ist es für dich bei den Shepherds auch so?«

Jed dachte kurz über die Frage und die Parallelen in der realen Welt nach, bevor er antwortete: »Weißt du was? Ja – irgendwie schon.«

Sie nickte. Die Antwort schien ihr zu gefallen. »Willst du's noch mal versuchen?«, fragte sie. Ihre Miene hellte sich dabei auf.

»Was noch mal versuchen?«

»Watcher-Snapchat«, antwortete sie. »Aber diesmal mit meiner Erlaubnis.«

»Klar, warum nicht? Aber wie gesagt, ich weiß wirklich nicht genau, wie ich's gemacht habe. Im Gegensatz zu dir hab ich keine Kontrolle darüber.«

»Macht nichts. Ich bring's dir bei«, sagte sie freudig. Die Rollenumkehr schien sie zu begeistern. »Du entsendest einfach den Geist und hältst Ausschau nach …«

»Einem unsichtbaren Faden?«, unterbrach er sie.

»Genau … Wenn du den unsichtbaren Faden findest, folgst du ihm zum Ende. Dort stößt du auf eine Art Blase. Das ist so was wie die Grenze«, erklärte Sarah Beth. »Vorhin bist du direkt reingegangen, bis in meine persönlichsten Gedanken. Diesmal bremst du einfach, wenn du mich findest. Sonst ist es unhöflich.«

»Okay.« Jed schmunzelte darüber, dass er von einer Halbwüchsigen belehrt wurde. Er schloss die Augen und tastete in der Dunkelheit umher wie ein Blinder, bis er den unsichtbaren Faden fand.

Bist du das, Sarah Beth?, fragte er sie in Gedanken.

Ja, ich bin's, bestätigte sie.

Mache ich das? Oder machst du es? Jed fühlte sich unsicher, wo die Kontrolle lag.

Wir beide.

Ist es auch so, wenn du eine Verbindung mit Corbin herstellst?

Ja, so ungefähr, erwiderte sie. *Jeder Geist ist anders.*

Es ist seltsam … weil ich einerseits nichts sehen kann … und gleichzeitig aber doch, sagte er.

Ich weiß, total! Noch schräger ist es, wenn man's mit offenen Augen macht.

Als Jed die Lider öffnete, vermischte sich alles zu einem eigenartigen traumartigen Zustand. Ein Schwindelgefühl überkam ihn. Rasch schloss er die Augen wieder. *Das gefällt mir nicht. Vielleicht gewöhne ich mich mit mehr Übung daran.*

Ja, Übung braucht es auf jeden Fall, bestätigte Sarah Beth.

Einige Sekunden lang schwiegen sie. Dann fiel Jed eine Frage ein, die sie beantwortete, bevor er sie stellen konnte.

Weil ich Detective Perez nicht traue, sagte sie.

Warum nicht? Sie hat in der Nacht damals versucht, dich zu retten. Und sich dabei eine Kugel für uns eingefangen, weißt du noch?

Wirklich?, gab sie zurück. *Da bin ich mir nicht so sicher.*

Was?, gab er verwirrt zurück. Dann jedoch erschreckte ihn eine Stimme von außen, und er kehrte in seinen normalen Bewusstseinszustand zurück.

»Jed … Sarah Beth …«, rief Rachel von der Terrasse. »Ihr verpasst das Abendessen, wenn ihr noch lange schnattert. Und Jed muss hungrig sein, ich kann seinen Magen nämlich bis hierher knurren hören.«

Er hob bestätigend die Hand. Trotz der Entfernung konnte er sie lächeln sehen.

Der peinliche Moment von vorhin, als sie ihn als *Fremden* bezeichnet hatte, schien Schnee von gestern zu sein.

Aber er konnte ihr Verhalten nachvollziehen. Grenzen bei Kindern, vor allem bei jungen Frauen, waren unerlässlich.

»Da sollten wir wohl auf deine Mutter hören, Sarah Beth. Ich will unbedingt ein Stück von dem Erdbeerkuchen. Ist eines meiner Lieblingsdesserts.«

»Ich weiß. Hat Ma mir erzählt«, sagte Sarah Beth lächelnd. »Deshalb haben wir ihn gebacken.«

Jed schaute von Sarah Beth zu Rachel, aber diese hatte sich bereits abgewandt und war ins Haus zurückgekehrt. »Wirklich? Das war nett von euch.«

Sarah Beth zuckte mit den Schultern. »Du hast mir das Leben gerettet«, erwiderte sie schlicht und sprang auf.

Jed lachte, schälte sich verrenkt von der unbequemen runden Bank und folgte ihr zur Terrasse, wo nach wie vor die Mehrheit der Leute beisammensaß. Er steuerte in Davids Richtung, der den Grill bediente und die Gäste dabei mit einem bühnenwürdigen Auftritt als Komiker unterhielt. Zu sehen, wie David Burger und Hotdogs wendete und gleichzeitig Witze riss, schlug eine misstönende Saite in Jed an. Obwohl Jed Teamleiter war, stand an diesem Abend anscheinend David im Mittelpunkt der Party. An der High School war David der Scherzbold gewesen, der mit Charisma, während Jed stets Ernst und Pflichtbewusstsein ausgestrahlt hatte – und das alte Gefühl stellte sich gerade wie eine Magenverstimmung nach einer köstlichen Mahlzeit ein.

Grayson trat neben ihn, als er sich der Gruppe anschloss. »Alter, ich wusste gar nicht, dass David so witzig ist. Seine Imitation von Jim Gaffigan ist erste Sahne.«

»Ja, dafür hatte er schon immer ein Talent. Du solltest mal seinen Eddie Murphy hören«, erwiderte Jed lächelnd.

»Da ist ja der Große«, rief David, als sein Blick auf Jed fiel. »Schnapp dir 'nen Teller, Kumpel, ich hab hier ein paar Burger und Würstchen mit deinem Namen drauf.«

Jed nickte, bevor er sich Grayson zuwandte. »Ich bin am Verhungern. Ich hol mir nur was zu essen, dann komme ich wieder.«

»Geh nur, Mann, bevor alles weg ist«, erwiderte Grayson und lachte.

Auf dem Weg zum Grill nickte Jed den Teamkameraden zu.

»Hast du dich gut mit Sarah Beth unterhalten?«, erkundigte sich David, als er einen doppelten Pappteller mit zwei Burgern und zwei Würsten für Jed belud.

»Ja, war nett. Sie hat mir von der St. George's Academy erzählt. Scheint ihr dort zu gefallen. Ich denke, ihr habt richtig damit entschieden, sie an der Schule anzumelden und auf die Basis zu ziehen«, sagte Jed. Als David nicht sofort antwortete, fügte er hinzu: »Wegen vorhin … Falls dieses ›Onkel Jed‹ irgendwie unangenehm für Rachel und dich ist …«

»Ich finde es super«, fiel David ihm ins Wort und sah ihm in die Augen. »Ehrlich, ich bin froh, dass du wieder in unserem Leben bist.«

»Oh … Ja, bin ich auch«, brachte Jed wenig überzeugend hervor.

»Weißt du, nach Sarah Beths Geburt haben Rachel und ich darüber geredet … Na ja, eigentlich eher darüber diskutiert, ob wir dich bitten sollen, ihr Patenonkel zu werden. Offensichtlich ist es dazu nie gekommen. Aber wie dich Sarah Beth ins Herz geschlossen hat, beweist aus meiner Sicht, dass sie einen ›Onkel Jed‹ im Leben braucht.«

Jed konnte kaum glauben, was aus David hervorsprudelte. Er nickte und wusste nicht recht, was er dazu sagen sollte. In seinem Gedächtnis tauchte auf, wie verblüfft und beklommen er sich bei Sarah Beths Geburtsanzeige vor all den Jahren gefühlt hatte – eine Geburtsanzeige, die er aus zweiter Hand erhalten hatte. Seine Eltern hatten ihm ihre nach Virginia Beach weitergeleitet.

»Bei Rachel wird's noch ein bisschen dauern, bis sie auftaut«, fügte David hinzu. Dann ergänzte er geradewegs aus dem Handbuch für Männerfreundschaften: »Aus meiner Sicht, Jed, ist zwischen uns alles gut.«

Jed nickte erneut, während er in Gedanken schnell eine schmeichelhafte Antwort zusammenstoppelte. »Sarah Beth kann sich glücklich schätzen, Eltern wie euch zu haben. Die Kleine hat einen klugen Kopf auf den Schultern, David. Sie ist voller Leben und Licht und wird mal eine erstklassige Wächterin. Ihr könnt sehr stolz auf sie sein.«

»Sind wir«, erwiderte David mit einem erfreuten, wissenden Lächeln. Dann schaute er zum Tisch mit den Zutaten. »Ketchup, Chips und so sind da drüben. Und wir haben ein paar Kühlboxen mit Getränken. Nimm dir, was immer du willst.«

»Danke.« Als Jed davonging, fragte er sich, warum er sich trotz Davids aufrichtigen Versöhnungsversuchs verärgert fühlte.

Als er den Picknicktisch mit Beilagen und Gewürzen erreichte, griff er sich ein Hamburgerbrötchen und bereitete es zu. Als Nächstes schöpfte er sich eine Portion gelben Kartoffelsalat auf den Teller. Dabei kam ihm der weise Rat von Colonel Jericho in den Sinn.

»Um bei den Shepherds ein Anführer zu sein, müssen Sie Ihr Bedauern hinter sich lassen …«

David hatte soeben genau das getan und sich somit als besserer Anführer als Jed erwiesen. Vielleicht hatte es doch etwas für sich, dass Ben sie als »Co-Leiter« für Team Joshua Bravo zusammengespannt hatte.

Er drehte sich um und entdeckte Eli bei den Kühlboxen mit Getränken.

Der Veteran winkte Jed zu sich und öffnete mit einer zum Flaschenöffner umgestalteten Patronenhülse Kaliber 50 den Verschluss einer kalten Budweiser-Flasche. »Das Bud hier ist für dich«, verkündete er mit einem albernen Grinsen und reichte Jed das Bier.

»Danke, Bro«, erwiderte Jed. Dann betrachtete er den Flaschenöffner und meinte: »So einen muss ich mir auch besorgen.«

Eli steckte ihn wieder in die Tasche seiner blauen Jeans. »Bottlebreacher.com. Ich glaube, ein ehemaliger Froschmann hat die Firma gegründet.«

»Cool. Sehe ich mir auf jeden Fall an«, sagte Jed.

»Dein Date und Ben scheinen sich gut zu verstehen.« Schmunzelnd richtete Eli den Blick auf die gegenüberliegende Ecke der Terrasse, wo sich Ben mit einem Bier in der Hand und Maria mit einem Glas Weißwein unter vier Augen unterhielten.

»Ja. Ich glaube, sie wäre daran interessiert, rekrutiert zu werden. Nach allem, was sie gesehen hat, überrascht mich das nicht.«

Eli schürzte die Lippen und nickte, erwiderte aber nichts.

»Was ist?«, bohrte Jed nach.

»Nichts weiter …«

»Hast du kein gutes Gefühl bei ihr?«

»M-m, das ist es nicht wirklich. Aber meiner Erfahrung nach passen Leute, die von sich aus rekrutiert werden wollen, nicht gut zu uns. Aber bestimmt gibt es Ausnahmen«, meinte Eli. Dann zog er sich aus der Affäre, indem er fragte: »Hast du Grayson gesehen?«

»Ja, er ist da drüben und redet mit Carl«, antwortete Jed.

»Dann bis später, Bro.«

»Ja, Mann.«

Jed spielte mit dem Gedanken, sich zu Maria und Ben zu gesellen. Stattdessen kehrte er zum Zutatentisch zurück, um nach Tomatenscheiben und Mayonnaise zu suchen, die er vor lauter Gedankenverlorenheit vergessen hatte. Um seinen Doppelburger richtig zuzubereiten, musste er das Bier und den Teller an einem freien Plätzchen am Rand des Tischs absetzen.

»Mann, ich hätte dich meinen Burger machen lassen sollen«, meinte Nisha, die neben ihn trat. »Sieht lecker aus.«

»Du isst Hamburger?«, fragte er und drehte sich ihr zu.

»Ich bin Christin, Jed, keine Hindu.«

»Natürlich. Tut mir leid«, entschuldigte er sich und schüttelte den Kopf über die eigene Dummheit. »Ich bin ein Idiot.«

»Schon gut«, erwiderte sie schmunzelnd. »Du wirkst ein bisschen zerstreut. Ist alles in Ordnung?«

»Jaja, alles bestens. Ich bin nur am Verhungern«, gab er zurück, enttäuscht darüber, wie durchschaubar er offenbar war. »Muss nur meinen Blutzuckerspiegel in Ordnung bringen, dann ist wieder alles paletti.«

»Sag mal, wer ist denn dein Date?«

»Sie ist nicht mein Date«, entgegnete er, bevor er das Loch tiefer schaufelte, indem er hinzufügte: »Sie ist bloß eine Freundin … Eigentlich so was wie eine Arbeitskollegin.«

»Mhm«, brummte Nisha und verzog die Lippen auf ihre einzigartige Weise. »Und wie heißt deine Freundin, die eigentlich eher eine Arbeitskollegin ist?«

»Detective Maria Perez. Sie ist bei der Polizei von Nashville, hat am Fall Yarnell gearbeitet und war in der Nacht dort, als ...« Abrupt verstummte er. »Wahrscheinlich sollte ich lieber nichts darüber sagen.«

Nisha nickte. »Klar, versteh ich ... Verschlusssache.« Schmunzelnd schüttelte sie den Kopf. »Oh, sieh mal, da kommt sie ja.«

Jed schaute sehnsüchtig auf seinen Teller. Er wollte einfach seinen Burger essen, solange er noch einigermaßen heiß war. Auf solche Spielchen hatte er keine Lust, worum auch immer es dabei gehen mochte. War das zu viel verlangt?

»Hallo«, sagte Maria und trat neben Jed. Aus dem Augenwinkel bemerkte er, wie sie Nisha von oben bis unten musterte, bevor sie hinzufügte: »Ich bin Maria.«

»Nisha.« Die ehemalige Spionin schüttelte die ihr entgegengestreckte Hand.

»Arbeitest du mit Jed zusammen?«, fragte Maria.

»Ja.«

»Oh, wie schön. Jed hat dich nicht erwähnt.«

Nisha lächelte. »Tja, dich auch nicht.«

Maria reagierte mit einem verkniffenen Lächeln, bevor sie den Blick auf Jeds abkühlenden Burger richtete. »Fast so groß wie der, den du gestern Abend bei unserem Date im *L. A. Jackson* hattest. Bin schon gespannt, welchen du besser findest.«

»Ich bin nicht wählerisch«, gab er zurück. Die unterschwelligen Anspielungen, die durch die Gegend flogen, behagten ihm ganz und gar nicht. »Bestimmt beide.«

»Ich hab gehört, du bist bei der Polizei von Nashville«, brachte Nisha das Gespräch zurück auf Schiene.

Jed ergriff den Burger und nahm den ersten Bissen. Seine Zähne schnitten durch das Brötchen, den Salat, die Tomate und die beiden holzkohlegegrillten Pattys. Himmlisches Burgerfett mischte sich in seinem Mund mit Tomatensaft, Ketchup und Mayo.

»Ich bin Ermittlerin«, sagte Maria. »Und was genau machst du?«

»Ich bin Ausbilderin. Ich arbeite hauptsächlich mit ehemaligen Militärangehörigen, die in die private Sicherheitsbranche gewechselt sind. Aber auch mit Gesetzeshütern im aktiven Dienst, die ihre taktische und operative Kompetenz verbessern wollen«, leierte Nisha mit geübter Effizienz die offizielle Darstellung der Shepherds herunter. »Wer weiß, vielleicht hab ich dich ja irgendwann mal als Schülerin.«

»Das bezweifle ich«, gab Maria zurück, deren frostiger Ton Jed nicht entging.

Mit vollem Mund warf er ihr einen missbilligenden Blick zu.

»Tut mir leid. Das ist falsch rübergekommen«, kratzte Maria die Kurve. »Ich meine damit, dass meine Abteilung keinen Vertrag mit Trinity hat. Ist also eher unwahrscheinlich, dass sich unsere Wege in der Hinsicht kreuzen werden.«

Nisha nickte und machte ihr Ding mit den Lippen. »Keine Sorge. Ich hab schon verstanden, was du gemeint hast.«

Jed wollte gerade versuchen, das subtile Wortgefecht zu beenden, als sein Handy in der Tasche vibrierte. Im selben Moment hörte er Nishas Handy, und sie schaute hinunter auf die eigene Tasche. Ein kurzer Rundumblick ergab, dass alle anwesenden Shepherds gleichzeitig Nachrichten erhielten. Jeds Herzschlag beschleunigte sich, und seine Stimmung sank. Er wusste, was das bedeutete. Bei SEAL-Team 10 hatte er zig Sofortmobilisierungen miterlebt.

Seufzend legte er seinen Burger weg und wollte das Handy hervorholen. Nisha hatte ihr Telefon bereits in der Hand. Nach einem Blick auf das Display sah sie Jed an. Der Ausdruck in ihren Augen verriet ihm alles, was er wissen musste.

»Hat mich gefreut, dich kennenzulernen«, wandte sich Nisha an Maria. »Jetzt muss ich mich entschuldigen, anscheinend hat sich was Dringendes ergeben.«

»Verstehe.« Maria klopfte auf die eigene Tasche. »Die Pflicht ruft.«

Nisha entfernte sich, und Jed richtete die Aufmerksamkeit auf Maria. »Tut mir echt leid. Sieht so aus, als müsste ich dich nach Hause bringen.«

»Schon gut, Jed. Das verstehe ich total«, erwiderte sie, sah ihn dabei jedoch nicht an. Stattdessen heftete sie das Augenmerk auf Morvant, der sich mit schnellen Schritten in ihre Richtung bewegte.

»Widerstrebt mir zutiefst, die Party zu stören, aber ich muss Jedidiah entführen«, verkündete Ben, als er bei ihnen eintraf, nach wie vor mit seinem Sonntagnachmittagslächeln im Gesicht.

»Ich bin heute Abend ihr Chauffeur«, sagte Jed.

»Nicht mehr. Ich habe schon einen Wagen angefordert, der Detective Perez nach Hause bringt«, entgegnete Ben zwar freundlich, aber entschieden.

Sein Ton ließ keinen Widerspruch zu.

»Verstanden«, sagte Jed.

»Hat mich gefreut, Sie wiederzusehen, Detective«, fügte Morvant hinzu, bevor er sich abwandte und zu Eli und den anderen Veteranen ging.

»Tja, klingt so, als müsste ich los«, meinte Maria mit einem verkniffenen Lächeln. »Richtest du Rachel und David bitte aus, dass ich mich bedanke, und grüßt Sarah Beth zum Abschied von mir?«

»Mach ich«, versprach Jed und begleitete sie von der Terrasse um das Haus herum.

»Du weißt nicht zufällig, worum's geht, oder?«, fragte sie, als sie sich außer Hörweite des restlichen Teams befanden.

Bei den Worten zuckte Jed innerlich zusammen, versuchte aber, es sich nicht anmerken zu lassen. Eigentlich musste sie wissen, dass man eine solche Frage nicht stellte. *Wahrscheinlich ist sie bloß neugierig, weil sie hier ist und immer noch nicht weiß, was wir wirklich machen,* sagte er sich.

»Keine Ahnung«, antwortete er. »Aber selbst wenn, könnte ich es dir nicht sagen.«

»Klar, verstehe. Operationssicherheit«, erwiderte sie. »Ich hätte nicht fragen sollen.«

Als er einen schwarzen Tahoe bemerkte, der vor seinen Pick-up rollte, blieb er stehen und gab dem Fahrer ein Zeichen. Der Mann schaute zu ihnen herüber und winkte zurück.

»Ich glaube, der Wagen ist für dich«, sagte Jed.

»Ja.« Sie beugte sich ihm zu.

Er bückte sich, damit sie ihm wie am vergangenen Abend einen Kuss auf die Wange geben konnte. Aber dieses Mal verweilten ihre Lippen eine Sekunde und sie umarmte ihn dazu.

»Sei vorsichtig«, murmelte sie, als sie von ihm zurücktrat.

»Bin ich.«

Jed beobachtete, wie sie zu dem Tahoe ging. Bevor sie einstieg, drehte sie sich noch einmal um und winkte. Mit einem verkniffenen Lächeln hob er zum Abschied die Hand. Er konnte die Wärme ihrer Lippen auf der Wange spüren, als er sich abwandte, um zu den anderen zurückzukehren und herauszufinden, welcher Notfall ihre erste Party als Team verdorben hatte.

Auf dem Rückweg ließ ihn ein stiller Ruf aufschauen. Er entdeckte Sarah Beth, die aus ihrem Zimmerfenster zu ihm herabblickte. Sie hatte einen eigenartigen Ausdruck im Gesicht.

Ich glaube, etwas Schlimmes wird passieren, sagte sie in seinem Kopf.

Die Worte ließen ihn innehalten. *Wie kommst du darauf?*

Ich weiß es einfach.

Und weißt du auch, was es ist? Hattest du eine Vision wie bei der Kirche in Nashville?

Nein …

Okay. Falls sich eine einstellt, dann sag mir Bescheid – du weißt schon, mit Wächter-Snapchat.

In Ordnung.

Kurz dachte er darüber und über Rachels Bemerkung vorhin nach.

Aber du musst deinen Eltern davon erzählen. Wenn wir so in Kontakt bleiben wollen, müssen sie darüber Bescheid wissen. Deine Ma kennt sich ja damit aus, erinnerte er sie. *Mit ihr redest du manchmal so, nicht wahr? Aber ich bin weder ein Mitschüler noch dein Vater, also versprich mir, dass du es ihr sagst, Sarah Beth.*

Okay, versprochen.

Damit verschwand sie vom Fenster. Jed empfing von ihr eine Schwere, die er nicht verstand, aber es schien wichtig zu sein. Als er den Weg zum Team fortsetzte, fragte er sich unwillkürlich, mit welchem neuen dunklen Komplott sie es zu tun bekommen würden.

28

TWENTY & GRAND APARTMENTS

2000 GRAND AVENUE, WEST END

NASHVILLE, TENNESSEE

19:05 UHR ORTSZEIT

Maria Perez lief mit bestrumpften Füßen auf dem grauen Parkettboden ihrer Wohnung auf und ab und versuchte, die Vielzahl der widersprüchlichen Emotionen in ihr in den Griff zu bekommen. Frustration, Wut, Verwirrung, Angst, nicht unerhebliche Lust und … noch etwas. Dieses Etwas brachte ihr Herz zum Rasen. Ihr Verstand überschlug sich bei der Suche danach, was sie womöglich übersah.

Es liegt an dieser nervtötenden Göre. Sarah Beth und ihre merkwürdige Beziehung zu Jed halten mich davon ab, die Mission erfolgreich zu erfüllen. Ich hasse dieses kleine Miststück.

Sie schwang die Faust in Richtung der Lampe auf dem Beistelltisch neben dem modernen Sofa und war auf Anhieb froh, als der Schlag danebenging. Dann ließ sie sich seufzend auf die Couch plumpsen, lehnte sich vor und vergrub das Gesicht in den Händen. Dass die Shepherds so kurzfristig aufbrachen, musste etwas Wichtiges bedeuten – also etwas, wovon Victor wissen wollen würde. Nur was? Konnte es mit seiner Operation in Europa zu tun haben? Mit Woland?

Beim Gedanken an den ruchlosen Ex-Soldaten flammte Erregung in ihr auf. Gleich darauf jedoch überkam sie ein seltsames Bedauern, als sie an Jed dachte.

»Was stimmt nicht mit mir?«, fragte sie lauter als beabsichtigt das menschenleere Zimmer.

Das spezielle Telefon, das auf dem Couchtisch bereitlag, um Victor anzurufen und ihm von der Mobilisierung der Shepherds zu berichten, klingelte ihr entgegen. Schlagartig raste ihr Herz wieder, und eine Fülle neuer Emotionen bestürmte sie, diesmal angeführt von Angst.

»Hallo?«

Stille in der Leitung – eine Taktik, die Victor oft einsetzte und zu genießen schien. Schließlich ergriff er das Wort, und es fühlte sich an wie das Summen eines Schwarms Killerhornissen.

»Du scheinst mir beunruhigt zu sein, meine Liebe«, sagte er. Maria stellte sich vor, wie er sich dabei mit den langen, knochigen Fingern eine seiner geliebten Datteln in den Mund steckte. »Hast du die Ausführung vermasselt?«

»Überhaupt nicht«, entgegnete sie mit ruhiger Stimme und schottete ihren Geist bestmöglich ab. »Es läuft in die gewünschte Richtung, nur könnte es etwas länger dauern als erwartet.«

»Ich verstehe«, erwiderte er und löste in ihr die Frage aus, ob er es bereits wusste oder sie nur verunsichern wollte.

»Ich habe inzwischen eine Beziehung mit Jedidiah Johnson aufgebaut – war einfacher, als ich dachte.« Sie rief sich die Reaktion der indischen Frau namens Nisha ins Gedächtnis, als sie einander auf der Terrasse der Yarnells vorgestellt worden waren. Maria konnte keine Gedanken lesen, doch Nishas feindseliger Argwohn war unübersehbar gewesen.

»Und?«, hakte Victor nach.

»Ich war bei Trinity Loop.« In ihrer Stimme schwang Selbstzufriedenheit mit. »Jed hat mich zu einer Grillfeier seines Teams auf dem Campus eingeladen. Nur ist die Gelegenheit verpufft, als Jed und sein gesamtes Team plötzlich wegmussten.«

Die einsetzende Pause fühlte sich für Maria so quälend an, dass sie schließlich einknickte.

»Deshalb habe ich dich angerufen, äh, wollte ich dich anrufen, bevor du dich gemeldet hast. Die Shepherds sind kurzfristig mobilisiert worden. Ich dachte mir, das würdest du wissen wollen, und war besorgt, es könnte mit deiner Operation in Europa zusammenhängen.«

Immer noch Schweigen von seiner Seite, doch da Maria nichts mehr hinzuzufügen hatte, musste sie es wohl oder übel ertragen.

»Das hast du gut gemacht, Maria«, lobte er, und sie stellte sich vor, wie er dabei auf seine langen Fingernägel starrte. »Und ja, das sind wichtige Informationen für uns. Genau deshalb wollen wir dich so dringend als Insiderin dort haben – um vom Kommen und Gehen bei Trinity Loop zu erfahren.«

Sie lächelte verkniffen. Er schien aufrichtig zufrieden zu sein.

»Beunruhigt dich etwas?«

»Wieso fragst du?«, erwiderte sie, nicht sicher, was Victor meinte.

»Ich spüre, dass es noch ein Hindernis bei deiner Mission gibt, kann aber nicht genau erkennen, was es ist.«

»Nichts, womit ich nicht zurechtkomme«, beteuerte sie und staunte darüber, dass er es wusste, noch bevor sie ansprechen konnte, was ihr vor wenigen Augenblicken durch den Kopf gegangen war. »Es ist das Mädchen.«

»Sarah Beth?«, fragte Victor.

»Ja«, bestätigte Maria. »Die Kleine war auch bei der Party. Sie hat eine ungewöhnliche Bindung an Jed, und ich spüre, dass sie mich nicht leiden kann. Aber damit komme ich klar.«

»Sarah Beth wird allmählich eine wachsende Bedrohung für uns.« Victors Ton ließ Maria schaudern. »Deshalb habe ich ursprünglich befohlen, sie zu entführen. Wir hätten sie umbringen sollen, anstatt zu versuchen, sie umzudrehen. Das war ein Fehler.«

»Sie ist an der Wächter-Akademie aufgenommen worden.«

»Natürlich ist sie das«, sagte er. »Finde heraus, wann sie nach Hause kommt. Dann ist sie verwundbar.«

»Mache ich«, versprach Maria und fuhr sich mit dem Finger über ihre Unterlippe. »Außerdem will ich alle mir zur Verfügung stehenden Mittel einsetzen, um einen Keil zwischen sie und Jed zu treiben.«

»Gut«, sagte er. »Wir können nicht in den Geist des Mädchens. Sie wird geschützt und von Tag zu Tag stärker.«

»Verstanden«, erwiderte Maria und spürte, dass er noch mehr von ihr verlangen wollte.

»Ich möchte, dass du deine aufkeimende Beziehung zu dem neuen Shepherd nutzt, um Informationen zu sammeln und die Organisation zu infiltrieren. Beweise ihm deinen Wert. Versuch, rekrutiert zu werden.«

»Das ist mein Plan. Ich habe Hinweise fallen lassen. Und heute Abend hat mich Jed bereits seinem Boss vorgestellt, Ben Morvant. Das Gespräch mit ihm ist gut gelaufen.«

»Sei in Morvants Gegenwart sehr vorsichtig«, zischte Victor. »Er besitzt Kräfte wie ein Wächter. Du musst in seiner Nähe den Geist verschließen.«

»Ich dachte, das Zweite Gesicht hätten nur Jugendliche«, sagte Maria verwirrt.

»Für jede Regel gibt es Ausnahmen«, erwiderte Victor vorwurfsvoll.

»Okay, ich werd vorsichtig sein.«

Damit war die Leitung tot.

Unzufriedenheit löste ihre Angst ab, während sie schweigend über ihren Auftritt bei dem Anruf urteilte.

Das hätte besser laufen können …

Aber ein wenig Anspannung ließ sich mit ein paar Drinks heilen.

Hoffentlich würde sie bald zurück zur Arbeit können. Die Arbeit als Ermittlerin bot ihr ein weiteres dringend benötigtes Ventil und hielt ihren Verstand auf Trab. In der Zwischenzeit würde sie weiterhin Jed verführen, sobald er zurück wäre. Und sie würde daran arbeiten, von den Shepherds rekrutiert zu werden. Vielleicht wäre ein weiterer Kaffee mit Rachel nicht verkehrt – einerseits für die neue Mission, Sarah Beth im Auge zu behalten, andererseits um sich in das Netz der Beziehungen zu schlängeln, das diese Organisation zu definieren schien.

Die Shepherds waren eine eng verschworene Gruppe.

Wie eine Familie …

Mit einem schweren Seufzer erhob sie sich vom Sofa.

Familie hatte nie zu ihren Stärken gehört.

TEIL III

Du glaubst, dass nur einer Gott ist? Du tust recht daran; die Teufel glauben's auch und zittern

1. Jakobus, Kapitel 2, Vers 19

Und ich will bittere Rache an ihnen üben und sie mit Grimm strafen, dass sie erfahren sollen, dass ich der HERR bin, wenn ich Vergeltung an ihnen übe.

Hesekiel, Kapitel 25, Vers 17

29

BOMBARDIER GLOBAL 7500 N77SNA

ENDANFLUG AUF AEROPORTO INTERNAZIONALE DI ROMA-CIAMPINO

ROM, ITALIEN

9:21 UHR ORTSZEIT

Mit einem Ruck erwachte Jed auf seinem Sitz.

Die Turbulenzen, die den Rumpf des Flugzeugs erschütterten, gingen erschreckend mit seinem Albtraum darüber Hand in Hand, dass die Maschine in Flammen stand und mitten in der Luft zerfetzt wurde. Als er sich umsah und feststellte, dass nichts dergleichen vor sich ging, sank er mit einem erleichterten Seufzen auf dem Sitz zurück.

»Alles in Ordnung, Großer?«, fragte Johnny und beugte sich vom Platz hinter Jed nach vorn. »Du hast wie verrückt gezuckt und Geräusche von dir gegeben. Wenn ich's nicht besser wüsste, hätte ich gedacht, du hättest 'nen Anfall.«

»Lass ihn zufrieden, Johnny«, meldete sich Nisha von ihrem Platz auf der anderen Seite des Gangs zu Wort. »Sei froh, dass du nicht im Schlaf gegen Dämonen kämpfen musst.«

»Niemand hat nach deiner Meinung gefragt, Nisha«, herrschte Johnny sie an.

»Das hat mich noch nie davon abgehalten, sie zu äußern«, schoss sie zurück.

Jed wollte gerade schlichtend eingreifen, doch die Durchsage des Piloten, dass sie sich im Endanflug befanden, nahm es ihm ab. Die Anspannung im Flugzeug war geradezu greifbar, und Jed konnte nachvollziehen, warum. So wirkten sich kurzfristige Einsätze mit begrenzten Vorabinformationen immer auf ein Team aus. Die Unterweisung von Ben und Pastor Mike während des Flugs hatte zwar verdeutlicht, dass viel auf dem Spiel stand, aber wenig an Details enthalten. Informationen der Wächter sagten einen unmittelbar bevorstehenden Anschlag im Vatikan vorher, darüber hinaus jedoch hatten sie herzlich wenig zu bieten. Ben hatte nicht erklärt, warum er Joshua Bravo bei dem Einsatz als Verstärkung für die Schwestereinheit Joshua Alpha ausgewählt hatte. Jed fragte sich, ob jene Simulation im Vatikan bei der Grundausbildung etwas damit zu tun hatte.

Die Simulation, bei der ich kläglich versagt habe …

Er drehte den Kopf und spähte durchs Fenster auf die italienische Landschaft hinaus, als sie zur Landung ansetzten. Als SEAL war er Dutzende Male über den Militärflugplatz Sigonella zu Zielen geflogen, aber er würde das erste Mal nach Rom kommen. Der Firmenjet schwankte leicht im Wind, bevor die Räder mit einem schrillen Ton aufsetzten, und der Rumpf erzitterte, als der Pilot die Schubumkehr aktivierte. Während die Maschine ausrollte, wandte sich Ben von der Vorderseite der Kabine an sie alle.

»Schnappt euch euer Zeug und formiert euch auf dem Rollfeld. Ich gehe davon aus, dass Transportmittel von unseren Gastgebern bereitstehen. Wir laden die schwere Fracht selbst aus, damit wir nicht warten müssen, bis sich das Bodenpersonal darum kümmert.«

»Verstanden«, antwortete Jed für die Gruppe und stand auf.

Er streckte den Rücken und drehte den Rumpf hin und her, um die Verspannungen vom Flug zu lockern. Aber im Gegensatz zu der höhlenartigen C-17, mit der sie in den Irak und zurückgeflogen waren, konnte er sich in dem schicken Bombardier nicht vollständig aufrichten, ohne sich den Kopf zu stoßen. Nachdem Johnny den Gang verlassen hatte, öffnete er die Gepäckablage, holte seinen Rucksack heraus und trat den Weg nach vorn an. Beim Aussteigen bedankte er sich bei den Piloten, bevor er die Treppe zum Rollfeld hinunterstieg.

Wie von Ben angekündigt erwartete sie ein Bodentransport in Form von vier Fiat Ducato Vans, jeweils mit *Caggiano Construction* beschriftet – und einem SUV, einem Alfa Romeo Stelvio.

Bei Letzterem öffnete sich die Beifahrertür, und ein Anzugträger mit Sonnenbrille stieg aus. Seine kantige Attraktivität, seine elegante Erscheinung und das von ihm ausgestrahlte Selbstbewusstsein sorgten bei allen für Aufmerksamkeit und bei den Frauen der Gruppe für große Augen.

Ein brüderliches Lächeln hellte Bens Züge auf, bevor er den Italiener umarmte. »Vincenzo. Ist lange her, mein Freund.«

»Zu lange«, erwiderte der Mann auf Englisch mit italienischem Akzent. »Mir hat dein Licht gefehlt, Bruder.«

»Gilt umgekehrt genauso«, gab Ben zurück, bevor er sich der Gruppe zudrehte. »Lass mich dir mein Team vorstellen. Leute, das ist Vincenzo Rossi. Er leitet das italienische Büro von Shepherds Europe. Wir schätzen uns sehr glücklich, ihn an Bord zu haben.«

Jed nickte dem Mann zusammen mit dem Rest der Mannschaft zu.

»Willkommen in Rom«, sagte Vincenzo. »Ich wünschte nur, die Umstände wären erfreulicher.«

»Wozu auch immer Sie uns brauchen«, meldete sich Jed zu Wort. »Wir sind bereit.«

»Danke«, gab der italienische Shepherd zurück. Er zeigte auf die Kolonne der mit laufenden Motoren wartenden Fahrzeuge. »In jedem Van haben sieben Personen plus Gepäck Platz. Vier weitere kann ich im Stelvio mitnehmen.«

»Ihr habt den Mann gehört«, nahm Jed das Heft in die Hand. »Rein mit dem Gepäck in die Vans und einsteigen.«

Die insgesamt 16 Mitglieder von Joshua Alpha und Bravo machten sich an die Arbeit und verluden die Waffen und Ausrüstung vom Frachtraum des Bombardier in die Vans. Eli ließ sich auf einer der beiden Sitzreihen im vordersten Wagen neben Jed nieder, Nisha setzte sich auf seine andere Seite. David, Carl und Hyeon pferchten sich auf die andere Sitzbank. Bex, Grayson und Johnny verblieben zusammen mit den anderen Shepherds für die restlichen Vans dahinter. Ben und Pastor Mike stiegen zusammen mit Corbin und ihrer Hüterin Margaret in den Alfa Romeo.

Die Fahrt nach Nordwesten und über den Tiber zu San Gioacchino ai Prati di Castello, einer Kirche, in der sie sich für den Einsatz sammeln würden, dauerte 35 Minuten. Das Gotteshaus lag an der Piazza dei Quiriti, nur etwas mehr als einen Kilometer vom Vatikan entfernt.

»Diese Kirche ist dem heiligen Joachim geweiht, Marias Vater«, teilte ihnen der italienische Fahrer über die Schulter mit, als die Vans auf der Via Pompeo Magno anhielten.

Jed ließ den Blick über die zweigeschossige Fassade mit sechs korinthischen Säulen und einem beeindruckenden, farbenprächtigen Außenfries wandern. Neben der Architektur fielen ihm Bauarbeiten und Absperrungen des Fußgängerverkehrs auf. Im Säulenvorbau hatte man ein Gerüst errichtet, auf dem mehrere Leute am Bogen zu arbeiten schienen.

»Wird die Kirche gerade renoviert?«, fragte er.

»Nein. Das ist nur ein Vorwand, um sie vorübergehend für die Öffentlichkeit zu schließen, während wir das Gelände besetzen«, erklärte der italienische Fahrer und warf eine Plastiktüte mit neonorangen Sicherheitswesten nach hinten. »Schlüpft da rein, bevor ihr aussteigt.«

Jed nickte.

Operationssicherheit war wichtig. Jede ergriffene Maßnahme, die sie unter dem Radar bleiben ließ, erhöhte die Erfolgsaussichten. Die Italiener hatten sich eine Menge Mühe aufgehalst, um mit der vorgetäuschten Baustelle ihre Sicherheit zu gewährleisten, wofür er dankbar war. Er verteilte die Westen an seine Kameraden, die jeweils eine anzogen, bevor sie die Schiebetür öffneten und ausstiegen.

»Laden wir unsere Ausrüstung gleich aus oder später?«, rief Jed Ben zu, der mit Vincenzo, David und Mike bereits auf dem Bürgersteig stand. Weiter vorn warf ihm Corbin über die Schulter ein Lächeln zu, während sie von ihrer Hüterin in die Kirche geführt wurde.

»Das übernehmen meine Leute«, antwortete Vincenzo. »Ihr folgt mir einfach.«

Jed nickte und ging mit der Gruppe von 16 Spezialisten für Sondereinsätze und Ergänzungspersonal durch das offene Eisentor, einige Granitstufen hinauf und in die Kirche. Im Inneren strömte Sonnenlicht durch aufwendige

Buntglasfenster und erhellte hoch aufragende Marmorsäulen und eine reich verzierte Decke. Jed verstand zwar nichts von Architektur, aber er schätzte erlesene Handwerkskunst und erkannte Schönheit, wenn er sie sah.

Der italienische Shepherd namens Vincenzo führte sie durch das Kirchenschiff, dann nach links durch eine Tür und eine Treppe hinunter zu einem höhlenartigen Untergeschoss, in dem man eine improvisierte Einsatzzentrale eingerichtet hatte. Neben drei Computerstationen und einer Reihe Flachbildschirmen auf Ständern hatte ihr Gastgeber einen Schlafbereich mit Klappbetten sowie einen Essbereich mit Klappstühlen und Kartentischen vorgesehen. Auf zwei langen, aneinandergereihten Buffets befanden sich Proviant, Essen und Wasserflaschen. Ein halbes Dutzend Leute – italienische Shepherds, vermutete Jed – waren bereits anwesend und begrüßten ihre amerikanischen Pendants, indem sie ihnen herzlich zunickten.

»Willkommen in eurem Zuhause für die nächsten 24 Stunden«, sagte Vincenzo, sobald sich alle versammelt hatten. »Ich entschuldige mich für die spartanische Unterbringung, aber etwas Besseres konnten wir so kurzfristig nicht organisieren. Sobald die Bedrohung neutralisiert ist, lernt ihr *echte* italienische Gastfreundschaft kennen, das verspreche ich. Wir haben Zugang zu einem Landgut, das *magnifico* ist. Dort könnt ihr bleiben, solange ihr wollt.«

Ben trat neben seinen italienischen Kollegen und legte dem Mann die Hand auf die Schulter. »Da gibt's nichts zu entschuldigen, mein Freund. Meine Leute sind auch damit zufrieden, auf dem Erdboden zu schlafen und den Rucksack als Kissen zu benutzen. Für die meisten ist das hier im Einsatz schon Luxus.«

Damit brachte er die Gruppe zum Lachen und gab den Ton für die Zusammenarbeit und das gegenseitige Verständnis vor, das zu einer reibungslosen gemeinsamen Operation beitragen würde. Die Shepherds aus Amerika waren Gäste im Land und nicht auf Urlaub. Vincenzo nickte Ben dankbar zu und schien sich zu entspannen, da das geklärt war. Jed fiel auf, dass der Mann ohne die modische Sonnenbrille völlig anders wirkte – statt wie ein Trendsetter mehr wie ein nachdenklicher Taktiker, auf dessen Schultern das Gewicht der Welt lastete. Eine dunkelhaarige, attraktive Italienerin mit Brille und schwarzem Hosenanzug sprach kurz mit Vincenzo, bevor sie sich an eines der Computerterminals setzte. Kaum hatte sie daran zu arbeiten begonnen, flimmerten Bilder über die Monitore.

»Na schön, legen wir los.« Vincenzo klatschte in die Hände und stellte sich vor die versammelten Shepherds. »Die Ausgangslage ist nicht gut. Sie wird euch nicht gefallen. Uns auch nicht. Niemandem. Aber so ist der Job nun mal …«

Jed ertappte sich dabei zu nicken. Kurze Vorlaufzeit, unvollständige taktische Informationen und so weiter … Typisch für das Leben von Sondereinsatzspezialisten. Es hatte keinen Sinn, sich darüber zu beschweren oder sich zu wünschen, es wäre anders. Das wusste Vincenzo ebenso gut wie Jeds Team.

»Was wir wissen, ist, dass die Finsteren für einen Zeitpunkt irgendwann in den nächsten 24 Stunden einen Anschlag im Vatikan planen. Das Ziel kennen wir genauso wenig wie die Beteiligten oder die Größe der Streitkraft, mit der wir es zu tun haben.«

»Also wissen wir im Grunde einen Scheißdreck«, murmelte Johnny zu Carl.

Jed drehte den Kopf und schleuderte dem Veteranen einen Blick zu, den Johnny seinerseits mit einem mürrischen Starren erwiderte. Mit dem Kerl wurde es seit dem Abschluss von Phase eins nicht besser. Jed hatte eher das Gefühl, dass sich die Spannungen zwischen ihnen verstärkten. Er ließ unverhohlen durchscheinen, was er davon hielt, dass der Neuling Jed direkt die Führungsposition bei Joshua Bravo erhalten hatte. Jed hatte noch nicht ganz durchschaut, wie die Hierarchie und Beförderungen bei den Shepherds funktionierten, aber das sollte auch keine Rolle spielen. Von höherer Stelle hatte man ihn zum Einsatzteamleiter ernannt, und damit hatte es sich.

Oder sollte es zumindest.

Er richtete die Aufmerksamkeit wieder auf Vincenzo, der weitersprach.

»Ihr müsst wissen, dass unsere Beziehung zur römisch-katholischen Kirche lang und kompliziert ist. Denkt dran, dass die Shepherds und das Papsttum seit 500 Jahren miteinander interagieren. Manche Päpste haben unsere Existenz und unsere Charta begrüßt, andere nicht. Aber keiner hat unsere Mission offen unterstützt – jedenfalls nicht in den letzten Jahrhunderten. Für Geschichtsunterricht haben wir keine Zeit. Aus taktischer Sicht müsst ihr wissen, dass wir innerhalb der Mauern des Vatikans keine offizielle Stellung und begrenzten Einfluss haben. Wir sind weder Schutzbeauftragte noch Berater des Papstes. Für seine persönliche Sicherheit und die des Apostolischen Palasts ist die Schweizergarde zuständig, für das Gelände und die Institution der Vatikanstadt hingegen das *Corpo della Gendarmeria*.«

Der Zugführer von Joshua Alpha, ein ehemaliger MARSOC Marine namens Scott McGuirt, hob die Hand.

Jed kannte ihn noch nicht persönlich, aber der Mann stand im Ruf, sowohl ein pflichtbewusster Soldat als auch ein kompetenter Anführer zu sein.

»Prego«, sagte Vincenzo und deutete auf Scott. »Nur heraus mit der Frage.«

»Wir können eure heikle Situation im Vatikan nachvollziehen. Einerseits wollt ihr eure Anonymität wahren, trotzdem müsst ihr den Einsatz durchführen. Ihr könnt euch drauf verlassen, dass wir den Umgang damit ganz euch überlassen und die Nasen nirgends reinstecken, wo sie nicht hingehören. Allerdings hab ich Bedenken wegen der taktischen Aspekte eines Einsatzversuchs im Vatikan. Mir bereitet Kopfzerbrechen, dass unsere Anwesenheit ein Szenario mit Eigenbeschuss verursachen, Leben gefährden und Verwirrung stiften könnte. Ein solches Chaos könnten sich die Finsteren zunutze machen. Das Letzte, was wir wollen, ist, von der GIR beschossen zu werden, während wir zu helfen versuchen«, sagte Scott. Dann fügte er lachend hinzu: »Denn ich sag's nur ungern, aber keiner von uns spricht Italienisch. Dürfte schwer zu übersehen sein, wenn wir mit Sturmgewehren rumlaufen und uns über Funk auf Englisch verständigen.«

»*Sì*, mein Freund, das Umfeld ist ein Albtraum. Willkommen in meiner Welt!«, sagte Vincenzo.

Als der italienische Shepherd nicht weiter darauf einging, hakte Scott nach. »Wie gesagt, ich will mich wirklich nicht in eure Angelegenheiten einmischen, aber wie sehen die Entschärfungsmaßnahmen aus? Habt ihr Leute bei der Vatikanpolizei, der Schweizergarde und beim Papstpersonal eingeschleust, die uns Störungen vom Hals halten? Oder werden wir der GIR unter einem Vorwand als Verstärkung zur Seite gestellt?«

Einige Herzschläge lang stand Vincenzo mit zusammengekniffenen Lippen da und erwiderte nichts. »*Sì*, wir haben einen Plan. Der besteht darin, die Verwirrung zu unserem Vorteil zu nutzen. Vielleicht wisst ihr bereits, dass die Carabinieri eine eigene Spezialeinheit namens *Gruppo Intervento Speciale* oder GIS haben. Sie unterscheidet sich von der GIR der Vatikanpolizei, ist aber eine Schwestereinheit, spezialisiert auf Terrorbekämpfung. Und sie verfügt über Scharfschützen. Im Fall eines Terroranschlags im Vatikan wäre durchaus denkbar, dass die GIS als Verstärkung der GIR hinzugezogen wird.«

Scott nickte Jed zu, der zurücknickte. Er teilte die Bedenken des Leiters von Zug Alpha, ahnte aber, worauf der italienische Shepherd hinauswollte. »Okay«, ergriff Jed das Wort. »Da höre ich raus, dass wir uns als so was wie eine multinationale gemeinsame Terrorbekämpfungstruppe unter die GIS der Carabinieri mischen, richtig?«

»Nicht ganz«, entgegnete Vincenzo mit einem unbehaglichen Lächeln. »Wir werden *so tun*, als wären wir eine multinationale Terrorbekämpfungstruppe, die mit der GIS zusammenarbeitet. Ben und ich haben beschlossen, gemischte Teams einzusetzen, damit in jeder Gruppe italienische Muttersprachler sind.«

»Moment«, sagte Jed. »Wir tun nur so? Das klingt echt riskant. Was, wenn die GIS auftaucht?«

»*Così è la vita*«, erwiderte Vincenzo lächelnd. »Deshalb ist es wichtig, dass wir schnell arbeiten.«

Jed schaute zu seinem Pendant. Die Miene des ehemaligen Marines verriet deutlich seine Gedanken. Genau für solchen unausgegorenen Wahnsinn waren die Italiener bekannt. Ähnlich wie beim Verkehr in Rom schien grob gelenktes Chaos die italienische Lösung für alle Probleme zu sein, die zu bewältigen mit Regeln und einem festen Plan einfach zu schwierig wäre.

Jed verdrehte die Augen, und Scott schmunzelte.

»Das ist nicht anders als die unzähligen Situationen, die wir schon im Inland und im Nahen Osten hatten«, warf Ben ein. »Alle werden davon ausgehen, dass wir sind, wofür wir uns ausgeben, weil es heutzutage gang und gäbe ist – eine gemeinsame multinationale Taskforce zur Terrorbekämpfung unter der Schirmherrschaft der GIS. Bis die örtlichen Behörden und die Medien mitkriegen, was los ist, sind wir längst abgerückt.«

Wenn du das sagst, dachte Jed und betete, dass Vincenzo wusste, was er tat.

Der Rest der Unterweisung drehte sich um Planung auf der Grundlage herkömmlicher nachrichtendienstlicher Informationen der vergangenen 24 Stunden und des Beitrags zweier italienischer Wächterinnen – eineiige Zwillinge in den letzten Atemzügen der Teenagerjahre. Eine Schwester hatte von einem Terroranschlag auf dem Petersplatz geträumt, die andere von der blutenden Schläfe des Papstes. Vincenzo hatte beschlossen, beide Szenarien gleich stark zu gewichten, daher wurden den restlichen Vormittag lang Pläne geschmiedet, um zwei mögliche Angriffe gleichzeitig zu vereiteln.

Während der Mittagspause ging Jed zu Corbin, die mit Pastorin Margaret in einem Büro abseits der Hauptgruppe aß. Er klopfte an den Rahmen der offenen Tür.

»Kann ich vielleicht kurz mit Corbin reden?«, fragte er an Margaret gewandt.

»Natürlich«, erwiderte sie mit einem echten Lächeln. Sie bedeutete ihm, ihnen gegenüber Platz zu nehmen.

»Wie geht's dir?«, erkundigte sich Jed, als er sich auf dem Stuhl niederließ.

»Gut«, antwortete Corbin, betupfte sich mit einer Serviette das Kinn und stellte ihren Pappteller auf den Knien ab. »Ich bin gern zu Einsätzen unterwegs, aber meinen Vater treibt es in den Wahnsinn. Als Teenager war er selbst Wächter. Daran muss ich ihn regelmäßig erinnern. Eltern eben – was soll man machen?«

Schmunzelnd fragte sich Jed, wie viele generationenübergreifende Wächterfamilien es wohl geben mochte. Einerseits musste es für Eltern von Wächtern einfacher sein, wenn sie früher selbst welche gewesen waren. Andererseits war manchmal auch Ahnungslosigkeit die leichter zu schluckende Pille.

Wenn ich einen Sohn hätte … Würde ich wollen, dass er Sondereinsatzspezialist wird?, fragte sich Jed. *Schwer zu sagen …*

»Corbin, was hältst du von der Sache? Irgendetwas musst du doch spüren«, meinte er und schlug die Beine auf dem bequemen Stuhl übereinander. »Du hast dich bei der Unterweisung durch die Wächterinnen nicht zu Wort gemeldet. Hattest du gar nichts hinzuzufügen?«

Sie lächelte, und Jed merkte ihr an, wie sehr es sie freute, dass er gekommen war, um ihre Meinung einzuholen. »Du willst wirklich wissen, was ich denke?«

»Unbedingt«, betonte er. »Du bist ein gleichberechtigtes Mitglied des Teams, und mir fällt niemand ein, den ich bei einem Einsatz lieber im Ohr hätte.«

Sie errötete. »Danke, Jed. Das bedeutet mir viel.«

»Schon gut, und jetzt spuck's aus«, forderte er sie schmunzelnd auf. »Ich sehe doch, dass dir was im Kopf herumspukt.«

Sie warf einen Blick zu Pastorin Margaret, die ihr lächelnd auf die Schulter klopfte, bevor sie sagte: »Die zwei jungen Frauen sind total berühmte Wächterinnen und waren früher echt gut, aber …«

»Aber was?«

»Sie erreichen allmählich die Altersgrenze. Ihre Kräfte lassen nach, und sie wollen nicht, dass es jemand mitbekommt«, sagte sie in verschwörerischem Ton wie eine High-School-Schülerin beim Verbreiten von Klatsch über Klassenkameraden, die sich geküsst hatten.

»Bist du sicher?«

Sie nickte. »Sie versuchen so sehr, es zu verbergen, dass ich es wie ein Leuchtfeuer wahrnehme. Ihre Anspannung war für mich unübersehbar.«

»Und was willst du damit sagen? Dass sie es sich nur ausgedacht haben?«

»Nein, auf keinen Fall«, entgegnete Corbin. »Aber wenn man einen Traum hat oder eine Vision von einem Finsteren aufschnappt, kann man den Faden in der Regel zur Quelle zurückverfolgen, durch die Augen der Person sehen und versuchen herauszufinden, was sie sonst noch weiß. Wie es Sarah Beth und ich vor den Anschlägen in Nashville getan haben. Weißt du noch?«

»Natürlich.« Jed rieb sich das Kinn. »Okay, ihre Kräfte lassen also nach, weil sie die Altersgrenze erreichen. Was genau bedeutet das?«

»Mir persönlich ist es ja noch nicht passiert, aber mein früherer Hüter, Pater Maclin, hat gesagt, es ist, als würde man die Kombination für einen Tresor vergessen. Auf dem Höhepunkt kann man auf seine Gaben wie selbstverständlich zugreifen, ohne auch nur darüber nachzudenken. Später muss man sich dafür schon konzentrieren.

Und am Ende vergisst man die Kombination zum Tresor völlig, und man hat keinerlei Zugriff mehr auf seine Fähigkeiten, obwohl man sie noch im Kopf fühlen kann, falls das Sinn ergibt. Und soweit ich es beurteilen kann, sind die beiden jungen Frauen fast an dem Punkt.«

»Hm. Weiß Ben darüber Bescheid?«

»Ja.«

»Aber Vincenzo nicht?«

Sie nickte.

»Okay, gut zu wissen«, sagte Jed. »Kannst du sie stärken oder ihnen irgendwie helfen, sich an die Kombination zu erinnern?«

»Weiß ich nicht. Daran hab ich noch nie gedacht.« Nach einem Herzschlag flackerte Hoffnung in ihren Augen auf. »Vielleicht kann ich ja einem ihrer Fäden folgen, falls er zwar aktiv ist, sie ihn aber nicht mehr wahrnehmen.«

»Gute Idee. Der Versuch kann nicht schaden«, bestärkte Jed sie. »Wir haben hier nicht viel als Ausgangsbasis.«

Corbin atmete tief ein und zittrig aus. »Okay.«

»Bist du nervös?«, fragte er schmunzelnd.

»Ein bisschen. Die Zwillinge sind so was wie Rockstars unter den europäischen Wächtern. Wahrscheinlich machen sie mich total runter.«

»Falls das passiert, gibst du mir Bescheid, dann lasse ich Vincenzo mit ihnen reden. Du bist nämlich selbst ein Rockstar unter den amerikanischen Wächtern. Vergiss das nie.«

»Ja. Du hast recht«, sagte sie und nickte selbstbestätigend. »Danke, Jed.«

»War mir eine Freude«, erwiderte er und stand auf. Dabei wandten sich seine Gedanken der Konfrontation zu, die ihm selbst bevorstand – das Klären der Dinge zwischen Johnny und ihm.

Aber nicht heute, beschloss er und schob diese unerfreuliche Aufgabe vorerst von sich. Noch mehr Reibung unmittelbar vor einem Kampfeinsatz wäre eine fürchterliche Idee. Eher früher als später würde das Gespräch stattfinden müssen.

Aber nicht heute.

30

SCHLAFSAAL DER MIDDLE SCHOOL, ZIMMER 316

ST. GEORGE'S ACADEMY

27 KILOMETER WESTLICH VON NASHVILLE

6:55 UHR ORTSZEIT

Sarah Beth saß verärgert auf der Bettkante und starrte auf Darilyns Rücken, während sich ihre Mitbewohnerin reichlich Zeit damit ließ, sich fürs Frühstück vorzubereiten. Sie hatte nichts gegen das Mädchen – nicht wirklich –, aber sie konnte nicht leiden, wie Darilyn sie behandelte. Von jemandem, der schon so lange an der St. George's Academy war wie Darilyn, hätte sie Hilfe dabei erwartet, ihr die Anfangszeit zu erleichtern. Was Darilyn kaum Mühe gekostet hätte. Nachdem sie mehr als einmal unentdeckt im Kopf ihrer Mitbewohnerin gewesen war – was wohl über Darilyns Begabung genauso viel aussagte wie über die von Sarah Beth –, wusste sie, dass es kaum etwas damit zu tun hatte, was Darilyn über sie dachte. Vielmehr damit, wie sie sich selbst sah. Trotz ihres guten Aussehens war Darilyn sehr unsicher. Deshalb hatte Sarah Beth versucht, sich einfühlsam zu geben und dem Mädchen entgegenzukommen – was sich manchmal leicht gestaltete, andere Male schwieriger.

Sarah Beth wusste, dass zumindest ein Teil ihrer üblen Laune von Schlafmangel herrührte. Sie hatte Albträume von Victor, der unechten Großmutter und der Anlage im Wald gehabt, in die man sie entführt hatte. Pastorin Dee, bei der sie zweimal die Woche eine Stunde lang in Therapie musste – auch etwas, worüber sich die anderen Kids das Maul zerrissen –, hatte ihr erklärt, dass es sich bei den Albträumen um eine Form von posttraumatischer Belastungsstörung handelte. Nur zu gern wollte sie glauben, dass die Frau recht hatte und Victor nicht mehr in ihren Kopf konnte, weil sie Techniken gelernt hatte, um ihn auszusperren. Aber es fühlte sich immer noch so real an, nicht wie Albträume.

Sie beobachtete, wie Darilyn einen perfekten Zopf wieder aus dem gerade angelegten Haarband zog und von vorn begann. Als Sarah Beth letztlich der Geduldsfaden riss, seufzte sie.

Laut.

»Ich beeile mich ja, Sarah Beth«, sagte Darilyn schroff. »Chill mal.«

»Tut mir leid«, gab Sarah Beth zuckersüß zurück. »Ich bin bloß müde. Lass dir ruhig Zeit. So hungrig bin ich gar nicht.«

Ihr laut knurrender Magen ließ die harmlose Lüge auffliegen, und sie spürte Darilyns stille Befriedigung darüber, ihre Zimmergenossin warten zu lassen. In Wirklichkeit war Sarah Beth *am Verhungern*. Genau wie jedes Mal nach einem Albtraum von Victor oder nach der Anwendung ihrer Wächtergaben. Vielleicht verbrauchten sie eine Menge Energie, obwohl ihr Körper sich dabei nicht rührte.

Die Tür schwang auf, und ihre andere Mitbewohnerin Elizabeth – die *auf keinen Fall* Beth genannt werden wollte – steckte den Kopf herein.

»O mein Gott, Dari«, sagte sie. »Du brauchst ja länger als meine Ma. Jetzt komm schon, ich bin am Verhungern.«

Darüber lächelte Sarah Beth. Sie erhob sich von der Bettkante und strich den Bezug glatt für den Fall, dass ihre Hausmutter auf die Idee käme, die Ordnung in den Zimmern zu prüfen. Sarah Beth mochte Elizabeth, obwohl die sich keinerlei Mühe gab, sich mit ihr anzufreunden. Das konnte sie verstehen. Darilyn konnte andere rasch dazu bringen, sich gegen einen zu wenden, und hatte es auf Sarah Beth abgesehen. Also war es am sichersten, den Ball flach zu halten und die inoffizielle Königin der siebten Klasse nicht zu provozieren.

Sarah Beth entsandte einen warmen Gedanken an Elizabeth, die plötzlich ein sanftes Lächeln aufsetzte, bevor sie das Gesicht verzog, anscheinend verwirrt darüber, woher es gekommen war.

»Ich brauche keine fünf Minuten mehr«, raunte Darilyn in einem Ton, der besagte: *Was ist dein Problem?* »Bleib locker.«

Sarah Beth zuckte in Elizabeths Richtung mit den Schultern, die sich erst vergewisserte, dass Darilyn sie nicht beobachtete, bevor sie die Geste erwiderte.

»Ich warte am Ende des Flurs mit Olivia auf euch«, verkündete Elizabeth. Damit meinte sie eine ihrer Klassenkameradinnen – die Sarah Beth sehr mochte, obwohl sie ihr noch nicht nähergekommen war. Max war der Einzige, zu dem sie an der St. George's Academy eine echte Verbindung aufgebaut hatte. Wenn er nicht in der Nähe war, fühlte sie sich nach wie vor noch ziemlich allein. Ihre Mutter hatte ihr erzählt, dass sich in der Middle School *jeder* allein fühlte. Vielleicht stimmte das ja. Die Gedanken der anderen Kids, in deren Köpfe sie von Zeit zu Zeit lugte, stützten die Theorie ihrer Mutter.

Mit einem Kopfschütteln über Darilyns zickiges Verhalten verschwand Elizabeth wieder hinaus und ließ die

Tür einen Spalt offen – vielleicht als Erinnerung daran, dass Eile angesagt war. Sarah Beth blieb zurück.

Ihre Gedanken wanderten zu Onkel Jed, abgesehen von ihren Eltern ihr vielleicht liebster Mensch auf der Welt. Jed verkörperte in so ziemlich jeder erdenklichen Hinsicht das Gegenteil von Victor. Vermutlich wandte sich ihr Verstand deshalb automatisch ihm zu, wann immer sich bei ihr Gedanken an Victor einschlichen. Wahrscheinlich lag es auch an ein bisschen Heldenverehrung für den Mann, der sie vor dem reinen Bösen gerettet hatte. Seltsamerweise wanderten ihre Gedanken in dem Moment von Jed zu Detective Perez, und plötzlich verspürte sie Unbehagen in der Brust. Statt das Gefühl zu ignorieren, beherzigte sie Pastorin Dees eindringlichen Rat und setzte sich damit auseinander. Laut Pastorin Dee stellten Herzensgefühle eine der Möglichkeiten dar, wie der Heilige Geist zu den Menschen sprach.

Irgendetwas stimmt mit Detective Perez nicht.

Sarah Beth wusste, wie dankbar alle der Ermittlerin waren und dass auch sie es sein sollte. Immerhin hatte die Polizistin eine Kugel für sie abgefangen. Und sie hatte für ihre Mutter und Onkel Jed das eigene Leben aufs Spiel gesetzt.

Oder doch nicht?

Sarah Beth biss sich auf die Innenseite der Wange.

Es gäbe einen Weg, es herauszufinden. Vielleicht …

Sie schloss die Augen, stieß bedächtig die Luft aus, sprach ein stilles Gebet dafür, den richtigen Faden zu finden, und … entdeckte ihn. Mit langsamen Atemzügen, die Hände in den blau-weiß karierten Rock ihrer Schuluniform gekrallt, ließ sie sich an dem Faden entlangtreiben und versuchte, sich zu beeilen, ohne zu hetzen – ein weiser Rat, den sie von Corbin hatte.

Herumzuschnüffeln war eine gefährliche Angelegenheit …

Als sie das Ende erreichte, huschte sie hinein.

In Detective Perez.

Sie blinzelte mental und versuchte zu verarbeiten, was sie durch die Augen der Polizistin sah. Ein weißes Sofa, supersauber und modern – ihre Mutter wäre begeistert davon, ihr Vater nicht. Und zwei an den Knien übereinandergeschlagene Beine. Der rechte Fuß wippte nervös.

Unser Fuß. Nein, ihr Fuß …

Mann, ist das schräg.

Auf dem Couchtisch neben dem Fuß lag ein Telefon, aber es sah nicht nach einem gewöhnlichen Handy aus. Dafür war es zu sperrig, zudem wies es oben eine eigenartige, gebogene Antenne auf.

Neue Bilder mischten sich zu jenen durch die Augen der Ermittlerin. Vielleicht Erinnerungen? Sarah Beth sah Onkel Jed abwechselnd lächelnd und lachend an einem Tisch sitzen. Vor ihr auf dem Tisch standen Teller mit Essen. Dahinter die Skyline der Stadt. Ringsum aßen andere Menschen auf einer Art Dachterrasse. Dann verschwammen die Bilder und sie befand sich woanders. Sie hatte sehr nahe vor sich ein Gesicht, das auf sie herabblickte. An sich zwar gut aussehend, aber einschüchternd. Die intensiv wirkenden Augen waren dunkel. Dann flackerte um die Iris herum ein Hauch von Orange auf.

Wer ist dieser Mann?

Ein Finsterer?

Sarah Beth spürte, wie sich die Polizistin von ihr entfernte, und sie flutschte aus der Blase des Geists der Frau. Dann trieb sie einen neuen Faden entlang durch die Dunkelheit.

Nein, halt – ich muss noch mehr herausfinden. Ich muss zurück!

Aber es gab kein Zurück, denn der Sog dieses neuen Fadens war stark wie die Strömung eines Flusses, gegen die man nicht anschwimmen konnte. Sarah Beth gab den Versuch auf. Sie gelangte zu dem Schluss, der Faden würde bei etwas Wichtigem enden, das Gott ihr zeigen wollte.

Bald schlüpfte sie in eine neue Blase.

Durch andere Augen sah sie live übertragene Videobilder auf einem Laptop. Sie zeigten eine afrikanische Frau mit zerrissener, blutiger Kleidung, das Gesicht verquollen, auf dem Schoß einen sehr jungen Knaben. Das Kleinkind weinte laut. Neben der Frau kniete auf dem Erdboden ein älterer Junge, vielleicht acht oder neun, und flehte seinen Bruder an, still zu sein. Ein dünner, wütend wirkender Afrikaner starrte die drei an. In den Händen hielt er ein Gewehr. Als der ältere Junge etwas zu ihm sagte, drosch ihm der Mann den Kolben der Waffe ins Gesicht. Der Junge brach neben der Mutter und dem jüngeren Bruder auf dem dreckigen Boden zusammen.

Eine Hand mit dicken, vernarbten Fingern benutzte das Touchpad des Computers, um das Videofenster zu schließen.

»Der Kalender ist immer noch nicht aktualisiert«, sagte eine Stimme, vielleicht in ein Telefon. »Also leiden sie weiter.«

»Die Einladung ist ausgesprochen. Seine Heiligkeit hat sie angenommen. Ich verspreche, dass er da sein wird. Wie und wann sein öffentlicher Kalender aktualisiert wird, kann ich nicht beeinflussen«, kam es von einer anderen Stimme auf Englisch mit starkem Akzent – eindeutig aus einem Telefon. »Bitte, Sie müssen mir glauben. Ich flehe Sie an, ihnen nichts zu tun. Ich habe alles getan, was Sie von mir verlangt haben.«

»Dann hoffe ich für Sie, dass er wirklich kommt, Rektor. Sonst wird ihr Tod langsam und qualvoll, und was Sie das nächste Mal von ihnen zu sehen bekommen, werden nur noch Stücke sein.«

Sarah Beth hörte ein Schluchzen, und der Anruf endete.

Ihr Blick fiel auf ein Telefon auf einem Couchtisch – das seltsam aussah, ähnlich wie das bei Detective Perez zu Hause. Sie – nein, er – griff danach. Dämonische Tätowierungen überzogen seinen Unterarm – nein, nicht dämonisch. Es handelte sich um Satan höchstpersönlich, die Haut grau, die Augen leuchtend rot, ein Kontrast zu den glühenden goldenen Narben am Körper der klassischen Teufelsdarstellung. An den Schultern und Armen prangten Hörner.

Sarah Beth spürte, wie sie nach Luft schnappte.

Der andere, ebenfalls tätowierte Arm des Mannes legte ein gewöhnliches Handy neben den Laptop auf den Tisch. Dann drückte er auf die Nummer eins der Kurzwahlliste, und sie hörte den Wählton.

»Ja?«, meldete sich eine Stimme am anderen Ende der Leitung – eine Stimme, die Sarah Beth den Atem verschlug und sie mit solcher Angst erfüllte, dass sie kurzzeitig dachte, sie hätte sich eingepinkelt. Sie unterdrückte ein Japsen, weil sie überzeugt davon war, Victor würde sie entdecken, wenn sie auch nur atmete.

»Es ist so weit«, ertönte die Stimme des Mannes. »Morgen.«

»Was ist mit dem Kalender?«, fragte Victor mit seiner zischenden Stimme einer Schlange. »Bist du sicher, dass er kommt?«

Eine Pause entstand, und Sarah Beth spürte ein Aufflackern von Unsicherheit, das jedoch sofort wieder verschwand.

»Er hat mir versichert, dass er die Einladung angenommen hat«, sagte der Mann.

»Gut.«

»Was soll ich mit der Familie des Bruders machen?«

»Umbringen. Alle.«

Sarah Beth spürte, wie ihr Tränen über die Wangen kullerten.

Und sie hörte eine andere Stimme.

»Sarah Beth? Geht's dir gut?«

Darilyn …

»Bist du allein, Nicholas?«, fragte Victor mit beunruhigt anschwellender Stimme.

»Ja, warum?«

Sarah Beth presste die echten Augen zu und konzentrierte sich mit aller Kraft.

Sie huschte aus der dunklen Blase des Geists jenes Mannes in den trüben Äther. Kurz vermeinte sie, Weihrauch zu riechen, konnte sich aber nicht sicher sein. Sie spürte, wie sie unfassbar schnell zurückgezogen wurde, wie ein Fischköder, der von der Hand Gottes aus dem Wasser eines Sees eingeholt wurde. Dann öffnete sie die Lider, und Darilyn starrte sie ängstlich an.

»Ist mit dir alles in Ordnung? Soll ich jemanden holen?«, fragte ihre Zimmergenossin.

So aufrichtige Besorgnis hatte Sarah Beth noch nie zuvor von ihr wahrgenommen, und sie versuchte, ein Lächeln aufzusetzen.

»Nein, es geht mir gut«, beteuerte sie und massierte sich mit dem Daumen die linke Schläfe. »Manchmal kriege ich diese fürchterlichen Migräneanfälle, das ist alles. Ich glaube, ich muss das Frühstück auslassen.«

»Soll ich die Krankenpflegerin holen?«, bot Darilyn an, deren überhebliches Lächeln und eifersüchtige Unsicherheiten verpufft waren. In dem Moment wusste Sarah Beth, dass Darilyn und sie irgendwann Freundinnen sein würden.

»Nein, aber vielen Dank, Dari«, sagte sie und benutzte damit zum ersten Mal den Spitznamen des allseits beliebten Mädchens. Zu ihrer Freude wirkte Darilyn darüber nicht irritiert.

»Bist du sicher?«, fragte sie stattdessen aufrichtig mitfühlend. Vielleicht war das Darilyns wahre Gabe – eine Empathin.

Wie seltsam …

»Das verschwindet in 30, 40 Minuten, wenn ich mich hinlege und die Augen zumache«, sagte sie und tat es. Als Draufgabe legte sie noch den Unterarm über die Lider. »Danke, Darilyn. Wir sehen uns in der ersten Stunde.«

»Okay«, erwiderte Darilyn unsicher, und einen Moment lang fürchtete Sarah Beth, sie würde bei ihr bleiben. »Ich mache das Licht aus«, sagte ihre Zimmergenossin schließlich und tat es. Dann hörte Sarah Beth, wie sich leise die Tür schloss.

Sofort setzte sie sich wieder auf, vergrub mit geschlossenen Augen den Kopf in den Händen und entsandte eine Botschaft an den Einzigen, der ihr glauben würde – außer Corbin, die zu einer Mission unterwegs war.

Onkel Jed, ich bin's, Sarah Beth. Ich muss mit dir reden. Ich muss dir was wirklich Wichtiges sagen.

Kurz vermeinte sie zu spüren, dass Jed zu einer Antwort ansetzte. Dann jedoch brach die Verbindung ab, als hätte jemand einen eingehenden Anruf abgewiesen.

»Seine Heiligkeit …«, murmelte Sarah Beth. »Das muss der Papst sein, oder? Wenn sie es auf den Papst abgesehen haben, muss ich es Jed sagen, bevor es zu spät ist.«

Wieder schloss sie die Augen, und plötzlich stellten sich Gedanken an Detective Perez ein. Warum? Vielleicht war sie ein wenig eifersüchtig auf die Frau.

Das kann warten.

Sie zwang sich, stattdessen wieder an die dicken, tätowierten Arme des Mannes mit dem Laptop zu denken, der mit Victor gesprochen hatte. Dieser Mann war überaus gefährlich. Sie musste die Shepherds warnen.

Bitte, Onkel Jed …

31

SAN GIOACCHINO AI PRATI DI CASTELLO

EIN KILOMETER NORDÖSTLICH DER VATIKANSTADT

ROM, ITALIEN

21:02 UHR ORTSZEIT

Jed warf zwei Aleve ein und schluckte sie trocken runter. Er hatte schon gehört, dass Leute gesagt hatten, ihr Schädel fühle sich wie in einen Schraubstock eingespannt an, doch er hatte selbst noch nie solche Kopfschmerzen erlebt.

Bisher.

»Auf dem Tisch da drüben sind Wasserflaschen, Jed«, sagte Nisha, stellte sich neben ihn und deutete mit dem Kopf auf das Buffet mit Essen und Getränken.

»Ja, ich weiß. Aber ich hab Tabletten im Einsatz jahrelang so eingenommen, und du weißt ja, was man über alte Gewohnheiten sagt«, erwiderte er.

»O ja«, bestätigte sie. »Kopfschmerzen?«

»Ja.« Er massierte sich die Schläfen. »Echt üble.«

»Komisch. Ich kämpfe selbst schon den ganzen Tag mit Kopfschmerzen. Wahrscheinlich sind wir dehydriert. Noch ein guter Grund, sich eine Flasche zu schnappen.«

»Na schön«, willigte er ein und bat Eli, der neben den Kühlboxen stand, ihnen zwei Flaschen zuzuwerfen, die Nisha und er auffingen. »Danke, Bro.«

Eli salutierte ihm mit zwei Fingern und setzte seine Unterhaltung mit Grayson fort.

Mit der kalten, nassen Plastikflasche in der Hand wandte sich Jed wieder Nisha zu. »Wenigstens hat Vincenzo endlich die Freigabe bekommen, damit wir morgen in die Vatikanstadt können.«

»Provisorischer Zugang«, korrigierte sie ihn. »Die Vatikanpolizei will uns außerhalb der Mauern stationiert haben, bis wir gebraucht werden.«

»Wir werden uns wohl einfach anpassen müssen.« Jed öffnete den Verschluss der Wasserflasche. Nisha hatte recht – er war dehydriert, wie er feststellte, als er die Hälfte des eiskalten Inhalts hinunterstürzte. Er stieß ein befriedigendes *Aaah* aus und lächelte sie an.

»Was ist?«, fragte sie.

»Nichts weiter. Ich lächle einfach.«

»Oh, okay.« Sie öffnete die eigene Flasche.

»Wie fühlst du dich bei der Sache?«, fragte er und deutete mit einer ausladenden Geste auf im Wesentlichen alles um sie herum.

Sie trank nachdenklich einen Schluck, bevor sie antwortete. »Schon komisch – hättest du mich das vor fünf Jahren gefragt, ich hätte dich angeschnauzt und dir gesagt, was ich *denke*. Weil die Nisha vor fünf Jahren Fragen über ihre *Gefühle* nicht ausstehen konnte. Aber jetzt … bin ich mir nicht sicher.«

Er fand ihre Antwort sowohl ehrlich als auch aufschlussreich, vor allem angesichts ihrer Herkunft aus dem Nachrichtendienst. »Du bist dir nicht sicher, ob du eher etwas darüber denkst als fühlst, oder du bist dir nicht sicher, was du fühlst?«

»Ja zu beidem. Was ist mit dir? Wie fühlst *du* dich dabei?«

»Hast du schon mal die Redewendung gehört? ›Nicht das, was du nicht weißt, bringt dich in Schwierigkeiten, sondern das, was du sicher zu wissen glaubst, obwohl es gar nicht wahr ist.‹«

»Mark Twain?«, fragte sie und zog die Brauen hoch.

Er nickte. »Tja, ich hab das Gefühl, in unserem Fall wird uns *sowohl* das, was wir nicht wissen, als auch das, was wir sicher zu wissen glauben, in Schwierigkeiten bringen.«

Die offenherzige Äußerung brachte sie zum Lachen. »Ja, Jed, ich glaube, da könnte was dran sein.«

Ihre Blicke begegneten sich, und er spürte eine Verbindung – ihren unsichtbaren Faden. Als ihn Neugier übermannte, begann er, ihm zu folgen … bis er es sich anders überlegte und sich zurückzog.

Spirituelle Gaben. Für Gottes Werk, nicht um meine Neugier zu befriedigen …

»Was war das?«, fragte sie und verengte die Augen zu Schlitzen.

»Was meinst du?«, stellte er sich dumm.

»Gerade eben. Hat sich angefühlt wie …« Sie schaute erst über die rechte Schulter, dann über die linke Schulter, als hätte sie den Verdacht, jemand wollte sich an sie heranschleichen.

»Wie was?«

»Ich weiß nicht. Eine Präsenz … oder irgendein Sog.«

Jed zuckte mit den Schultern. Es würde eine Zeit und einen Ort geben, um Nisha sein Geheimnis zu verraten, aber nicht im Augenblick. Allerdings hatte er gedacht, dass die Wächter, wenn sie sich in jemandes Geist einschlichen, unbemerkt blieben. Nisha jedoch hatte etwas gespürt, und dabei war er gar nicht ganz vorgedrungen. Er runzelte die Stirn. Vielleicht hatte gar nicht er die Empfindung ausgelöst.

»War es etwas Dunkles? Etwas Bedrohliches?«, fragte er.

»Nein, ich glaube, nicht.« Sie schüttelte den Kopf, als wollte sie den Gedanken und die Sorge loswerden.

Jed zögerte einen Herzschlag lang, weil er das Gefühl hatte, er sollte etwas sagen. Dann jedoch sah er aus dem Augenwinkel, wie Corbin auf sie zukam, wie immer mit Pastorin Margaret an der Seite.

Ein andermal.

Der Anblick der jungen Wächterin löste in Jed einen Anflug von Schuldgefühlen aus, weil er Sarah Beth den ganzen Tag ignoriert hatte. Er hatte seit der Ankunft in der Kirche gespürt, dass sie mehrmals versucht hatte, Verbindung aufzunehmen. Aber für einen »Wächter-Snapchat« mit ihr war er zu beschäftigt gewesen. Obwohl er nur wenig Kontrolle über diese Gabe besaß – sie zu blockieren hatte sich als einfach erwiesen. Jed wusste, dass sie Schwierigkeiten dabei hatte, sich sozial an der St. George's Academy zu integrieren. Ihm lag viel an ihr, und er hätte ihr gern zugehört, doch es war gerade nicht der richtige Zeitpunkt dafür. Durch seine Jahre als SEAL wusste er, dass ein Sondereinsatzspezialist konzentriert sein musste. Sonst passierten Fehler, die Leben kosten konnten. Sobald die Bedrohung für den Vatikan neutralisiert wäre, würde er sich Zeit für Sarah Beth nehmen. Vorerst allerdings musste die Mission im Mittelpunkt seiner Aufmerksamkeit stehen.

Der Rest der europäischen Shepherds war mittags eingetroffen, und sie verbrachten den Nachmittag mit gemeinsamer Einsatz- und Notfallplanung. Obwohl einige Einzelheiten und Erkenntnisse sowohl aus konventionellen Quellen als auch von Wächtern hinzukamen, blieb das

Gesamtbild trübe. Vincenzo und Ben hatten jeweils Nachmittagsbesprechungen abgehalten. Der Schwerpunkt lag dabei darauf, einen möglichen Anschlag auf dem Petersplatz zu verhindern.

»Hi, Leute«, grüßte Corbin, als sie zu ihnen trat. Dann richtete sie die Aufmerksamkeit auf Jed und fragte: »Können wir reden?«

»Sicher«, antwortete er.

»Bis später, Jed«, sagte Nisha, bevor sie ging. Dabei lächelte sie Corbin an und nickte Margaret zu, ehe sie verschwand.

Jed wandte sich Corbin zu. »Was gibt's?«

»Ich habe gemacht, was du vorgeschlagen hast, und mit den Zwillingen geredet«, verkündete Corbin.

»Und wie ist das gelaufen?«

»Zuerst waren sie die totalen Hexen. Aber als ich Mitgefühl dafür gezeigt habe, was sie durchmachen, und ihnen erklärte habe, was ich tun könnte, um ihnen zu helfen, waren sie einverstanden, mit mir zusammenzuarbeiten. Wir sind jetzt seit Stunden dabei, und ich glaube, ich habe etwas.«

»Mach's nicht so spannend – raus damit«, verlangte Jed aufgeregt. Wie immer erstaunten ihn die Reife und die Einstellung ihrer jugendlichen Wächterin.

»Es ist irgendwie willkürlich, aber ich *weiß,* dass es mit dem Anschlag im Vatikan zusammenhängt. Ich kann es fühlen«, betonte sie, bevor sie sich auf die Unterlippe biss.

»Tja, sag mir einfach, was du hast«, forderte er sie auf. »Bei den SEALs gibt's die Richtlinie, dass jeder alles preisgibt, was seiner Meinung nach wichtig sein könnte. Rede mit mir.«

Corbin schien sich zu entspannen. »Also, die Zwillinge haben an einem Faden gearbeitet, den sie entdeckt haben. Soweit sie es beurteilen können, hat er hier in Rom seinen Ursprung. Viel konnten sie daraus nicht gewinnen – wie gesagt, ihre Fähigkeiten lassen nach. Aber sie hatten das ausgeprägte Gefühl, dass er relevant sein könnte. Also habe ich ihn mir zusammen mit ihnen angesehen.«

Sofort tauchte in Jeds Gedanken die Erinnerung daran auf, wie sich Corbin und Sarah Beth im alten Wohnzimmer der Yarnells an den Händen gehalten und zusammen im spirituellen Äther nach Victor gesucht hatten.

Verrückt.

»Jedenfalls hat es funktioniert. Ich bin ihnen den Faden entlang gefolgt und konnte in den Kopf der Zielperson eindringen. Ziemlich leicht sogar«, sagte sie ohne Arroganz oder Stolz.

Sie öffnete den Skizzenblock, den sie immer bei sich zu haben schien, und wieder beeindruckte Jed die Qualität der Zeichnungen, die er nur als reine Kunst beschreiben konnte.

»Das ist der Petersplatz«, sagte er, während er die Bleistiftskizze betrachtete.

»Richtig«, erwiderte Corbin. »Das war vor ungefähr 30 Minuten. Wir sind über den Platz gegangen …«

»Wir?«, fragte Jed verwirrt dazwischen.

»Ja. Du weißt schon … Die Zielperson und ich. Der Mann heißt Rashid, glaube ich. Seine Emotionen waren ziemlich intensiv – Stolz, Vorfreude, Angst. Hat sich angefühlt, als wollte er die Umgebung für einen Anschlag prüfen. Er hat sich auf ›morgen‹ gefreut. Ich glaube, der Anschlag ist für den späten Vormittag oder vielleicht mittags geplant. War schwer zu sagen.«

»Was meinst du damit, es hat sich ›so angefühlt‹?«, fragte Jed fasziniert.

»Na ja, weißt du, es ist ja nicht so, als würde er deutlich denken: ›Morgen um zehn greifen wir aus Osten an.‹ Er *weiß* solche Dinge, also denkt er nicht an die Einzelheiten. Ein paar Details habe ich aufgeschnappt, beispielsweise ›Mohammeds Team kommt aus der Richtung‹ und ›Abbas nähert sich von dahinten‹. So was in der Art. Hab ich auf der Skizze vermerkt.«

»Wie sicher bist du, dass es morgen passiert?«, fragte Jed.

Corbin schien sich auf die Innenseite der Wange zu beißen. Erst dachte er, sie könnte unsicher sein, bis sie antwortete: »Zu über 90 Prozent, würde ich sagen.«

»Das ist spitze, Corbin. Großartige Arbeit. Ich bin mir zwar nicht sicher, wie Ben oder Vincenzo das dem Vatikan verklickert, aber es sollte uns Zugang zum Gelände verschaffen.«

»Da ist noch mehr.« Corbin blätterte zur nächsten Skizze. Die Detailgenauigkeit war schier unglaublich – ein Mann saß lächelnd und mit einem Drink in der Hand auf einem Zweiersofa. Das Gesicht wies fein geschnittene Züge auf, und die Augen schienen trotz der Schwarz-Weiß-Darstellung geradewegs durch Jed hindurchzustarren. Beinahe konnte er sich ein schwaches orangefarbenes Leuchten um die Iris herum vorstellen.

»Das«, erklärte Corbin und schaute mit zu Schlitzen verengten Augen von der Zeichnung auf, »ist Nicholas Woland.«

»Was?« Jed klappte der Mund auf. »Wie kannst du dir so sicher sein? Wo hast du das gesehen?«

»In Rashids Gedächtnis. Das Bild ist wieder und wieder aufgetaucht. Es schien ihn zugleich zu erregen und zu ängstigen. Er kennt ihn unter einem Decknamen als Auftraggeber des Anschlags, aber es ist eindeutig Woland.«

»Woher weißt du das?«

»Weil«, erklärte Corbin vor Stolz strahlend, »alle Wächter weltweit Bilder von Woland und die Anweisung erhalten haben, alles in ihrer Macht Stehende zu tun, um ihn zu finden. Soweit ich weiß, hatte noch niemand Glück damit. Bis jetzt.«

»Das ändert alles«, sagte Jed. »Komm, wir müssen Ben sagen, was du entdeckt hast. Wenn Woland hier ist, steckt was Größeres dahinter als ein Terroranschlag auf dem Petersplatz.«

32

HOTEL DEI MELLINI

VIA MUZIO CLEMENTI 81

ROM, ITALIEN

6:14 UHR ORTSZEIT

Woland rückte die schwarze Krawatte am gestärkten Kragen des weißen Polizeihemds zurecht. Er hatte seit Längerem keine Uniform mehr getragen. Sogar während seiner Zeit bei der Armee hatten die Mitglieder der Eliteeinheit selten Uniformen getragen – oder sich die Haare schneiden lassen oder den Bart rasiert. Das behielt man sich für Anlässe wie Beerdigungen und Pensionierungen vor. Die Routine an diesem Morgen trat eine Lawine lange verschütteter Emotionen los.

Ehre, Integrität, Respekt, die Mission als höchstes Ziel, wichtiger als man selbst …

Bei dem Gedanken kam es ihm beinahe hoch.

Was für ein Haufen selbstbetrügerischer Müll. Die einfachen Soldaten moderner Streitkräfte stellten lediglich Kanonenfutter dar. Wie bei jedem bewaffneten Konflikt seit den frühesten Tagen stehender Heere.

Kernwerte. Er schnaubte. *Nichts als Propaganda, damit sich die Schwachen und Bescheuerten noch gut dabei fühlen, wenn sie Geist, Körper und Seele für den höheren Zweck opfern, dem sie dienen.*

Früher mal war er selbst einer dieser Idioten gewesen. Als er den Shepherds beigetreten war, hatte er gedacht, es würde anders sein. Er hatte geglaubt, in Gottes Armee würde man sein Talent und seinen Ehrgeiz endlich anerkennen – endlich belohnen. Aber die Shepherds unterschieden sich nicht von jeder anderen Armee. Vom ersten Tag an hatten ihn alle um seine Fähigkeiten beneidet und sich von seinem Selbstvertrauen bedroht gefühlt. Sobald dieser frömmlerische Heuchler Morvant erkannt hatte, dass Woland Gottes Auserwählter war, hatte er seine Beziehungen spielen lassen, um Woland aus der Organisation zu verstoßen. Das hatte er dem Befehlshaber der Shepherds nie verziehen. Und nun würde er Morvant dafür bezahlen lassen. Sie würden alle bezahlen – auch dieser neue Wunderknabe Jedidiah Johnson, vor dem man ihn gewarnt hatte.

Woland lächelte bei dem Gedanken, während er das Hemd unter den Hosenbund steckte und den Gürtel zuschnallte. Als Nächstes streifte er die dunkelblaue Jacke über. Ähnlich wie eine amerikanische Uniform wies sie Schulterklappen auf, die seinen fiktiven Rang als *Vice Ispettore* anzeigten. Er hatte noch nie zuvor eine Offiziersuniform getragen und konnte nicht behaupten, dass es ihm behagte. Lieber wäre ihm die eines gewöhnlichen Polizisten gewesen, wie sie zuhauf das Gelände durchstreiften. So hätte er keine Aufmerksamkeit erregt. Aber damit die Operation ein Erfolg wurde, musste er respektiert werden und Befehle erteilen können, ohne dass jemand seine Autorität anzweifeln würde.

Dass die Operation an diesem Vormittag stattfinden sollte, war kein Zufall. Die Finsteren besaßen nicht viele Ressourcen bei der Vatikanpolizei, aber der Mann, den sie hatten, Lorenzo Cattaneo, befand sich in einer idealen Position. Cattaneo war mittlerweile zum

Wachkommandanten aufgestiegen, eine leitende Funktion in der Sicherheits- und Einsatzzentrale. Wie bei Schichtarbeit üblich, wechselte der Dienst des Wachkommandanten alle 24 Stunden. Cattaneo hatte seine Schicht am Mittag des Vortags begonnen und würde an diesem Tag mittags abgelöst werden. Was bedeutete, dass der Anschlag und die Entführung des Papstes am Vormittag erfolgen mussten.

Cattaneo stand in Kontakt mit einem italienischen GIS-Vertreter namens Vincenzo Rossi, und er hatte Woland vor verstärkten nachrichtendienstlichen Aktivitäten der Spezialeinheit gewarnt. Was kein Zufall sein konnte. Zusammen mit Victors zunehmender Anspannung bewies es Woland, dass sich die Shepherds in Rom aufhielten. Tatsächlich würde er sogar davon ausgehen, dass Vincenzo Rossi zu den europäischen Shepherds gehörte und die GIS eine Tarnung für die kombinierten nordamerikanischen und europäischen Einheiten darstellte.

So würde ich es machen.

Er hatte Cattaneo seine Vermutung mitgeteilt, und der Mann hatte versprochen, Rossis Männer auf Bereitschaft außerhalb der Vatikanmauern zu beschränken. In Verbindung mit der Ablenkung durch einen echten Terroranschlag auf Zivilisten auf dem Petersplatz würde ihm das die nötige Zeit verschaffen, um seine eigentliche Mission zu erfüllen. Außerdem würde Cattaneo dafür sorgen, dass Wolands Team aus Söldnern von Dark Horizon als Vatikanpolizisten verkleidet Zugang zu den Gärten im Vatikan haben würde. Dort würden sie den Shepherds auflauern, falls sie auftauchten. Woland ging davon aus, dass sie Leute bei der Vatikanpolizei und der Schweizergarde hatten, aber wer sie auch sein mochten, sie schienen keinen Einfluss auf Cattaneo zu haben, denn bisher war er auf keinerlei Widerstand gestoßen.

Runde eins ging an die Finsteren.

Als er sich fertig angezogen hatte, steckte er die Dienstwaffe ins Holster an der linken Hüfte, aus dem man sie quer über den Körper zog, wie es die Vatikanpolizei bevorzugte. Dann setzte er den Funkohrstöpsel mit Knochenschallleitung tief in den linken Gehörgang ein. Als er die Funkverbindung zu seinem Team überprüfte, erhielt er sofort eine Antwort, bei der ihm auch gleich berichtet wurde, dass sein Transport draußen für ihn bereitstand. Mit zwei Fingern zog er den Vorhang zurück, spähte aus dem Fenster und stellte fest, dass tatsächlich ein Van mit laufendem Motor unten auf der Straße stand.

Anschwellende Vorfreude beflügelte seine Schritte, als er zur Tür hinausging und die Treppe zur Lobby hinunter. Alles lief genau nach Plan, wie Victor es vorhergesehen hatte. Wie so oft juckte das eintätowierte Zitat aus dem Evangelium nach Lukas an seinem Unterarm, doch er widerstand dem Drang, sich zu kratzen. Die Shepherds hielten sich für ach so schlau.

Für so besonders.

So erleuchtet.

Wir werden sehen, wie erleuchtet ihr seid, wenn ihr draußen vor den Mauern feststeckt und von der GIR beschossen werdet, während sich drinnen unser Anschlag und unsere Pläne für den Papst entfalten.

»*In bocca al lupo*«, murmelte er bei sich und lächelte, als er aus dem Gebäude hinaus in die strahlende Morgensonne trat. Die italienische Redewendung entstammte einer alten Erinnerung.

Ab in die Höhle des Löwen.

33

SAN GIOACCHINO AI PRATI DI CASTELLO

EIN KILOMETER NORDÖSTLICH DER VATIKANSTADT

ROM, ITALIEN

7:02 UHR ORTSZEIT

»Fragen?«, erkundigte sich Jed, nachdem er das Team unterwiesen hatte.

Er ließ den Blick über die versammelten Gesichter wandern – Amerikaner von Joshua Alpha und Bravo sowie ihren europäischen Pendants und das Ergänzungspersonal dahinter. David stand mit vor der Brust verschränkten Armen da, die Züge angespannt. Neben ihm hob Corbin den Daumen, was Jed zum Lächeln brachte. Er sah, wie Pastor Mike Ben etwas zuflüsterte. Der Befehlshaber der Shepherds schüttelte dazu den Kopf.

»Na schön, wenn sonst niemand den Mumm dazu hat, sage ich es eben«, ergriff Johnny das Wort und suchte nach Verbündeten unter seinen Teamkameraden. »Mir gefällt die Aufteilung der Teams nicht. Wir haben keine Ahnung, mit wie vielen Gegnern und welcher Bewaffnung wir es zu tun bekommen. Wir sind so schon nur zwei Dutzend und müssen damit den gesamten Petersplatz und die umliegenden Gebäude abdecken. Das ist 'ne Menge Fläche, Leute. Jetzt will Johnson die Teams auch noch aufteilen und Joshua Bravo abseits vom Geschehen postieren. Die Wächter haben einen Anschlag auf dem Platz gesehen.

Die Information ist sicher. Aber wir haben nichts, was auf einen zweiten Anschlag woanders hinweist. Wir sollten alle auf dem Platz sein.«

Jed drehte sich zu Ben um und sah nach, ob der Befehlshaber der Shepherds etwas darauf erwidern wollte, doch Bens Blick fiel auf ihn.

Nimm das Heft in die Hand.

Die Worte hallten laut in Jeds Kopf wider.

Jed hatte sich bei Ben für diese taktische Abweichung eingesetzt – und es war definitiv eine Abweichung vom ursprünglichen Plan. Johnny brachte triftige Argumente vor. Normalerweise wäre Jed geneigt gewesen, dem Veteranen zuzustimmen. Aber sie hatten es nicht mit normalen Umständen zu tun. Tief in der Brust spürte er, dass die von Ben gestaltete Simulationsübung im Vatikan auf eine spirituelle Vorahnung zurückging. Der schnellste Weg zu der Stelle in den Gärten, an der sie in der Simulation gekämpft hatten, führte die südliche Mauer entlang über die Viale Vaticano. Jed fühlte, dass es richtig war, seine Einheit dort zu postieren. In den letzten anderthalb Jahrzehnten hatte dieser sechste Sinn, den er der Intuition eines Kriegers zugeschrieben hatte, ihm und seinen Teamkameraden zu oft das Leben gerettet, um ihn zu ignorieren. Seit er Shepherd geworden war, wusste er, dass sein Bauchgefühl wesentlich mehr war als schlichte *Intuition*. Alles, was er seit Sarah Beths Rettung gesehen und erlebt hatte, ließ ihn letztlich glauben, dass dieses Gespür eine Gabe des Heiligen Geists war.

Das sollte er vielleicht einfach sagen, oder?

Doch das tat er nicht.

Stattdessen antwortete er: »Zusätzlich zu unseren Teams, Johnny, haben wir auch die Vatikanpolizei, mit der wir uns abstimmen. Zusammen ergibt das eine beträchtliche Streitkraft. Aber wichtiger noch, wie schon in der Unterweisung gesagt, wir haben Grund zur Annahme, dass Nicholas Woland an der Planung und Ausführung des Anschlags beteiligt ist. Wir dürfen nicht den Fehler begehen, den Wald vor lauter Bäumen nicht zu sehen. Es steht zu befürchten, dass der Anschlag auf dem Petersplatz ein Ablenkungsmanöver ist und Wolands Plan eine weitere Komponente hat. Die Finsteren haben einen langen Arm, und wir reden hier immerhin vom Vatikan.«

»Also ist dein Plan, dass Joshua Bravo vor der Mauer hockt und für den Fall wartet, dass etwas passiert, während unsere Brüder und Schwestern auf dem Petersplatz um ihr Leben kämpfen?«

»Von der Position aus können wir die Mauer der Gärten überwinden, haben aber trotzdem als schnelle Eingreiftruppe Zugang zum Petersplatz, falls unsere Unterstützung dort gebraucht wird. An der ausgewählten Stelle decken wir beide Szenarien am besten ab.«

»Aber bis wir vor Ort wären, könnte schon alles vorbei sein«, konnte sich Johnny nicht verkneifen.

»Bei den Finsteren läuft es nie geradlinig ab«, warf David ein und schleuderte Johnny einen strengen Blick zu, womit er alle überraschte, vor allem Jed. »Wie Jed gesagt hat, wenn die Planung des Anschlags von Nicholas Woland ausgeht, sollten wir mit etwas Unerwartetem rechnen. Mit Jeds Plan scheinen wir am flexibelsten zu sein. Aus spiritueller Sicht befürworte ich ihn.«

Johnny öffnete den Mund, als wollte er widersprechen, schwieg jedoch.

Jed starrte David an, verblüfft darüber, wie überzeugend sein STF Johnnys Einwände entkräftet hatte.

»Wir gehen nach Jeds Plan vor. Zeit zum Aufbruch«, klärte Ben die Frage endgültig. »Ich werde mit Vincenzo in der mobilen Einsatzzentrale sein, Joshua Alpha mit dem Team Europa auf dem Petersplatz. Joshua Bravo geht wie besprochen südlich der Mauer in Position. Bewegung, Leute.«

Die Teams teilten sich auf. Leises Gemurmel erfüllte den Raum, während sich alle zu Ende ausrüsteten, die Waffen überprüften und dann zu den wartenden Fiat Ducatos aufbrachen, die sie zum Einsatzort bringen würden. Jed ließ die Hände ebenfalls über die Ausrüstung wandern, prüfte Reservemagazine, Pistole, Sprengsatz, Lampen und Granaten mit der Erfahrung vieler Jahre mit Kampfeinsätzen.

Eine Hand auf seiner Schulter lenkte seine Aufmerksamkeit abrupt nach links, wo Ben ihn angrinste. »Gute Arbeit bei der Einsatzbesprechung.«

»Danke«, gab Jed zurück. »Hoffentlich habe ich recht.«

»Ich vertraue auf dich«, erwiderte der Befehlshaber der Shepherds schlicht. »Ich vertraue auf Gott und auf dich.«

»So einfach, ja?« Jed schnaubte und hob sich den Tragegurt des Sig-Sauer-Sturmgewehrs über den Kopf.

»Muss es denn komplizierter sein?«, konterte Ben mit einem schiefen Lächeln, bevor er David dazu aufrief, sie beim Gebet anzuführen.

Sie neigten die Häupter, und David legte eine Hand auf Jeds rechte Schulter, die andere auf Bens linke.

»Vater unser, wir bitten dich, beschütze unsere Krieger, während sie in deinem Namen gegen die Finsternis und das Böse kämpfen. Leite ihre Schritte. Erfülle sie mit deinem Geist und lenke sie bei jeder Entscheidung. Erfülle sie mit dem Frieden und der Zuversicht, die sich nur dadurch einstellen können, dass wir wissen, wem wir dienen. So bitten wir dich im Namen Jesu – amen.«

»Amen«, sagte Jed und spürte, wie sich Ruhe über ihn senkte. Seine Besorgnis über die von ihm getroffenen taktischen Entscheidungen verflüchtigte sich, und er lächelte David an.

Vielleicht hat diese Partnerschaft doch was für sich.

»Danke, dass du mir vorhin den Rücken gestärkt hast«, sagte Jed.

»Dafür sind wir da. Und ich werde mein Bestes geben, um es im Einsatz zu wiederholen«, sagte David und nickte in Richtung der Vatikanstadt.

»Ich weiß«, erwiderte Jed. »Gib mir alles weiter, was du für relevant hältst. Ich werde zuhören.«

»Geht klar, Jed.« David klopfte ihm gegen den Arm.

»Sei vorsichtig, Jed«, sagte Ben. Dabei schwang in seiner Stimme etwas mit, das Jed bewog, zu seinem Boss zurückzuschauen. »Nimm dich vor Eigenbeschuss in Acht. Wenn's schiefgeht, wird eine Menge Chaos mit der Vatikanpolizei und der Schweizergarde herrschen. Und falls du Nick Woland über den Weg läufst, begeh bloß nicht den Fehler, ihn zu unterschätzen.«

»Verstanden.«

»Eine Sache noch.«

»Ja, Boss.«

»Wo Woland auftaucht, ist Victor nicht weit. Denk dran, was du bei der Simulation gelernt hast. Lass ihn nicht in deinen Kopf.«

»Werd ich nicht.« Jed nickte zwar, doch als er sich dem Van zuwandte, spürte er, wie sich frostige Zweifel einschlichen.

34

ÄTHIOPISCHES KOLLEG
IM VATIKAN
10:27 UHR ORTSZEIT

Niemand hielt Woland und seine sieben bestens ausgebildeten, als Polizisten verkleideten Killer auf, als sie sich den Weg durch die Gärten des Vatikans zum Äthiopischen Kolleg bahnten. Es würde nicht mehr lange dauern, bis Bomben wie Teufelsglocken auf dem Petersplatz läuten würden und Chaos innerhalb der Mauern des Vatikans ausbrechen würde. In zwei Stunden würde die Welt endlich begreifen, was er bereits vor Jahren akzeptiert hatte – dass sich Gott einen Dreck um die Menschen scherte. Weder um den Papst noch um die römisch-katholische oder eine sonstige christliche Kirche mit ihren Milliarden Gläubigen weltweit. Ihr Einsatz an diesem Tag würde überallhin die Botschaft verbreiten, dass Gott nicht mehr als ein Spanner war. Obendrein ein ziemlich perverser, der lieber zusah, wie seine Schäfchen abgeschlachtet wurden, als auch nur einen Finger zu rühren, um ihnen in ihrer größten Not zu helfen.

Entweder ist Gott gefühllos und grausam oder ein Schisser. Anders kann man's nicht sehen.

Zum Glück hatte Woland die Seiten gewechselt und spielte endlich im Siegerteam. Solange er tat, was man von ihm verlangte, würden ihm die Finsteren und Satan, ihr dunkler König, immer den Rücken stärken. Als göttliches Eingreifen gefragt gewesen wäre, aber ausblieb, sprang mit Freuden das Chaos in die Bresche. Wie auch an diesem Tag. Als Elitesoldat hegte Woland für Chaos gleichermaßen Hass und Bewunderung, da er schon sowohl dessen Opfer als auch dessen Nutznießer gewesen war. Nicht leiden konnte er die Unberechenbarkeit von Chaos, dafür bewunderte er dessen schiere zerstörerische Kraft. Wenn man über den Feind herfiel, war es verlockend, Chaos als Verbündeten zu betrachten. Allerdings wäre das eine Fehleinschätzung. Chaos konnte sich wie ein tollwütiger Hund ohne jede Vorwarnung oder Provokation gegen einen wenden. Als Shepherd hatte er sich immer vor dem Versuch gehütet, die Macht des Chaos zu nutzen. Mittlerweile jedoch fürchtete er es nicht mehr.

Es glich einer Inkarnation des Teufels, und Woland sah sein Wirken, wohin er auch blickte.

Alle Mitglieder von Wolands Team hatten die Sicherheitskontrolle bewältigt und fanden sich pünktlich an Sammelpunkt Inferno neben dem Gärtnerhaus ein. In einem Geniestreich koordinierter, präventiver Verwüstung hatte Victors Team aus der Ferne mehrere persönliche Krisen in Rom verursacht, die sich auf Schlüsselpersonal der Polizei auswirkten. Eine Ehefrau bei einem Autounfall, ein Kindermädchen, das sich auf dem Markt die Hüfte brach, ein Wohnungsbrand, eine Bombendrohung in einer Grundschule … Diese bedauerlichen, unvorhergesehenen Ereignisse hatten die Reihen der diensthabenden Offiziere gelichtet. Wachkommandant Cattaneo hatte darauf wie ein Dirigent reagiert, die Diensteinteilungen umgeschichtet und gleichzeitig noch mehr Verwirrung gestiftet.

Das Übel der Bürokratie!

Woland warf einen Blick zu dem zweisprachigen Italiener, der zu seiner Rechten ging und den alle Rocco nannten. Er war stellvertretender Leiter der Operation und zuständig für Kommunikation über Funk oder von Angesicht zu Angesicht, wenn Italienisch erforderlich war. »Sobald wir den Papst haben, will ich das Team aufteilen«, sagte Woland. »Sie leiten das Aufräumkommando.«

Rocco runzelte die Stirn. »Wozu?«

»Um unsere Exfiltration mit dem Papst zu sichern und so viele Shepherds wie möglich zu killen. Ist unwahrscheinlich, dass auf dem Platz alle draufgehen. Immerhin haben sie Wächter, die sie führen.«

»Das ist 'ne Selbstmordmission. Kommt der Befehl von Victor oder von Ihnen?«

»Ist das wichtig?«

»Natürlich ist es das. Sie haben vielleicht das Kommando über den Einsatz, aber ich arbeite immer noch für Victor. Das ist eine Abweichung vom ursprünglichen Plan. Diesem zufolge sollten alle von uns, die überleben, als Team durch die Tunnel abrücken.«

»Stellen Sie mich nicht auf die Probe«, warnte Woland und bedachte den Mann mit einem stechenden Blick. »Die Konsequenz würde Ihnen nicht gefallen.«

Rocco musste Wolands knurrendes anderes Ich wahrgenommen haben, denn er fügte sich mit einem knappen Nicken.

Als sie den Hof am Eingang zum Äthiopischen Kolleg betraten, erfüllte den ehemaligen Shepherd eine elektrisierende Energie – sie begann an den Fußsohlen und breitete sich durch die Beine hinauf in sein Innerstes aus, von wo sie in jede Faser seines Wesens strömte. Und mit der Macht setzte das Verlangen ein – das Verlangen zu dominieren, zu zerstören, zu töten. Seine innere Bestie zu zügeln wurde mit jeder Operation schwieriger. Zudem wollte er es immer weniger. Warum versuchen, sie zu bändigen? Warum sollte er sie nicht einfach entfesseln und ihr freien Lauf lassen?

Weil die Bestie leichtsinnig ist, warnte der Elitekrieger in ihm. *Die Bestie schert sich ausschließlich darum, ihren Appetit zu stillen …*

Mit einer Atemübung erdete er sich, bevor er die Steinstufen der Treppe zum Kolleg erklomm. Die Schweizergarde, die kleinste Armee der Welt, hatte den Auftrag, den Apostolischen Palast zu schützen, und fungierte gleichzeitig als Leibwache des Papstes. Obwohl viele ihrer Pflichten rein zeremoniell waren, sie sich wie Clowns kleideten und Schwerter trugen, durfte man sie nicht unterschätzen. Unter dem Pomp verbargen sich hervorragend ausgebildete Soldaten, die mit der Zeit gingen. Sie setzten Technologie, Terrorbekämpfungsprotokolle und verdeckte Agenten in Zivil ein, die tödliche Sig P220 statt glänzender Hellebarden und alberner Hüte trugen. Und da sie Schweizer waren, nahmen sie ihren Job überaus ernst. Dadurch wurde Wolands Vorhaben ein heikles Unterfangen, das sorgsam arrangierte Irreführung erforderte.

Für diese Operation hatte er Zugriff auf zwei getrennte Kommunikationsleitungen. Das Funkgerät an seinem Gürtel gehörte zur Standardausrüstung der Vatikanpolizei und ermöglichte ihm den direkten Kontakt mit Wachkommandant Cattaneo in der Sicherheitszentrale. Gleichzeitig konnte er damit die Kanäle der Schweizergarde und der GIR empfangen. Seine *andere* Leitung, für die er den Funkohrstöpsel brauchte, nutzte das Mobilfunknetz und war mit seinem Team von Dark Horizon sowie dem Befehlshaber der Dschihadisten auf dem Petersplatz verbunden. Bislang funktionierten beide einwandfrei.

Er zog das Funkgerät vom Gürtel, schaltete das Mikrofon ein und erteilte die Startfreigabe. »*Centro, Uno – cominci.*«

»*Inteso*«, ertönte Cattaneos knappe Bestätigung.

Er wechselte zur Frequenz der Schweizergarde und lauschte, wie Cattaneo seinen ersten Alarm des Tages gab, zuerst auf Italienisch, dann auf Englisch. Er meldete, dass Anzeichen auf einen möglichen Terroranschlag entdeckt worden waren und die Zentrale die Gefahrenstufe von Grün auf Gelb erhöhte. Er fügte hinzu, dass Wolands – als Polizisten getarntes – Team zum Äthiopischen Kolleg geschickt worden war, um die Schweizergarde beim Schutz des Papstes zu verstärken.

Woland eilte die Granitstufen zum Eingangsportal hinauf und übersprang dabei jede zweite, angetrieben von einem Gefühl der Dringlichkeit. Zwei Schweizergardisten bemannten den Haupteingang in ihren bunten Renaissance-Uniformen und mit Hellebarden. Sie nahmen stramme Haltung ein. Beide trugen keine Funkgeräte und würden einfach auszuschalten sein, wenn es so weit wäre. Problematischer würden die Agenten in Zivil und die Leibgarde des Heiligen Stuhls drinnen sein.

Woland hielt sich an der Schwelle gerade lange genug auf, um die Gardisten über die erhöhte Gefahrenstufe zu informieren und sie anzuweisen, besonders wachsam zu sein.

»Verlagern Sie sich zur Vorderseite des Hofs«, befahl Rocco, als sie die Männer passierten. Die beiden eilten die Stufen hinunter und liefen zu den Ecken des umgekehrt u-förmigen Gebäudes.

»Sobald wir drin sind, verriegelt ihr die Türen hinter uns«, blaffte Woland die anderen Mitglieder seines Teams an. In der imposanten Lobby hallten Schritte auf Marmor wider, als sich ihnen im Laufschritt zwei Agenten in Zivil näherten, beide mit besorgten Mienen.

»Wir haben die Warnung eben erhalten«, sagte der größere auf Englisch mit deutschem Akzent. »Seine Heiligkeit trinkt gerade im Speisesaal im zweiten Stock Tee mit Rektor Senai und den Bischöfen. Ich wollte der Zentrale empfehlen, den Papst über die Tunnel in den Bunker zu bringen.«

Woland grinste innerlich, nickte dem Mann ernst zu und deutete zur Treppe. »Gehen Sie voraus«, sagte er auf Englisch mit italienischem Akzent. »Wir verstärken Ihr Team, wenn Sie Seine Heiligkeit hinausführen.«

35

SCHLAFSAAL DER MIDDLE SCHOOL, ZIMMER 316

ST. GEORGE'S ACADEMY

27 KILOMETER WESTLICH VON NASHVILLE

3:42 UHR ORTSZEIT

Schon lange bevor Sarah Beth schrie, wusste sie, dass es sich um keinen normalen Albtraum mehr handelte. Dafür fühlte sich alles zu real an, beinahe so, als wäre ihr körperliches Ich tatsächlich *dabei*. Sie huschte hinter die Ecke des überdimensionalen Schranks in der reich verzierten Eingangshalle und beobachtete, wie eine Gruppe uniformierter Polizisten hereineilte. Sogar aus der Ferne konnte sie das rote Leuchten in den Augen des muskulösen Mannes an der Spitze der Truppe sehen. Sie erkannte ihn auf Anhieb als den Mann aus Detective Perez' Erinnerungen.

Zwei andere Männer in Anzügen statt Polizeiuniformen liefen mit besorgten Mienen über den Marmorboden zu den Neuankömmlingen, die gerade die großen Türen zwischen den goldenen Säulen verriegelten. Sarah Beth beobachtete, wie sich die Anzugträger an die Polizisten wandten. Wäre sie im Kopf eines der Männer, könnte sie hören, was gesprochen wurde, doch sie beobachtete das Geschehen von außen. Die beiden Anzugträger schienen Anweisungen vom Anführer der Uniformierten zu erhalten, bei dem es sich eindeutig um einen Finsteren handelte, da seine Augen in der düsteren Eingangshalle wie Flammen flackerten.

Schließlich wandten sich die beiden Männer in Anzügen ab und eilten mit der Gruppe zu einer Treppe. Als sie die Halle durchquerten, machte sich Sarah Beth so klein wie möglich und war überrascht, dass niemand sie bemerkte. Der hinter den Anzugträgern gehende Anführer mit den leuchtenden Augen zog ein Messer. Er packte den näheren der beiden Männer vor ihm von hinten an den Haaren und rammte das Messer an der Schädelbasis so nach oben, dass die Klinge vollständig ins Gehirn eindrang. Als der Tote zu Boden fiel, wich der Anführer einen Schritt zurück. Als der zweite Anzugträger verwirrt herumwirbelte, zog einer der Polizisten eine Pistole mit einem langen schwarzen Rohr am Ende des Laufs und erschoss ihn. Statt eines lauten Knalls hörte Sarah Beth nur ein gedämpftes *Fupp*. Der Kopf des Getroffenen wurde abrupt zurückgeschleudert. Eine grausige Mischung aus Blut und anderen Brocken spritzte auf einen der großen Wandteppiche an den Marmormauern der Eingangshalle.

An der Stelle schrie Sarah Beth auf.

Instinktiv riss sie die Hand an den Mund, jedoch zu spät, um ihr Kreischen noch zu dämpfen. Ihr Blick raste durch die riesige Halle. Sie sah zwar etliche Holztüren, aber weit und breit kein Versteck. Panisch setzte sie sich zur nächstbesten Tür in Bewegung. Sie wusste zwar, dass man sie mühelos schnappen würde, bevor sie flüchten könnte, doch ihr ausgeprägter Überlebensdrang zwang sie dennoch dazu. Während sie rannte, spürte sie, wie sie hyperventilierte. Als sie die Tür erreichte und einen Blick über die Schulter warf, stellte sie fest, dass niemand sie verfolgte oder auf sie schoss.

Sie blieb stehen und drehte sich um, als der Anführer mit ruhiger Stimme auf Englisch Anweisungen erteilte.

»Versteckt die Leichen«, sagte er zu den anderen.

Dabei ließ er keinerlei Besorgnis darüber erkennen, dass ein kreischendes Mädchen soeben den kaltblütigen Mord an zwei Männern bezeugt hatte. Sie hatte schon Menschen sterben sehen. Zum Beispiel als Onkel Jed die bösen, sie verfolgenden Männer getötet hatte. Aber was sie gerade erlebt hatte … war irgendwie anders. Sie stand da, starrte hin und staunte darüber, dass niemand versuchte, sie zu packen.

»Rocco, nehmen Sie Ihre Funkgeräte und antworten Sie auf etwaige Fragen der Schweizergarde. Unter Umständen benutzen die einen eigenen Kanal.«

Der Anführer ließ den Blick durch die Halle wandern. Sarah Beths Brust zog sich zusammen, als er auf die Stelle fiel, an der sie unübersehbar in ihrer Pyjamahose und dem Six-Flags-T-Shirt stand, mit dem sie zu Bett gegangen war. Aber er zeigte keinerlei Reaktion. Beinahe so, als …

Er sieht mich nicht!

In dem Moment wurde ihr klar, dass sie nicht wirklich an dem Ort war, wo auch immer er sich befinden mochte. Sie lag im Internat im Bett. Einen Herzschlag lang spürte sie die warme Decke unter dem Kinn und vermeinte, ein leises Schnarchen von Darilyn zu hören.

Ich muss wach bleiben. Das ist kein Albtraum, sondern eine Vision. Gott will mir das zeigen. Aber wo bin ich?

Zwei der Männer schleiften die Toten durch eine der holzgetäfelten Türen ihr gegenüber, während die anderen drei warteten. Langsam und leise bewegte sich Sarah Beth auf die Männer zu. Lieber hätte sie sich von ihnen ferngehalten, aber sie brauchte Informationen über diesen

Ort. Über der Tür hinter ihnen befand sich kein Schild. Sie konnte lediglich erkennen, dass sie hinaus auf einen Hof mit gemauerten Bogen zu beiden Seiten führte.

Sarah Beth blieb stehen. Näher wollte sie nicht zu den Männern, am wenigsten zu dem mit dem Messer. Ihre Uniformen sahen nicht wie die amerikanischer Polizisten aus. Sie trugen weiße Hemden, dunkle Hosen und Mützen. Langsam drehte sich Sarah Beth im Kreis und hielt Ausschau nach irgendetwas mit einem Schriftzug. Wenn sie herausfinden konnte, wo sie war, konnte sie vielleicht verschwinden.

Die beiden Männer von draußen kamen zurück, strichen ihre Uniformen glatt und schlossen die hohe Holztür.

»Wo ist er?«, fragte einer.

Der Anführer wirkte irritiert. »Haben Sie nicht zugehört? Im zweiten Stock, wo er Tee trinkt.«

»Warum trinkt der Papst eigentlich Tee im Äthiopischen Kolleg?«, fragte ein anderer, der bisher geschwiegen hatte.

»Weil ich es so arrangiert habe«, gab der Anführer barsch zurück. »Und jetzt weiter. Das Timing muss perfekt sein. Wenn der Anschlag auf dem Platz beginnt, müssen wir in Position sein. Im ausbrechenden Chaos schaffen wir ihn dann nach draußen.«

Sie gingen an ihr vorbei. Einer der Polizisten wäre um ein Haar mit Sarah Beth zusammengestoßen. Aber das wäre gar nicht möglich gewesen, richtig?

Weil ich nicht wirklich hier bin …

Als sie den Männern die Marmortreppe hinauf folgen wollte, wurde sie von einer gewaltigen Kraft zurückgezogen. Beschleunigung und Geschwindigkeit waren überwältigend. Sie schnappte nach Luft, als sie in ihren Körper zurückschnellte. Abrupt setzte sie sich auf und drückte sich die Decke an die Brust. Ein eiskalter Schauder raste ihr über den Rücken, und sie wusste, er hatte nichts mit der Temperatur im Raum zu tun.

Das Äthiopische Kolleg – die Bezeichnung war gefallen.

Der Papst. Sie werden den Papst irgendwo in irgendeinem Kolleg umbringen. Oder entführen? Und der Mann mit den Tätowierungen, den ich schon durch Detective Perez' Geist gesehen habe, ist ein Finsterer und hat das Kommando.

Sarah Beth schnappte sich ihren Laptop vom Schreibtisch neben dem Bett. Ein blaustichiger Schimmer erhellte das Zimmer, als sie ihn aufklappte und sich anmeldete. Schnell recherchierte sie *Äthiopisches Kolleg* und erzielte auf Anhieb mehrere Treffer. Sarah Beth klickte auf *Bilder* und japste, als ihr ein Foto in der ersten Reihe ins Auge sprang. Sie beugte sich vor und betrachtete eingehend die kunstvoll gestaltete Eingangshalle des Äthiopischen Kollegs, wie das Bild beschriftet war. Es handelte sich eindeutig um den Raum, in dem sich Sarah Beth bis vor wenigen Augenblicken aufgehalten hatte.

Sie klappte den Bildschirm zu. Dunkelheit kehrte ins Zimmer zurück. Dann presste sie die Lider zu und entsandte den Geist zu Jed.

Onkel Jed, das ist ein Notfall. Ich brauche dich!

36

ZUFAHRT VOR DER MAUER DES VATIKANS

VIALE VATICANO

ROM, ITALIEN

10:47 UHR ORTSZEIT

Jed verlagerte auf dem Ledersitz mit der hohen Rückenlehne im Ducato das Gewicht und war dankbar, dass sie mit zwei Vans zum Sammelpunkt südlich der Mauer des Vatikans gebracht wurden. Dadurch befanden sie sich nur zu viert im Wagen. Daher konnte er den Sitz so weit wie möglich zurückschieben, ohne jemanden in der Reihe hinter ihm einzuzwängen. Und *dadurch* wiederum saß er trotz voller Ausrüstung und eines Sig MCX Tread auf dem Schoß beinahe bequem.

Vorn plauderte Eli mit dem italienischen Shepherd auf dem Beifahrersitz. Der Mann sprach von seiner Familie, die auf dem Campus der Shepherds in Berlin lebte. So faszinierend er es fand, dass die jüngste, mittlerweile zweieinhalb Jahre alte Tochter des Italieners schon vor ihrem zweiten Geburtstag die Farben und Formen hatte benennen können, Jed wollte wesentlich lieber erfahren, was sich bei den Finsteren und Nick Woland tat. Zweimal hatte er versucht, Corbin im spirituellen Äther zu finden. Es war ihm sogar tatsächlich gelungen, nur hatte sie ihn mit der Äußerung abgewiesen: *»Hi, Jed – ich bin hier gerade ziemlich beschäftigt. Sobald ich was habe, erfährst du es als Erster.«*

Er aktivierte das Mikrofon des verschlüsselten MBITR-Funkgeräts links an seiner Ausrüstung und funkte Carl an. Er sorgte für Scharfschützenüberwachung auf dem Dach eines Wohngebäudes neben ihnen.

»Eagle«, sagte Jed. »Hier Bravo Eins. Lagebericht?«

»Eins, hier Eagle«, ertönte Carls Stimme mit demselben weichen Timbre wie dem jedes Scharfschützen, mit dem Jed je gedient hatte. »Alles ruhig. Habe freie Sicht zum Governatoratspalasts nördlich von uns und westlich bis zum vatikanischen Radiosender. Bisher keine Bedrohungen, nur herumwuselnde Priester. Außerdem hab ich ein gutes Schussfeld auf den Petersplatz, zur Nordseite sind es von hier etwa 600 Meter. Bin also in Reichweite, um bei Bedarf zu helfen. Der Platz ist gerammelt voll mit Touristen, aber bislang tut sich nichts Ungewöhnliches.«

»Verstanden, Eagle«, murmelte Jed. Er fragte sich, ob der Kommentar über seine Schusslinie zur Nordseite des Platzes ein Seitenhieb wegen ihrer Position sein sollte. Aber er kannte Carl nicht gut genug, um es abzuschätzen. Wie die meisten Scharfschützen schien der Mann ein stiller, in sich gekehrter Mensch zu sein – die Chancen, dass es sich um eine passiv-aggressive Äußerung gehandelt hatte, standen also 50:50. So oder so fand Jed es beruhigend, den ehemaligen Marine in einer Lage zu haben, aus der er Feuerkraft beisteuern könnte, wo auch immer es nötig wäre.

»Wenigstens *irgendjemand* von Team Bravo kann mitkämpfen, wenn die Sache steigt«, brummelte Johnny neben ihm.

Jed wollte ihn gerade anschnauzen, als ihn Sarah Beths Stimme erreichte – so klar und deutlich, dass ihn beinahe überraschte, sie nicht auf dem Sitz hinter ihm zu sehen.

Onkel Jed, das ist ein Notfall. Ich brauche dich!

Tut mir leid, Sarah Beth. Wir sind im Einsatz. Ich rufe dich später an, antwortete er, obwohl *anrufen* wohl der falsche Begriff war. Auch wenn ihn keineswegs kaltließ, dass sie Schwierigkeiten hatte, an der Schule Freundschaften zu schließen, ihr Teenagerdrama des Tages würde warten müssen. Er wollte sie gerade aus dem Kopf drängen, als ihm ihre eindringliche Erwiderung das Blut in den Adern gefrieren ließ.

Ich weiß, dass du in Italien im Vatikan bist. Darüber muss ich mit dir reden. Bitte hör einfach zu, bevor es zu spät ist!

Jeds Brust zog sich zusammen. Er drehte sich Johnny zu, der seinem Blick begegnete und die Stirn runzelte.

Jed zog am Griff der seitlichen Schiebetür des Vans und öffnete sie. Er stieg auf den Schotterparkplatz vor dem Gebäude aus, an dem echte Bauarbeiten durchgeführt worden waren, bevor sie den Platz übernommen hatten. Wuchtig schloss er die Tür und schnitt Johnny das Wort ab, der protestierend fragte: »Wo willst du h…«

Ihm war nur allzu bewusst, dass ein ehemaliger SEAL in voller Kampfausrüstung die Aufmerksamkeit des Verkehrs auf der Viale Vaticano erregen würde, und er lief in den leeren Eingangsbereich des nahen Gebäudes, das derzeit renoviert wurde. Dort setzte er sich wieder mit Sarah Beth in Verbindung.

Woher weißt du, wo ich bin?, fragte er, plötzlich zutiefst besorgt über die Operationssicherheit ihres Einsatzes.

Ich hatte eine Vision im Äthiopischen Kolleg, antwortete sie. *Dort ist ein Finsterer, der sich als Polizist ausgibt. Es passieren gerade schlimme Dinge.*

Im was? Beschreib mir haargenau, was du gesehen hast.

Ich kann versuchen, es dir zu erklären – oder ich kann es dir einfach zeigen.

Wirklich? Trotz der Entfernung?

Ich denke, schon. Mach die Augen zu.

Jed kam der Aufforderung nach und tastete im Äther nach ihrem Faden.

Ich bin hier, sagte sie in seinem Kopf, und er fand sie, nahm sie geradezu schillernd wahr.

Deutlich besser als bei früheren gedanklichen Interaktionen – als hätte man von einem alten Röhrenfernseher aus den 1980er-Jahren zu einem topmodernen Flachbildschirm mit 4K-Auflösung gewechselt.

Wie machst du das?, fragte er.

Das machen wir, Onkel Jed. Zusammen. Liegt an der Kraft des Vertrauens.

Bei der Erfahrung musste er abermals an die Nacht denken, in der Corbin und Sarah Beth auf dem Sofa im früheren Haus der Yarnells gesessen und zusammengearbeitet hatten, um Victor aufzuspüren. Damals hatte er nur Sarah Beths Laute der Verwunderung gehört. Da er nun dasselbe erlebte, verstand er es endlich.

Es wirkt wie ein Kraftverstärker, sagte er.

Genau … Jetzt komm mit und benutz nicht meinen Namen.

Verstanden, erwiderte Jed und dachte an den Fehler, der ihm bei der Simulationsübung unterlaufen war.

Dann wurde er mitgerissen und raste mit gefühlter Lichtgeschwindigkeit den Faden entlang, den Sarah Beth gefunden hatte. Einen Herzschlag später erfuhr er eine rasante metaphysische Entschleunigung, und sie schwebten in der Nähe einer dunklen, menschenförmigen Leere im Licht.

Wo sind wir?, fragte er.

Sie tadelte ihn. *Genau wie Stimmen können Gedanken laut oder leise sein.*

Tut mir leid.

Ich versuche gerade, den richtigen Faden zu finden …

Ihre Stimme ertönte wie ein leises Flüstern. Jed schwebte einfach neben ihr und wartete. Plötzlich erschien ihm völlig verrückt, was sie gerade taten, und ihn beschlichen Zweifel. Prompt schien sich der Äther um ihn herum zu verdichten, und er verspürte einen heftigen Anflug von Übelkeit.

Halt still, Onkel Jed.

Wieder klang sie tadelnd wie eine Mutter, die ein Kind zurechtwies, und Jed entspannte sich. Er mochte nicht ganz verstehen, was vor sich ging, aber er glaubte daran, dass es von Gott ausging. Und nach allem, was sie gemeinsam durchgemacht hatten, glaubte er auf jeden Fall an Sarah Beths spirituelle Gaben.

Da ist noch ein Faden, der den kreuzt, nach dem ich im Äthiopischen Kolleg suche. Versuchen wir es stattdessen mit dem …

Plötzlich glitten sie durch eine Blase in jemandes Geist, und Jed blickte durch fremde Augen. Er sah dunkle Hände im Schoß eines Mannes auf den Falten einer schwarzen Priesterkutte, die Finger krampfhaft ineinander verschränkt. Dann wurde alles dunkel, als der Mann die Augen schloss.

»Ist alles in Ordnung, Rektor Senai? Sie kommen mir angespannt vor«, sagte eine freundliche Stimme.

Die Augen öffneten sich wieder, und Jed erkannte auf Anhieb das Gesicht des Papstes, der ihm gegenübersaß, ein warmherziges, besorgtes Lächeln im betagten Gesicht.

»Verzeihung, Eure Heiligkeit«, sagte der Rektor. Jed wurde klar, dass der Rektor nicht Englisch sprach, trotzdem *wusste* er irgendwie, was gesagt wurde. »Ich bin nur müde. Die letzten Tage hat mich die Arbeit stark beansprucht. Aber ich bin hocherfreut über die Ehre, mit Euch Tee zu trinken.«

»Über Ihre Arbeit hier am Kolleg möchte ich unbedingt etwas erfahren«, gab der Papst zurück. »Aber zuerst entspannen wir uns und genießen den Tee.«

Jed spürte, dass mit dem Rektor irgendetwas nicht stimmte.

Er verheimlicht etwas, sagte er zu Sarah Beth.

Ja. Ich fühle es auch, bestätigte sie. *Ich versuche mal, in Gedanken mit ihm zu reden …*

Nein, nicht!, warnte Jed, doch es war zu spät.

Was verheimlichen Sie, Rektor?

Jed erkannte, dass zwar Sarah Beth die Frage stellte, aber die Stimme unkenntlich verstellt hatte. Später würde er sie unbedingt fragen müssen, wie dieser Trick funktionierte.

Niemand sollte die Wahl zwischen seinem Gott und seiner Familie treffen müssen, sagte der Rektor.

Was für eine Wahl?, hakte Sarah Beth nach. Als der Rektor nicht antwortete, wandte sie sich direkt an Jed. *Ich glaube, bewaffnete Männer haben seine Familie entführt. Oder vielleicht die seines Bruders. Ich habe ein schreckliches Video gesehen …*

Schon von vielen Menschen ist verlangt worden, eine solche Wahl zu treffen, Rektor, sagte eine andere Stimme, die Jed vage bekannt vorkam. *Sie sind damit nicht allein. Vertrauen Sie auf den Herrn, dann erhellt er Ihnen den Weg.*

Ben? Bist du das?, fragte Jed und bereute den Fehler sofort. Ein Anflug von Angst überkam ihn. Prompt nahm er eine allgegenwärtige Bösartigkeit wahr.

Ich sehe euch, hallte eine ölige, vertraute Stimme überall um sie herum wider.

Jeds Brust zog sich erneut zusammen, und sein Herzschlag beschleunigte sich abrupt, als er Victor hörte.

Wir müssen weg, sagte Sarah Beth und packte ihn. *Er ist hier.*

Jed spürte ihre Angst – oder die von Rektor Senai, er vermochte es nicht zu sagen –, als sie so schnell wie zuvor zurückrasten. Er landete mit solcher Wucht wieder in seinem Körper, dass er um ein Haar rückwärtsgekippt wäre. Nachdem er zweimal geblinzelt hatte, stellte er fest, dass er sich wieder auf der Baustelle befand.

Sarah Beth? Bist du noch da?

Ja, antwortete sie. Diesmal klang ihre Stimme dünn und weit entfernt.

Das war Victor, nicht wahr?

Ja. Seit du mir geholfen hast, aus dem Haus in den Bergen zu entkommen, habe ich das Gefühl, dass er mich jagt. Er sucht mich in meinen Träumen heim.

Jed knirschte mit den Zähnen. Dasselbe galt für ihn. Er wusste zu viel, um sich einzubilden, es wären schlichte Albträume gewesen. Und das bedeutete, Sarah Beth hatte die Bürde von Victors Besuchen ganz allein getragen. Ihrer beider Leben schienen in mehr als einer Hinsicht geradezu unheimliche Parallelen aufzuweisen. Beide fingen in neuen Organisationen von vorn an, beide wollten Akzeptanz und Anerkennung von ihren Kollegen, beide mussten nachts Victors unerwünschtes Eindringen in ihren Geist ertragen.

Sarah Beth ist keine Jugendliche mehr, erkannte er und rief sich ihr junges Gesicht vor Augen. *Äußerlich vielleicht, aber innerlich ist sie eine Kriegerin.*

Wer ist Rektor Senai?, fragte er.

Ich habe ihn online recherchiert. Rektor Feiven Senai leitet das Päpstliche Äthiopische Kolleg, antwortete Sarah Beth und schien die Fassung zurückzuerlangen. *Soweit ich das beurteilen kann, ist das so was wie eine höhere Schule für äthiopische Priester.*

Gut, und was hat das alles mit einem Anschlag auf den Vatikan zu tun?

Onkel Jed, das Äthiopische Kolleg ist nicht in Äthiopien. Es ist in der Vatikanstadt. Der Rektor trinkt jetzt gerade Tee mit dem Papst. Und ich habe noch etwas gesehen – üble Kerle. Sie haben schon zwei Menschen umgebracht. Es war grauenhaft. Ich glaube, sie sind gerade im Äthiopischen Kolleg. Und ich glaube, sie wollen den Papst ermorden.

Jed presste die Lider zu, während sich seine Gedanken überschlugen. Seine Instinkte hatten recht gehabt – es ging nicht nur um einen Terroranschlag auf den Petersplatz. Er musste auf der Stelle sein Team mobilisieren.

Sarah Beth, das hast du großartig gemacht. Jetzt hör mir zu. Wende dich sofort an Pastorin Dee und erzähl ihr alles.

Muss ich, Onkel Jed? Was, wenn sie mir nicht glaubt?

Geh jetzt, Sarah Beth, befahl er. *Das ist superwichtig. Bleib bei ihr, bis du von mir hörst – hast du verstanden?*

Ja, Onkel Jed. Bitte sei vorsichtig. Und versuch, dem Rektor nicht wehzutun.

Damit war sie weg.

Jed sprintete zurück zum Van. Unterwegs aktivierte er sein Mikrofon.

»Joshua Variable, hier Bravo Eins«, sagte er, erreichte den Wagen und riss die Tür auf. »Alle Mann die Waffen prüfen und einsatzbereit machen. Wir rücken sofort aus.«

»Was ist denn los?«, fragte Johnny.

Jed hob die Hand, als sich Ben in seinem Headset meldete.

»Eins, Joshua Variable – ich habe es gehört. Du hast grünes Licht.«

»Das Sekundärziel ist der Papst«, verkündete Jed ins Mikrofon, schaltete die Frequenz um und informierte auf dem offenen Kanal alle über die neue Entwicklung. »Er ist gerade im Äthiopischen Kolleg und trinkt Tee mit einem gewissen Rektor Senai. Es passiert jetzt. Ich muss sofort wissen, wo das Äthiopische Kolleg ist.«

Seine Teamkameraden strömten aus den Vans und sammelten sich bei ihm.

»Bravo Eins, hier Joshua Variable – du kennst das Kolleg aus der Simulation. Das Gebäude, in das du es nicht geschafft hast. Sobald du die Mauer überwunden hast, führe ich dich hin.«

»Verstanden, Variable. Bravo setzt sich jetzt in Bewegung.« Mit einer Handbewegung über dem Kopf bedeutete Jed seinem Team, loszulegen.

»Das ist mir entgangen, Bravo Eins«, ertönte Corbins geknickte Stimme über Funk. »Es tut mir leid.«

»Muss es nicht. Ich hatte Hilfe. Erzähle ich dir später. Joshua Bravo ist in zwei Minuten über der Mauer.«

»Plan, Boss?«, fragte Eli, während sie rannten.

»Mit Haken und Steigklemmen über die Mauer«, antwortete Jed und zeigte nach vorn. »Variable führt uns durch die Gärten zum Einsatzort. Variable, wir müssen von der GIR und der Vatikanpolizei abgeschirmt werden.

Wir wollen nicht erschossen werden, während wir über die Mauer klettern und die Gärten durchqueren.«

»Schon dabei, Bravo Eins«, erwiderte Ben.

Als Gruppe preschten sie über die Viale Vaticano, sieben Shepherds aus Team Joshua Bravo und ihr italienischsprachiger Leihkamerad von den europäischen Shepherds.

»Freier Weg zur Mauer«, meldete Carl in Jeds Ohr. »Ich gebe euch beim Klettern Deckung«, versicherte ihm der Scharfschütze.

»Verstanden, Eagle. Bereit machen, Bravo«, befahl Jed, bevor er das Haupt zum Gebet neigte, während Hyeon Steigklemmen und Gurtzeug verteilte.

Gott, bitte führe uns. Lass uns nicht zu spät eintreffen. Lass unsere Schüsse ihr Ziel treffen. Und bitte, bitte beschütz Sarah Beth.

37

ÄTHIOPISCHES KOLLEG

ZWEITER STOCK

10:58 UHR ORTSZEIT

Woland führte mit versteinerter Miene vier Söldner in V-Formation den Flur entlang zu den beiden Schweizergardisten, die vor dem Speisesaal des Kollegs Wache hielten. Keiner hatte die Waffen gezogen und war bereit – ein Fehler, für den sie gleich mit dem Leben bezahlen würden.

»Wo sind Andreas und Peter?«, fragte einer der beiden und schaute mit argwöhnischer Miene an Wolands Männern vorbei. »Sie sollten bei euch sein.«

»Die kommen nicht«, antwortete Woland und zog eine Pistole mit Schalldämpfer.

Er drückte den Abzug in dem Moment, als ein Projektil aus Roccos ebenfalls schallgedämpfter Waffe an seinem linken Ohr vorbeizischte. Beide Kugeln trafen und ließen die Schweizergardisten, die gerade zu spät nach ihren Holstern griffen, abrupt zusammensacken. Die drei anderen Söldner von Dark Horizon gingen vor der geschlossenen Tür in Position, um den Raum dahinter zu stürmen.

»Erledigt alle außer dem Papst und Rektor Senai«, ordnete Woland gefühlskalt an und gab das Startsignal.

Der Größte seiner Truppe brach die verzierte Holztür mit einem einzigen platzierten Tritt auf, und die drei

Schützen plus Rocco marschierten mit feuernden Waffen hinein. Woland wartete, bis die Schüsse endeten, dann betrat auch er den Raum. Mit einem erfreuten Lächeln begutachtete er das angerichtete Gemetzel. Es sah aus wie in den Kulissen eines Slasher-Films. Überallhin war Blut gespritzt, sogar auf das weiße Gewand und die linke Wange des Papstes. Neun Leichen verteilten sich unterschiedlich verrenkt, aber einheitlich erschlafft über den Raum. Die meisten waren auf ihren Stühlen am Tisch zusammengesackt, doch zwei Agenten in Zivil und einer seiner Söldner von Dark Horizon lagen in sich ausbreitenden roten Lachen auf dem Boden.

Woland schürzte die Lippen und sah dem Pontifex in die Augen. Zu seiner Überraschung und Enttäuschung bibberte der Mann nicht vor Angst, sondern starrte gefasst und verurteilend zurück.

»Was für sinnlose Gewalt«, ergriff der Papst auf Englisch mit schwerem Akzent das Wort. »Sie hätten diese Menschen nicht ermorden müssen. Ich wäre mitgekommen, wenn Sie einfach darum ersucht hätten.«

Woland schnaubte wortlos und verlagerte den Blick auf Rektor Senai, der auf seinem Stuhl zitterte. »Gut gemacht, Rektor«, lobte er. »Die Finsteren werden Sie mit offenen Armen aufnehmen.«

Der Papst drehte sich mit halb überraschter, halb betrübter Miene dem Äthiopier zu.

»Es tut mir so leid, Eure Heiligkeit«, bat Senai mit Tränen in den Augen um Entschuldigung. »Ich hatte keine Wahl.«

»Man hat immer eine Wahl, aber ich vergebe Ihnen trotzdem«, erwiderte der Papst und zeichnete das Kreuz in die Luft vor dem Afrikaner.

»Was ist mit der Familie meines Bruders?«, fragte Senai mit brüchiger Stimme, als er vom Papst zu Woland schaute. »Hat man sie freigelassen?«

Woland zuckte mit den Schultern. »Tut mir leid«, sagte er mit einem bösartigen Grinsen und richtete die Pistole auf die Stirn des Mannes. »Heute gibt's keine gewissensberuhigenden Trostpreise, Rektor.«

Damit drückte Woland den Abzug.

Nach dieser Hinrichtung schloss der Papst die Augen, neigte das Haupt und begann zu beten.

»Stellt ihn auf die Beine«, blaffte Woland und gestikulierte mit rotierendem Zeigefinger. »Zeit, abzurücken.«

Das Satellitentelefon in seiner Tasche vibrierte. Stirnrunzelnd zog er es heraus und wusste, dass es unmöglich gute Nachrichten sein konnten.

»Ja?«

»Hast du das Paket?«

»Ja. Wir sind gerade dabei zu verschwinden. Alles läuft nach Plan.«

»Die Shepherds sind dort«, zischte Victor ihm ins Ohr. Allerdings schwang in der Stimme eher Erregung als Besorgnis mit. »Sie sind in diesem Moment unterwegs zu dir.«

»Woher weißt du das?«

»Sie waren im Kopf des Kerls, den du gerade umgebracht hast. Ich kann dir nicht sagen, wer der Wächter war – ich konnte nicht in seinen Geist eindringen. Jedenfalls war auch der neue Shepherd dabei, Jedidiah Johnson.«

»Ich bin bereit für sie«, erwiderte Woland grinsend. »Damit habe ich gerechnet.«

»Greif unter keinen Umständen diesen Wunderknaben der Shepherds an. Konzentrier dich auf die Exfiltration und überlass Johnson mir«, befahl Victor, und die Leitung war tot.

Was sollte das denn jetzt?

Rocco und ein anderer Söldner traten rasch hinter den Papst und hievten ihn mit einem Griff unter die Achseln auf die Beine. Im Gegensatz zu seinem beleibten Vorgänger war dieser Pontifex so schlank, dass es an hager grenzte. Trotz seines Alters war er ein gut aussehender Mann mit stechenden blauen Augen und weisen Zügen.

»Lassen Sie mich los«, sagte er und schlug die behandschuhten Hände weg. »Ich kann allein gehen.«

»Dafür haben wir keine Zeit«, entgegnete Woland und wies zwei Söldner an, den Vertreter Gottes auf Erden zu packen und wie eine Bahre zu tragen. »Und achtet darauf, dass er keinen Kratzer abbekommt. Meine Anweisungen sind sehr klar – wir sollen die Beute unbeschädigt abliefern.«

Rocco und die fünf restlichen Söldner nickten stoisch. Sie kannten den Preis für Ungehorsam und hatten keine Lust, Victors Zorn auf sich zu ziehen, auch wenn sie dafür auf die einmalige Gelegenheit verzichten mussten, dem berühmtesten Vertreter Gottes auf der Welt eine hübsche Narbe zu verpassen.

»Die Shepherds sind hier«, sagte Woland zu Rocco. »Entweder gerade unterwegs vom Petersplatz oder bereits in den Gärten. So oder so, ihr müsst sie abfangen. Eure Uniformen werden in dem Chaos von Vorteil sein.«

»Sind wir jetzt das Aufräumkommando, das Sie erwähnt haben?«

»Ja«, bestätigte Woland. »Schaltet die Kerle aus, die uns jagen, und schließt danach in den Tunneln zu mir auf.«

Rocco schaute zwar finster drein, erwiderte aber nichts, bevor er sich abwandte und seine Leute den Flur entlangführte.

Als das Killerkommando verschwand, überraschte es Woland, wie sehr er bedauerte, dass nicht er selbst diesen neuen Shepherd töten konnte. Und was, wenn Morvant höchstpersönlich anwesend wäre? Was für eine vergeudete Gelegenheit, sich seinen Erzfeind vorzuknöpfen. Er drehte sich dem Papst zu, der wie Schmutzwäsche zwischen den beiden Söldnern baumelte. Dabei spürte er, wie sich die Bestie in ihm regte und ihn zu Gewalt drängte.

Nein, schob er dem einen Riegel vor. *Geduld. Wir spielen jetzt auf lange Sicht.*

Was es auch kosten mochte, er würde tun, was nötig war, um gleichberechtigt neben Victor zu stehen, wenn der Fürst der Finsternis das ultimative Königreich errichtete.

»Ihr Plan wird scheitern«, meldete sich der Papst zu Wort und sah ihm in die Augen.

Woland lachte über die leere Drohung, startete einen Timer auf seiner Uhr und funkte den Anführer der Dschihadisten mit dem Zeichen zum Beginn des Anschlags auf dem Petersplatz an. Dann legte er von Adrenalin und Macht berauscht mit schnellen Fußbewegungen einen »Ali-Shuffle« aufs Parkett und führte mehrere Schattenboxschläge aus, die er nur Zentimeter vom Gesicht des Papstes entfernt abbremste. Die Party fing gerade erst an – und er konnte es kaum erwarten, sich auszutoben.

38

SÜDMAUER DER VATIKANSTADT

VIALE VATICANO

Jed legte den Kopf in den Nacken und schaute die zwölf Meter hohe Steinmauer hinauf, die den Vatikan umgab.

»Schönen Dank auch, Papst Leo«, murmelte er, als ihm der Name des Pontifex einfiel, der die Festung vor über 1100 Jahren hatte errichten lassen. Im vergangenen Jahrtausend hatte sich bei der Terrorbekämpfung viel verändert, aber eine zwölf Meter hohe Mauer zu erklimmen war noch genauso mühsam wie damals. Nur vielleicht nicht mehr ganz so schmerzhaft …

»Joshua Variable, Bravo Eins – Lagebericht zum Betreten des Gartens zwischen Marconi-Funkturm und Brunnen?«, fragte Jed ins Mikrofon, als er sich zum Aufstieg vorbereitete.

»Der Wachkommandant reagiert nicht auf unsere Anfragen«, kam es von Ben aus der Einsatzzentrale im Keller der Kirche zurück, wo er die Operationen mit Vincenzo, Corbin, David und dem restlichen Ergänzungspersonal koordinierte. »Arbeiten noch an dem Problem.«

Jed knirschte mit den Zähnen. Dafür hatte er keine Zeit. Sie mussten sofort los.

Scheiß drauf, entschied er. *Wir gehen.*

Jed wandte sich an Eli und erteilte den Befehl. »Haken.«

Der erfahrene Shepherd nickte und ergriff einen Werfer, der mit Druckluft einen Greifhaken mit daran befestigtem Seil abfeuerte.

»Bitte funktioniert«, sagte Eli und drückte den Abzug.

Der Werfer gab einen dumpfen Laut von sich und beförderte den beschwerten Haken zur Oberkante der Mauer. 30 Meter schnittfestes Novabraid-Seil mit Kevlar sausten hinterher, als er darüber hinwegsegelte und verschwand.

»Huu-ha!«, rief Grayson und ergriff sofort das Seil, während Eli einen weiteren Haken von einem bereitliegenden Haufen auf dem Boden lud.

Wieder ein dumpfer Laut, wieder flog eine Leine über die Mauer. Grayson holte das Seil ein, bis er spürte, dass der Haken irgendwo Halt fand. Er zog ihn fest, dann überprüfte er die Sicherheit des Halts mit seinem Körpergewicht. »Bereit.«

Hyeon arbeitete parallel dazu an der zweiten Leine, während Eli einen dritten Greifhaken abfeuerte.

»Aufstiegshilfen vorbereiten«, befahl Jed und meinte damit die für Vertikalinfiltrationen wie diese konstruierten motorisierten Geräte der Größe eines Toasters.

Eine Reihe von Explosionen im Osten erschütterte den Boden und löste überall in Rom Autoalarme aus. Ein Adrenalinschub flutete Jeds Kreislauf, als der Teamleiter von Joshua Alpha es über Funk bestätigte. Auf dem Petersplatz wurde wie von Corbin vorausgesagt ein Anschlag verübt.

»Variable, Bravo Eins – wir gehen jetzt über die Mauer«, meldete Jed. »Die GIR soll nicht auf uns schießen.«

»Verstanden, Bravo, aber Achtung, wir haben immer noch *keine* Verbindung zur GIR. Rückt vorsichtig vor«, sagte Ben.

»Eagle, Bravo Eins«, wandte sich Jed an Carl, den Scharfschützen des Teams an seiner Position auf der anderen Straßenseite. »Du bist unser Augenpaar. Gib uns Feuerschuss, falls die GIR angreift. Nur Warnschüsse.«

»Eagle, verstanden«, bestätigte Carl.

Jed wandte sich der ersten Reihe der Kletterer zu und zeigte zur Mauerkrone. »Los.«

Johnny, Grayson und Nisha setzten sich mit bereits an den drei Linien befestigten Aufstiegshilfen in Bewegung und liefen die Mauer mithilfe einer der Schwerkraft trotzenden Technik hinauf. Jed lief zu der unter Nisha baumelnden Leine und führte das Novabraid-Seil in den Antriebsmechanismus seiner Aufstiegshilfe ein. Dann befestigte er die Sicherung unter dem Gerät am Seil und drückte den Abzug. Der Mechanismus griff, spannte sich und beförderte ihn mit einem Ruck vorwärts. Wegen der Ausmaße seines Körpers wartete er, bis Nisha die Mauerkrone überwunden hatte, bevor er mit dem Aufstieg begann. Die Haken und Leinen waren für 250 Kilo ausgelegt, allerdings bei optimalem Halt des Seils. Falls sich der Haken löste, konnte Nisha bei einem Sturz aus dieser Höhe draufgehen.

Kaum hatte sie die Mauer überwunden, drückte Jed auf den Knopf der Aufstiegshilfe, und der batteriebetriebene Antrieb hievte ihn hoch. Zurückgelehnt »lief« er annähernd rechtwinklig zum Mauerwerk nach oben. Jed kam sich wie ein Superheld vor, während er erst nach links schaute, um zu sehen, wie ihr italienischer Shepherd-Kamerad vorankam, dann nach rechts zu Bex, die dort neben ihm aufstieg. *Dieser Job ist so cool,* dachte er unwillkürlich, als er sie grinsen sah. Eli und Hyeon, die Letzten auf dem Boden, bildeten die Nachhut. Oben suchten Johnny, Grayson und Nisha in kniender Schusshaltung ihre jeweiligen Sektoren nach Bedrohungen ab. Sobald Jed die Mauerkrone erreichte, löste er seine Aufstiegshilfe und überprüfte rasch den Haken, um sich zu vergewissern, dass er sich nicht gelöst hatte.

»Mauerkrone gesichert«, meldete Johnny.

Jed bestätigte und winkte Eli und Hyeon nach oben. Mit Bex an der Seite ließ Jed durch das Zielfernrohr den Blick über die Umgebung wandern, um den Aufstieg der beiden letzten Shepherds zu sichern.

»Bravo, hier Wächterin Eins«, meldete sich Corbin mit angespannter Stimme. »Euch nähert sich jemand.«

»Von wo?«, fragte er. Prompt schwirrte ein schallgedämpft abgefeuertes Projektil über seinen Kopf hinweg.

»Aus Nordwesten. Sie gehen gerade um den Funkturm und die Mauer des Johannesturms herum in Deckung«, sagte sie.

Der Zeitpunkt hätte kaum schlechter sein können, da sich Eli und Hyeon noch drei Meter von der Mauerkante entfernt befanden. Mit einem leisen Fluch verharrte Jed an seiner Position, blieb bewusst verwundbar, statt seine aufsteigenden Brüder in diese Gefahr klettern zu lassen.

»Hab sie.« Johnny deutete auf zehn Uhr. »Uniformierte.«

In Jeds Hals bildete sich ein Kloß. Genau davor hatte ihm gegraut – ein Albtraum mit Beschuss von Verbündeten.

»Bravo«, wandte sich Jed an das gesamte Team. »Versucht, sie mit Deckungsfeuer festzusetzen, aber nicht zu treffen. Ich wiederhole, das ist ein verlustfreies Feuergefecht.«

»Eins, Eagle – ich gebe euch Deckung«, informierte Carl. Gleich darauf hörte Jed, wie sich der Scharfschütze mit seinem Gewehr an die Arbeit machte.

»Variable, hier Eins – ihr müsst dem Wachkommandanten sagen, dass seine Leute in der Nähe des Funkturms den Beschuss auf uns einstellen sollen«, funkte Jed, als Eli und Hyeon die Mauerkrone erreichten. Er streckte Eli eine Hand entgegen und half ihm über den schwierig zu bewältigenden Übergang nach oben, bevor sie rasch zusammen den Abstieg antraten.

»Verstanden. Greift euch die GIR oder die gewöhnliche Polizei an?«, fragte Ben.

»Gewöhnliche Polizei«, antwortete Johnny für Jed. »Die Typen tragen keine Einsatzausrüstung und ballern mit Pistolen auf uns.«

»Hier können wir nicht bleiben, Eins«, brüllte Grayson, als er links von Jed landete. »Hier sind wir im Niemandsland.«

Der Veteran hatte recht – im offenen Gelände neben der Mauer saßen sie auf dem Präsentierteller.

»Letzter Mann da«, rief Hyeon und sank neben Jed, Johnny und Bex in tief geduckte Haltung.

»Bravo, verlagern uns nach Osten in Deckung«, rief Jed über die Schüsse hinweg und deutete zackig zum von Bäumen und dichten Büschen umgebenen Brunnen.

»Gebe euch Deckungsfeuer«, kündigte Carl an und erhöhte den Takt seines Scharfschützengewehrs.

Die sieben amerikanischen Shepherds und ihr italienischer Kollege sprinteten die Mauer entlang und scherten dann nach rechts aus. Allerdings änderte sich dadurch der Schusswinkel auf sie – die Vatikanpolizisten konnten sie besser aus der Deckung heraus angreifen, ohne dem Risiko von Carls Scharfschützenfeuer ausgesetzt zu sein. Bei einem normalen Gefecht hätte Jed sein Team aufgeteilt und eine Truppe nach Norden geschickt, um die Schützen zwischen ihnen und ihrem Scharfschützen ins

Kreuzfeuer zu nehmen. Aber in dem Fall hatte er nicht den Luxus, sich zu wehren.

Hyeon grunzte neben ihm, als sie eine Böschung hinunter auf eine halbmondförmige Formation aus Bäumen und dichten Sträuchern zuhielten. Jed verspürte Erstaunen und Beklommenheit über die vertraute Szene, die nahezu identisch mit dem war, was er in der virtuellen Realität der Simulationsanlage erlebt hatte.

Es gibt keine Zufälle …

Dann befanden sie sich dicht an dicht in der spärlichen Deckung des Hains im Garten.

»Bist du getroffen?«, wandte sich Jed an Hyeon, während Projektile über sie hinwegzischten.

»Hab was in den Rücken abbekommen, aber die Weste hat's abgefangen«, antwortete Hyeon. »Ich glaub, mir fehlt nichts.«

Jed sank neben einem Baumstamm in kniende Schusshaltung, hob das Gewehr an und betrachtete durch das Visier die Positionen der Schützen der Vatikanpolizei. Während er versuchte, eine Lösung für das Problem zu finden, verschwamm plötzlich seine Sicht. Ein Schwindelgefühl setzte ein, und ein Anflug von Übelkeit breitete sich in ihm aus. Seine Eingeweide fühlten sich an, als wränge sie jemand aus wie ein nasses Handtuch.

Stöhnend krümmte er sich.

Da bist du ja, sickerte eine ölige Stimme in seinen Geist.

Victor?

Wer sonst?, gab der Finstere lachend zurück. *Hast du gedacht, Gott würde dir helfen? Der schert sich nicht mal um den Papst, warum also sollte ihn ein Sünder und Feigling wie du interessieren?*

»Jed, Mann, ist alles in Ordnung?«, fragte jemand.

Heftig blinzelnd schüttelte er den Kopf.

Du bist schwach. Du hast nicht den nötigen Mumm für einen Shepherd. Deine Inkompetenz wird alle umbringen.

Es passierte wieder, fast genau wie bei der Simulation, die er bei der Grundausbildung so jämmerlich vermasselt hatte. Wie damals führte er sein Team durch die Gärten im Vatikan, wurde von örtlichen Sicherheitskräften festgenagelt und gleichzeitig spirituell angegriffen – nur befand er sich diesmal in einem anderen Hain, hatte mehr Teamkameraden dabei, für die er verantwortlich war, und im Kopf hatte er nicht Ben Morvant, der sich als Victor ausgab, sondern den echten Victor.

Du bist schwach. Du bist machtlos. Du bist ein Trottel ... und Gott hat dich verlassen.

Er spürte, wie das Gewehr seinem Griff entglitt und am Tragegurt vor seiner Brust baumelte.

Raus aus meinem Kopf!, brüllte er in Gedanken, die Handflächen an die Schläfen gepresst.

Instinktiv wollte er sich an Corbin wenden, um Hilfe anzufordern, doch er würgte die Idee sofort ab und kappte die Verbindung zu ihr. Der Fehler war ihm schon einmal unterlaufen. Er würde seine Wächterin nicht erneut in Gefahr bringen. Jed musste sich Victor allein stellen.

Mehrere Explosionen erschütterten den Boden. Jed vermutete, dass sie gerade von der Vatikanpolizei mit Handgranaten beworfen wurden. Er war überzeugt davon, von Körperteilen seiner toten Teamkameraden umgeben zu sein, wenn er die Augen öffnete.

»Variable, hier Alpha Eins – wir haben mehrere Terroristen auf dem Platz!«, berichtete der Teamleiter von Joshua Alpha über den gemeinsamen Funkkanal.

Ganz recht, Jedidiah. Alle werden sterben, und du kannst nichts dagegen unternehmen, höhnte Victor.

»Alpha, Wächterin Eins – ihr habt einen Selbstmordattentäter auf zwei Uhr, 30 Meter von euch entfernt«, berichtete Corbin.

Trotz aller Qualen lächelte Jed. Seine Wächterin war abgelenkt, mit einem anderen Kampf beschäftigt. Er spürte eine Hand auf der Schulter.

»Jed … Jed, geht's dir gut?«, fragte eine Frauenstimme. *Nisha*, dachte er.

»Ich kann nicht …« Er stöhnte, und die eigene Stimme hörte sich weit entfernt an.

»Jed, wir gehen drauf, wenn wir nichts unternehmen«, drängte sie. »Wir müssen das sofort deeskalieren.«

Nimm den einfachen Ausweg und rette dich. Niemand muss es erfahren. Es bleibt unser kleines Geheimnis. Gemordet hast du ja schon, was spielen da ein paar weitere unschuldige Seelen für eine Rolle?

»Victor ist in meinem Kopf«, presste Jed zwischen zusammengebissenen Zähnen hervor. »Ich bin allein gegen ihn und weiß nicht, wie lange ich noch durchhalte …«

»Du bist nicht allein«, widersprach eine andere Stimme in seinem Ohrstöpsel – eine beruhigende, vertraute Stimme voller Selbstsicherheit. »Ich weiß, ich hab dich damals im Keller im Stich gelassen. Da bin ich in eine Schockstarre gefallen. Ich war ein Feigling, hab dich und Rachel allein gegen den Dämon kämpfen lassen. Das werd ich mir nie verzeihen, aber jetzt bin ich hier.«

»David?«, fragte Jed mit brüchiger Stimme und spürte, wie ihm die Kontrolle entglitt. Sein Verstand wurde in einen schwarzen Strudel der Niederlage gesaugt.

Gib nach, und ich beende den Schmerz, Jedidiah. Hör auf zu kämpfen. Finde dich damit ab, wer du wirklich bist, bedrängte ihn Victor.

»Ich habe weder deine Gaben, Jed«, fuhr David fort, »noch deine Ausbildung oder Einsatzerfahrung. Ich kann dir nicht so dabei helfen, Victor abzuwehren, wie Corbin oder Sarah Beth. Aber du sollst wissen, dass ich an dich glaube. Du bist immer der Stärkste von uns gewesen. Du warst immer unser Beschützer. Jetzt ist nicht der richtige Zeitpunkt für Unsicherheit. Nicht der richtige Zeitpunkt für Zweifel. Halte dich an den Heiligen Geist, Jedidiah, er wird dir Licht gewähren.«

Jed klammerte sich an Davids Worten fest wie an einem Rettungsring in einem tobenden Meer, doch Victor reagierte sofort und bohrte sich in ihn. Jed spürte, wie sich sein Körper zusammenzog und seine Eingeweide verkrampften, während Victor in seinem Kopf schrie. So viel Lärm, so viel Chaos, so viel Druck, sich zu ergeben …

»Was soll ich machen?«, rief Jed und umklammerte seinen Kopf.

»Öffne dich einfach«, antwortete David im Brustton der Überzeugung.

Um Victors Angriff zu überleben, musste er verschlossen bleiben, hart und klein – wie eine in ihren Panzer zurückgezogene Schildkröte. David verlangte von ihm das Gegenteil dessen, was jede Faser seines Wesens brüllte. Und doch wusste er tief im Herzen, dass sein Freund recht hatte. Victor wollte, dass er verschlossen, klein und allein blieb. Das Paradoxon war eine Falle, und David hatte sie durchschaut.

Mit gewaltiger Überwindung öffnete Jed erst die rechte Faust …

Dann die linke.

Er atmete tief ein, schüttelte seine Angst ab – und öffnete sich. Er öffnete Geist, Herz und Seele. Nicht für Victor, sondern für den Heiligen Geist.

Gott, hilf mir. Bitte.

Und das Licht fand ihn. Er spürte es und streckte sich danach. Jed ließ es in sich. Eine ruhige Gewissheit strömte in ihn und breitete sich in ihm aus. Seine verkrampft angespannten Muskeln lockerten sich. Das ohrenbetäubende Chaos in seinem Kopf verstummte.

Dann wandte sich Jed der dunklen, bösartigen Präsenz zu, die seinen Verstand umkreiste. *Du hast mir gar nichts zu sagen, Victor. Hau ab.*

Die Dunkelheit knurrte ihm entgegen, bevor das Licht sie auslöschte …

»Jed? Jed, hörst du mich?«, fragte Nisha mit der Hand auf seinem Nacken.

Wie beim Erwachen aus einem Albtraum kehrte zögerlich seine Tiefenwahrnehmung zurück. Als er die Augen aufschlug, stellte er fest, dass er vornübergebeugt kniete. Sein Sturmgewehr lag auf dem Teppich aus Kiefernnadeln am Boden. Er atmete tief ein und hob es auf.

»Jetzt höre ich dich«, sagte er, drehte den Kopf und sah Nisha an.

»Geht's dir wieder gut?«, fragte sie und kauerte sich so tief wie möglich neben ihn.

Er nickte, und alles fügte sich zusammen. Tief in seinem Inneren hatte er bereits zuvor gewusst, was sich um ihn herum abspielte, aber die Unsicherheit hatte es zu Vermutungen verkommen lassen und ihn gelähmt. Der Wachkommandant der Gendarmerie, Cattaneo, war kompromittiert. Das erklärte, warum er nicht auf ihre Anfragen reagierte und sie von Anfang an einen Schritt hinterhergehinkt waren. Alles, was der Mann seit Vincenzos erstem Kontakt mit ihm getan hatte, zielte darauf ab, die Bemühungen der Shepherds zu untergraben. Jeds Öffnung hatte die lähmenden Zweifel und die Unentschlossenheit beseitigt, die ihn schon bei der Simulation gehemmt hatten und nun erneut.

Genug!

Obwohl er sicher war, dass es sich bei den Uniformierten, die sie angriffen, um Verbündete der Finsteren handelte, die für Woland arbeiteten, brauchte er eine Bestätigung, bevor er sich einen Weg aus diesem Schlamassel schießen konnte.

»Was hast du vor?«, fragte Nisha ungläubig, als er aufstand.

»Ich hole mir eine Bestätigung«, erwiderte er mit einem schiefen Grinsen. »Gib mir Deckung.«

»Was? Jed, hast du den Verstand verloren?«

»Nein. Bin gleich zurück«, sagte er und setzte sich nach Norden in Bewegung, um sich dem Feind von der Seite zu nähern.

Zu seiner Überraschung reihte sich Nisha neben ihm ein. Statt sie dafür zu rügen, dass sie ihn bei dem waghalsigen Manöver begleitete, weihte er sie ein.

»Wir müssen einem der Schützen in die Augen sehen«, erklärte er. »Nur so können wir uns Gewissheit verschaffen.«

»Wenn sie leuchten, wissen wir Bescheid«, sagte sie verkniffen.

»Genau«, bestätigte Jed, bevor er Eli anfunkte. »Zwei, hier Eins – verstärkt den Druck und seht zu, dass ihr die Arschlöcher zwingen könnt, sich neue Deckung zu suchen.«

»Verstanden«, antwortete Eli.

Gleich darauf erhöhte sich die Schussfrequenz der Sturmgewehre von der halbmondförmigen Baumgruppe dramatisch, und Jeds Plan ging auf. Mehrere Schützen der Gendarmerie huschten aus ihren Verstecken wie vor einem Taschenlampenstrahl flüchtende Kakerlaken. Einer der Männer verließ ein Gebüsch und steuerte direkt auf sie zu. Jed sah dem Mann in die Augen. Um die Iris herum flackerte die Farbe von Flammen.

Neben ihm spie Nishas Feuer ein 7,62-Millimeter-Projektil aus, das den Soldaten der Finsternis mit einem Kopfschuss fällte, bevor Jed den Finger vom Abzugsbügel lösen konnte.

»Wer zuerst kommt, mahlt zuerst«, sagte sie.

Er warf ihr einen grinsenden Seitenblick zu, bevor er einen Funkspruch absetzte. »Team Bravo, grünes Licht. Die Typen, die es auf uns abgesehen haben, sind bestätigte Feinde. Schaltet sie aus.«

»Verstanden«, meldete Eli für die Gruppe zurück.

Sofort veränderte sich das Muster der Schüsse. Joshua Bravo ging in die Offensive über, wendete schnell das Blatt und beseitigte die letzten drei feindlichen Schützen innerhalb kürzester Zeit. Sobald der letzte Feind gefallen war, befahl Jed dem Team, zum Äthiopischen Kolleg vorzurücken.

Während sie durch die Gärten sprinteten, tobte der Kampf um die Kontrolle über den Petersplatz weiter. Den Konflikt begleitete so hitziger Funkverkehr, dass Jed sein Team Bravo auf eine andere Frequenz legte. Er brauchte zum Vordringen in das Kolleg einen freien Kanal, denn er hielt es für durchaus möglich, dass sie in eine Falle liefen.

Da Jed die taktische Geometrie des Vordereingangs nicht gefiel – ein dreiseitiger Hof ohne Deckung, in dem sie völlig ungeschützt wären, falls Woland Scharfschützen hatte –, entschied er, von hinten in das Gebäude vorzurücken. Zu seiner Überraschung stießen sie auf keinerlei Widerstand. Nach dem Eintritt teilte er das Team in zwei Gruppen auf, um das Kolleg systematisch nach Woland und dem Papst zu durchsuchen. Sie fanden weder den einen noch den anderen. Stattdessen stießen sie auf etliche Leichen sowie eine Handvoll Überlebender, die sich versteckten. Als sie schließlich den Speisesaal im zweiten Stock entdeckten, sank Jeds Mut.

Während er den Blick über das Blutbad wandern ließ, funkte er: »Variable, hier Bravo Eins – Rektor Senai ist genauso tot wie alle anderen, die beim Tee mit dem Papst waren. Der Papst selbst ist verschwunden, vermutlich von Wolands Mannschaft entführt. Weiteres Vorgehen?«

»Verfolgen und Zurückholen«, lautete Bens klare, einfache Anweisung.

»Verstanden«, bestätigte Jed, bevor er bei sich murmelte: »Leichter gesagt als getan.«

»Na, ist das nicht wunderbar?« Johnny warf die Hände hoch. »Während Jed uns im Gebüsch hat rumfurzen lassen, ist Woland mit dem Papst auf und davon. Der Vatikan ist ja nur über 40 Hektar groß. Bestimmt finden wir ihn im Handumdrehen.«

»Halt's Maul, Johnny«, schnauzte Nisha ihn an. »Rumzustänkern hilft niemandem.«

Jed wandte sich an ihren italienischen Kollegen, einen Shepherd namens Franco. »Franco, ich brauch deine Hilfe. Wenn die Finsteren den Papst lebend und unbemerkt rausschaffen wollen, was wäre dafür der schnellste Weg?«

Franco rieb sich kurz das Kinn, bevor er meinte: »Es gibt einen unterirdischen Eisenbahntunnel – wir sind auf dem Weg vom Brunnen hierher direkt darüber hinweggerannt. Er wird nicht mehr benutzt, aber man kann über ihn raus.«

Jed nickte und schloss die Augen.

»Was hast du vor?«, fragte Franco.

»Ich überprüfe das«, erwiderte Jed, entsandte den Geist und suchte nach dem unsichtbaren Faden, der zu Nick Woland führte. Es mochte ein Strohhalm sein, aber wenn er sich ausreichend konzentrierte und etwas Glück hatte …

Hab ich dich, dachte er überrascht, als er Wolands Strang nur wenige Augenblicke später entdeckte.

Wie sich herausstellte, musste er sich nur auf den konzentrieren, der mit der stärksten Wut vibrierte. Er holte tief Luft und raste den Strang entlang, wie Sarah Beth es ihm beigebracht hatte, bis er auf den ehemaligen Shepherd stieß. Dann schwebte er in der Nähe der dunklen Leere und überlegte, ob vernünftig war, was er vorhatte.

Tu's einfach, blaffte sein innerer SEAL.

Und Jed tauchte Hals über Kopf in Wolands Geist ein.

»Das ist nicht der Eisenbahntunnel«, sagte er laut, aber mit geschlossenen Augen. »Hier sind keine Gleise. Es ist irgendein anderer Tunnel. Sieht nach Katakomben aus.«

»Dann sind sie in den Templertunneln«, erläuterte Franco. »Das ist ein Netzwerk von Stollen, die man vor über 1000 Jahren unter dem Vatikan angelegt und im Verlauf der Jahrhunderte erweitert hat. Ein noch besserer, geheimerer Weg, um die Vatikanstadt zu verlassen. Der Zug hat nur eine Ausfahrt, die Templertunnel hingegen haben mehrere Ausgänge und bieten zahlreiche Verstecke. Beschreib mir genau, was du siehst, Jedidiah.«

Jed blickte durch Wolands Augen, wartete auf irgendetwas Bezeichnendes.

»Ich sehe eine Verzweigung. Dort steht ein Zierstuhl an der Wand. Alt, vergoldetes Holz, oben an der Rückenlehne irgendein goldenes Siegel. Sagt dir das was, Franco?«

»Ich weiß, wo das ist«, erwiderte der Italiener mit angespannter Erregung in der Stimme.

Abrupt zog sich Jed in sich selbst zurück. Er schlug die Augen auf und sah Franco an. »Kannst du uns hinführen?«

»Ich war zwar erst ein Mal in den Tunneln, aber ich versuche es. Der nächstgelegene Zugangspunkt ist unter dem Governatoratspalast, nicht weit von hier«, sagte Franco. »Wahrscheinlich sind sie auch dort reingegangen.«

»Alles klar.« Jed brachte das Gewehr in Anschlag. »Holen wir den Papst zurück und machen wir Nicholas Woland ein für alle Mal fertig.«

39

TUNNEL UNTER DER VATIKANSTADT

Manche Geheimnisse sind einfacher zu bewahren als andere, dachte Woland, während er sein Exfiltrationsteam und den Papst durch die Tunnel führte. Die ganze Welt wusste von der uralten Nekropole, die man in den 1940er-Jahren unter dem Petersdom entdeckt hatte und die angeblich die Überreste des berühmten Jüngers enthielt. Außerdem gab es im Vatikanischen Palast einen geheimen Tunnel zum Passetto di Borgo – ein 800 Meter langer Fluchtweg zwischen der Ostmauer des Vatikans und der Engelsburg. Aber das wahre architektonische Wunder, unterirdische Katakomben samt Tunnelsystem, die sich überallhin unter der Vatikanstadt verzweigten, blieb ein streng gehütetes Geheimnis.

Eines von Gottes kleinen Wundern …

Mit Betonung auf »klein«, denn was anderes kriegt Gott nicht hin.

»Ich muss mich ausruhen«, verkündete der Papst und setzte sich auf einen Zierstuhl an der Steinmauer der y-förmigen Verzweigung vor ihnen.

Woland funkelte den Mann an. Sobald sie unter der Erde gewesen waren, hatte er den Papst auf die Beine stellen und aus eigener heiliger Kraft gehen lassen. Woland hatte die taktischen Prioritäten abgewogen und entschieden, dass zwei zusätzliche schussbereite Gewehre wichtiger waren, als schneller voranzukommen. Das galt nach wie vor, solange sie nicht anhielten.

Aber das wusste der Papst nicht.

»Tragt ihn«, befahl Woland seinen Männern, während er die Gelegenheit nutzte, um einen Blick auf die handgezeichnete Karte zu werfen, mit der er sich orientierte.

»Nein, das ist nicht nötig. Ich brauche nur einen Moment zum Verschnaufen«, sagte der Papst und winkte ab.

»Der Moment ist vorbei«, entgegnete Woland, der sich mittlerweile vergewissert hatte, dass sie an dieser Verzweigung nach rechts mussten.

Der Papst nickte zwar, hob jedoch nicht den heiligen Hintern vom Stuhl.

In Woland flammte Wut über die heimtückische Verzögerungstaktik des Mannes auf. Der Papst schwitzte weder, noch war er außer Atem. Der alte Knacker war eindeutig fitter, als er vorgab. Die kleine Ruhepause stellte lediglich einen hinterhältigen Versuch dar, sie zu verlangsamen, damit die Shepherds aufholen konnten. Der Kontakt zu Rocco war fast sofort nach Betreten des unterirdischen Labyrinths abgebrochen, was nicht unerwartet kam. Ohne Signalverstärker war selbst die beste Funkausrüstung der Welt fünf Meter Granit und Erdreich nicht gewachsen. Und obwohl Woland keinen Bericht darüber erhalten hatte, wusste er, dass Roccos Team tot war.

Ebenso wusste er, dass dieser neue Shepherd namens Jedidiah Johnson das ihn verfolgende Team anführte. Victor hatte ihn ausdrücklich gewarnt, sich nicht mit dem Mann anzulegen – völlig untypisch für den menschlichen Vertreter Satans.

Falls Victor überhaupt ein Mensch ist …

So ungern Woland es zugab, der Befehl war ihm unter die Haut gegangen. Nicht weil er sich vor Johnson fürchtete – er fürchtete keinen Menschen, auch nicht Morvant –, sondern weil er sich sorgte, Victors Warnung könnte einer Prophezeiung entstammen. Hatte er Wolands Tod vorhergesehen? Victor hatte Johnson als Wunderknaben der Shepherds bezeichnet. War der ehemalige SEAL wirklich so gut? Konnte Woland nur gegen Johnson gewinnen, indem er nicht gegen ihn kämpfte?

Zur Hölle mit dem Schicksal, dachte er.

»Aufstehen«, befahl Woland knurrend, packte den Papst grob am Oberarm und zerrte ihn mit einem Ruck auf die Beine. »Die Pause ist vorbei.«

Der Papst bedachte ihn mit einem gelassenen, um Verzeihung bittenden Lächeln und wollte sich in den falschen Tunnel in Bewegung setzen.

Woland hielt ihn davon ab und stieß ihn in den rechten Tunnel. »Wir gehen *hier* lang.«

»Entschuldigung«, sagte der Mann Gottes. »Ich kenne mich in diesen Tunneln nicht aus.«

Natürlich nicht, dachte Woland, hob das Gewehr an und richtete es auf den Rücken des Pontifex. Er stellte sich vor, den Abzug zu drücken und die Scharade an Ort und Stelle zu beenden. Das wäre so viel einfacher. Aber ein Aufflammen von Hitze in seiner Brust hielt ihn davon ab – die Erinnerung seines Meisters an den Preis für Ungehorsam. Victor hatte mit dem Papst noch Großes vor – einen Plan, der die Welt entsetzen und eine neue Ära des Chaos, des Hasses und religiös motivierter Kriege einläuten würde. Kreuzritter der Neuzeit gegen den weltweiten Dschihad – 2,4 Milliarden Christen, die 1,9 Milliarden Muslime auslöschen wollten, und umgekehrt.

Oh, was für ein herrliches Chaos …

Widerwillig ließ Woland die Waffe sinken und übernahm die Spitze ihres Trosses, während sie in nördlicher Richtung unter den Vatikanmuseen hindurchgingen. Für ungezügeltes Töten würde noch genug Zeit sein – und wenn es so weit wäre, würde er, Nicholas Woland, der Welt endlich zeigen, wozu er fähig war.

Nach etwa 30 Metern in dem Tunnel ließen Woland die Geräusche widerhallender Schritte vor ihnen abrupt innehalten. Sofort sank er auf ein Knie, hob die Faust und zielte mit der Pistole in den düsteren Korridor. Der Taktiker in ihm malte sich zwei mögliche Szenarien aus. Im ersten hätten die Shepherds seinen Fluchtplan erahnt und ein zweites Team geschickt, was bedeutete, dass er eingekesselt wäre. In dem Fall wäre das Spiel vorbei. Im zweiten näherte sich sein eigenes Exfiltrationsteam. Dann würde er gleich vier weitere Schützen als Verstärkung haben.

»Nicht schießen«, sagte er über die Schulter zu den beiden Kämpfern, die den Papst flankierten.

Die Schritte vor ihnen verstummten.

Wer auch immer sich näherte, hatte außer Sichtweite angehalten, zweifellos mit Waffen im Anschlag. Beide Gruppen befanden sich in einer heiklen, gefährlichen Pattsituation, bis gegenseitig bestätigt wäre, um wen es sich handelte. Statt einer Losung, um Freund von Feind zu unterscheiden, verfügten die Finsteren über eine simplere, narrensichere Methode. Woland beschwor die Bestie in sich herauf, schürte ein Feuer aus Wut und Hass, bis er ein vertrautes Brennen hinter den Augen spürte und ein pulsierender roter Lichtkranz am Rand seines Sichtfelds erschien.

Zwei gelblich leuchtende Augen in der Dunkelheit blitzten ihm als Antwort entgegen.

»Weiter«, sagte Woland, richtete sich auf und zeigte nach vorn.

Das Verstärkungsteam wartete nicht auf ihn, sondern eilte ihm entgegen.

»Was ist los?«, fragte Woland an den Anführer der Exfiltrationseinheit gewandt, einen Koloss von einem Mann namens Lucius. »Ihr hättet am Ausgang auf uns warten sollen.«

»Der Ausgang ist kompromittiert«, antwortete Lucius. »Die Carabinieri sind da. Ich glaube, sie sichern gerade die Umgebung.«

»Glauben Sie es oder wissen Sie es?«, fragte Woland barsch.

»Ich habe drei Streifenwagen gezählt, und überall heulen Sirenen.«

Die Bestie in Woland loderte vor Wut, und er verspürte den Drang, unbesonnen und wild um sich schießend hinauszustürmen. Aber er unterdrückte den Impuls und zwang sich, strategisch zu denken. Er holte die Karte heraus und suchte den Tunnel, der zu einem alternativen Ausgang führte. Ursprünglich hatte er ihn für riskanter gehalten, da er in den Weinkeller eines Hotels mündete und einen Marsch durch die Lobby zu einem Fahrzeug erforderte, doch nun könnte das sogar von Vorteil für sie sein.

In seinem Kopf bildete sich ein Plan.

»Okay, wir machen Folgendes«, wandte er sich an die Gruppe. »Lucius, Sie und der Papst kommen mit mir. Wir gehen zurück zu dem anderen Tunnel und versuchen es beim alternativen Ausgang. Der Rest von euch sucht sich hier Deckung und veranstaltet Lärm, um die Shepherds in diesem Tunnel in einen Hinterhalt zu locken. Sobald ihr sie erledigt habt, kommt ihr im Laufschritt zum anderen Tunnel und folgt uns nach draußen. Wenn der Ausgang machbar ist, wissen wir es bis dahin.«

Lucius nickte. Dabei verzogen sich seine Mundwinkel fast unmerklich nach oben, weil er verstand, was unausgesprochen blieb. Nur eine Handvoll Auserwählter würde es lebend aus dem Labyrinth schaffen, und dafür brauchten sie Märtyrer.

Woland packte den Papst knapp über dem Ellbogen und zerrte den Mann Gottes in stolperndem Laufschritt hinter sich her, als er und Lucius den Rückweg antraten. Im Augenblick hatte er die Zeit nicht auf seiner Seite. Die einzige Hoffnung bestand darin, die Verzweigung zu erreichen und in den anderen Tunnel zu verschwinden, bevor das Team der Shepherds dort einträfe und ihnen den Weg abschnitte.

40

KELLER DES GOVERNATORATSPALASTS

Jed klappte seine Nachtsichtbrille runter, als er durch die uralt aussehende Eisentür trat und die abgenutzten Steinstufen in die Dunkelheit hinunterstieg. Sofort nahm er die Welt grünstichig und grau wahr – Eli sicherte die linke Seite, Jed übernahm automatisch die rechte. Am Fuß der Treppe hielten sie an, überprüften ihre jeweiligen Sektoren und sanken dann auf ein Knie, während Grayson und Bex vorrückten und den Bereich in der Mitte sicherten. Prompt richtete sich Jed wieder auf, und sie rückten in einer Rautenformation durch den alten Korridor vor.

Sie bewegten sich schnell, prüften wortlos und mit fließenden, synchronen, aufeinander abgestimmten Bewegungen ihre Sektoren und Winkel. Der Teil seines Verstands, der nicht mit seinen Aufgaben als Komponente ihrer achtteiligen Vernichtungsmaschine beschäftigt war, staunte über die Handwerkskunst des Tunnels. Die übereinandergestapelten Steine erwiesen sich als makellos gehauen, die Fugen als gleichmäßig. Das Mauerwerk fügte sich glatt und perfekt zwischen die Steinbogen in Abständen von etwa fünf Metern. Sogar als Bauwerk moderner Zeiten wäre der Tunnel unter dem Vatikan bemerkenswert gewesen. Dass man ihn vor 1000 Jahren so geschaffen hatte, kam praktisch einem Wunder gleich.

»Bravo Eins, hier Variable, Verbindungstest«, ertönte Bens Stimme in Jeds Ohr. Das Signal drang nur abgehackt durch.

»Variable, empfange dich unterbrochen. Ohne Repeater wird die Verbindung wohl jeden Moment abreißen«, flüsterte Jed unterwegs ins Mikro vor seinem Mund. Was ihn bei der Menge an Stein und Mörtel über ihm nicht überraschte.

Wie gut verstehst du mich, Bravo Eins?, ertönte Corbins Stimme kristallklar in seinen Gedanken und beruhigte ihn.

Perfekt, Wächterin. Schön, dich im Kopf zu haben.

Er spürte, dass sie lächelte.

Sie gelangten zu einer Verzweigung und sicherten die Tunnelarme automatisch wie das eingespielte Einsatzteam, zu dem sie geworden waren. Mittlerweile nahm Jed schwaches Licht in den Tunneln wahr. Er vermutete, dass es von bewegungsaktivierten batteriebetriebenen, in regelmäßigen Abständen an den Steinwänden angebrachten Lampen ausging. Jed klappte die Nachtsichtbrille auf den Helm hoch und sank auf der linken Seite der Trennwand auf ein Knie, bis Grayson in seinem Headset »Gesichert!« meldete, dann richtete er sich wieder auf.

Wir müssen schneller machen.

Jed zeigte vorwärts, übernahm die Führung und beschleunigte die Schritte durch den Tunnel. In gleichmäßigen Abständen angebrachte gelbliche Notleuchten schalteten sich nacheinander ein und erhellten den Weg, sobald sie in deren Erkennungsradius gelangten. Nach 50 Metern ließ Jed abrupt alle anhalten und sank auf ein Knie.

»Siehst du was?«, flüsterte Eli und kniete sich neben ihn.

»Ja. Weiter vorn sind die Lichter noch an«, gab Jed leise zurück. »Sie müssen bewegungsaktiviert sein und sich nach einer voreingestellten Dauer automatisch abschalten.«

»Das bedeutet, Woland war hier und wir holen auf.«

»Ja, aber wir haben ein Problem«, erwiderte Jed, den Blick auf die Y-förmige Verzweigung vor ihnen gerichtet. Dort erkannte er den antiken Stuhl mit dem goldenen Siegel, den er durch Wolands Augen gesehen hatte, als er kurzzeitig in den Geist des ehemaligen Shepherds eingedrungen war.

»Und welches?«, fragte Eli.

»Beide Tunnelarme sind beleuchtet …«

»Oh, richtig.« Eli stieß neben ihm die Luft zwischen geschürzten Lippen aus. »Meinst du, Woland hat sein Team aufgeteilt, um uns zu verwirren?«

Jed zuckte mit den Schultern. »Vielleicht. Oder er hat einen Mann den anderen Tunnel entlanggeschickt, damit wir uns entscheiden müssen.«

»Wir könnten unser Team aufteilen«, schlug Eli vor. »Vier von uns nach links, vier nach rechts.«

»Ich weiß nicht recht«, gab Jed zurück und kaute auf der Innenseite der Wange. »Ich würde lieber zusammenbleiben und den richtigen Weg wählen.«

»Schon klar, aber die Uhr tickt.«

»Lass mich bei Wächterin Eins nachfragen«, sagte Jed und entsandte den Geist zu Corbin, die jedoch nicht reagierte.

Seltsam …

»Ich erreiche sie nicht«, sagte er und sah Eli an.

»Variable, Bravo Zwei – hörst du mich?«, versuchte es Eli über Funk bei Ben. Als keine Antwort kam, fügte er hinzu: »Keine Verbindung.«

Jed nickte. »Sieht so aus, als wären wir auf uns allein gestellt.«

»Was sagt dir dein Bauchgefühl?«

Jed wollte gerade antworten, als aus dem rechten Tunnelarm ein Hilferuf ertönte, gefolgt von wütenden Stimmen. Er warf Eli einen Blick zu und meinte grinsend: »Mein Bauchgefühl sagt rechts.«

»Meins auch«, erwiderte der Veteran und nahm geduckte Kampfhaltung ein.

Jed deutete nach rechts vorn, und das Team rückte als Einheit vor.

Als sie die Verzweigung erreichten, wandte er sich an Nisha. »Bleib hier und gib uns Rückendeckung«, sagte Jed. Er hielt es für klug, eine Scharfschützin in Position zu belassen, falls Woland irgendwelche Tricks im Ärmel hatte.

»Verstanden«, bestätigte sie und sank an der Tunnelwand auf ein Knie, der Schnittstelle der drei Gänge zugewandt.

Mit brennenden Oberschenkeln rückte Jed in geduckter Kampfhaltung dicht an der linken Wand entlang weiter vor. Rechts tat es ihm Eli wie ein Spiegelbild gleich. Nach 15 Metern ertönte ohrenbetäubendes Gewehrfeuer, das die Steinwände widerhallend verstärkten. Mündungsblitze zeichneten sich in dem schwach erhellten Gang vor ihnen ab, Leuchtspurgeschosse zischten durch den Tunnel.

»Feindkontakt!«, rief Grayson von hinten, obwohl es natürlich längst alle Mitglieder von Team Joshua Bravo wussten.

Durch die Tunnelgeometrie und das völlige Fehlen von Deckung war das Feuergefecht ein Albtraum. Es war, als befände man sich vollkommen ungeschützt im Zielbereich eines Schießstands.

»Feuererwiderung!«, brüllte Johnny und entfesselte sein MCX.

Jed konnte den Drang nachvollziehen, da ihre einzige Verteidigung in einer guten Offensive bestand. Das Problem dabei war, dass sich irgendwo dort unten der Papst befand.

»Zurück, zurück, zurück!«, brüllte Jed, während er sich rückwärtsbewegte. »Und nicht schießen. Wir dürfen nicht riskieren, den Papst zu treffen.«

»Bist du irre?«, rief Johnny und sank bäuchlings zu Boden. »Du bringst uns noch alle um.«

Beklommenheit überkam Jed.

»Zielt hoch«, kam es von Grayson. »Wir brauchen Unterstützungsfeuer, aber Eins hat recht, wir dürfen nicht den Papst treffen.«

»Jed, wir gehen hier alle drauf, wenn du keine Bestätigung kriegst«, brüllte Eli, während Leuchtspurgeschosse an ihnen vorbeischwirrten. »Wir haben keine Funkverbindung zu Variable. Es liegt an dir und Wächterin Eins. Nutz deine Gaben – jetzt oder nie.«

Jed sank neben Eli, schloss trotz des Chaos um ihn herum die Augen und entsandte den Geist zu Corbin. *Wächterin, wir brauchen dich!*

Der Papst ist nicht bei diesen Männern, sagte Corbin.

Bist du sicher?

Ziemlich sicher, antwortete sie. *Ben denkt, dass Woland mit ihm in den anderen Tunnel gegangen ist. Die Truppe ist ein Ablenkungsmanöver und sollte euch in einen Hinterhalt locken. Ich hab versucht, dich zu erreichen, aber irgendwas hat mich blockiert. Ben und ich mussten zusammenarbeiten, um dich aufzuspüren.*

»Grünes Licht!«, rief Jed, der alles gehört hatte, was er brauchte. »Feuererwiderung.«

Die Shepherds schossen mit synchronen, ohrenbetäubenden Salven zurück, die ihre Angreifer in Bedrängnis brachten.

Ist Ben gerade bei dir?, wandte sich Jed an Corbin und schaute über die Schulter zurück zu Nisha, die nach wie vor ihre Stellung hielt.

Nein, er hat die Einsatzzentrale verlassen.

Wo ist er hin?

Wollte er mir nicht sagen. Er hat gemeint, es gebe da etwas, das nur er tun könne.

»Er ist hinter Woland her«, murmelte Jed und drehte sich Eli zu. »Übernehmt das Kommando über Bravo. Schaltet diese Typen aus.«

»Wo willst du hin?«, fragte Eli, wirkte dabei aber vertrauensvoll.

»Ich nehme Nisha mit. Wir suchen im anderen Tunnel. Wächterin Eins glaubt, dass Woland den Papst hat und sich mit ihm davonstehlen will. Die Typen da hat er als Killerkommando zurückgelassen, um uns zu erledigen.«

Bevor Eli irgendwelche Einwände erheben konnte, sprang Jed auf und sprintete zu Nisha, die ihnen nach wie vor pflichtbewusst den Rücken deckte.

»Los«, rief er ihr zu und bedeutete ihr, ihm zu folgen. »Du kommst mit mir.«

41

VATIKANISCHE TUNNEL, NORDRICHTUNG

Wolands Gedanken glichen einem Kriegsgebiet, in dem ein erbitterter Kampf zwischen Pflichterfüllung und Selbsterhaltungstrieb tobte. Als einem Elitesoldaten hatte man ihm das Mantra *Mission vor Mann* eingebläut. Sowohl die Armee als auch die Shepherds hatten ihn in einer Gehirnwäsche zu dem Glauben unterzogen, es sei das Hehrste und Edelste, worauf ein Krieger hoffen konnte, in Erfüllung seiner Aufgabe das Leben zu opfern – unabhängig davon, wie bescheuert die Aufgabe sein mochte. Was natürlich grenzdebil und absurd war. Seit er sich den Finsteren angeschlossen hatte, lebte er nach der umgekehrten Prämisse. *Mann vor Mission.*

Nun jedoch, gefangen unter der heiligen Stadt, umgeben von Feinden mit wenig Hoffnung auf Missionserfolg oder Überleben, fragte er sich, was seine Herren von ihm erwarteten. Mit welchem Ergebnis wäre Victor am zufriedensten? Welches Ergebnis wäre den langfristigen Plänen des Fürsten der Finsternis am dienlichsten? Was wäre nützlicher – den Papst lebendig abzuliefern oder dass Woland überlebte und weiter für Victor kämpfen konnte? Bestimmt erwartete man von ihm nicht, umsonst zu sterben. Es gab Märtyrer und es gab *Märtyrer*. Woland wollte beides nicht werden. Was er mit dieser Operation erreicht hatte, ob er den Papst lebend ablieferte oder im

Namen Allahs in den Tunneln hinrichtete, es würde dem gewünschten Ziel dienen. Angst, Wut, Hass und Rassismus würden angesichts der Entführung und Ermordung des Papstes aufflammen, den Kreislauf religiöser Gewalt über Jahrzehnte aufrechterhalten und den Glauben von Millionen zerstören. Unabhängig von den Details würde das Ergebnis den größten Triumph der Finsteren seit einem Jahrtausend darstellen.

Ich muss mit Sicherheit nicht draufgehen, um ein Held zu werden.

Hinter ihm in den Tunneln brachen Schüsse los, was seine Befürchtung bestätigte, dass die Shepherd-Einheit unter Jedidiah Johnson den Angriff von Roccos Truppe überlebt hatte. Beim zweiten Hinterhalt, den er für sie hinterlassen hatte, würde sich das als schwieriger erweisen. Aber was, falls Johnson es trotzdem schaffte? Wieder kam ihm Victors Warnung in den Sinn. In Wolands Hirn setzte sich der paranoide Gedanke fest, der Teufel höchstpersönlich könnte seinen Tod vorhergesehen haben. Dann brach einer Sturzwelle gleich eine Emotion über ihn herein, die er seit Jahren nicht mehr empfunden hatte – Panik.

Er musste um jeden Preis raus.

Die Bestie in ihm regte sich. Er spürte, wie sie an die Oberfläche drängte und die Kontrolle an sich reißen wollte. Sie wollte jagen, kämpfen, töten. Sein Blick schnellte zum Papst, dem Lucius silbriges Klebeband über den Mund gepappt hatte.

Er hielt an und stand kerzengerade da, den Kopf nach oben geneigt.

Irgendetwas stimmte nicht. Plötzlich setzte das überwältigende Gefühl ein, beobachtet zu werden. Woland spähte verkniffen in die Dunkelheit vor sich und suchte sie mit den Augen der Bestie nach Bedrohungen ab.

»Was ist los?«, flüsterte Lucius.

Er hob die Hand, um den Idioten zum Schweigen zu bringen.

Woland wurde nicht von außen beobachtet. Sondern von innen!

Das ist Morvant ... Er muss es sein.

Woland schloss fest die Augen, um Morvant keine visuellen Hinweise zu liefern.

Hinter ihnen tobte mittlerweile ein vollwertiges Feuergefecht.

Woland setzte die Macht der Bestie in ihm ein, drängte Morvant mit einem brutalen Stoß aus sich und verschloss seinen Geist wie einen Tresor. Als sich die Präsenz zurückzog, öffnete er die Lider und sah in Lucius' gelbliche Augen.

»Was haben Sie gesehen?«, fragte der Mann mit kehlig knurrendem Unterton.

»Ich werde gejagt«, antwortete Woland. »Bleiben Sie hier. Ich muss den Ausgang überprüfen.«

»Auf keinen Fall. Kommt nicht in die Tüte, dass Sie mich hier unten im Stich lassen.«

»Wenn der Ausgang kompromittiert ist und uns der Befehlshaber der Shepherds dort mit einer Truppe seiner Schützen erwartet, ist das alles umsonst.«

Woland ließ den Blick über die Tunnelwände wandern. Zehn Meter weiter auf der rechten Seite entdeckte er eine Nische zwischen verrosteten schmiedeeisernen Streben, die fast 500 Jahre überdauert hatten.

»Warten Sie dadrin auf mich«, befahl er. »Wenn ich in 15 Minuten nicht zurück bin, legen Sie den Papst um und bringen sich in Sicherheit.«

Lucius grinste. Der Vorschlag schien ihm zu gefallen. »Geht klar.«

Woland nickte dem anderen Dämonenkrieger zu und lief den Korridor entlang los. Unterwegs zertrümmerte er die bewegungsaktivierten Leuchten und tauchte den Tunnel in völlige Finsternis. Ungeachtet seiner Worte hatte er nicht die Absicht zurückzukommen. Er schaute über die Schulter zu dem Hünen von einem Mann, der pflichtbewusst im Tunnel blieb und dessen rot leuchtende Augen Wolands Weg in die Dunkelheit folgten.

Er lächelte.

Wenn du mich willst, Morvant ... musst du erst an dem Ungetüm vorbei.

42

Jed bremste ab, sank auf ein Knie, drückte die rechte Schulter an die Tunnelwand und spähte über sein Gewehr hinweg.

In seinem Kopf ging es für den Kampfeinsatz entschieden zu laut zu. Er musste sich erden. Als SEAL war ihm so etwas selten passiert. Als Shepherd hingegen schien er sein persönliches Gepäck bei jedem Einsatz mitzuschleppen. Er konnte fühlen, wie die unsichtbaren Fäden all der Menschen, die in den vergangenen Monaten eine wichtige Rolle in seinem Leben gespielt hatten, an ihm zogen – Sarah Beth, Corbin, Ben, David, Rachel, Eli, Nisha, Maria. Als natürlicher Einzelgänger war es eine völlig neue Erfahrung für ihn. Einem Zug der SEAL-Teams anzugehören war eine Sache, das jedoch war so *intim.*

Heftig blinzelnd absolvierte er mehrere Runden seiner Viertaktatmung, um sich zu zentrieren und den Lärm auszusperren.

Einatmen, halten, ausatmen, halten …

Nisha sank neben ihm auf ein Knie, und er spürte ihre Hand auf der Schulter.

»Alles in Ordnung?«, flüsterte sie.

»Ja, ich wappne mich nur dafür, was uns erwartet«, erwiderte er, drehte den Kopf und sah sie an.

Sie verlagerte den Blick von seinem Gesicht den Tunnel entlang. »Da unten sind die Lichter aus. Entweder ist der Timer abgelaufen oder es ist ’ne Falle.«

»Wenn's der Timer wäre, hätten die Lichter hier vorn im Tunnel zuerst ausgehen müssen«, gab Jed zurück.

»Stimmt. Wir müssen uns vorsehen.«

»Willst du die linke oder die rechte Wand?«

»Die rechte«, erwiderte sie und klappte die Nachtsichtbrille herunter. »Gehen wir den Papst retten.«

Jed nickte, setzte ebenfalls die Nachtsichtbrille auf und zeigte vorwärts. Gleich darauf rückten sie in spiegelbildlicher Kampfhaltung den Tunnel entlang vor und spähten mit wachsamen Blicken über die Gewehre hinweg. Als die letzten noch schimmernden Notleuchten hinter ihnen zurückblieben, sank das Umgebungslicht in dem unterirdischen Korridor nach und nach auf null. Im Standardmodus funktionierten Nachtsichtbrillen, indem sie Restlicht verstärkten. Dafür benötigten sie eine Mindestlichtmenge. Die Auflösung schwand rasant. Seine Sicht bestand zunehmend nur noch aus körnigem grüngrauen Bildrauschen.

Als er die Hand ausstreckte, um in den Infrarotmodus zu wechseln, sah er im Korridor feurige Augen aufblitzen. Er hörte kehliges Gebrüll. Dann schrie Nisha gellend auf, und es folgte ein Laut, als wäre ein 50-Pfund-Sack Zement zu Boden geplumpst. Jed riss das Gewehr hoch und schwenkte es dorthin, wo er die leuchtenden Augen gesehen hatte. Bevor er ein Ziel fand, wurde er von etwas getroffen, das sich wie ein Ford F-150 anfühlte. Er flog rückwärts durch die Luft. Statt auf dem Boden aufzuschlagen, knallte er gegen die Tunnelwand. Sein Rücken traf zuerst auf, gefolgt vom Schädel, der gegen den Stein geschleudert wurde. Sein Kevlar-Helm bewahrte seinen Kopf davor, wie eine Melone aufzuplatzen, aber ein Gewirr weißer Sternchen wirbelte durch sein Sichtfeld.

Ducken!, brüllte Corbin in Jeds Gedanken.

Sofort reagierte er auf die Warnung, und die Faust seines Angreifers drosch in die Steinmauer über ihm. Er nutzte den Moment, stieß sich mit den Beinen nach oben ab und rammte die linke Schulter gegen die Brust des Kriegers der Finsternis. Er warf sich ihm wie bei einem Tackling entgegen, brachte die volle Masse seines schweren Körpers zum Einsatz und landete auf seinem Gegner, als sie beide auf den Steinboden stürzten. Der Mann grunzte beim Aufprall, und Jed hörte, wie es unter ihm knirschte. Bei der Landung verrutschte Jeds Nachtsichtbrille, doch er hatte keine Zeit, daran herumzuhantieren. Er richtete sich auf und begann, mit den Fäusten auf die Kreatur unter ihm einzudreschen. In der pechschwarzen Finsternis konnte er nur die leuchtenden Augen sehen, also zielte er darauf.

Er landete Treffer um Treffer mit brutaler Wucht. Dank der TPR-Knöchelschoner seiner Mechanix-Einsatzhandschuhe konnte er hemmungslos zuschlagen. Als das Leuchten der Augen trüber wurde, schmeckte Jed bereits den Sieg. Plötzlich jedoch flammte es zornig wieder auf, und er spürte, wie sein Körper schwerelos wurde, als das Ungetüm unter ihm ihn wie eine Stoffpuppe quer durch den Tunnel schleuderte. Er prallte mit dem Rücken voraus gegen die Wand an der anderen Seite, so heftig, dass es ihm den Atem verschlug. Während er an den Granitblöcken entlang zu Boden rutschte und nach Luft schnappte, rückte er die Nachtsichtbrille zurecht und schaltete in den Infrarotmodus.

In der körnigen grünlich-grauen Ansicht beobachtete er, wie sein Gegner aufstand. Der Krieger war kein gewöhnlicher Mann, sondern ein Koloss – noch größer, breiter und schwerer als Jed selbst. Er hatte angenommen, dass er gegen Nicholas Woland kämpfte, stellte jedoch fest, dass dem nicht so war. Diesen Gegner kannte er nicht. Der Dämonensoldat spuckte Blut auf den Boden, wischte sich mit dem Handrücken den Mund ab und stimmte ein irres, bösartiges Lachen an. Jed griff nach dem Gewehr, das am Tragegurt an ihm baumelte, aber der Mann erreichte ihn, bevor er die Mündung nach oben richten konnte. Der Krieger der Finsternis packte das Gewehr am Vorderschaft, wand es Jed aus den Händen, riss es vom Riemen und schleuderte es in den Korridor. Ein gestiefelter Fuß raste direkt auf Jeds Gesicht zu, doch er wich nach links aus und kroch auf Händen und Knien weg, um Abstand zu gewinnen. Allerdings nicht schnell genug. Der nächste Tritt des Mannes traf Jed in die Körpermitte. Grunzend verdaute er die Explosion der Schmerzen, während sein Unterbewusstsein auf der Grundlage jahrelangen Nahkampftrainings bereits seine nächste Bewegung berechnete. Der Folgetritt raste mit blindwütiger Geschwindigkeit heran, aber Jed wirbelte weg, und der Stiefel streifte nur seine Hüfte. Damit verschaffte er sich kostbare Sekunden, um auf die Beine zu kommen und gegen seinen Feind in Stellung zu gehen.

Jed musterte den Hünen und suchte nach verwertbaren Schwachstellen. Während er selbst volle Einsatzmontur trug – Helm, Pistole, Bowiemesser, Plattenträger, Einsatzhandschuhe –, war sein Gegner wie ein Beamter der Vatikanpolizei gekleidet. Auf dem Papier hatte der Finstere keine Chance.

Auf dem Papier … hätte ich schon gewinnen müssen.

»Ich zerlege dich in deine Einzelteile, Shepherd, Stück für Stück«, drohte der Dämonensoldat knurrend. In dem dunklen Tunnel glichen seine Augen rot glühenden Kohlen.

»Dann mal los«, gab Jed zurück und nahm Nahkampfhaltung ein.

Und es ging los …

Das Ungeheuer von einem Mann stürmte schnell und mit einer Wildheit an, die Jed überraschte. Ihm blieb keine Zeit, die Pistole zu ziehen, bevor der dunkle Krieger über ihn herfiel. Der Kampf lief rasant ab, wurde nicht von bewusstem Denken gesteuert, sondern von Training, Muskelgedächtnis und Gefechtserfahrung.

Abwehr, Ellbogen, Knie, Abwehr, Schlag …

Bereits nach wenigen Sekunden befand sich Jed im Rückwärtsgang. Ducken und Ausweichen erwiesen sich als schier unmöglich. Der Mann glich einem Zyklon aus Fäusten, Füßen, Ellbogen und Knien – eindeutig ein ausgebildeter Elitesoldat, verstärkt durch den Dämon in ihm. Jed konnte nur bestmöglich die Unterarme hochhalten, um Gesicht und Hals zu schützen. Die Schläge prasselten mit der Geschwindigkeit und Intensität von halbautomatischem Gewehrfeuer auf ihn ein. Schmerzen flammten in seinen Unterarmen, Rippen, Oberschenkeln und Schienbeinen auf, während er von oben bis unten Treffer einsteckte. Dazwischen bemühte er sich, Lücken zu nutzen und eigene Hiebe anzubringen, doch das Unterfangen ähnelte dem Versuch, den Wind zu schlagen.

Als Jed allmählich ermüdete, traf der Krieger der Finsternis immer kritischere Stellen. Er spürte, wie seine rechte Braue aufplatzte und warmes Blut neben dem Augenwinkel herablief. Schmerzen detonierten in seinem Unterleib, als ein Tiefschlag unter seiner Körperpanzerung landete. Ein Brennen breitete sich durch Jeds Eingeweide aus und Angst flutete sein Bewusstsein. Er war unterlegen und schien zu verlieren …

Konzentrier dich!, blaffte der SEAL in seinem Kopf. *Synchronisieren und verlangsamen …*

Wie viele Elitesoldaten glaubte Jed an den sogenannten *Kampfrhythmus* und daran, dass es entscheidend sein konnte, den geistigen Rhythmus damit zu synchronisieren. So brachte man Struktur ins Chaos, formte Tumult zu einem Takt. Bei den SEALs hatten einige Jungs gern gesagt: »Langsam ist flüssig, und flüssig ist schnell.« Jeds Erfahrung nach ging es bei dem scheinbar paradoxen Rat um Synchronisation – ein Mantra, um in den Kampfrhythmus zu finden. Das Ziel bestand darin, die geistige Verarbeitungsrate an die Kampfgeschwindigkeit anzupassen. Wenn sich die Synchronisation einstellte, kehrte sich das Paradoxon um – die Zeit schien sich zu verlangsamen. Bewegungen fühlten sich flüssig an. Klarheit, die Wahrnehmung von Ursache und Wirkung und die Voraussicht von Ergebnissen kamen auf, wenn es gelang, sich mit dem Kampfrhythmus zu synchronisieren.

Finde den Rhythmus …

Er zwang sich aufzuschauen.

Eine Faust, die ein langes Stilett umklammerte, raste auf Jeds Gesicht zu.

Er zog den Kopf ein, und die Faust seines Gegners krachte in die Oberseite seines Helms. Das Geräusch eines brechenden Knochens hallte laut im Tunnel wider, gefolgt vom Klirren der auf dem Betonboden landenden Klinge und einem gequälten Grunzen. Jed spürte eine Verschiebung und fand letztlich in den Kampfrhythmus. Plötzlich nahm er das Auf und Ab des Gefechts wie eine Sinuswelle wahr.

Ab – er rammte die offene Handfläche gegen die Nase des Gegners.

Auf – er blockte einen rechten Haken ab.

Ab – er trieb seinen Feind mit einem Frontkick gegen die Mitte zurück.

Auf – der Koloss zielte mit einem Tritt gegen Jeds vorderes Knie, dem Jed jedoch seitwärts auswich.

Danach zog sich der Krieger der Finsternis zurück und musterte Jed von oben bis unten. Flammen blitzten in seinen Augen auf, und er lachte.

»Ich kenne dich«, sagte der Hüne, doch Jed wusste auf Anhieb, dass in Wirklichkeit der Dämon in ihm sprach. Die Stimme nahm ein übernatürliches Timbre an und eine Dämonenfratze überlagerte das Gesicht.

Jeds Augen wurden groß, als er sich erinnerte, und an seinem Hals bildete sich eine Gänsehaut. »Ich dich auch«, erwiderte er mit grollender Baritonstimme. Der ihm entgegenknurrende Dämon wies dasselbe Gesicht auf, gegen das er vor all den Jahren in Kenny Baileys Keller gekämpft hatte. Konnte das wirklich sein? Steckte in diesem Feind der gleiche Dämon, der damals Rachel vergewaltigen wollte? Oder handelte es sich um ein Psychospielchen, das der Teufel mit ihm trieb?

Spielte es eine Rolle?

»Bereit für die nächste Runde?«, fragte der Finstere.

Zur Antwort legte Jed die rechte Hand um den Griff seines Bowiemessers und zog es aus der Scheide.

»So gefällt mir das«, sagte der Dämon mit einem bösartigen Grinsen und stürmte heran.

Wie zuvor überwand sein Gegner den Abstand blitzschnell. Jed war zwar bereit, doch es spielte eigentlich keine Rolle. Wie bei seinen früheren Duellen mit Finsteren hatte auch dieser Besessene den Vorteil übermenschlicher Stärke und Ausdauer. Als der Kämpfer gegen ihn prallte, trieb Jed ihm die Klinge tief in den Bauchbereich.

Und bewirkte damit nichts.

Der Besessene ergriff ihn und riss ihn rückwärts zu Boden. Diesmal wendete sich das Blatt, und das Ungetüm landete rittlings auf ihm. Schläge prasselten brutal und mit übernatürlicher Geschwindigkeit auf ihn herab. Jed konnte nur mit dem linken Arm bestmöglich das Gesicht schützen, während er mit der rechten den Griff des Bowiemessers drehte. Er riss die Klinge in den Eingeweiden seines Angreifers hin und her, bevor er sie wuchtig herauszog.

Der Mann – oder vielleicht der Dämon in ihm – heulte auf. Ein übel riechender roter Strom quoll aus der klaffenden Wunde und ergoss sich über Jeds Oberkörper.

Jed bekam einen Schlag auf den Mund ab, der ihm die Unterlippe aufriss, doch er bewahrte kühlen Kopf und stach abermals zu. Die Klinge fand ihr Ziel und tauchte erneut in den Rumpf des Hünen, diesmal knapp unter dem Brustkorb. Mit zusammengebissenen Zähnen trieb Jed die Klinge nach oben, um das Zwerchfell zu durchdringen und Lungengewebe zu zerfetzen. Wieder brüllte der Krieger mit der Dämonenfratze auf, doch diesmal legte er die Pranke über Jeds Hand und riss das Messer aus sich heraus. Mit einer abrupten Drehung entwand er Jed die Klinge und schleuderte sie in den Tunnel.

»Stirb, Shepherd«, schrie er, umklammerte mit beiden Händen Jeds Hals und drückte mit den Daumen so fest zu, dass Jed dachte, seine Luftröhre würde implodieren.

Jed drosch auf die dicken Unterarme ein und versuchte, den Griff des Gegners zu brechen, was sich als genauso sinnlos erwies wie auf einen Eisenträger einzuschlagen. Die Dunkelheit des Tunnels verdichtete sich, als die Blutversorgung seines Gehirns unterbrochen wurde.

Verzweifelt tastete er alle seine unsichtbaren Fäden ab und entsandte Hilferufe.

Deine Pistole, Onkel Jed, ertönte glockenhell Sarah Beths Stimme in seinem Kopf. *Du hast immer noch deine Pistole.*

Als er spürte, wie er in einen dunklen, tiefen Abgrund rutschte, bewegte er mühsam die rechte Hand an der Seite entlang, bis sich seine Finger um den Griff der Sig Sauer P229 legten. Er zog die Waffe aus dem Holster. Dank Muskelgedächtnis gelang es ihm, sie nach oben zu richten und den Abzug zu drücken, wieder und wieder …

Der Druck auf seinen Hals ließ nach.

Als sein Hirn wieder mit Blut versorgt wurde, kehrten sein Verstand und seine Sicht zurück. Er sah, wie der Körper des Dämonenkriegers auf ihm bei jedem Treffer spastisch zuckte. Die Sig in seiner Rechten donnerte, während sein Abzugsfinger auf Autopilot das gesamte Magazin leerte. Als das letzte Projektil abgefeuert war und Jed spürte, wie der Schlitten einrastete, bäumte er die Hüften auf und warf den Mann von sich. Er rollte sich weg, rappelte sich auf die Beine und drehte sich dem besessenen Fleischberg auf dem Boden zu.

Wie in einem Albtraum, aus dem Jed nicht erwachen konnte, beobachtete er voll Grauen, wie sich der Krieger wieder auf die Beine kämpfte.

»Nein«, murmelte Jed kopfschüttelnd. »Das ist nicht möglich.«

Der Finstere sah aus wie etwas aus einem Zombiefilm – irreparabel beschädigt, überströmt von schwarzem Blut, das Fleisch zerfetzt. Und dennoch konnte er sich nach wie vor irgendwie bewegen. Jed stählte sich, atmete aus und hob die Fäuste für eine weitere Runde. Der Koloss trat einen Schritt auf ihn zu. Dann geschah etwas, womit Jed nicht gerechnet hatte. Der mittlerweile leichenblasse Mann stolperte und sank auf ein Knie. Die Dämonenfratze kreischte vor Wut und Frustration, bevor sie sich von dem Besessenen löste. Sie kreiste rasant um Jed, ehe sie in den Boden abtauchte und einen glimmenden Fleck hinterließ.

Wie eine Marionette mit gekappten Fäden brach der Hüne mit verdatterter Miene zusammen. Einen Moment lang starrte er Jed ins Gesicht, bevor das Licht in seinen Augen erlosch und er in einer riesigen Blutlache starb.

Jed hielt im Tunnel nach Nisha Ausschau und entdeckte sie ausgestreckt und regungslos auf dem Boden an der rechten Tunnelwand. Er eilte an ihre Seite und tastete an der Halsschlagader nach einem Puls. Erleichtert seufzend stellte er fest, dass ihr Herz kräftig schlug. Dennoch wagte er nicht, sie zu bewegen, weil er fürchtete, der Finstere könnte ihr das Genick gebrochen haben.

»Nisha?«, sagte er stattdessen, schnippte mit den Fingern vor ihrem Gesicht und streichelte dann ihre Wange.

Er sah, wie ihre Augäpfel unter den geschlossenen Lidern zuckten, als sie zu sich kam. Schließlich schlug sie die Augen auf.

»Jed? Bist du das?«

»Ja, ich bin's«, bestätigte er. »Ich bin hier.«

»Ich kann nichts sehen«, stieß sie beklommen hervor.

»Ja, ich weiß – weil's hier drin stockfinster ist«, sagte er und grinste in der Dunkelheit.

»Also bin ich nicht blind?«, fragte sie, setzte sich auf und stöhnte dabei vor Anstrengung.

»Nein. Und zum Glück auch nicht gelähmt«, beruhigte er sie.

»Er hat mich gegen die Wand geschleudert, als wäre ich ein Kleinkind«, sagte sie. »Wie lange war ich weggetreten?«

»Ein paar Minuten«, antwortete Jed. »Aber keine Sorge. Ich hab ihn allein fertiggemacht, während du dein Nickerchen gehalten hast.«

Als sie versuchte, darüber zu lachen, zuckte sie zusammen und umklammerte ihre Brust.

Plötzlich spürte Jed jemanden hinter sich. Er wirbelte herum, bereit, sich einem neuen Angreifer zu stellen. Stattdessen erblickte er den Papst, der sich mit Klebeband auf dem Mund und ausgestreckten Händen blind durch die Dunkelheit tastete.

»Bleiben Sie einfach stehen, Eure Heiligkeit«, sagte Jed. »Wir sind die Guten. Ich komme zu Ihnen.«

Er holte ein paar Leuchtstäbe aus seiner Ausrüstung hervor, klappte die Nachtsichtbrille hoch, knickte die Stäbe und warf sie auf den Boden, um für etwas dringend nötiges Licht zu sorgen. Als Nächstes entfernte er behutsam das Klebeband vom Mund des Pontifex.

»Sind Sie verletzt?«, fragte er und suchte den heiligen Mann von oben bis unten nach Blutflecken ab.

»Nein«, antwortete der Papst. Traurigkeit schwang in seiner Stimme mit. »Aber viele andere Unschuldige, fürchte ich.«

Jed nickte. Die Worte spornten ihn an, zur Tat zu schreiten.

Er entsandte den Geist und suchte nach Ben. Als er den Faden des Befehlshabers der Shepherds nicht finden konnte, nahm er stattdessen Verbindung mit Corbin auf.

Ich habe den Papst, meldete Jed. *Er ist in Sicherheit. Aber Woland ist verschwunden. Wir müssen ihn aufspüren.*

Ich weiß, antwortete Corbin in seinem Kopf. Ihre Phantomstimme klang angespannt und frustriert. *Wir suchen alle nach ihm.*

Und Ben? Hast du was von ihm gehört?

Er hat sich nicht gemeldet, erwiderte sie. *Ich erreiche ihn nicht … sooft ich es auch versuche.*

Jed ballte die Hände zu Fäusten. *Ich kann nicht zulassen, dass es Ben allein mit Woland aufnimmt.*

Du hast keine Wahl, Jed. Deine Befehle lauten, beim Papst zu bleiben und auf Verstärkung zu warten. Das kommt direkt von Pastor Mike.

Verstanden, grummelte Jed und hoffte, dass man ihm seine Verstimmung über den Wächter-Snapchat anmerkte.

»Jed, bist du … Na ja, du weißt schon.« Nisha legte ihm die Hand auf die Schulter.

»Ja. Habe mich gerade bei Wächterin Eins gemeldet«, sagte er und tippte sich an die Schläfe.

»Wie lauten unsere Befehle?«

»Den Papst schützen und hier warten, bis der Rest von Joshua Bravo zu uns stößt. Was den Stiefelgeräuschen nach, die ich höre, wohl jeden Moment der Fall sein sollte.«

Sicherheitshalber suchte er trotzdem sein Gewehr, hob es auf, brachte es in Anschlag und spähte durch den Tunnel in die Richtung der sich nähernden Schritte.

»Bravo Eins, Bravo Zwei – Feinde neutralisiert, Osttunnel gesichert«, rief Eli.

Jed atmete erleichtert aus und senkte das Gewehr. »Feind hier ist auch neutralisiert. Das heilige Paket ist gesichert«, rief er zurück und hörte, wie Nisha über den letzten Teil neben ihm prustete.

Das wird mir wahrscheinlich ewig nachhängen …

»Sie sind jetzt in Sicherheit, Heiligkeit«, sagte Jed an den Papst gewandt und rang seinem blutigen Gesicht ein Grinsen ab. »Es ist vorbei.«

Der Papst bekreuzigte sich und nickte erst Jed, dann Nisha zu. »Gott ist mit uns. Ich danke Ihnen beiden für Ihren Mut und Ihr Licht in diesen dunklen, dunklen Zeiten.«

43

AUSGANG DES VERSTECKTEN TEMPLERTUNNELS

DOMUS GETSEMANI – CASA PER FERIE

KNAPP AUSSERHALB DER WESTMAUER DES VATIKANS

Woland besaß keine übernatürlichen Gaben – und schon gar keine »des Heiligen Geists«, dem er zusammen mit dem Rest der Dreifaltigkeit bereits vor Jahren entsagt hatte. Aber die brauchte er auch nicht, um zu wissen, dass es hinter ihm im Tunnel nicht nach Wunsch für ihn gelaufen war. Er konnte nur hoffen, dass Lucius vor seinem Tod durch den höllischen Ben Morvant zumindest noch den Papst erledigt hatte. In dem Fall wäre die Mission trotz allem ein Erfolg. Bestimmt würde auch Victor das so sehen. Sie hatten gewusst, wie gering die Chancen standen, den Papst lebend kidnappen zu können. Aber der Terroranschlag auf dem Petersplatz, die kurzfristige Entführung des Pontifex samt Hinrichtung seiner Leibwächter, mehrerer Bischöfe und Rektor Senais sowie die Ermordung Seiner Heiligkeit höchstpersönlich in den Tunneln unter dem Vatikan waren gewaltige Errungenschaften für einen einzigen Tag. Vermutlich würde Victor sogar sehr zufrieden sein.

Woland drückte ein Ohr an die alte, korrodierte Eisentür und lauschte. Als er nichts hörte, griff er sich einen altmodischen Messingschlüssel von einem Haken neben der Tür. Er führte ihn in das klobige antike Schloss ein und bewegte ihn eine Viertelumdrehung im Uhrzeigersinn. Als er spürte, wie sich der Mechanismus entriegelte, legte er die Hand auf den Griff und zog daran. Langsam schwang die schwere Tür in ihren riesigen, rostigen Angeln auf. Er schlich in einen Vorraum, der vermutlich zum Weinkeller unter dem Boutique-Hotel führte. Als er die Tür zum Tunnel hinter sich zuziehen wollte, stellte er fest, dass sich das Schloss nur von innen bedienen ließ. Er fragte sich, ob die nächste Tür aus Sicherheitsgründen ähnlich sein würde. Dann würde er in dieser kleinen Zelle aus Stein – einem Gefängnis zwischen zwei Welten – festsitzen, bis sich Victor dazu herabließe, ihn rauszuholen. Erinnerungen an seine Zelle in La Santé fluteten sein Bewusstsein, und eine Welle der Klaustrophobie schwappte über ihn hinweg.

Nein, ich lasse mich nie wieder einsperren. Eher kehre ich um und stelle mich den Shepherds in den Tunneln.

Er stählte sich und durchquerte den Vorraum zur modernen Tür, betrachtete das Schloss und den Griff. Zu seiner Überraschung handelte es sich um ein Bolzenschloss mit einem Drehknauf auf seiner Seite, was bedeutete, dass die Tür von der anderen Seite wahrscheinlich nur mit einem Schlüssel geöffnet werden konnte.

Mit einem triumphierenden Grinsen auf den Lippen hielt er das Ohr an die Tür und lauschte.

Als er nichts hörte, entriegelte er das Schloss, drehte den Knauf und öffnete die Tür. Mit allen Sinnen in höchster Alarmbereitschaft schlich er in einen schwach beleuchteten Weinkeller.

»Hallo, Nick«, sagte eine altvertraute Stimme, die Woland den Atem verschlug.

Das ist … nicht möglich. Nicht mal der gesalbte Ben Morvant kann gleichzeitig an zwei Orten sein.

Sein über Jahrzehnte zu einer Waffe geschmiedeter Körper spannte sich an. Er wappnete sich für einen Kampf, während er die Lage abwog. Morvant stand allein unter einem Bogendurchgang auf der anderen Seite des rechteckigen Kellers, der etliche Regale mit Weinflaschen und mindestens ein Dutzend Fässer enthielt. Der Mann hielt ein Sturmgewehr quer über der Brust, hatte es aber noch nicht in Anschlag gebracht.

Die Bestie in Woland regte sich vorfreudig, und er lächelte.

Indem Morvant ihn nicht sofort umbrachte, hatte er bereits seinen ersten Fehler begangen.

Woland widerstand dem Drang, nach der Pistole in seinem Hosenbund zu greifen – er war zwar schnell, aber nicht *so* schnell. Um den Spieß umzudrehen, würde er sich Morvants größte Schwäche zunutze machen müssen, durch die alle gläubigen Christen leichte Beute wurden – Mitgefühl. Immer die andere Wange hinhalten, immer bereit zu vergeben, ganz gleich, wie ungeheuerlich das Vergehen – ja, darin lag der Schlüssel zum Sieg. Er würde Morvants fromme Triebe ausnutzen und sich dann das größte Vergnügen seines Lebens gönnen, indem er das des mächtigen Shepherds beendete, der so entspannt und vermessen vor ihm stand.

»Ich hab gehofft, wir würden uns über den Weg laufen, Ben«, sagte Woland und ließ die Schultern hängen, um Niedergeschlagenheit anzuzeigen, obwohl die Arme angespannt und bereit blieben, blitzschnell zuzuschlagen. Er achtete darauf, so zu klingen, als tobten widersprüchliche Empfindungen in ihm. »Anfangs … Anfangs habe ich wohl darauf gehofft, es dir heimzahlen zu können. Aber jetzt …« Seufzend blickte er auf seine Füße hinab. Dass

Morvant das Gewehr immer noch nicht angehoben hatte, erfüllte ihn zugleich mit Hoffnung und Befriedigung. »Ich habe schreckliche Fehler begangen, Ben. In mir ist eine Finsternis, etwas, das nicht von Gott stammt. Ich würde alles dafür geben, davon befreit zu werden. Aber … ich weiß nicht, ob es zu spät für Gottes Gnade, für seine Vergebung ist. Ich spüre nur noch, dass er über mich urteilt, aber …« Er bemühte sich, mehr Kummer und Reue auszustrahlen. »Aber von dir nehme ich dasselbe wahr. Wegen meiner Taten. Weil ich vom rechten Weg abgekommen bin. Kannst du mir helfen? Kannst du mich zurück zum Licht führen?«

»Ist nicht meine Aufgabe zu richten und Todesurteile auszusprechen, Nick«, sagte Morvant mit leiser, geradezu sanfter Stimme.

Ich hab ihn.

Die Bestie in ihm knurrte mit einem Hunger, der gleich gestillt werden würde.

Morvant trat einen Schritt auf ihn zu.

Ist er so naiv, dass er mich tatsächlich umarmen würde?

»Gerichtet wird nur von Gott«, fuhr Morvant fort.

Woland nickte reumütig und breitete die Arme für seinen ehemaligen Mentor aus.

Aber statt auf ihn zuzukommen, blieb Morvant stehen, immer noch zehn Schritte entfernt. Der Befehlshaber der Shepherds hob das Gewehr mit einer schnellen Bewegung an. Der rote Punkt der Zielerfassung strich über Wolands Augen, bevor der Strahl auf seiner Stirn verharrte. Mit nüchterner Selbstsicherheit drückte Ben die Wange an den Schaft der Waffe und beugte sich zu Schützenhaltung vor.

»Aber als sein Diener bin ich verpflichtet, dein Treffen mit ihm zu arrangieren.«

Wolands Herz setzte einen Schlag aus.

Nein. Kampflos gehe ich nicht unter.

Sein Hass flammte auf. Er würde den Shepherd verwüsten, ihm das Fleisch von den Knochen reißen und anschließend auf seiner Leiche tanzen. Der Kampf war noch nicht vorbei, sondern fing gerade erst an. Er hatte weder Victor noch den Fürsten der Finsternis enttäuscht. Im Gegenteil – er hatte der Heiligkeit der römisch-katholischen Kirche einen verheerenden Schlag versetzt und ewige Zweifel an der Unantastbarkeit des Vatikans gesät. Und nun würde er mithilfe der Macht des Dämons in ihm auch noch den Anführer der Shepherds stürzen.

Knurrend versuchte er, die Bestie heraufzubeschwören, doch die übermenschliche Kraft stellte sich nicht ein. Das erwartete, ersehnte, benötigte Brennen hinter den Augen blieb aus. Stattdessen explodierte in seinem Inneren eine lähmende, überwältigende Übelkeit, als sein anderes Ich ihn verließ. In seiner Brust breitete sich eine dunkle, kalte Leere aus.

»Was passiert hier?«, murmelte er. Sowohl sein Geist als auch sein Körper verfielen in einen Schockzustand. »Ich habe treu gedient. Warum lässt du mich im Moment größter Not im Stich?«

Als Woland den Blick auf Morvants Augen richtete, ereilte ihn wie ein Blitzschlag eine Erkenntnis. Die Bestie war ihm nie untertan gewesen, sondern hatte seinen Körper lediglich als Gefäß benutzt. Die Macht, die übernatürliche Kraft, das Gefühl der Unbesiegbarkeit – alles Lug und Trug.

Was er bei Ben immer irrtümlich als Schwäche wahrgenommen hatte, strahlte ihm nun als Stärke entgegen.

Hohl und verzweifelt tat der ehemalige Shepherd das Einzige, was er noch konnte, und streckte die Hand nach seiner Waffe aus.

Als er die Finger um den Griff der Pistole legte, blitzte die Mündung von Morvants Gewehr grellweiß auf. Die Welt explodierte vor Licht und Farben, als das Projektil in Wolands Schädel einschlug.

44

77SNA

9500 METER ÜBER DEM ATLANTIK

19:35 UHR ORTSZEIT

Jed betastete mit der Zunge seine geschwollene Lippe, während er durch das runde Fenster auf die grellweiße Wolkendecke starrte. Sein Körper fühlte sich ziemlich mitgenommen an, aber nicht schlimmer als nach dem Gefecht gegen die Finsteren im früheren Haus der Yarnells. Diesmal war er sowohl taktisch als auch spirituell besser gewappnet gewesen, was durchaus einen Unterschied bewirkt hatte.

Und er hatte mittlerweile Verbündete …

Er hatte keine Ahnung, wie Sarah Beth ihn während des Gefechts gefunden hatte. Es konnte nur an der Verbindung zwischen ihm und dem Mädchen gelegen haben, das ihn Onkel nannte. Gegen Besessene zu kämpfen war furchterregend, doch mittlerweile hatte er es mehrmals durchgemacht und jedes Mal überlebt.

Glaube, Feuerkraft und Freunde – davon brauchte man reichlich, um im Kampf gegen die Finsteren zu bestehen.

Alles in allem konnte man den Einsatz in Rom trotz einiger Schrecksekunden als Erfolg betrachten. Sie hatten den Papst gerettet und verhindert, dass der Anschlag mit einem Blutbad geendet hatte. Während Jed in den Tunneln gegen den Besessenen gekämpft hatte, war es

Joshua Alpha, den Shepherds aus Europa und der GIR der Gendarmerie zusammen gelungen, den Angriff auf den Petersplatz niederzuschlagen. Zwar waren Unschuldige gestorben, und auch ein Shepherd musste sein Leben lassen, aber die Zahl der zivilen Opfer belief sich auf Dutzende statt auf Tausende. Rektor Senai und mehrere Bischöfe waren von Woland ermordet worden, doch der Papst war ungeschoren davongekommen, und es war sogar gelungen, seine versuchte Entführung zu vertuschen. Und irgendwie hatte sich Ben mit einer Voraussicht, die zweifellos von Gott gekommen war, zur rechten Zeit am rechten Ort befunden, um Woland zu stellen. Über den eigentlichen Kampf hatte Ben nichts preisgegeben. Er hatte nur gesagt, der ehemalige Shepherd würde ihnen kein Kopfzerbrechen mehr bereiten. Im Gegensatz zu Jed wirkte er unversehrt. Demnach musste seine Auseinandersetzung deutlich besser gelaufen sein. Vielleicht besaß er einfach viel mehr Kontrolle über seine Kräfte.

Er fuhr mit dem Finger über die genähte Platzwunde über dem Auge und fand das Brennen, das er dabei auslöste, seltsam befriedigend. Sie hatten einen weiteren Sieg errungen. Nur das zählte. Vor wenigen Stunden hatten sie erfahren, dass ein SEAL-Team die in Äthiopien als Geiseln gehaltene Familie Senai gerettet hatte und sich alle körperlich erholen würden. Das erlittene psychische Trauma war eine andere Geschichte. Am wichtigsten war, dass der Papst auf die Ereignisse mit dem nötigen Einfühlungsvermögen reagiert und Führungsqualitäten bewiesen hatte. Er hatte zu Frieden aufgerufen, die aufkommende Rhetorik entwaffnet und Forderungen nach Vergeltung im Keim erstickt. Der Plan der Finsteren, mit einem Anschlag auf den Vatikan eine Kettenreaktion hin zu einem allumfassenden weltweiten Krieg zwischen Christen und Muslimen auszulösen, war vereitelt – vorerst.

Was machst du grade?

Sarah Beth, bist du das?, fragte Jed.

Na ja, wer denn sonst?

Er zuckte mit den Schultern und lächelte. *Gutes Argument. Wie geht's dir, Kleines?*

Gut. Eigentlich sollte ich für 'nen Mathetest lernen, aber ich wollte nach dir sehen.

Tja, danke – und wenn du's unbedingt wissen willst, ich sehe aus, als hätte jemand mein Gesicht als Sandsack benutzt.

Gibt's auch irgendwas Neues?, gab sie schlagfertig zurück, und Jed spürte praktisch, wie sie lachte.

Haha, sehr witzig, Kleine. Eine kurze Pause folgte, bevor Jed hinzufügte: *Danke übrigens.*

Wofür?

Dass du für mich da warst, als ich dich gebraucht habe. Ohne dich … wäre ich jetzt wohl tot.

Ich hab dir nur gesagt, du sollst deine Waffe benutzen.

Er schmunzelte. *Ja. Als der Dämon das Leben aus mir rausgewürgt hat, warst du mein Licht in der Dunkelheit.*

Dafür sind wir da – ich passe auf dich auf, du auf mich, erwiderte sie, bevor sie ergänzte: *Aber, Onkel Jed …*

Ja?

Bitte sag's nicht meiner Ma.

Was soll ich ihr nicht sagen?

Du weißt schon … Dass ich ohne Erlaubnis Wächterkram mache. Und dass wir ständig snapchatten. Pastorin Dee und die Direktorin wollen, dass ich mich auf die Schule konzentriere, Anschluss an der St. George's Academy finde und so.

Jed wählte seine Worte – oder wohl eher Gedanken – mit Bedacht.

Sarah Beth, du musst verstehen, dass wir beide keine Geheimnisse vor deinen Eltern haben dürfen. Ich nicht, weil es falsch wäre. Sie sind jetzt meine Freunde, und dein Vater ist mein Teamkamerad.

Das Wort *Freunde* kam ihm völlig natürlich in den Sinn. Er wollte, dass es stimmte – und betete, dass es bald so sein würde.

Aber Onkel Jed, sie verstehen es nicht. Das tust du als Einziger.

Das ist schlichtweg nicht wahr, Sarah Beth. Und damit komme ich zum zweiten Punkt. Sie lieben dich bedingungslos und unterstützen alles, was du als Wächterin machst. Und wenn Pastorin Dee meint, du müsstest dich vorerst auf die Schule und deine Ausbildung konzentrieren, dann weiß sie es am besten.

Das ist dumm. Du hast eben noch selbst gesagt, ohne mich wärst du jetzt tot.

Mag sein, aber das hier ist kein Spiel. Die Finsteren sind ziemlich mächtig, und Victor hat bereits zwei Versuche gestartet, sich dich zu holen. Vielleicht ist es am besten, wenn du dich erst mal auf die Schule konzentrierst, deine Fähigkeiten weiterentwickelst und dann in Corbins Alter offiziell Wächterin wirst.

Ich bin jetzt schon besser als die meisten anderen.

Es gehört mehr als rohes Talent dazu, eine Wächterin zu sein.

Ist das eine Umschreibung dafür, dass du mich für unreif hältst?

Du bist zwölf und wirst bald 13, nicht 17. Es ist völlig in Ordnung, ein Jahr nach dem anderen erwachsen zu werden.

In dem Moment entschied Jed, dass er mit Ben und danach vielleicht sogar mit Pastorin Dee über Sarah Beth reden musste. Bereits zweimal hatte Sarah Beths »ungehorsame« Einmischung entscheidend zum Missionserfolg beigetragen. Das musste doch was bedeuten, oder? Was sich bei Sarah Beth vollzog, schien sowohl spirituell mächtig als auch strategisch bedeutsam zu sein. Predigte nicht Ben selbst gern, dass Gott seine Gaben verteilte, um seine Diener für bevorstehende Aufgaben zu rüsten? Wenn das stimmte, berief er Sarah Beth vorzeitig zu etwas Wichtigem. Und dennoch oblag es Ben und Pastorin Dee, darüber zu entscheiden.

Eine Weile erwiderte Sarah Beth nichts, und Jed dachte schon, sie hätte die Verbindung gekappt.

Okay?, hakte er schließlich nach.

Okay, erwiderte sie.

Was ist okay?

Dass ich nicht mehr mit dir snapchatte.

Moment, das hab ich gar nicht gemeint, korrigierte er. *Ich habe nur gesagt, dass ich wie Pastorin Dee und deine Direktorin finde, du solltest dich auf die Schule konzentrieren und nicht unerlaubt Wächterkram machen. Dafür musst du nicht den Kontakt zu mir abbrechen. Ich hab mit deinem Dad geredet, er hat kein Problem damit, wenn wir in Verbindung bleiben. Und wenn du es noch mit deiner Mutter klärst, spricht nichts mehr dagegen.*

Meinst du das ernst?

Ja, zu 110 Prozent.

Ich erzähle Ma von meinen Träumen und davon, wie ich automatisch darauf anzusprechen scheine, wenn du und dein Team in Gefahr seid. Das bin ich ihr schuldig. Vielleicht hat sie sogar die eine oder andere Idee dazu.

Finde ich gut, erwiderte Jed und empfand Stolz auf seine Adoptivnichte.

O verflixt, ich komme zu spät zum Unterricht. Bis dann, Onkel Jed …

Er schmunzelte. Gott sei Dank für jugendliche Naivität und dafür, dass sie erst noch erwachsen werden musste. *Bis später, Kleines.*

Auf den Sitzen hinter ihm hörte er Eli und Grayson über Essiggurken diskutieren. Diesmal ging es dabei richtig zur Sache. Sie versuchten sogar, Verbündete auf ihre Seite zu ziehen, um die Frage zu klären, ob Essiggurken ein Geschenk des Himmels oder die kulinarische Geißel der Erde darstellten. Jed schüttelte den Kopf und musste unwillkürlich darüber lachen, wie absurd es war. Er war gern ein SEAL gewesen, doch ein Shepherd zu sein umfasste dasselbe und mehr. Jericho Basic und die mit dem Team durchgeführten Missionen hatten seinen Geist und sein Herz dafür geöffnet, sein Schicksal spirituellen Elementen anzuvertrauen, die er nicht anfassen, sehen oder erklären konnte.

Was wohl so ziemlich der Definition von Glauben entsprach.

Er hatte die Kontrolle und seine Zweifel aufgegeben, war mittlerweile aufgeschlossen für die Weisheit und das Geleit anderer mit deren Gaben und Kenntnissen. Vertrauen fiel ihm schwer und verwundbar zu sein noch schwerer – trotzdem hatte er sich zu beidem durchgerungen und darin Stärke gefunden.

Nur Gott wusste, wohin seine Reise als Shepherd ihn führen würde, aber er fühlte sich bereit für den nächsten Schritt.

Plötzlich überkam ihn ein Anflug von Schläfrigkeit.

Lächelnd lehnte sich Jed an die Kopfstütze zurück und schloss die Augen. Mit der Gewissheit, dass die Welt die nächsten Stunden ohne ihn zurechtkommen würde, gab er sich dem Schlaf hin und genehmigte sich ein wohlverdientes Nickerchen.

EPILOG

TWENTY & GRAND APARTMENTS
2000 GRAND AVENUE, WEST END
NASHVILLE, TENNESSEE
21:05 UHR ORTSZEIT

Maria lief neben den raumhohen Fenstern im Wohnzimmer ihres Apartments auf und ab. In einer Hand hielt sie ein Glas Rotwein – ihr viertes. Mit der anderen klopfte sie synchron mit ihrem Herzschlag einen nervösen Takt an der Hüfte.

Mittlerweile hätte sie längst etwas hören müssen.

Von irgendjemandem. Richtig?

Es war lange her, dass ihr Betreuer, der inzwischen als Vertreter des Bundesstaats Tennessee im US-Repräsentantenhaus saß, Verbindung mit ihr aufgenommen hatte. Irgendwann hatte er einfach aufgehört, sie anzuweisen.

In letzter Zeit hatte sie nur von Victor selbst gehört.

Ob das eine Beförderung darstellte oder lediglich bedeutete, dass Victor direkte Kontrolle über sie wollte, wusste sie nicht.

Und … sie konnte nicht danach fragen.

Victor teilte ihr mit, was er wollte und wann er es wollte. Er hielt sie nicht regelmäßig auf dem Laufenden. Ihre berufliche Existenz hing buchstäblich davon ab, dass sie so viel wie möglich wusste. Und im Augenblick wusste sie herzlich wenig.

Als sie es leid wurde, auf und ab zu laufen, stellte sie das Glas ab, ließ sich auf ihr Designersofa plumpsen und zog die Beine unter sich. Sie lehnte den Kopf zurück, gab einen knurrenden Laut von sich und starrte an die Decke. Was hoffte sie eigentlich zu erfahren? Dass ihre Warnung an Victor zum Erfolg der Mission geführt hatte? Dass seine Leute dank ihr gewappnet für das Eingreifen der Shepherds gewesen waren und es abgeschmettert hatten? Wenn dem so wäre, würde Jedidiah Johnson inzwischen wahrscheinlich tot sein.

Und wir hätten gewonnen. Beides wäre gut, richtig?

Nur fühlte sich der Gedanke an Jeds Tod nicht gut an.

Überhaupt nicht.

Kopfschüttelnd trank sie einen ausgiebigen Schluck Wein.

Was stimmte nicht mit ihr? Sie hatte sich für ihre Seite entschieden. Nun gab es kein Zurück mehr. Von Victor desertierte man nicht. Trotz allem, was man einem in der Sonntagsschule beibrachte, gab es im Universum nicht genug Vergebung, um die Augen davor zu verschließen, welche Rolle sie im ewigen Kampf zwischen Gott und Satan gespielt hatte. Hoffnung war Propaganda – eine Wahnvorstellung.

Hoffnung endete immer, *immer* in Schmerz.

Warum also fühlte sie sich so aufgewühlt?

Als das Telefon klingelte, erschrak sie dermaßen, dass Wein auf ihre Hand schwappte. Rasch versuchte sie, ihn mit den Lippen aufzuschlürfen, bevor er auf ihr weißes Ledersofa tropfen konnte. Dann eilte sie zur Frühstückstheke, stellte das Glas darauf ab und griff nach einer Serviette, um den Rest abzutupfen, während sie in ihr Arbeitszimmer rannte.

»Hallo?«, stieß sie mit angespannter Stimme hervor, als sie den Anruf entgegennahm.

»Mit wem hast du gerechnet?«

»Mit dir«, antwortete sie und presste die Augen zu.

Natürlich mit dir. Wer sonst würde auf diesem Telefon anrufen?

»Niemand«, zischte er ihr ins Ohr, als er wieder mal ihre Gedanken las. »Aber vielleicht bin ich nicht der, auf den du gehofft hast.«

»Ist alles gut gelaufen?«, fragte sie und ließ sich nicht auf seine Spielchen ein.

»Nein«, antwortete Victor, und plötzlich spürte sie sogar über die Leitung das Ausmaß seines Zorns. Tatsächlich mehr als Zorn. Eher ein Hass, der Kriege und Völkermorde verursachte. »Ich fürchte, nicht. Die Macht der Shepherds ist gewachsen. Du dürftest unsere beste nächste Hoffnung darauf sein, sie davon abzuhalten, sich in unsere Angelegenheiten einzumischen. Die Welt ist für unsere Herrschaft bestimmt. Und damit wir die Früchte unserer Arbeit ernten können, müssen wir die Shepherds vernichten.«

»Ich arbeite daran, das kann ich dir versichern.«

»Das weiß ich«, erwiderte Victor und ließ die Worte einen Herzschlag lang einwirken. »Deine Lust auf den begabten Shepherd kann uns gute Dienste erweisen, wenn wir sie richtig nutzen. Aber du musst die Kontrolle behalten. Du darfst dich nicht vom Licht verführen lassen. Nur du bist in der Lage, ihre Reihen zu infiltrieren. Mit dir als Insiderin kann es uns endlich gelingen, ihre Festung aufzubrechen und dem Erdboden gleichzumachen.«

»Ich verstehe«, sagte Maria und verdrängte alle Gedanken an Jedidiah, die Victor ihren inneren Zwiespalt verraten könnten.

»Wirklich?«, hakte er nach und klang dabei zugleich herrisch und zweifelnd. »Ich frage mich nämlich allmählich, ob du vielleicht deinen Platz vergisst.«

»Ich diene nur dir«, beteuerte sie, und ihr Magen begann zu brodeln.

»Wenn das so ist, habe ich noch eine Mission für dich, die du parallel dazu erledigen musst. Falls du Prioritäten setzen musst, hat diese Mission Vorrang.«

»Worum geht's?«, fragte sie verwirrt. Was könnte noch wichtiger sein, als die Shepherds zu Fall zu bringen?

»Der Schlüssel dazu, Trinity zu infiltrieren, ist Jedidiah Johnson. Aber anscheinend hat er einen Schutzengel gefunden.«

»Morvant?«, fragte sie, nach wie vor verwirrt.

Victor lachte zischend wie eine Schlange. »Nein, Sarah Beth Yarnell. Wir haben ihre Macht schwer unterschätzt. Wir hätten nie versuchen sollen, sie zu entführen. Ihr Glaube ist jung, rein, unerschütterlich. Trotz allem, was sie durchlitten hat, strahlt ihr Licht grell. Sie hat eine enge Bindung zu Jedidiah und muss beseitigt werden, bevor wir ihn vor unseren Karren spannen können.«

Maria nickte. Victor konnte ohne Weiteres recht haben. Irgendetwas an dem Mädchen war tatsächlich besonders.

Ich habe gespürt, wie sie mich abgetastet, vielleicht sogar in mich geblickt und mich durchschaut hat.

»Was soll ich tun?«, fragte sie.

»Töte sie«, befahl Victor, »und lass es wie einen Unfall aussehen.«

Damit war die Leitung tot.

Maria legte das Telefon auf den Schreibtisch. Ein kalter Schauder raste ihr über den Rücken.

Töte sie …

Trotz ihrer Übelkeit schleppte sie sich zurück in die Küche und schenkte sich Wein nach. Mit verschwimmender Sicht ging sie wieder zur Fensterfront, starrte auf die Lichter von Nashville und schüttete Alkohol in sich hinein, bis der schizophrene Chor aus Stimmen in ihrem Kopf endlich verstummte.

GLOSSAR

18 Delta – Kampfsanitäter für Spezialeinsätze

AR – Augmented Reality

BUD/S – Basic Underwater Demolition/SEAL, Bezeichnung des Ausbildungsprogramms für SEALs

CAG – Combat Applications Group (First Special Forces Operational Detachment-Delta alias Delta Force), die Spezialeinsatztruppe der Army, die unter Einsatzkontrolle des Joint Special Operations Command operiert

Carabinieri – nationale Gendarmerie oder Polizei Italiens

CASEVAC – Casualty Evacuation, Opferevakuierung

CIA – Central Intelligence Agency

CL oder **CTL** – Combat Lead/Combat Team Leader, Kampfteamleiter

CO – Commanding Officer, Befehlshaber

CONUS – kontinentale Vereinigte Staaten

CSO – Chief Staff Officer

DNI – Director of National Intelligence

DoD – Department of Defense, Verteidigungsministerium

Exfil – Exfiltration

FOB – Forward Operating Base, vorgeschobene Operationsbasis

Gendarmeriekorps der Vatikanstadt – Polizei und Sicherheitskräfte der Vatikanstadt und des Heiligen Stuhls

GIR – Gruppo Intervento Rapido, Spezialeinheit der Vatikanpolizei, schnelle Einsatztruppe zur Terrorabwehr

GIS – Gruppo di Intervento Speciale, Spezialeinheit der Carabinieri

HUMINT – Human Intelligence

HVT – High-Value Target, Hochwertziel

IC – Intelligence Community, Gemeinschaft der Nachrichtendienste
Indoc – Indoktrination
Infil –Infiltration
IR – Infrarot
ISR – Intelligence, Surveillance & Reconnaissance, Aufklärungsinformationen
JSOC – Joint Special Operations Command
JSOTF – Joint Special Operations Task Force
KIA – Killed In Action, im Kampf gefallen
MARSOC – Marine Corps Special Operations Command
MBITR – Multiband-Inter-/Intra-Team Radio, teamübergreifende Funkverbindung
NOC – Nonofficial Cover, Tarngeschichte
NSA – National Security Agency
NSW – Naval Special Warfare
NVG – Nachtsichtbrille
OGA – Other Government Agency, andere Regierungsbehörde, bezieht sich häufig auf die CIA oder andere Geheimdienste
OPORD – Operations Order, Einsatzbefehl
OPSEC – Operational Security, Operationssicherheit
QRF – Quick Reaction Force, schnelle Eingreiftruppe
PT – Physical Training, Sport
ROE – Rules of Engagement, Einsatzregeln
RPG – Rocket-Propelled Grenade, Panzerfaust
SAPI – Small-Arms Protective Insert
SCIF– Sensitive Compartmented Information Facility, abgeschirmter Bereich zum sicheren Sichten von Geheiminformationen
SEALs – Sea, Air & Land Teams, Naval Special Warfare
SecDef – Secretary of Defense, Verteidigungsminister
SF – Special Forces, Sondereinsatzkräfte, insbesondere die Special Operations Green Berets der Army
SIGINT – Signals Intelligence, abgefangene Geheiminformationen

Sitrep – Lagebericht

SOAR – Special Operations Aviation Regiment

SOCOM – Special Operations Command

SOF – Special Operations Forces

SOPMOD – Special Operations Modification

SQT – SEAL-Qualifikationstraining

SWCC – Special Warfare Combatant-Craft Crewmen, Bootsteams, die SEAL-Einsätze unterstützen

TAD – Temporary Additional Duty, vorübergehender Zusatzdienst

Trinity Global – offizielle Tarnkörperschaft der Organisation der Shepherds

Trinity Loop – Hauptquartier von Trinity und Kommandozentrale der Shepherds in Nordamerika

TRP – Thermoplastic Rubber, thermoplastische Elastomere

TS/SCI – Top Secret/Sensitive Compartmented Information, höchste Sicherheitsfreigabestufe

STF – spirituell-taktischer Führer

TOC – Tactical Operations Center, Einsatzzentrale

UCAV – Unmanned Combat Aerial Vehicle, unbemannte, bewaffnete Luftfahrzeuge, umgangssprachlich Kampfdrohnen

UAV – Unmanned Aerial Vehicle, unbemannte Luftfahrzeuge, umgangssprachlich Drohnen

USN – United States Navy

DANKSAGUNG

Wieder möchten wir unseren Familien danken, unserer großartigen Agentin Gina, dem unglaublichen Team von Tyndale House und unseren geistlichen Partnern, die uns beratend zur Seite gestanden haben. Vor allem aber danken wir dir dafür, dass du uns auf dieser Reise begleitest. Wir sind überwältigt von den Rückmeldungen, der Unterstützung und den Gebeten für diese Buchreihe, und wir freuen uns, dich bei dem Abenteuer dabeizuhaben!

Brian Andrews & Jeffrey Wilson bei FESTA:

Spezialeinheit Tier One
Kriegsschatten – Spezialeinheit Tier One

Dunkler Beschützer
Finsterer Engel

Infos, eBooks & Leseproben:
www.Festa-Verlag.de

Zuletzt erschienen in der Reihe FESTA ACTION:

Vince Flynn: *Lethal Agent – Die Pandemie*
Joel C. Rosenberg: *Russisches Roulette*
Vince Flynn: *Total Power – In die Finsternis*
Mark Greaney: *The Gray Man – Operation Back Blast*
Joel C. Rosenberg: *Das Jerusalem-Attentat*
Matthew Reilly: *Die sieben tödlichen Wunder*
Brad Thor: *Der Verräter*
Vince Flynn: *Act of Treason – Der große Verrat*
Matthew Reilly: *Die sechs heiligen Steine*
Jack Carr: *Menschenjäger*
Matthew Reilly: *Die fünf großen Krieger*
Vince Flynn: *Protect and Defend – Die Bedrohung*
Vince Flynn: *Extreme Measures – Der Gegenschlag*
Matthew Reilly: *Die vier mystischen Königreiche*
Mark Greaney: *The Gray Man – Tödliche Jagd*
Ben Coes: *Blutiger Sonntag*
Vince Flynn: *Enemy at the Gates – Der Feind im Nacken*
Matthew Reilly: *Die drei geheimen Städte*
Stephen Hunter: *Todesschuss*
Andrews & Wilson: *Spezialeinheit Tier One*
Dale Brown: *Polarsturm – Arctic Storm Rising*
Matthew Reilly: *Die zwei verschollenen Berge*
Jack Carr: *Die Hand des Teufels*
Andrews & Wilson: *Kriegsschatten – Spezialeinheit Tier One*
Ben Coes: *Der Russe*
Mark Greaney: *The Gray Man – Undercover in Syrien*
Vince Flynn: *Oath of Loyalty – Der Treueschwur*
Andrews & Wilson: *Dunkler Beschützer*
Jack Carr: *Die Blutspur*
Andrews & Wilson: *Finsterer Engel*

Festa: If you don't mind sex and violence and lots of action

Niemand veröffentlicht härtere Thriller als Festa. Werke, die keine Chance haben, in großen Verlagen veröffentlicht zu werden, weil sie zu gewagt sind, zu neuartig, zu extrem.

Statt der üblichen Matt- oder Glanzfolie haben die Bücher von Festa eine raue, lederartige Kaschierung. Sie symbolisiert die Härte und sexuelle Gewagtheit unseres Programms. Diese »Bücher im Ledermantel« sind auch sehr widerstandsfähig – die Bücher wirken nach dem Lesen noch wie neu.

Unsere erfolgreichsten Buchreihen:

HORROR & THRILLER – Moderne Meister des Genres

FESTA ACTION – Blockbuster zum Lesen

MUST READ – Große Erzähler. Muss man gelesen haben

FESTA EXTREM – Wenn Lesen zur Mutprobe wird …

Wegen der brutalen und pornografischen Inhalte erscheinen die Titel ohne ISBN und werden nur ab 18 Jahre verkauft. Sie können nur direkt beim Verlag bestellt werden.

Festa steht beim Thema harte Spannung für viele Jahre bewährte Qualität. Darauf geben wir sogar eine Zufriedenheitsgarantie. Dieser Service ist für einen Buchverlag einzigartig.

Warum tun wir das?

Frank Festa: »Wir wollen, dass die Leser unsere Bücher lieben. Das geht nur mit Qualität. Und als Spezialist für Horror und Thriller aus Amerika können wir in dem Bereich diese Qualität garantieren – so einfach ist das.«